■ 国家社科基金资助项目：明清小说意图叙事与意味形式研究（08BZW043）■

意图叙事论

——以明清小说为分析中心

INTENTION
OF NARRATION SAID

许建平 ◎ 著

人民出版社

责任编辑：陈来胜

封面设计：张新勇

图书在版编目（CIP）数据

意图叙事论——以明清小说为分析中心 / 许建平 著 .
  – 北京：人民出版社，2014.12
ISBN 978 – 7 – 01 – 014251 – 7

I.①意… II.①许… III.①古典小说 – 叙述 – 小说研究 – 中国 – 明清时代
  IV.① I207.41

中国版本图书馆 CIP 数据核字（2014）第 283217 号

意图叙事论
YITU XUSHI LUN
——以明清小说为分析中心

许建平　著

人民出版社 出版发行
（100706　北京市东城区隆福寺街 99 号）

北京新魏印刷厂印刷　　新华书店经销

2014 年 12 月第 1 版　2014 年 12 月北京第 1 次印刷
开本：710 毫米 ×1000 毫米 1/16　印张：20
字数：310 千字

ISBN 978 – 7 – 01 – 014251 – 7　定价：45.00 元

邮购地址 100706　北京市东城区隆福寺街 99 号
人民东方图书销售中心　电话（010）65250042　65289539

目　录

第一编　意象叙事论

序

　　叙事学理论传入中国已有三十多年的历史了，像其他传入中国的西方文化在接受过程中都多多少少会渗入中国元素而发生变异一样，叙事学的传入也在中国学者手里经历了中国化的过程。不过这个过程相对显得有些艰难，那是因为它比诸如哲学、美学等形而上的观念文化显得更具体碎细，与中国人喜欢整体性的思维有了更大的距离感，运用起来不那么得心应手。如果按着西方叙事学的原本形貌比猫画虎，画下来总不免有些遗憾乃至叹息。如何将中国文化元素更多地掺入叙事学，使之更适应分析表意汉字书写的中国叙事文学，成了中国学者们的共识和努力的方向。本书就是抱着此种想法和试一试的态度而做的一次尝试。

　　在我们看来，西方叙事学的最大优长是将文本看作一个独立自足的体系，通过对这个独立自足体系的功能性的结构剖析，寻找浩瀚无边的叙事文学文本的共同性的结构模式，抽象出文学叙事的规律。就像分析原子的结构而发现万物的性质，分析细胞的结构而发现生命的秘密，分析句子的结构而知所有语言句子的类型及其语言组织法则一样，也犹如中国古人所说的"一叶知秋"，"窥一斑而知全豹"。这一出发点是多么的美好，美好得诱人，令人神往。

　　然而，实际的结果与这一美好的出发点并不那么一致。分析的方法体系似乎清晰起来了，但规律却未能建立起来，于是通常的叙述者、叙述视角、叙述时间、叙述空间、叙述功能、叙述结构、叙述逻辑、叙述方法等各自独立，却难以贯通为一体，难以对叙事文本的价值做出通透的说明。

这似乎不能怪叙事学，因为它本来就不是寻找文学的认识价值，而是摒弃这一常规，寻找叙事文学的规律。结果不仅规律埋于五颜六色的琐碎的概念术语中，同时也丢掉了价值认知。

寻找造成此结果的主要原因，大体有三种。其一，语言学不等于文学。语言学属于社会科学范畴却更接近于数理科学，因为它是逻辑思维的工具，又是一个用逻辑思维组织起来的符号体系，可以用数理技术加以处理，可以通过计算机编码、分辨、接受、编排等。符号体系排斥个体性，不仅其"约定性"排斥个体性，其"任意性"也要求符合构词法，而构词法又是非个体性的。文学属于人文学科系统，它不能用数理技术生产（计算机不能自动创造出文学作品）。其突出特征是主体性、个体性、创新性、形象性、情感性。正因二者性质不同，将语言学的科学分析方法运用于分析文学，便因对象的差异性（文不对题）而造成错位和变异，最突显之处则是对个体性、形象性、创新性和情感性的漠视。

其二，文学本来产生于人的情感与美感需求，是人的心理需求和情感表达的产物，没有人的心理需求就没有具有一定长度的行为，没有人的心理需求就没有叙述。所以，只有从心理的需求上才能说明叙述的本质，才能说明人的行为的本质。而西方叙事学为了割断文本与庞大社会的复杂联系，便将文本与社会联系的纽带——人——排斥在叙述研究的范围之外，造成叙述成为无人的叙述，文本的分析也成为无人的分析、无灵魂的解剖，于是难以将琐碎的概念和条块的分析贯通起来，在抽象中发现规律和灵魂。

其三，方块的表意性汉字与字母拼写起来的表音文字的性质差异以及由这些差异所表现出来的中国人的整体性、体验性、意象性思维与西方人的分析性、试验性、逻辑性思维的非完全对接性。正是这种非完全对接性造成了叙事学在中国文学研究中的变形、变调、变味。

鉴于上述问题，本书有一个基本思路：从叙述的本质入手研究叙事学，即从叙述产生的根源——人的心理需要——入手研究一切叙述活动，从人的行为产生的根源——有目的性的需求（意图）——入手研究人的一切行为包括叙述行为。在此基本思路的逻辑推理下，形成意图叙事的理论概念。将建立在人的本性基础上的永不满足的意图，作为叙事学理论的生发源与支撑点，作为贯穿叙事学一切概念范畴的鲜活的灵魂。不仅分析行为现象，而且追究生成其现象的根源；不仅分析叙事的结构，而且理清此结构生成的动因。将个体性的意图与共同性的叙述规律统一起来；将文学规律与文化认识价值统一起来；将科学主义的分析分法与人文主义的分析方法结合起来；将功能的叙事学引入叙述哲学。同时，力求从汉字的思维特点入手，了解中国人意象思维的本质以及意象思维在叙事文学创作中所形成的意象叙事的特征，寻找意象叙事与意图叙事及其意味形式间的关系。遂之形成了一系列新的概念：物象、事象、意象、意象思维，意图、内意图、外意图、意图元、意图序列、意图力、意图态、意图类式、意图力结构，意味、意味形式等。这些概念以意图为灵魂贯串起来，形成一种相对独立的意图叙事理论概念体系。

正是鉴于上述的理论思考，使得笔者不知不觉地走向理论的思索和探求，原来预设的用意图叙事理论分析中国明清两代小说的方案，便因理论的纠缠而演变成为以明清小说为中心说明意图叙事与意味形式的理论阐述。尽管如此，仍然感觉到实现上述思路异乎寻常地艰难。回顾几年的努力，也只能算是抛砖引玉，期待后来者在更深的层面实现叙事理论的中国化。

许建平

2014 年春，草于浦江北岸夏朵苑

导语：意图叙事说

意图叙事的概念是借鉴西方行为叙述理论，意在追寻行为背后生成行为的根源，对其做出心理和哲学的阐释，赋予建立于语言学基础上的精细而琐碎的功能分析以贯通的思路和灵魂；将人本主义的阐释和科学主义的分析方法结合起来；将行为的施动者人的欲求分析与欲求的行为现象及其全过程结合起来，从心理需求的视角分析文本中人物意图间的关系及其由此关系所构成的行为张力与叙述结构，并深入到人物意图力的个性化因素及其在情节运动中的功能层次，进而企图发现叙事文学因何动人的意味形式生成的秘密；将个性化的情感分析与规律的抽象结合起来，赋予叙述学规律性与价值认知性的双重功能。所有这些理论预设力求建立在以表意性的汉语进行思维和表达的中国古代小说文本的基础之上，寻找更适合于研究汉族人叙事文学文本的理论方法。

一、何为叙述？叙述内容由何而来？

人是一种有意识并在意识引导下行为着的动物，而且人的意识具有不断生发、永不停止的不可穷尽性。人的不可穷尽的能动意识需要行为的表现，而语言是最便捷、最富于表现力的人的意识的主要表现形式，只有语言表现的途径被堵塞后人类方选择其他的非语言的表现方法，如哑人用手势，不便于说话时用眼神或某种肢体动作（摇头、点头）。然而非语言的表述一般说来都没有语言表述直接、清晰、准确，一句话，语言是人的意识的第一表述方式。我们一般将语言的表述方式称之为叙述，于是凡是语言的表述皆可称之为叙述：歌唱（有唱词的歌唱）是叙述，说相声是叙述，演讲是叙述、写信是叙述，吵架是叙述，被告的陈述是叙述，教师上课是叙述，领导讲话是叙述，媒体语言是叙述，应用文、告示、广告是叙述，等等。于是叙述便成为人要用语言表达自己意识的行为，它不仅仅局限于文学、小说，还包括记述历史的史书（历史叙述）、表达思想的哲学著作（思想叙述）等等，我们统称之为意识叙述。

所以称之为意识叙述，是因为表达意识一开始就是叙述的本质。那么意识的本质内涵世界究竟是怎样的？这是一个非常丰富多彩的世界，我们无意去描述这个世界的丰富性与变化性，而想探究这个世界丰富多彩的内涵从何而来，结果发现，它来自一个地方——人的心理需要。当然心理需要是来自于生理的需要。关于这一点古今中外的哲学家们都已有过许多论著。他们将其归之为意欲、欲望、欲求或情欲，而我将其归之为意图。意图可能比意欲更理性化、具体化、目标化。那为何不称作意欲而称之为意图呢？那是基于两种原因。一是作者的叙述本身就是理性与非理性共同作用的行为，而对于篇幅长些的文本而言，作者写作的目的较为明确。就叙述者和文本中人物来说，他们的行为已由意欲进而演变为更具体的目标——意图。第二点是最重要也最需要强调的，那便是本书所言意图还具有第二种含义。即"图"除了图示、目标的意义外，还有"象"——图像的含义。所以强调这一点，是考虑到中国人思维的特征。中国人的思维总是带有通过体验和记忆而获得的图像进行思维的图像思维。故而中国人意识的表达，是通过象（物象、事象、场景、形象等图像）表达的。而所表达的象总包含着心中的意，称之为意象。就其叙述而言，表达象中之意——即表述者的意识，我们称之为意象叙事，即意图叙事与意象叙事具有一致性。其差别在于前者讲的是叙述的性质，后者讲的是叙述的形式。

人要表达（叙述）自己的意识，当然最主要的是表达者，决定表达形态的是表达主体的独特性。其次是表达对象——向谁表达。与这二者关系很密切的还有三种重要因素：表达语境——什么情况下产生并表达；表达方式——怎样表达；表达内容——表达什么。这五者（表达者、表达对象、表达语境、表达方式、表达内容）的关系便构成了叙述学的全部内容。表达什么是由哪些因素确定的？人们自然想到表达对象——接受者以及由接受者与表达者所构成的表达情境。这种情况的确是存在的。遇到某人或某种场景，表述者受到信号的刺激可能唤起某种表达欲——如打招呼，或想起某件事，需向他陈述。不过这种受表达对象以及由其引起的情境而决定表达叙述什么的情形，一般具有临时性、短暂性和偶然性。所以临时、短暂、偶然，主要是并非预先设想好的，只是某一有目的行为中的一个插曲。它一般不会改变此前预设的意图（除非与预设意图偶然重合），所以，接受者与叙述情景不能直接决定叙述什么。那么，什么决定叙述内容呢？惟有叙述意图——叙述者自身心理的需求。而叙述对象和叙述情景仅是引起叙述内容的条件——外在条件。叙述的真正源泉来自于叙述主体，来自于叙述主体心理的需要。因人的心理需要——不停的欲求——是人只所以成为人的本质，所以叙述的本质来源于人的本质——心理的需求。换言之，它与人的本质同源。

何以证明叙述本质的这一论题呢？我们需选择一个对象加以分析论证，以证明其科学性和普适性。虽然，叙述的范围大于文学的叙述，然而文学的叙述是人的叙述行为最典型的表现。从这个意义上说，我们可以以文学叙述为例说明惟有叙述者的心理需求决定叙述内容这一叙述学的根本问题。

文学创作的本质是人的需求的一种情感发泄与补偿的语言表现的艺术形式。文学创作是一种情感行为，没有情感不会产生自觉的积极的真正的文学创作，而情感来自于人的欲求及其社会生活中的实现状态。这种欲求和状态大体可分为三种类型：一是对自己为所需要的东西而努力的目标充满了自信，情绪喜悦、欢快、激昂，遂情不自禁，挥毫泼墨，挥洒成文；二是自己的欲求在现实生活中无法实现，心情压抑，满腹牢骚，愤懑悲伤，于是斥天责地，借他人之酒杯浇胸中之块垒，或幻想虚构一个理想的人生来满足自己心理的需求，以求精神痛苦的解脱；三是自己的欲望被严酷的现实毁灭了，于是就以悲壮的死来唤起人们的同情与警觉，使自己的情绪得以放射性延长。无论是哪一种情绪，都源于人的需求、欲望。作家的欲望愈强烈，情感郁积愈深厚，其作品便愈感人。早在汉代，司马迁就有人生遭厄、困苦痛绝方成伟作的"发愤著书"说：

> 夫《诗书》隐约者，欲遂其志之思也。昔西伯拘羑里，演《周易》；孔子厄陈蔡，作《春秋》；屈原放逐，著《离骚》；左丘失明，厥有《国语》；孙子膑脚，而论兵法；不韦迁蜀，世传《吕览》；韩非囚秦，《说难》、《孤愤》。《诗》三百篇，大抵贤圣发愤之所为作也。此人皆意有所郁结，不得通其道也，故述往事，思来者。①

司马迁认为名作都是"人皆意有所郁结，不得通其道"的"发愤之所为"的结果。李贽则进一步指出：

> 夫世之真能文者，比其初皆非有意为文也。其胸中有如许无状可怪之事，其喉间有如许欲吐而不敢吐之物，其口头又时时有许多欲语而莫可所以告语之处，蓄极积久，势不能遏。一旦见景生情，触目兴叹；夺他人之酒杯，浇自己之垒块；诉心中之不平，感数奇于千载。既已喷玉唾珠，昭回云汉，为章于天矣，遂亦自负，发狂大叫，流涕恸哭，不能自止。②

需要说明的是，李贽所言"非有意为文"，有两个特定含义，一是他以自然为美，认为情感是非理性的，愈是自然而然的情感——如"童心"——愈真实。二是指情感发泄"其初"，这不否认心理需求的意图，接下来的"欲吐"、"欲语"皆是意图的注脚。明末清初的天花藏主人讲得更明白："欲人致其身而既不能，欲自短其气而又不忍，怅无所立，不得已而借乌有先生以发泄其黄粱事业。"③这与弗洛伊德的创作是作家的"白

---

① （汉）司马迁：《太史公自序》，见《史记》第 1 册，中华书局 1959 年版，第 3300 页。

② （明）李贽：《焚书》卷三《杂说》，见《李贽文集》，燕山出版社 1998 年版，第 125 页。

③ 《天花藏合刻七才子书序》，见黄霖、韩同文《中国历代小说论著选》下册，江西人民出版社 1982 年版，第 316 页。

日梦"之说可谓不谋而合。由此可知文学创作的确是人的欲求与欲求不能实现的情感的发泄与补偿的文字形象的创造形式。人有什么样的欲求以及哪些欲求受到阻抑，就会有相应内容的作品问世。作家的本能意欲不仅规定了作家思维的方向，而且在很大程度上规定了作家思考和表现的内容。

人的创作需求是个体的需求与社会需求共同作用的结果。社会需求有着多层的内涵，一方面，社会现实对人的需求产生阻抑，激活人的情感，激发人表现自我情欲的创作欲望和情感冲动，并通过创作活动使人受压抑的情欲得以舒张。另一方面，他人的需求、社会的需求有时也能适应个体的需求，这种需求同样也能激发个体创作的内驱力。人的欲求不仅是文学创作的原动力，同时也是文学传播与文学接受的原动力。文学的整个生产过程，正是作者、传播者、接受者心理需求重叠、交汇、共振的过程。传播者（总集或选集的编纂者、作品的评论者、出版者）传播一部作品的基本条件，便是由于被传播的作品能够满足传播者的心理需求，在情感与美感上与作者产生共鸣。没有这个共鸣，便不可能产生传播欲及其相应的传播行为。同样，产生较好接受效应的作品也必然是在进入阅读过程后，在较大程度上能使读者的情欲期待得以满足。读者在现实生活中得不到的东西，能于作品的形象世界中意外地得以补充，乃至受到陶冶、启迪。这是整个文学生产过程继续下去的基本条件。因为文学创作无论何种形式都是一种心理需求的表达，一种叙述。

所以，由此我们发现，人的心理需求不仅决定叙述的内容（表达的内容），也决定向谁表达，表达的形式——叙述的形式。史书出于人们对国家大事备忘的需要。当人的耳朵有了想听故事的消遣、娱乐愿望时，"传说"与"街谈巷语"先在茶余饭后、田间小巷中慢慢流传起来，尔后逐渐出现了说话、讲故事、小说等形式来满足时间越来越充裕的人们的需要……人类对文学艺术的需求（娱乐的、情感的、美的、奇巧的、现实的、理想的等等）是个不断增长的过程。需求的增长也促进着文体形式质和量的变化，如诗歌由四言到五言再到七言，由古诗、新体再到近体，由诗到词再到曲，就是因了人的感情抒发的需求、声音美的需求、娱乐的需求与艺术美的追求而由短到长、由散到密而日趋多样和丰富的。①

　　既然人的心理需求不仅决定着文学表现的内容，而且也影响着文学表现的方式，这一事实说明，表达人的心理需求并企求在描述的文学世界里使心理需求得到补偿是文学的本质属性，那么，也自然是叙述文学的本性。所以，我们从叙述的本性——表达心理的需求——出发研究叙述理论，便更易于从根本上说明叙述学的理论问题。这也是本课题提出意图叙事学概念的学理原因。

二、意图叙事理论提出的前提与依据

　　既然叙述是人的心理需求表达的方式，叙述的内容由人的心理需求——意图——所规定，那么叙述理论就理应建立于人的心理需求（意图）之上。而西方早期的叙事学却偏偏将人和人的需求排斥于叙述研究的范围之外，形成了理论的天然缺失。

　　叙事学是受法国结构主义思潮与俄国形式主义分析影响后的产物。结构主义对于叙事学生成的直接影响是语言的语法结构，而形式主义也是建设立于语言学形式分析基础上的。就这一点而言，可以说叙述学是受语言学语言结构分析方法启发，并将其移植于叙述行为的分析中而生成的一种理论学说。这种学说的贡献在于受语法学的影响，将语言视为一种自足的世界，从而割裂语言之外的复杂而千差万别的世界，从语言本身中寻找共同性的东西，抽象出语言内在的规律，并用这一规律说明一切语言文化现象，从而创立一种自足的立足于共时态分析的意在寻找共时性与规律性的新学说。

　　由于这一方法过于拘囿于语言现象与语言分析的方法，因而与生俱来地挟带着四个方面的痼疾。

---

① 参见许建平：《文学发展动力分析》，《江海学刊》1999 年第 3 期。

痼疾一：取事遗人——无灵魂的文体解剖

西方的叙事学只研究行为，而将行为的施动者人和行为产生的原因——意欲——排斥于叙述结构的中心之外，故而形成所谓的分析和解剖只是无灵魂的行为解剖、无灵魂的行为结构分析，犹如只解剖尸体，而不分析灵魂（医学的解剖是有意义的，而人文学的解剖无最终的意义），从而使这种分析成为割断原因的纯结果分析，成为无源之水、无本之木的分析。在语法分析中似乎有一种重谓语即以谓语为中心的现象，于是在一句话中分为主语和谓语两大部分，谓语表示人物的行为，主语表示行为者为谁。而在语法家看来，行为比行为的施动者更重要，因为行为的施动者不过是一个可以取代的符号，故而这个符号是张三抑或李四、王五都不那么重要，充当主语的人物次之于行为。甚至认为人物及其心理在行动之前是存在的，行动后就不存在了，"当人物在行动以前，就已不再从属于行为"[①]。那么行为的主体不存在，行为又如何进行呢？所以并非行为开始后人物及心理不复存在，而只是分析者已将其移植于视野之外不再进入分析的视野。而不将其放入分析的视野，便是一件极荒唐的行为。

结构分析一开始就极其厌恶把人物当作本质来对待，即使是为了分类，正如托多罗夫所回顾的，托马舍夫斯基甚至否认人物在叙述上有任何重要性，过后他把这一观点说得婉转了一些，普罗普虽然没有到拒绝对人物进行分析的地步，但把人物减压成了个不是基于心理而是基于叙事作品赋予人物行为统一性的（法定授予人、助手、坏人等等）简单类型。[②]

最后，格雷马斯建议，不是根据人物是什么，而是根据人物做什么（行动元的名称由此而来），来对叙事作品的人物进行描写和

① ［法］罗兰·巴尔特：《叙事作品结构分析导论》，见张寅德编《叙述学研究》，中国社会科学出版社 1989 年版，第 24 页。

② ［法］罗兰·巴尔特：《叙事作品结构分析导论》，见张寅德编《叙述学研究》，中国社会科学出版社 1989 年版，第 24 页。

分类。①

这种在语法分析中对谓语的偏爱以及对主语的轻视本身就是一个不小的问题。究竟是行为的发出者重要还是行为本身重要，这要看研究者关注于行为本身之"果"，还是关注行为产生之"因"。如果关注行为之"果"，自然行为本身就是研究者所关注的重心；如果是关注行为生成之"因"，行为的施动者必然处于第一位置。若从二者关系考察，即使关注行为结果，也不能无视产生结果之因。只有了解行为产生之因，才能更深刻地认识行为的结果。故而，语言分析学家们犯了一个共同的错误——视角的过于偏执。这种偏执的错误直接导致了叙事学理论上的偏差。

这种偏差我们可以从分析中得以发现并予以证明。首先，法国叙事学家们都犯了一个同样的错误，即认为人物共同遵循可以替换的法则。如罗兰·巴特认为："叙事作品中无数的人物可以服从替换法则，即使在一部作品内，同一个人物形象可以包括不同的人物。"② 这种替换法则，初看起来似乎很有道理，譬如这个人物是个律师，如果他姓张，即张律师，将其换为李律师、王律师、杨律师，无不可。正因人物具有替换功能，所以人物是谁就不那么重要，因为他们的行动是一样的，故而行为比人物重要。举一个例子："张律师意外地找到了一个关键证据，使原本要败诉的案子胜诉了。"这里最要紧的是找到意外证据的行为，而不是张律师这个人，若换成李律师、王律师都会有同样的结果。但是这种结论仅仅来自于语法的形式关系，仅仅是以语法中的主、谓结构形式为依据而得出的结论。仅仅从语法的形式而言可以成立，然而如果涉及他们内在的关系——如因果关系。这个公理就不一定能成立。因为张律师可以发现意料之外的证据，即可以有与此相关的行为，而如果换了李律师，他不一定（没有必然联系）能够发现意外的证据，也就不一定能使败诉翻为胜诉。实际生活中，人与

---

① ［法］罗兰·巴尔特：《叙事作品结构分析导论》，见张寅德编《叙述学研究》，中国社会科学出版社 1989 年版，第 25 页。

② ［法］罗兰·巴尔特：《叙事作品结构分析导论》，见张寅德编《叙述学研究》，中国社会科学出版社 1989 年版，第 26 页。

人不能等同，甚至可以说成万上亿的人完全等同的几乎没有。相反，差异性是普遍存在的。人们的智力、教养、才能、阅历、知识结构都存在着很大差异，就这一点而言，替换原则是不存在的。事实上，在叙事作品中也是如此。同样做一件事，怎样做，做的方法、途径、效果往往决定于做事者的个性（素质、品格、才能等，本课题称之为"意图力"）。即不同的人采用不同的方法、途径，将导致行为的差异和最终结果的千差万别。而法国叙事学家们只遵循语法形式原则，未遵循生成语法形式的内在原则，只看到一致性，未看到一致性下的绝对差异性。如果从客观而普遍的差异性出发，人的个性决定行动的状态，人决定行为。那么，显然，人比行动更重要。这正是我们分析叙事作品不采用行动元的概念，而采用意图元概念的最根本的原因之一，也是意图叙事说区别于行为叙事学的主要依据之一。

多数法国叙事学家认为行动比人物重要的另一显赫的理由是所谓"双重主体"、"双数人称"。即他们认为在叙事作品中常常会出现两个人物竞争同一对象的现象，就像两个人物参加同一比赛，都想成为获胜者一样。这两个人物同等重要，半斤八两，无主次、无轻重，是一对人，是"双重主体"、"双数人称"。罗兰·巴尔特说：

> 人物分类的真正的困难在于主体参动者母式中的地位（因而也是存在），不论母式样式如何，谁是一部叙事作品的主体（主人公）呢？有没有一个突出的人物类别呢？我们的小说已使我们于用这种或那种、有时是曲折的（否定的）方式在众多人物中突出一个，但是这一突出某一人物的做法没有遍及所有叙事文学。比如，许多叙事文学描写两个对手围绕一个赌注展开交锋。这样他们的行为是对等的，这时，主体是真正双重的，我们没有更多的办法用替换减缩主体，这也许正是一种常见的古老形式。叙事作品如同某些语言，似乎也有一个双数人称。①

---

① ［法］罗兰·巴尔特：《叙事作品结构分析导论》，见张寅德编《叙述学研究》，中国社会科学出版社1989年版，第27页。

需要特别指出的是，罗兰·巴尔特所说的"双数人称"的现象，在讲究等级和次序的中国叙事作品中是不存在的。因为在中国人的观念里，主次总是分明的，同胞兄弟也是有长有幼，即使双胞胎，也有长幼之别（先出生与后出生的时间差别）。而中国人一向不接纳"天有二日"的观念，相反主张"天无二日"，"一山不容二虎"。所以，中国小说中经常写到比武招亲或打擂台之类，然叙述者或观众的焦点总有主次之别，或胜者，或败者。就一部作品而言，也不存在有两个同样重要的人物。即使有，也分前后、轻重、主次。如《红楼梦》中的黛玉、宝钗是更适合西方"双数人称"的典型例子，在学者眼中就有所谓"宝黛合一论"。然而事实上二人在叙述上并非半斤八两。在宝玉心目（或读者心目）中，黛玉在前，宝钗在后，与黛玉的亲近自然而随便，可无话不谈，与宝钗则不得不保持心灵距离。他为了黛玉可以发疯，可以丢魂失魄，可以不顾惜一切，那是一种心心相连、割舍不开的爱，而与宝钗则无此深情，最终他抛弃宝钗便是最好的证明。这一对美女在宝玉心中的地位和叙述者笔下的地位有着主次、轻重之分别，并非"双重人数"。既然不存在"双数人称"的现象，那么，以之作为强调行动重于人物的理由，也就没了说服力。

痼疾二：孤岛自足倾向

天生痼疾之二是孤岛自足倾向，割断了文本语言之外的一切联系——社会的历史的。文本与文本外世界的联系是通过其唯一的中介——人来完成的。因为叙事学排斥人的研究，割断了其唯一的中介，成为一个认知的孤岛。叙事学家们认为，叙事学在确定研究对象的时候，应当将叙事作品视为一个内在的实体，一个不受任何外部规定性制约的独立自足的封闭体系。诚如托多罗夫论及诗学的性质时所阐述的那样：诗学是在"文学自身的内部"寻找文学的规律。张寅德将西方叙述学的这一特点做了如下概括：

> 叙述学与此同理。它有别于社会学的或心理学的研究，它不是通过叙事作品来总结外在于叙事作品的社会心理规律，而是从叙事作品内部去发掘关于叙事作品自身的规律。这种内在性观点意味着叙述学

的对象是自成一体的，它杜绝任何影响作者心理、作品产生和阅读的社会历史条件的介入。与之相应，叙述学研究所关心的不再是叙事作品与外界因素的关系，而是其自身内部诸因素之间的关联。①

社会是人群的生活，历史是人类的历史，如果叙述活动只限于行为本身而隔离人，那么就自然隔断了人的一切活动——社会的历史的，没有社会的背景和土壤，哪来人的生活？没有人的生活——需求的生活，哪来的叙述，哪来的叙述语言？没有叙述的主体，叙述活动何以产生？割断了语言之外的一切联系特别是复杂的社会，只研究语言自身的结构，这种方法更简洁，更便于掌握其自在的规律，然而，即使掌握了所谓的规律，又能说明什么呢？这正是叙事学对文本做解剖而最终不能彻底说明研究对象的根本原因，也是行为叙事学缺乏生命力的根本原因。

痼疾三：文学个性的消亡

西方早期叙事学天生痼疾之三是从具体的文本中寻找共性的结构及其规律，是对文学个案进行抽象，进而抹杀叙述的个性——文学的个性。与叙述学将人置于研究视野之外相联系，叙述者的个性（包括内叙述者——主要人物的个性和外叙述者——作者、叙述者的个性）也自然被排斥于视野之外，于是叙事学的研究便成为无视文学个性的抽象性的研究。这一点，叙事学与语言学具有相通之处。语言学面临的具体语言成千上万。语言学研究不可能对语言一一进行描写，它只有把研究对象确定为具体语言的抽象才有可能寻找到语言的普遍规律。同样，世间存在的叙事作品也是种类纷繁、数不胜数的；叙述学研究只有将对象确定为"实际作品的抽象"，才有可能从中发现作品的共同语言和规律。叙述学的研究对象与其说是叙事作品不如说是叙事作品的规律，因为它分析描写的并不是个别的、具体的叙事作品，而是存在于这些作品之中的抽象的叙述结构。② 文

---

① 张寅德编：《叙述学研究》，中国社会科学出版社 1989 年版，序，第 4 页。

② 参见［法］罗兰·巴尔特：《叙事作品结构分析导论》，见张寅德编《叙述学研究》，中国社会科学出版社 1989 年版，第 6 页。

学是要寻找规律，然而寻找规律的目的是为了说明文学的个性。因为文学的最大特征就是其个性——不同于其他作品的独特性。文学作品是艺术的创造，艺术的创造最能体现创造者的个性，从而使得每一部作品都具有不可替代性。而发现文学创作的个性正是文学研究与文学评论家的最基本的任务。从这个意义讲，叙事学试图以规律性来替代个体性，忘记了语言学虽是文学的基础，但绝非文学本身，语言学不是文学。用研究语言的方法研究文学的结果是丧失了文学性，背离了文学的研究。

痼疾四：情感、美感的干枯

叙事学割断叙述主体——人，只寻求苍白、干枯的结构，从而消释了文学的情感、人格、美感和思想。文学的本质是以情动人，而在情感中蕴含着鲜活的美感、品格和思想。建立于语言学分析方法基础上的行为叙述学，注重的只是语言的功能及其关系——结构，而将文学中的情感、美感剥离掉了。须知结构来源于人的情感和情感表达的需要，形式不过是情感及其表达的一种状态而已。关于这一点早在一千多年前的刘勰就讲得很清楚：

> 夫情致异区，文变殊术，莫不因情立体，即体成势也。势者，乘利而为制也。如机发矢直，涧曲湍回，自然之趣也。圆者规体，其势也自转；方者矩形，其势也自安。文章体势如斯而已。①

所谓"体"、"势"即文体结构。文章体势莫不因情而立，不仅是情感自身的自然而然，也是情感表达的自然而然。然而情为何物？又因何而生，从何而来？情感源于人的需求、欲望。若不言人的情感从何而来，只讲结构，又岂能说得清楚、明白？而不清不白的所谓抽象的东西——规律，又有何真实之意义？

即使就语言学本身而言，西方的叙事作品是用拼音文字——音素文字——写成的，而中国的叙事作品则是用象形字——语素文字写就的。前

---

① （南北朝）刘勰：《文心雕龙·定势》，赵仲邑译注《文心雕龙译注》，漓江出版社 1982 年版，第 271—272 页。

者是表音文字，后者是表意文字。表音文字是用字母组成音素，音素组成音组字，字组成词，从字母以至词句，皆以各自的功能存于一定的逻辑顺序之中，功能与顺序有着严密的逻辑关系。而中国的汉字的本质是表意，每个字皆表达各自不同的意义。表意是汉字造字的原则，这可从造字的六书中表现出来，象形、指事、形声、会意、转注、假借①的造字法，其核心是表达意。"象形"是画象物之形，以象绘意，它是汉字表意的基础。"指事"则以象形或其增减符号示意。"形声"乃以形符声符汇合表意。"转注"即以意义相同相近的字互训以释意。"会意"以两个以上字形、会象和表意，而"假借"却是"依声托事"以表意。所以"意"是造字关注的核心、贯穿六种造字法中的灵魂。而中国人对汉字的接受也是略形重意，略形取意，得意而忘言。由汉字组成的文学作品（包括叙事作品），也无不体现表意的特质。诗重意境即诗意，词重词意，曲重曲意，文重文意，而小说家重事意，或警世，或劝世，或醒世，或惩恶而扬善。

"意"字为何？《说文解字》："意，志也。以心察言而知意也。从心从音。"②"意"是会意字，上音下心，字的本义为：心中的声音。心中的声音即心中所想，心中所求，即心中的需求、欲求、意图。表意，就是将心中的欲求——意图表达出来。这也是我们提出意图叙事说的语言学依据。即建立于表音文字基础上的西方叙事作品和叙事理论并不完全符合用汉字汉语表意的中国叙事作品，寻求适合于中国汉语叙述的叙事理论，这也是我们叙事学研究的出发点和归结点。

由此看来，早期叙述学痼疾产生的直接原因是过于拘囿于西方语言学的结构分析，而忽略了语言学与文学的本质性差异。更深层的原因则是将行为的主体割断于叙事学的视野之外，正是这一割断而导致了其灵魂的漠视、孤岛式自足、个体性的消融、文学性审美性的淡化等致命的缺失。正

---

① 此六书之名依据许慎《说文解字第十五上》的提法。同为古文字学家的郑众对六书的注释则是：象形、会意、转注、处事、假借、谐声。而班固认为六书当为：象形、象事、象意、象声、转注、假借。

② （汉）许慎：《说文解字》，九州岛出版社 2001 年版，第 603 页。

是鉴于早期叙事学的上述天生痼疾——排除人学、心理学，我们主张将人的哲学、心理学纳入叙事学。正因为叙述来自于人的心理需求和行为目的——意图，而汉语文字和文体的表意性特征正是将心中的声音——欲求、意图作为表达的灵魂，所以我们提出从人的心理动机说明人的一切行为——叙述行为的意图叙述学理论。

行为叙事学是用科学主义的方法研究文学，而文学是人文学科，离不开人文主义思想武器，意图叙事理论就是将人文主义的理论方法纳入叙事学，纠正叙事学理论上的偏执和方法的缺失。

三、意图叙事理论的核心内涵

以甲骨文为中心的早期汉字是以象与形（抽象化的象）及其组合表意的。这种象形表意分为两类，一类是表现共时性之象，如山、水、日、月、象、鸟、马、上下、刀刃、巧、智、念、书、画等大量名词或名词性词类，而所表达的意也具有共时性的静态特征，表现出汉人的静态式的体验性思维。这种思维运用到诗词的创作中，往往采用共时性的物象及其组合，呈现某种想象性的静态式画面。如马致远的曲《天净沙·秋思》"枯藤老树昏鸦"，"小桥流水人家"，分别由三个静态的物象，组成一幅别有情趣意致的画面。我们将这种通过静态的自然形象及其组合表达心意的象，称之为"物象"。

另一类象，表现有一定目的性和有一定长度的动作，通过历时性的动作表达意义。由多个象形符号组合而成的表示行为的具有事的因素的象，我们称之为"事象"。"事象"表现出汉人的动态式的体验性思维。这种思维运用到叙述活动中，往往通过一个或一系列有目的性和时间长度的事件表达叙述者的心意。如《史记·项羽本纪》通过项羽随叔父项梁观望周游天下的秦王嬴政，说出"彼，可取而代也"的行为，表现项羽的远大志向等。

无论物象还是事象都是表达心中之意的，然因其组合不同，表意的效果差异很大，具有千差万别的品味。而中国人喜欢越品越有味、耐人品味的字和文，特别是受佛教影响后的中国文人，追求那种言有尽而意无穷的文字。中国人的这种喜好早在甲骨文以及早期文字里都得到淋漓尽致的表现。就字而言，"西"，一只鸟落在鸟巢上，表示太阳落山，鸟回巢。或说以鸟回巢，表示太阳落入西边山下了。"年"，一个人头顶着大谷穗，被压弯了腰，表达谷物一熟为一年，同时兼有丰收喜悦。"孔"字是一个大头婴儿仰头吸吮一只硕大的乳头，表示一个哺育生命的乳孔。"字"表示母体中怀着一个胎儿。由此我们有两点发现，一是这些字是由两个以上物象组合而成的，其意颇具想象力，耐人品味。我们称之为有味的意，感人的意味，简称之为意味。二是这些有意味的字的组合都有一个共同点，它是由两个物象组合成一个具有一定时间长度的事象。无论鸟回巢，婴儿吸吮乳头的奶汁，还是头顶着硕大谷穗，抑或体内怀着一天天长大的胎儿，都具有一定长度的动作性。然而这种动作性与事象并不完全重合，因为其所表示的动作并无明确的目的性而只有一定的表意性。即它既非物象（比物象复杂），也非事象（无明确目的性），而是处于物象与事象之间的由物象向事象过渡的中间状态。由此我们发现，意味来自于物象具有行为性的组合。其实，这一看来简单的问题，却揭示了共时性意象与历时性事象在表意上的一个带有规律性的秘密：诗词类抒情性意象若带有动作性、行为性便是造出意味的妙法。而小说戏曲、散文等叙述性的事象若能与共时性的意象相组合，则是易于造成意味的妙着儿。意味是共时性表意思维与历时性表意思维共同参与的结果。

物象是用来表意的，事象也是用来表意的，而意味则是表意的理想效果。贯穿三者的共性是表意，即意是物象、事象和意味三者的灵魂，表意又是三者共同的目的性功能。又因为"意"的内涵如上文所分析，为"心中的声音"（心中的想法、需求、欲求、意图），所以本书涉及三个核心概念：共时性意象、历时性事象、历时与共时相合的表意效果——意味。它们共同源之于早期汉字，又沉淀为以汉字汉语言书写的文学。意象思维是以汉字为载体的中国人的思维，故而本书先从意象思维讲起，称之为意象篇，而事象则是物象发展到可以组合成连续性行为的复杂阶段的产物。物象、事象融合于结构易于形成意味。由于表意与意图是贯穿三者的灵魂，故而我们称之为意图叙事，即意图是对物象、意象、事象和意味抽象的结果。故而在意象论、意图论、意味论三编中，意象论是基础，意图论是核心，意味论是意图叙事的效果。这是必须向读者说清楚的。

"意图"一词，表示人心中萌生的想要达到的某种生活图景，想要实现的某种人生欲望，是人的一切行为的动机和动力。它有四个规定性和功能：有目的性的清醒意识；付诸行动前的心理存在方式；指导、推动人行动的动力；人的绝大部分活动都是有意图的普适性。① 本书所言之意图正是指行为者活动前萌生的想要达到的某种目的性图景，是具体化的生活欲望。人都是有生活欲望的，法国哲学家霍尔巴赫说："人若没有情欲或愿望就不成其为人"②，而人的行为无不来自于人的意欲，"由意欲产生动机，由动机产生活动"，"没有动机，那意志活动就决不能出现"。③ 清醒状态的人的行为前都有其想法、计划、意图，有行为能力的人也都会采用相应措施克服困难去实现其意图④，于是从意图入手可以说明人的一切活动的动机、原因和过程，也可以说明文本中叙述人活动的叙事文学所以如此的动

---

① 上述文字依据来源于以下对于"意图"一词的解释："希望达到某种目的的打算。"（《汉语大词典》第7卷，汉语大词典出版社1991年版，第644页）"意图是比较清楚地意识到要争取实现的目标和方法的需要，它通常以仅仅是设想而未付诸行动的企图、愿望、幻想、理想等方式存在。意图作为动机是推动人去行动的现实力量。人在清醒的状态中，绝大部分的活动都是有意图的，人的活动的主要动机是信念。"（《百度百科》baike.baidu.com/view/760232.htm.2010-6-5）

② 转引自马克思、恩格斯：《神圣家族》，《马克思恩格斯全集》第2卷，人民出版社1982年版，第170页。

③ ［德］叔本华：《作为意志和表象的世界》第二篇《世界作为意志初论》，商务印书馆1995年版，第228页。

④ 就作品中人物行为的意图而言，有些人的习惯性或下意识的行为是没有意图的，特别是在善于表现命运天定、善恶报应、出人意外之奇趣的中国古代小说里，往往写"有心栽花花不开，无心插柳柳成荫"一类的事。但是，作品中人物行为没有意图，而将此类行为写入书中的叙事者或作者并非一定没有意图。一部叙事作品，在人物、叙述者、作者三者间肯定至少有一方是有意图的。

力、结构和本质。而且，这个视角比之语言学的结构分析来，更易抓住本源、发现现象背后的心理根源和心灵本质，更便于解决语言学所难以解决的包括情绪、情感、审美在内的文学性，故而对文学研究来说更契合、更深刻而透明。更重要的是它可以补救西方叙事学分析过于细碎烦琐之弊，更适合于分析长于空间叙事和写意的中国叙事文学。这是我们所以提出建立意图叙事理论的学理基础。

四、意图叙事与行为叙事之关系

意图叙事与行为叙事有两个根本性的区别点：人物、意图。行为叙事学重视行为（故事）而轻视人物，"人物的概念是次要的，完全从属于行为的概念"①。这个偏见根深蒂固，早在希腊时代，亚里士多德就在他的诗学里强调行为重要于人物。亚里士多德说："可能有无'性格'的故事，却没有无故事的性格。"② 这种观点对后来的古典主义直至结构主义诗学都产生着重要影响，以至于结构主义叙事学更直接地排斥人物的分析方法，诚如王泰来所言：

> 结构分析从一开始就极其厌恶把人物当作本质来对待，即使是为了分类，正如托多罗夫所回顾的，托马舍夫斯基甚至否认人物在叙述上有任何重要性。③

因为作为叙事学只研究行为本身，只发掘千变万化的行为中隐藏着的行为结构，就像无法穷尽的语句都有一个基本语法结构（主语、谓语）一样，至于主语是张三抑或李四却不重要，因为，行为叙事学只将结构置于

---

① ［法］罗兰·巴尔特：《叙事作品结构分析导论》，见张寅德编《叙述学研究》，中国社会科学出版社 1989 年版，第 23—24 页。

② ［法］罗兰·巴尔特：《叙事作品结构分析导论》，见张寅德编《叙述学研究》，中国社会科学出版社 1989 年版，第 24 页。

③ 王泰来编译：《叙事美学·编者前言》，重庆出版社 1987 年版，第 24 页。

研究对象之上，而不关注意义价值。意图叙事理论则不然，它所关注的不只是人的行为，而是人为什么要如此行为；关注行为的目的、用意；关注的不只是抽象结构，而且是形成此结构的原因；关注的不只是结构本身，而且是结构视野下的这个文本的认识意义。正因为如此，所以意图叙事学将行为之源——人的研究置于第一位置，而将人派生的行为置于第二位置。

行为叙事学正因排斥人，所以必然排斥人的心理表现——意图。其排斥的理由比排斥人物的理由更充分，因为在行为叙事学派看来，人物尚且参加到行动中来，故而有时不得不将行为作为一个成分（施动者）纳入分析视野。而意图则是人的心理存在，而心理意义的人早在其行动之前就已存在了。既然在行为前已存在，就应排斥在行为研究的范围之外。罗兰·巴尔特在《叙事作品结构分析导论》中明确指出：

> 当人物在行动以前，就已不再从属于行为，它从一开始就体现一种心理本质。①

> 结构分析十分注意避免用心理本质的语言来给人物下定义。②

张寅德在《叙述学研究》"编选者序"中也强调行为叙事学"尽力排除与社会历史和作者意图紧密相关的'文学'概念，将研究的范围减缩到作品本文，即文本"③。

然而，行为叙事学的缺陷也是不言而喻的，因为心理与行为是一对因果关系，有行为活动必伴有心理活动。意图与行为也同样是一对因果联系，一般说来，没有意图就不会有行为，行为表现意图，二者如形如影，形影不离。如果排斥心理，就无法解释欲望、交际、斗争，无法理解文本的认识意义。而意图叙事理论就是建立于心理与行动、意图与活动过程具有因果联系且处于这一联系的首位之基础上的。从意图入手，可以打开所有活动的秘密之锁。应该说意图叙事学是对行为叙事学偏执的修正和

---

① 张寅德编：《叙述学研究》，中国社会科学出版社 1989 年版，第 24 页。

② 张寅德编：《叙述学研究》，中国社会科学出版社 1989 年版，第 25 页。

③ 张寅德：《编选者序》，见《叙述学研究》，中国社会科学出版社 1989 年版，第 5 页。

补充，不仅将行为叙事学中弱化的人物和心理的地位、功能给予扶正、补充，而且也扩大了研究本身的学术视阈。法国的托多罗夫对 20 世纪 60 年代文学评论的实践加以总结，做了这样的归纳：

> 对待文学作品一般有两种态度，一种态度是通过分析作品达到认识上的目的，即批评的目的在于通过阐述、演绎，挖掘作品的认识价值；另一种态度则认为作品是某种抽象结构的具体体现，批评的目的在于探求主宰具体作品的这种抽象结构。这两种态度并不是互不兼容的，而是可以互相补充的。①

这可以相互补充的两种态度、两种视角和研究方法，事实上就其归属来说前者是人本主义理论，后者是科学主义理论。意图叙事学就是将人本主义理论纳入科学主义理论指导下的行为叙事学之中，是对这两种态度、两种理论方法的互相补充。一方面要运用人本主义理论方法寻找作品所表现的行为者与叙述者的意图，便于更好地认识作品的价值。另一方面又兼顾科学主义的分析方法，以求发现主宰作品的内在结构形式：不同意图的组合结构(共时性横向结构）或意图生成演变的结构(历时性的纵向结构)。这样就将托多罗夫批评的两种态度（两个目的）——认识价值、抽象结构——很自然而然地结合在了一起。

五、意图叙事理论与人物分析理论之关系

既然意图叙事学将被行为叙事学抛弃的人置于关注的重心，那么，人们不禁要问：意图叙事与现实主义文学理论中的人物分析理论岂非珠联璧合、合而为一了吗？于是将意图叙事理论等同于人物分析理论。这一等同论是被表面现象所迷惑的大错觉、未加分辨的大误读。

意图叙事理论与人物分析理论的确有相同的地方，如它们都以故事中

---

① 王泰来：《编者前言》，《叙事美学》，重庆出版社 1987 年版，第 8 页。

的人物为分析的重心，强调人物重于事件；都关注人物的内在性情和品格在行为中的作用等。然而，意图叙事理论与人物性格分析理论在最本质的内涵上存在着不可混淆的根本区别，其区别表现为以下四个方面：

1．研究的视域不同。意图叙事理论的视域远大于人物分析理论。人物分析理论只关注文本中的主要人物及其性格。而人物性格在意图叙事理论中仅属于内叙述的一部分。其视域除了文本中主要人物（被称之为内视角）外，还有文本外的人物——作者、叙述者、接受者（被称之为外视角）。它不仅研究文本中人物的关系，同时研究文本外的作者、叙述者、接受者与文本内人物的关系。即人物性格分析理论的视域是单维的，而意图叙事理论的视域是三维的。这一差异带来了不同质的两种理论体系。

2．单就文本内人物的研究视域而言，同样也存着单维与多维的不同。性格分析理论只关注人物的性格。而意图叙事理论则关注意图力——实现意图的能力。意图力包含意志、胸襟与胆识、心理素质、品德、智慧、知识技能、性格、精细度、交往能力九种元素，性格仅是其中之一。性格理论分析人物性格内的相关元素，而意图叙事理论则分析意图力九大元素间的复杂关系（具体见第八章"意图力——实现意图的综合能力"）。

3．人物分析理论探讨人物性格与故事间的关系。故事表现人物的性格，性格内涵于故事之中，并借故事表现出来；性格说明人物行为因何是这样而不是那样，即性格成为说明行为的出发点和归结点。性格成为故事的源头。事实上，故事的源头是人的欲求、意图。人的心理需求推动人的行为，而非性格推动人的行为。性格只可规定人的行为的特性，只在人的意图生成、实践过程中发挥作用。那是因为性格只不过是人的本质的个体化表现，人的本质才是性格生成的根源和动力。而关于人的本质与性格间的关系，却并不在人物分析理论的视野范围之内，这样一来，性格背后的深层世界便变成了一个盲区。故而，人物叙事事实上仅是性格叙事，正由于其不能到达叙述的本质层面，从而使得性格叙事对于行为现象的分析远不及意图叙事理论来得高屋建瓴和通透深刻。

4．研究的深度与功能不同。人物分析理论只注重文本中的人物个性，而人物个性之间本无内在的逻辑关系，而作为每个人物性格史的故事间也自然无必然的逻辑关系，于是人物性格分析难以顾及文本的结构层次。再加上这一理论未将人物性格放置于更上一层的功能体系中，于是个体人物性格的功能不能在全书人物结构体系中找到自己的位置，其独特的功能也不能得以显现。故而人物分析每涉及小说的结构时，便力不从心，只得抛弃人物结构模式而滑向情节结构模式中，于是第一叙述性的人物不得不让位于故事，使得"人物中心"的原则未能在分析过程中贯彻下去，便半途而废了。而意图叙事学从作者意图、叙述者意图、接受者意图、人物意图及其关系的整体性范围，系统地分析文本的内外结构。人物意图的功能在全部叙述意图结构中可以清晰地显示出来。那是因为一来意图叙事理论有一套完整的内叙事结构（如意图力、反意图力、调节力、意图元、意图序列等以及意象层次理论），人物的意图可以放置于内叙事结构中加以衡定。二来意图叙事理论还有一套完整的外叙事结构（由内叙述者、外叙述者、接受者及其关系所构成的意图体系），人物意图可以放置于更上一层的叙述者意图体系的坐标中，而叙述者意图又可以纳入由叙述者与接受者所组成的意图体系内。不仅如此，叙述者与接受者的意图体系还可以纳入由以作者意图为中心的整个叙述意图顶级层次里，从而使得下一级意图的结构功能得以充分地显现。如此一来，人物意图成为结构的基础单元，从而构成了小说叙事的完整结构，对小说叙事的意味形式做出了系统的说明。而这些却是人物分析理论无法做到的。

六、意图叙事与主题叙事之关系

一提及意图，人们便很容易地想到主题，因为过去研究作品（包括叙事文本）主要探讨作者的写作意图、主旨，因此便推测意图叙事就该是主题叙事。这一思维惯性很可能对人们理解意图叙事理论带来很大麻烦，故而很有说明的必要。意图叙事不是主题叙事，其差别有五：

1. 主题叙事主要探讨一部作品所表现的中心（核心）思想，一种作者对于社会、自然、人生的认知，一种伦理、道德观念、文化价值观念。思想、观念并不等于意图。思想观念是一种认知，意图是一种行为的具体目标。前者是宽泛、抽象的，后者是具体、可见而可感的。意图是思想的载体但并不等于思想，二者不在一个叙述层面。譬如《杜十娘怒沉百宝箱》中的杜十娘的人生意图是实现与李甲的婚姻。但实现与李甲的婚姻并非这篇小说的中心思想。其中心思想是通过描写千古女侠杜十娘因"错认李公子，明珠美玉，投于盲人"所造成的婚姻悲剧，表达"深可惜也"的警世目的和善恶报应思想。① 然而，"错认李公子"只是造成杜十娘意图失败的原因之一，警戒后人也只是作者叙述意图的一部分，而非主要人物杜十娘的行为意图。由此可见，行为意图与主题思想不在一个叙述层面，故而无论如何都难以画等号。

2. 主题思想的分析主要关注作者叙述意图，探讨作者创作某部作品的初衷和主旨。一来，作者创作意图并不等于作品所表达的思想，一般说来作品所表达的思想远大于作者的创作意图。什么原因呢？那是因为作者的创作意图是通过叙述者的叙述意图表现的，而叙述者的意图又受接受者的接受需要（意图）的影响，并最终通过文本中主要人物的意图及其实现状况体现出来。如此一来，一部叙事文本的思想是由作者、叙述者、接受者与主要人物的意图共同参与的复杂结构，其复杂性的生成之源是每位参与者都重新进行了创造活动，其总和大于单一的作者意图。不仅关注的范围大于主题分析，而且关注的重点有内、外之别。即主题分析虽也关注作品内容，但重点是"外叙述"者——作者的创作主旨，文本内容一般只是证实探讨创作主旨的依据（因文本的文化内涵远大于作者的表达初衷，故而向来的所谓主题分析往往不能避免片面性和不周延性）。而意图叙事理论却将文本的"内叙述"——主要人物行为意图——作为关注的重心，以人

---

① 参见（明）冯梦龙：《杜十娘怒沉百宝箱》，《警世通言》卷三十二，中华书局 2002 年版，第359 页。

物的行为意图为分析的中心，把主要人物的行为意图（内意图）视为外意图的载体。作者叙述意图（外意图）仅是主要人物行为意图分析的参照。

3．意图叙事理论将意图特别是内意图当作推动行为的动力，故而可从力学角度研究叙事的结构以及结构形成的深层原因。正因意图力是小说叙事的推动力，所以可以通过"内意图力"的关系（文本内不同意图者间的关系）以及内、外意图力间的相互作用（作者、叙述者、读者和主要人物意图间的功能）分析文本叙述的深层结构以及造成诱人、动人、移人的意味形式的原因。而主题是一种思想的抽象，它并非是直接推动人物行为的动力，故而主题的分析不能说明文本的结构以及结构形成的原因，更不能说明一部叙事作品何以动人的意味形式的状态及其生成逻辑，即关于形式的研究需用艺术分析的理论。这也正是造成文学作品主题与形式分析两张皮现象的根本原因。而意图叙事理论则通过意图力关系打通了内容与形式间的壁垒，克服了主题分析方法的天生痼疾。

4．主题分析是共时性层次的分析，一般采用归纳与抽象的方法。而意图分析侧重于历时性分析，一般采用演绎分析的方法（也有归纳但多是功能与层次间的关系）。意图分析中因为意图是具体可见的，在文本中也易于把握，意图实现的结果也是叙事不可少的重要环节，也易于把握。只是意图实现过程是一个历时性的过程，具有一定的时间长度，同时涉及不同意图的人物及其关系，涉及主要人物的意图力等因素而变得复杂。然而，虽然复杂，因采用分析的方法，相对易于掌握和操作。而主题分析因主题思想是隐于故事背后，看不见摸不着，需经过对事象及其演变过程的概括抽象方可捕捉，其所采用的方法多为概括和抽象的方法。

5．主题分析意在抽象出思想意义，意图分析意在说明内在结构以及结构形成的动因。主题分析只是说明是什么，不能说明怎么样，意图分析不仅说明怎么样，而且说明因何是这样。主题分析说明表达了什么，意图分析说明怎样表达和因何如此表达。

通过以上所述，意在使大家对何为意图叙事有一个大体的了解。具体的论述则要在下文中展开。

第一编　意象叙事论

第一章　意象叙事论

一、缘　起

意象叙事是汉语言文学叙事区别于世界上表音语言文学叙事的主要特征和价值之所在。然而，意象一词在中国文学研究的传统中更多地被用于抒情写意的诗词文本范围。即使 20 世纪初西方受汉诗影响的英美意象诗派也是如此，意象似乎只是抒情之物而非叙事的手段。自西方叙事学理论传入国内后，在寻找中国叙事民族性的研究成果中，开始出现关注小说戏曲中的叙事意象。较早对"叙事意象，或意象叙事"① 有意识地进行系统研究的是杨义先生，其《中国叙事学》中专列一章"意象篇"，并明确指出："研究中国叙事文学必须把意象、以及意象叙事方式作为基本命题之一。"② 其所论及的意象类型、组合方式以及意象的意义、功能等诸多观点对叙事学研究界产生了重要影响。同时，他关于意象参与式、有限性的认知，认为"严格意义上的意象不可能成为叙事的主体，它充其量只是形象、情节和议论的点化或装饰"③ 的观点，以及未论及的有关叙事意象因何生成（如与汉字关系如何）等，也引发了人

---

① 杨义：《中国叙事学》"意象篇第四"，人民出版社 1997 年版，第 268 页。

② 杨义：《中国叙事学》，人民出版社 1997 年版，第 267 页。

③ 杨义：《中国叙事学》，人民出版社 1997 年版，第 276 页。

们的再思考。

由于文学是以语言为媒介的表述艺术，因而从语言入手研究文学是文学研究的一种传统而有效的方法。中国早期出现的注释经典，就是从音韵训诂等语言文字入手的；西方出现于 20 世纪的形式主义、结构主义、语言人类学、叙事学也无不以语言作为分析的基本手段和论述出发点。正因此，从语言学入手研究中国叙事逐渐受到国内学人的重视。董乃斌先生主编的《中国文学叙事传统研究》，意在一反中国文学史偏重抒情传统而弱化叙事传统的状况，强化叙事这一文学史主线，说明"它们本是同根生、一起长的兄弟"①，便从汉字"六书"入手，论证"六书""都带有一定的叙事成分"②。傅修延先生的《先秦叙事研究》进一步认为："汉字完全是按叙事要求来构形的，它是一种为叙事而诞生的文字。"③他们的著作都强调了汉字叙事本性，推进了中国叙事本源的研究，提高了中国叙事文学的地位，同时也留下了诸如汉字物象符号与事象符号、叙事意象与抒情意象关系如何等诸多令人深思的问题，尚未建立起意象叙事的理论框架。

本书在承接上述研究成果基础上，着重探讨两方面问题：一是意象叙事的本质属性及生成原因；从早期汉字的本质属性分析，到汉字意象的本质属性分析，再到意象叙事的民族属性研究。二是通过层次结构分析，试图细化意象叙事研究，建立意象叙事的分析框架和观念体系。具体途径与方法为：从汉字符号表意类型入手，分析意象内涵的层次结构，分辨意象叙事与意象抒情的差异，确定意象叙事概念的边界，考察叙事意象演变为意象叙事何以可能。尝试阐述以汉语言文字为媒介，以叙述意欲为动力，以叙事意象为书写主体的叙事写意的意象叙事概念。以求从学理上对意象

---

① 董乃斌主编：《中国文学叙事传统研究》，中华书局 2012 年版，"导论"，第 3 页。

② 董乃斌主编：《中国文学叙事传统研究》，中华书局 2012 年版，"导论"，第 20 页。董先生强调汉字造字时的叙事性，认为"古老的中国文字，就是为记事——叙事而产生、进化、成熟的"（同上书，第 19 页）。

③ 傅修延：《先秦叙事研究——关于中国叙事传统的形成》，东方出版社 1999 年版，第 31 页。

叙事做出进一步说明。

二、汉字的属性

1. 表意性

作为表意文字的汉字，表意性是其基本属性。因汉字以表意为灵魂，形与声服从并服务于表意，从而有别于以音为第一位的表音文字。尽管汉字除意符外也有声符，然而，其声符并非表音文字的音符，其不同于表音文字声符处有三点。一是声符与形符（又称义符）共同构成一个字，而非单独构成一个字。① 二是声符辅助形符表意，合成一个表意文字而非表音的拼写文字。形旁是标示字的意思或类属，声旁则表示字的相同或相近发音。如"植"字，"木"是形旁，表示与树木相关的范围和属性；"直"是声旁，二者合在一起，表示"直立之木"② 的字义。三是有的声符是从象形、会意、指事文字中借用过来的，它自身表意，往往兼有表声表意的双重功能而非表音的单一功能。如段玉裁所言："谐声之字，半主义，半主声。"③ 如"裂"字，《说文解字》："裂，缯余也，从衣列声。"④ 然而"列"既表示声音又表示意义。《说文》："列，分解也，从刀列声。"那么"裂"字就有衣布之物被分解（"衣裳绽裂"⑤）的意思。当然，声旁起初表意明显，后来在逐渐假借和演变中，表意性呈渐渐弱化趋势。不过，我们应看到形声字的声旁起初是以表意的符号用来表达字音的，这与表音文字中的

---

① 即使早期拟某种声音的字也是如此。只有从表音文字中引入的外来词是个例外。外来词不在我们研究的范围之内。

② （清）段玉裁：《说文解字注》，上海古籍出版社 1981 年版，第 255 页。

③ （清）段玉裁：《六书音韵表一·古谐声说》，见《说文解字注》，上海古籍出版社 1981 年版，第 817 页。

④ （清）段玉裁：《说文解字注》，上海古籍出版社 1981 年版，第 359 页。

⑤ （清）段玉裁：《说文解字注》，上海古籍出版社 1981 年版，第 359 页。

音符有着本质的区别。再者，字形与字音虽是汉字的组成部分，却不是汉字的最终目的，只是实现最终目的——表意——的形式和手段。诚如段玉裁所言："凡字书，以义为经而声纬之。"①

2. 象形性

汉字的第二属性是象形性。汉字是通过何种形式完成表意的目的呢？它所借助的形式为象（拟物图像）形（字形符号），于是便生发出汉字的另一特性——象形性②，即通过拟物的图像符号（包括声音符号与图像符号）表意。这种通过以拟物图像符号为主体的表意的具体形式被后人总结为六书（造字的六种方法）——指事、象形、形声、会意、转注、假借。③ 但这六书中最早的文字当是象形字，其他五书无不以象形符号为基础加以组合、转借而成。象形是汉字构造的基本方法。④ 文字的起源虽是多元的，但在殷墟甲骨文之前文字早已存在，考古发现比之更早的陶寺文化的朱书文字（约公元前 15 世纪），有的学者认为是甲骨文的祖先。⑤ 而这些刻画于陶器上的朱书处于画与字之间，具有更明显的绘画特征。在山东莒县陵阳河出土的陶器图文（约公元前 3000 年左右），则被文字学家认

---

① （清）段玉裁：《六书音韵表一·古谐声说》，见《说文解字注》，上海古籍出版社 1981 年版，第 817 页。

② 英国汉学家苏谋事（James Summers）在其著作《中国语言与文学讲稿》中认为：汉字具有单音节词与象形文字两大特征（兼具看与听的两种功能），为此而与欧洲语言形成了鲜明的分野。参见黄卓越《"汉字诗律说"：英美汉诗形态研究的理论轨迹》，《北京大学学报》（哲学社会科学版）2014 年第 1 期。

③ 此六书之名依据许慎《说文解字第十五卷·叙》的提法（见段玉裁：《说文解字注》，上海古籍出版社 1981 年版，第 755—756 页）。同为古文字学家的郑玄对六书和注释则是：象形、会意、转注、处事、假借、谐声（参见郑玄：《周礼疏》附释音《周礼注疏》卷第十）。而班固认为六书当为：象形、象事、象意、象声、转注、假借（参见班固：《汉书》卷三十"艺文志"）。

④ 申小龙指出："汉字的物质形态即其方块结构是以象形为基础的……在传统的六书中，不论从'文'（以图纹状物的独体字）的含义和'字'（在文的基础上孳生的合体字）的形体构造本身来看，象形都是基础。"（《汉字与中国文化》，复旦大学出版社 2003 年版，第 409 页）

⑤ 参见宋国定：《郑州小双桥遗址出封陶器上的朱书》，《文物》2003 年第 5 期。

为是中国最早的文字，其文字应是图画象形文字。① 纳西族的文字是至今仍使用着的图画象形文字，它体现了文字的原始性特征，而且与汉字同属汉藏语系。有人认为它与甲骨文同源，"几乎可以说是汉字的前身"②。这些皆可说明图画象形字出现在符号象形字之前。如果汉字的演变进程是由图画象形到符号象形，汉字的表意是先描绘出图像，借用图像表达心中之意，那么，它表意的手段是描绘图像。这种通过描绘图像和象形符号表意的象形性是汉字的又一属性。在古人看来，言可达意却不一定能尽意，即言语只适用于一定的范围，有些领域，语言是不能完全表达的。如"道"就是"非名言领域"。从《周易》、《老子》、《庄子》到王弼"言不尽意论"，都指出了语言在"意"表达上的不可名言的局限。现代逻辑哲学也认为有些形而上学的问题诸如：信仰、自由、上帝、物自体等就是科学和逻辑所不能解决的，是语言不能尽意的范围。而古人则认为"象"具有超越言语局限性的特殊功能。"子曰：书不尽言，言不尽意。然则圣人之意，其不可见乎？子曰：圣人立象以尽意。"（卜商《子夏易传》卷七《周易》）王弼也强调"象"表意的独特性："夫象者，出意者也。言者，明象者也。尽意莫若象，尽象莫若言。"（王弼《周易略例》卷一"明象"）唯有"象"可将言未尽之意（不可言领域）表达出来。从而凸显"象"表意的超越性功能。而汉字表意与象形的两种属性真接决定了汉字意象的属性。

---

① 参见于省吾：《关于古文字研究的若干问题》，《考古》1973 年第 2 期。其中引述了陵阳河发现的"🔆"，将其解释为"旦"字。唐兰先生认为陶文"是很进步的文字"，并将"🔆"、"⚒"、"📢"三字分别释为"炅"、"戉"（钺）、"斤"等字。李学勤先生在《重新估价中国古代文明》（《人文杂志》1982 年增刊《先秦史论文集》）中认为，"🜨"、"🜋"可释为"皇"、"封"字。

② 马叙伦：《中国文字之源流与研究方法之新倾向》，《马叙伦学术论文集》，科学出版社 1958 年版。转引自申小龙：《文字的"观物取象"及其结构化》，《中学语文》2002 年第 9 期。

三、汉字意象的属性

1. 主、客体性

汉字的上述有别于表音文字的两大特性——表意性、象形性——具有重要的意义。意象一词就是汉字这两大属性自然合成的结果。"象"即象形之象，它是表达意的载体；"意"即象形之载体所表达的心中声音。意象就是表达意的形象（意象的具体内涵见下节），它最简约地凝聚了汉字借象表意的根本属性。

汉字借象表意的特点使得"象"与"意"具有主、客一体性。表达"意"是"象"生成的前提，"象生于意"。而"意"的表达要借助于"象"，在汉字里，"象"及其组合符号是意的唯一存在形式，因此，"意"是"象"的本质，"故可寻象以观意"（王弼《周易略例》卷一"明象"）。这样，大多数汉字本身既是"义"与"象"（象形符号）的统一体，又是意（心中声音）与象（物象、事象）的统一体，若想将"意"与"象"掰开，就像将字的形与义掰开一样不可能。故而国人的意象是从汉字的本性中自然长出来的，"象"与"意"一也而非二。同时，写入汉字中的象非客观之象而是心中之象，与心中之意共同统一于心，不存在主体客体之分，与西方意象的主、客体二分论有着本质区别。

2. 非分析的直观性

汉字象与意的同心一体性，使得汉字字义具有直观性，最终导致一定程度的非定义性、非分析性。有些汉字字义的获得无须经过声音过程，见象而知义。譬如"劓"字，我们可以不知其读音，就知字义是用刀割去鼻子。这些汉字虽然所占比例不大，但可代表汉字直观性的特征。直观性的作用可使某些汉字无须为之定义，虽说汉字还是需要辨别字义，但这种辨别性、举例性的定义较少分析性。再者，汉字"单音节特点及没有格、数、性、语态、语气、时态的修饰与限定"①，不会构成音素音节的先后线性排列及其复杂结构，从而使得汉字自身的概念性、分析的逻辑性较之表音文字天生较弱。

3. 超逻辑的体悟性

那么，人们是如何获得意象并进行思维的呢？从汉字借象表意的造字形态分析中发现，其"象"并非客观真实的象，而是表现心灵体验后的象。这种体验的"象"所追求的是体验性的真实而非客观的真实，从而构成了汉字意象的第三个特性——超逻辑的体悟性。诚如美国查德(L.A.Zadeh)教授所言："他们的逻辑不像西方的笛卡尔逻辑"，"更多地接受既不是非常真，又不是非常假的真值。这正是印度、中国、日本文化的特征"。② 譬如关于"孔"字的理解，英语"hole"，意为在某些东西上凿的孔洞，"an empty space within some thing sold"③。汉语"孔"字的字义则不然。《说文解字》："𠃉。通也，嘉美之也。"④ 甲骨文中该字形为右上方一个硕大奶头，左下方一个大头婴儿仰头吸吮乳汁，意为以乳孔流出的奶哺育婴儿，使人类生命延续，喻美好事物。中西方"孔"字虽都有孔洞的意思，然与英语所凿孔洞的实相相比，汉字以乳孔奶汁育婴儿显然带有更多心中体验的意味，而无论乳头硕大还是婴儿头硕大无不体现凸显超越现实真实的心理夸张，以至于与英语"孔洞"之意相去较远。

4. 组合的独立、灵活性

汉字意与象的一体性，使得汉字在组句成文中具有表意的独立性和灵

---

① 英国汉学家理雅格（James Legge）在牛津大学汉学教席受聘仪式上所作的《就职演讲》中持此观点，认为汉语没有格、数、性、语态、语气、时态，这种特点在表述上显得有些刻板。20世纪中叶美国汉学家却认为汉字的这个特点在表述上具有格外的灵活性。参见黄卓越：《"汉字诗律说"：英美汉诗形态研究的理论轨迹》，《北京大学学报》（哲学社会科学版）2014年第1期。

② 《查德答communi cation of A C M 杂志访问记》，参见华中工学院《模糊数学》季刊1984年第4期。

③ Arley Gray、Della Summers 主编：《朗文英汉双解词典》，外语教学与研究出版社1992年版，第668页。

④ （清）段玉裁：《说文解字注》，上海古籍出版社1981年版，第584页。

活性。汉语因缺少词态（时态、单复数等）的变化，再加上句子结构以语义为中心，没有那么严格的语法限制，词序和虚词便成为重要的构词造句方法。甚至在诗词中即使无虚词、动词和系词，单靠名词也可组成句子。如此一来，意象在词或句子中的关系的独立性、灵活性远大于其逻辑性①，甚或词与词的位置可以自由调换也大体不影响意义的表达。如"他淋了一身水——他一身淋了水——水淋了他一身"等。可调换性也带来了词性的可变性、灵活性（如词性的活用），从而构成了汉字意象的又一特征：独立性、灵活性。

5. 长于空间显现

借象表意的意象因常以象的形式出现，而象的存在形式是视感性较强的立体空间，较之无形的时间更具有观感性和体验性，故而"象"常常以有形表现无形，以有形空间表现无形时间，时间的变化往往通过空间变化来展现。故而直接体现出中国意象的时空特征：长于以空间表现时间。譬如关于"年"的概念，西方"years"表示一年 365 或 366 天的时间长度，"a period of 365 or 366 days divided into 12 months beginning on January lst and ending on December 31st "②。而中国早期的"年"字，则是用人感觉的事物空间表达一年的时间。甲骨文"年"(𠂉)③，金文美化为 (𠂊)，象形字，人的头上顶着沉甸甸的谷穗。用空间图像表示谷子熟一次为一年时间。《说文解字》："年，谷孰(熟)也。"段玉裁注："年者，取禾一熟也。"④就像孙悟空用桃子熟了七次表示上山求道已等了七年一样，抽象的时间用具体可感的物象空间得以表示。

---

① 美国汉学家费诺罗萨（Ernest Fenollosa）认为中文没有严格的语法，"所能见到的除了句子的形式以外，就是言述以文字的方式不停地生成，一个接着另一个向外绽吐，与自然一样，中文单词是活泼与可塑的"（Ezra Pound, Instigations of Ezra Pound, p.371.）。

② Arley Gray、Della Summers 主编：《朗文英汉双解词典》，外语教学与研究出版社 1992 年版，第 1576 页。

③ 参见徐中舒主编：《甲骨文字典》，四川辞书出版社 1987 年版，第 782 页。

④ （清）段玉裁：《说文解字注》，上海古籍出版社 1981 年版，第 326 页。

6. 模糊态与空灵性

象形文字的成像性与形象的可感性强于抽象性，依据愈是可感性强的形象其抽象性愈弱、其含义愈模糊的原理。那么，具象性的汉字愈是以具体形象表达抽象便愈增加表意的非确切性、模糊性。以数字为例，譬如"三"字，在英语里，它只表示准确的数字，"Three is the number 3"，而在汉字里，三字之意却是天、地、人组合成的"三才"。许慎《说文解字》："三，数名，天、地、人之道也。"[1] 其含义远大于具体数字；或表示反复和多的意思，如"三番五次"、"三五成群"等。中国人形容事物数量多，或用确定数字，或用弹性数字，或用模糊数字，而运用后面两种方法更普遍，如"多如牛毛"，"人山人海"，"数不胜数"，而其究竟是多少，却是模糊的。这种模糊性一方面与中国人看事物、想问题倾向于整体性、统一性、融合状[2]，一般不习惯对内部结构做无限制地分解有关；另一方面可能与以小表现大、以有限表现无限的表现方法有关。这种以有限表现无限的方法造成的另一种效果则是含蓄与空灵。如"西"字，英文"towards the west"[3]，意为西方。甲骨文和金文中写为"□"、"□"，呈现为一只鸟落在鸟巢上的图像。它一方面表示太阳在西方落下时鸟便回到巢中，以此表示太阳在西面。《说文解字》："鸟在巢上也，象形。日在西方而鸟西，故因以为东西之西。"[4] 另一方面，人通过日落鸟回巢的图像则想象到许多与之相关的生活意义，如"日出而作，日落而栖"的人与自然万物的活动规律，想象到人到黄昏却无家可归的悲伤等等，即鸟回巢的"西"字所表达的意义大于表示方位的

---

① （清）段玉裁：《说文解字注》，上海古籍出版社 1981 年版，第 9 页（上）。

② 这种统一性表现为主体与客体的统一、局部与整体的统一，现象与本质的统一，偶然与必然的统一等，其实中国人向来就没有将那些东西分开过，它们总是融合为一体的，所以用西方的眼光看则是模糊的。

③ Arley Gray、Della Summers 主编：《朗文英汉双解词典》，外语教学与研究出版社 1992 年版，第 1541 页。

④ （汉）许慎：《说文解字》，九州岛出版社 2001 年版，第 687 页。又见（清）段玉裁：《说文解字注》，上海古籍出版社 1981 年版，第 585 页（下）。

"西"字本身，给人空灵的美感。①

总之，汉字象形表意的特性体现出汉字意象的民族特征。汉字意象具有意与象的主客体同一性，非分析的直观性、追求体验真实的体悟性、组合的独立灵活性、长于空间表现性以及模糊空灵性等特征。这些特征将在下文意象叙事的分析中得以显现。

四、意象内涵结构与叙事功能

一提及意象，人们多想到自然的静态意象和诗词创作，而较少想到作品人物的动态意象和小说戏曲的意象叙事。换言之，意象似乎仅是抒情之物而非叙事的手段。那么我们只能称之为意象抒情，怎么能称之为意象叙事呢？

借用西方文体学观念将中国古代文学分为抒情、叙事、议论三类，已是百余年的事实，似无可否认。但是有一种现象也令中国文学研究者百思难解，那就是为什么在中国抒情的诗文中有着拆掰不开的故事成分、故事情结？而在中国的叙事文学中同样有着不可少的诗词韵文、诗情画意场面以及诗一样的构思呢？② 而这一特征为何在戏曲文本中同样如血肉似地交融在一起？意象内涵的研究，可以寻找这一百思难解的答案。事实上，考察最早出现的意象概念就包含有事象③；中国古代的叙事也往往是通过意

---

① 美国汉学家洛威尔（Amy Lower）便发现汉字部首的功能可使汉字表达的意义大于某字本身。"汉字书写字符的部首在诗作中的重要性，要比通常所知更大；诗人择用某一字符而不是指代相同事物的其他字符，是因为那个特定字符的构体中包含有描述性寓意，以至于能够借助字符结构中蕴藏的意义暗流而使汉诗更趋丰盈。"（Florence Wheelock Ayscough and Amy Lawernce Lowell, Fir-Flower Tablets,Bosten and New York,Houghton Mifflin Company,1926,vii.）

② 参见许建平：《〈儒林外史〉：一部意在意志的诗化小说》，见《明清小说研究》（江苏南京）1997年第1期。

③ 意象作为独立的概念较早见之于班固《汉书》：李广"意象愠怒"。稍后有王充《论衡》："夫画布为熊麋之象，名布为侯，礼贵意象，示义取名也。"以及汉代佚名的《太平经》："师之所贵，为能知天心意象而行化。"前者指表达情绪的人物面相，即人物的情绪形象，包含事的因素。

象中事象的叙述完成的；意象内涵中有着丰富的叙事性内涵。

1."意"的三大内涵：情意、欲意、道意

意象概念是由"意"与"象"两个词组合而成的。要分析"意象"概念的内涵，第一步需先分别分析"意"与"象"各自的内涵，然后探讨"意"与"象"组合后的整体性内涵。① 若了解"意"的内涵，需先弄清"意"字的本义。《说文解字》："意，志也。以心察言而知意也。从心从音。"②"志"与"意"同义。《说文解字》："志，意也。从心，士之声。"③《说文解字》："士，事也。"④ 由此而知，"意"是会意字，上音下心，字的本义为心中的声音或心中的事。那么心中的声音（或心中事）究竟包含哪些内涵？古人笔下"意"的内涵大略分为三类。一是情意，即古人所谓"七情"："喜、怒、哀、惧、爱、恶、欲，七者弗学而能"⑤。是指人的欲求在现实社会中实现的程度状态在心理上引起的反应，愿望实现则喜，失败则哀，受阻则怒，合意则爱，逆意则恶等等。也指自然现象在人心中引起的情感反应，如古人诗词中常见的伤春、悲秋、思月、恋柳、乐水、爱山诸类意象中，借春、秋、月、柳、水、山等物象所表达的情感，也即通常所言"景事情意"⑥。二是欲意，即古人所言"六欲"："饥欲食，目欲色，耳欲聲，口欲味，鼻欲臭，四肢欲安佚"⑦，是人生存的基本欲求，也包括功业欲、权力欲、声名欲等发展的欲望。文学创作本身就是为了满足创作者某种情欲的活动，"一切创制活动都是为了某种目的的活

---

① 由于意象融入了主观的想象和创造，同时也掺和着读者的想象创造，故而某具体意象的内涵大于意＋象的和值，但是就其概念的基本内涵而言，意象的内涵首先是意与象内涵的和合。

② （汉）许慎：《说文解字》，九州岛出版社 2001 年版，第 603 页。

③ （汉）许慎：《说文解字》，九州岛出版社 2001 年版，第 603 页。

④ （清）段玉裁：《说文解字注》，上海古籍出版社 1981 年版，第 39 页。

⑤ （清）孙希旦：《礼记集解》卷二十二"礼运第九之二"，清同治七年孙锵鸣刻本。

⑥ （清）浦起龙：《读杜心解》卷三"野望因遇常少仙"，在诗末尾"落尽高天日，幽人未遣回"句后有"逐层引出，景事情意俱到"一语。清雍正二年至三年浦氏宁我斋刻本。

⑦ （元）陈师凯：《书蔡传旁通》卷一下"大禹谟"，清文渊阁《四库全书》本。

动"①。故而人的情欲实乃文学艺术活动生成和发展的动力②，也是意象叙事活动的动力。三是道意，即古人所说"天道"、"地道"、"人道"，认识天地万物与社会人生的最高思想理论和精神价值追求，如儒家之道，老庄之道，兵家之道，法家之道等。也指人对自然万物、社会人生认知所形成的某种观念、思想。因为"道"无处不在，"道也者，通乎无上，详乎无穷，运乎诸生"③。所以，也自然存在于叙述对象和叙述活动本身之中，叙事作品一般总会表达叙述者某种思想倾向和认知观念，譬如《三国演义》所表现的"兵"道；《水浒传》所传达的"江湖"之道；《红楼梦》借宝、黛、钗等的情爱纠葛所体悟的男女情道等。

2."象"的三大内涵：物象、事象、境象

至于"象"的内涵，也不得不先考察"象"字的本意。《说文解字》："象，南越大兽，长鼻牙，三年一乳，象耳牙四足尾之形。凡象之属皆从象。"段玉裁注文："按古书多假像为象，人部曰：'像者似也，似者像也'……《周易·繫辞》曰：'像也者，像也。'……韩非曰：'人稀见生象，而按此图以想其生，故人之所以意想者，皆谓之象。"④综合许慎、段玉裁与韩非三人所释之"象"义，实为视觉形象，包括三层含义：动物大象本象（本象的摹画）；表达事物间一种相似关系；依图而意想的事物。视觉形象的存在形态有两类：静态视象与动态视象。前者多是某一种或某一类（组）物象，在人心中存在的时间是瞬间的、短暂的，标示某种寓意，表现某种感受、情绪，较少明确的目的性和行为意图，我们称之为物象。就艺术作品而言，它常出现于表现人生某一瞬间感受和情绪的诗词文体中，如清风、明月、松柏、梅竹、江水、山石、花鸟等。后者有一定的时间长度，表现事物的变化过程，显示人物的某一愿望、动机、目的和意图，展示人实现

---

① ［希腊］亚里士多德：《亚里士多德全集》第8卷，苗力田编译，中国人民大学出版社1992年版，第122页。

② 参见许建平：《文学发展动力分析》，《江海学刊》1999年第2期。

③ （春秋战国）管仲：《管子》卷四，"宙合第十一"，《四部丛刊》景宋本。

④ （清）段玉裁：《说文解字注》九篇下，上海古籍出版社1981年版，第459页。

某意图的行为过程，故可称之为事象。事象是由一系列事象符号构成，常常表现为一种有叙述目的性的故事场景。如"辕门射戟"、"刮骨疗毒"、"杨志卖刀"、"瑞兰拜月"、"张生琴挑"等。作为事件的场景存在着能唤起记忆多少和时间长短问题，那种能唤起记忆长度和广度的心理场境，大多是象和意的融合达到极简洁而经典地步的空间意象，我们称之为境象。如"嫦娥奔月"、"世外桃园"、"孔融让梨"、"孟母三迁"、"黛玉葬花"等。

3. 意象内涵的三大层次：情物象、事欲象、道境象

意的三大内涵（情意、欲意、道意）与象的三大内涵（物象、事象、境象）之间存在横向与纵向两类关系。就横向关系而言表现为同一层次内涵间的对应、吸收与融合关系。如"情意"与"物象"对应，物象往往作为情感的载体，情感也往往借助物象而表现，即所谓寓情于物、借物抒情、情景交融，形成可表现情感的物象——"情物象"。又如"欲意"与"事象"对应，事件一般总是人物为实现某种欲意而进行的活动过程，并经过种种艰难曲折而获得某种结果。如孙猴王有了"长生不老"的欲望，方有二十年"求仙访道"的事件；而"求仙访道"的事件正表现其"长生不老"的愿望。从而构成实现某一意图而行动的故事意象——欲事象。"道意"与"境象"的横向融合，会形成表现对人生、人与人、人与自然关系的领悟，或形成人对于万事万物的某种认知、观念、思想，通过某种场景①或某一重大事件②而表达出来，以达到警醒世人的目的。如道教的"阴阳鱼"图案，《红楼梦》中的"风月宝鉴"，《金瓶梅》中的"四贪词"，《水浒传》中写着"替天行道"的杏黄旗等，从而形成表现"道"的境象——道境象或道意象。如此一来，"意"内涵的三大类型与"象"内涵的三大类型横向交融，构成了意象内涵的三大层次：物象——情意层次、

---

① 如陶渊明《饮酒》："山气日夕佳，飞鸟相与还，此中有真意，欲辨已忘言"；苏轼《题西林壁》："不识庐山真面目，只缘身在此山中"；王之涣的《登鹳雀楼》："欲穷千里目，更上一层楼"等。

② 如《水浒传》"魂聚廖儿洼"故事，《红楼梦》"甄士隐悟道"故事，《金瓶梅》"普静法师荐拔群冤"故事等。

事象——欲意层次、境象——道意层次。当然这三个层次并非互不相关的机械的组合，而常常是灵活地有主次地交织在一起。物象既可抒情也可表现欲望和道意；事象既可叙事也可抒情或表达思想观念；境象既可由情达之，也可由事和道达之。叙事作品的物象，既可是具体的物象，也可是宏观的背景；抒情作品中的事象既可站在台前，也可隐于幕后等等，而且三个层次有时也呈现为交错混合形态。

就纵向关系而言，三大层次呈层叠上升关系，皆由简到繁，由易到难，由低到高。前一层次是后一层次之基础，后一层次是前一层次的叠加与升华。文学史上优秀佳作往往具有物象、事象、境象三层次内涵，清人叶燮主张优秀佳作需具备"三至"：情至、事至、理至。"惟不可名言之理，不可施见之事，不可径达之情，则幽渺以为理，想象以为事，惝恍以为情，方为理至、事至、情至之语。"① 只不过因所表达意的类型与文体不同而呈现主次不同的结构状态罢了。

4. 意象结构的叙事功能

上述意象内涵的层次分析，为我们提供了两个重要的信息，并由此可获得解决两个重大问题的认知。第一个是关于"事象"的信息和认知。该认知丰富了意象概念的内涵，为分析意象叙事以及探讨中国文学抒情与叙事水乳交融现象生成之因，提供了概念基础与理论分析的可能性。

"事象"的概念并非凭空臆撰，它最早见于《周易》。《周易》云："乾，纯阳，用事象配天，属金。与坤为飞伏居世。"又曰："坤，纯阴，用事象配地，属土。柔道，光也。阴凝感与乾相纳，臣奉君也。"② 这里的"事象"是指"乾""坤"两卦的卦象，因其卦体喻事"飞伏居世"、"臣奉君也"，故称"事象"。古人书中"事象"一词经常出现。如王充《论衡》："《易》据事象，《诗》采民以为篇。"③ 汉代《太平经》："故人取象于天，天

---

① （清）叶燮：《原诗》卷二"内篇下"，清康熙叶氏二弃草堂刻本。

② （汉）京房：《京氏易传》，（三国）吴绩注，卷上，《四部丛刊》景明天一阁刊本。

③ （汉）王充：《论衡》卷二十九"书解篇"，《四部丛刊》景通津草堂本。

取象于人，天地人有其事象，神灵亦象其事法而为之。"①

　　作为文字符号更早则见之于甲骨文字。甲骨文字中的拟象符号至少
包含两类：物象符号、事象符号。② 物象符号如山、水、日、月、竹、虎
之类，即班固所言"象形"类字，已为人们所熟知，无须赘言。然而表
现人与人、人与物、人与神之关系，特别是人的动作行为的符号——事
象符号——却未引起足够重视，故需特别说明。汉字除象形字外数量更
多的是"象事"字和"象意"字③，这两类字往往是由两个以上的象形符
号组合在一起，其中不少字摹拟人的动作行为。而这种摹拟动作行为的
符号因涉及动作主体及其目的性，也具有行为的空间性和时间长度，故
而具有事的成分。譬如"奠"字，《说文》："奠，置祭也，从酋。奠，酒
也，下其兀也。甲骨文像置酒樽于一上。"④ 将盛满酒的酒樽双手放置在几
案之上，其目的是为祭典神灵或鬼魂。"奠"表示奠祭主体的一种有目的
活动，而且这个活动有一定的空间性和时间性，有行为的长度，具有了
事件的因素。又如"丏"字，甲骨文从爪从鱼，像以手提鱼之形，故有
升举之义。⑤《说文》："丏，并举也。有登献品物之义"⑥；又有"丏册"，当
为祭祀中称举所献册的仪式。即"丏"字指的是手提鱼为祭祀而献祭品，
同样是一种有目的的动作，有一定长度的行为，具有事的因素。这样的
事象符号很多，诸如"奔"（人挥动双臂迈大步，下三足，拟奔跑事）、
"盥"（下盛水器皿，上两手捧水，拟洗脸事）"监"（下一盛水器皿，上
一人俯身下视，拟以水自照事）、"興"（四手共举一物，拟举起事），"衛"

---

① （汉）佚名：《太平经》卷一百一十九，"天神考过拘校三合诀第二百一十一"，明正统道藏本。

② 依据许慎《说文解字第十五上》的提法，关于"六书"，班固有"象事"说，郑玄有"处事"
说。可作为本书"事象"说的依据之一。详见上文"六书"注释条。

③ 班固称之为"象事"、"象意"字，也即许慎所言"指事"、"会意"二类。愚以为班固所言
更符合造字最初意。"象事"即以象形符号摹拟事。这类的符号，本书称之为"事象"符号。

④ （清）段玉裁：《说文解字注》，上海古籍出版社 1981 年版，第 200 页。

⑤ 参见徐中舒主编：《甲骨文字典》，四川辞书出版社 1987 年版，第 444 页。

⑥ （清）段玉裁：《说文解字注》，上海古籍出版社 1981 年版，第 158 页。

（中间城，四周四只足，拟保卫城事），"牧"（手持鞭棍驱牛，拟放牧事），这类字较多，如耕、利、拜、解、缕、毂、初、劇、刖、教等。这些由多个象形符号组合而成的表示行为的具有事因素的象，我们称之为事象符号。事象符号是通过模拟人的动作行为表现意的，它是意象叙事形成的文字基础，体现着古人重视事和借象叙事的思维特征，也是形成故事场景的事象系列基础。

事象符号的组合为我们提供了两点颇有价值的信息：一是物象符号与事象符号的血缘关系。汉字的造字思维由通过单象符号表示心中意的方法，已进一步发展为借用两个以上的双象或群象符号组合为事象符号，以事象符号表意。如"解"这个事象符号就是由"牛"、"角"、"刀"三个物象符号组成。由于事象符号是借用物象符号组合而成，故而事象符号与物象符号之间的关系便有了事象符号包含物象符号的包裹性与同生共长的不可分离性。二是正因为事象符号是由多个物象符号组合而成的，所以，事象符号是物象符号发展到一定程度的结果，是物象更高层次的发展。而且不只是符号数量的增加，更要紧的是在事象符号中隐含着行为的主体(人)以及人的行为的目的性，从而使静止的物象变为动态的有情欲引领和时间长度的故事化事象。而动态化、故事化可激活静态的物象，赋予其活的灵魂。如表示酒尊的"酉"和表示几案的"兀"两个物象本是呆板的，然当将二者放在一起，表示将酒尊放置在几案上的祭奠神灵的活动时，这两个呆板的东西便鲜活起来，有了生机。物象事象的这种相互依赖性，为叙事伴有抒情、抒情中隐含故事以及抒情中伴有故事更易于诱人、动人的文学现象找到了阐释的较早根据。

五、意象叙事与抒情

上述意象内涵的层次分析所提供的第二个重要信息和获得的重要认知是关于意象叙事与意象抒情的联系与区分，从而为探讨何谓意象叙事以及意象叙事的范围和边界提供了重要的依据。

1. 叙事意象与抒情意象

若要弄清楚意象叙事与意象抒情的联系与区别，则需先弄清叙事意象与抒情意象的联系与区别。意象内涵层次分析的结果，发现了意象内涵的三大层次：情意——物象层次，欲意——事象层次，道意——境象层次。三个层次间的交错联系使得每一层次生成三类意象，共生成九类意象：情物象、欲物象①、道物象②；情事象③、欲事象、道事象④；情境象⑤、欲境象⑥、道境象。九类意象中，情物象、道物象、情境象、道境象四类，因主要功能是借物象与境象来抒情写意的，故而称之为抒情意象。而情事象、欲事象、道事象三类，主要是借助事象来叙事写意的，故而称之为叙事意象。而欲物象、欲境象二类则兼有抒情意象与叙事意象的双重属性，用之于抒情写意则成为抒情意象，用之于实现某种意图的行为叙事，便成为叙事意象。如此一来，抒情意象包含情物象、道物象、情境象、道境象和欲物象、欲境象六类。叙事意象则由情事象、欲事象、道事象和欲物象、欲境象五类构成。

抒情意象与叙事意象的共同点皆是以"象"表意（或写意），表意或写意是二者的灵魂。不只是诗词文体绘景、言志、写意，小说戏曲文体是在凸显故事性的同时言志、写意。突出故事性与写意性是汉人叙事的着力点和兴奋点。为了表达意，可调用两类不同的意象（抒情意象、叙事意象）。究竟调用何类意象是由所表达的"意"（情意、欲意、道意）的类性规定其选择的。

关于抒情意象与叙事意象的关系需强调两点：其一各为体系。抒情意

---

① 欲物象，指表达人的情欲、意图的物象，如比翼鸟、洞房、寿星、官袍、聚宝盆等。

② 道物象，指表现道意（某种思想观念）的物象，如松、竹、梅、阴阳鱼等。

③ 情事象，指表现人的情意的事象，如黛玉焚诗、晴雯补裘、雪夜弄琵琶、怒沉百宝箱等。

④ 道事象，指表现人的道意（某种思想观念）的事象，如黄粱梦、歧路灯、封神榜、警世钟等。

⑤ 情境象，指表现情意的境象，如十里长堤、边塞、江舟、山林等。

⑥ 欲境象，指表达人的欲意的境象，如嫦娥奔月、精卫填海、岳母刺字、三顾茅庐等。

象与叙事意象是并列的两类体系，不可混而为一。其二两者因其共同的写意性而可相互吸纳、包容却非对立排斥。叙事意象可吸纳抒情意象元素，抒情意象也可吸纳叙事意象元素，这种吸纳包容性早在甲骨文字的物象符号与事象符号中就存在着了。

2. 从叙事意象到意象叙事

不过，叙事意象并不等于意象叙事。叙事意象只是生成意象叙事的原料而非完成生产工序的产品。叙事意象若要成为意象叙事需要满足三个基本条件。第一是叙述者有叙述的意欲冲动。只有当叙事意象与人的叙述愿望结合时方可进入叙述视阈，方能产生叙述行为。"欲意—事象"层次中的欲意的加入，可以激活叙事意象，使其按照叙述意图的需要，组织进故事叙述的逻辑之中，构成有目的性的意象叙事。即意象叙事就是叙述者在叙述意图引导下借事写意的文学创作活动。所以"欲意"是叙事意象演变为意象叙事活动的主要原因和推动力。第二是叙述意欲的实践过程——形成实现欲意的叙述方法和叙述结构（包括叙述视角、叙述聚焦、时间叙述、空间叙述、叙述序列、叙述节奏、叙述逻辑等）。第三是意欲的审美表达与实践效果（是否诱人、动人、移人以及其广度与深度如何）。三个条件的关系以人喻之，叙述意欲如人的灵魂，叙述过程如人体的骨骼，叙述效果如人体的血肉与外衣。没有这三个条件，叙事意象不可能演变为意象叙事，而其中叙述意欲是根本动力。

所谓意象叙事，指以汉语言文字为思维和叙述媒介，以叙述意欲为动力，以叙事意象为书写主体，塑造既富于变化而诱人的动态故事视象又具有象征性和耐人品味的静态视象（动态与静态、故事性与象征性在一定程度上的统一）为主要途径，以达到以意统事、以事写意的叙述活动。这一意象叙事概念有三点需特别强调的地方。一是意象叙事的范围与边界。由于意象叙事的材料是叙事意象，而叙事意象的核心内容是"欲事象"——完成某一行为意图的故事序列（包括意欲的生成、意欲的实践过程、意欲实践的结果）。正因如此，欲事象自然包括故事、事件以及构成故事、事件的行为主体——人物。如此一来，意象叙事便不再拘囿于参与叙事过程的抒情意象所产生的某种特有功能①，不再仅指能造成"文眼"②和某种意境的个别"饶有意味的添加意象"③的叙事，而是指一切以汉语为媒介的叙事写意文本（小说和戏曲）。因为本书所言意象已不再只是诗词意象，而是包括情物象、欲事象、道境象在内的一切写意的意象。

二是意象叙事的故事性。因为，本文所言事象重点指人（内叙述者与外叙述者）的有目的的行为故事，所以表现故事的生成、演变和结局以及凸显故事的矛盾性、曲折性、巧合性、离奇与怪异性是意象叙事的主体任务，只有故事写得引诱人，才可能引起阅读，进而感动人。所以故事性始终是意象叙事的关注点。没有好的故事，"意"就表达不出来，就像没有好的情景，就没有美的诗意一样。

三是意象叙事的写意与象征特质。由于意象抒情与意象叙事的共同性是"以象表意"，"表意"是二者的共同属性和功能。"意"是叙述的源泉，"意"是贯穿叙述过程的主线，是故事的灵魂和叙述的目的。由于意象可以是动态视象也可以是静态视象，且二者同生共长、相伴而行，故而，叙述者所要表达的意欲若移之于动态视象则成为意趣横生的故事；若渗透于静态视象则成为具有象征性的意象。汉族人的叙述意象往往是故事性与象征性相互包容在一起的。如《杜十娘怒沉百宝箱》中的"百宝箱"、《蒋兴哥重会珍珠衫》中的"珍珠衫"，《石头记》中的"石头"等，既是动态的视象又是静态的视象，既具有故事性也具有象征性。这种故事性与象征性的包融正是意象叙事得天独厚的地方。凸显故事性与写意性是汉人叙事的着意追求。汉人意象叙事的着意追求与中国传统文化相结合，形成了意象叙事的独特风格。

---

① 杨义先生在《中国叙事学》中认为："意象作为叙事作品中闪光的质点，使之在文章机制中发挥着贯通、伏脉和结穴一类功能。"（《中国叙事学》，人民出版社 1997 年版，第 276 页）

② 杨义：《中国叙事学》，人民出版社 1997 年版，第 317 页。

③ 杨义：《中国叙事学》，人民出版社 1997 年版，第 285 页。

六、意象叙事的风格

诚如上文所言，人的叙述情欲是使叙事意象转化为意象叙事的根本动力。而情欲涉及人的观念文化，诸如天人合一的宇宙观，人性关怀的亲情与伦理道德观，以阴阳五行观念为中心的认识论等。在这些文化价值观念影响下的情欲——叙述欲意，对于意象叙事起着重要作用，进而在叙述视角、叙述内涵品格、叙述时空、叙述结构和叙述神韵诸方面形成了意象叙事的民族风格。

1. 天人合一、万物通变的叙述视域

"天人合一"是汉族文化观念的重要内涵之一。古人主张天、地、人三者合于一，具有同一性。神话创始者主张天、地、人合于"体"，盘古以身体分开天地，身体倒下后又化为天上日月星辰，地上山川草木[1]；《周易》作者主张天地人合于阴阳，以阴阳组合之卦象解释天地人的关系及其变化[2]；老聃、庄周主张合于自然，以自然之道通释人与自然现象。[3] 孔子主张合于德，借天地大爱品性以释人之品德。[4] 禅宗创始人主张合于心，以心体悟佛性与宇宙人生。[5] 文学家主张合于情，以人之情通达天地万物

---

[1] 《述异记》云："昔盘古氏之死也，头为四岳，目为日月，脂膏为江海，毛发为草木。"（南北朝任昉《述异记》卷上，明《汉魏丛书》本）

[2] 《易传》曰："立天之道曰阴与阳，立地之道曰柔与刚，立人之道曰仁与义，兼三才而两之。"（周卜商《子夏易传》卷九周易"说卦传第九"，清通志堂经解本）所谓"柔刚"、"仁义"实则为"阴阳"的转换，故称之为"兼三才而两之"。

[3] 《老子》曰："人法地，地法天，天法道，道法自然。"（周老聃《老子道德经》上"象元第二十五"，《四部丛刊》景宋本）《庄子·齐物论》所言"天地与我并生，万物与我为一"之"一"，即其所言"天倪"、"物化"、"葆光"，即顺应自然天性，可视为"道法自然"的具体阐释。

[4] 孔子以天地之德喻君子之德，"天行健，君子以自强不息"，"地势坤，君子以厚德载物"。（周卜商《子夏易传》卷一"上经干传第一"，清通志堂经解本）

[5] 慧能《坛经》云："我心自有佛，自佛是真佛。""心生万种法，故《经》云：'心生种种法生，心灭种种法灭。'"受其影响，陆象山云："宇宙便是吾心，吾心即是宇宙。"（《陆九渊集》第三十六卷，中华书局1980年版，第483页）

之情。① 意与象的主客体同一性以及意象思维中的物我一体性就是这种文化影响的产物。正是在这种天人合一的文化观念影响下，形成了汉民族天人合一、万物通变的叙述视阈。

　　天人合一的视阈指将人置于天地自然之中，视之为宇宙内一个不可分割部分的整体性思维视阈，包括与想象同步的无边界的叙述视野，所谓"寂然凝虑，思接千载；悄焉动容，视通万里"②；以及内外、上下、过去、未来无所不能、无所不知的全能全知的叙述视角；由巨而微的叙述顺序。如人物传记类文体叙述传主之籍贯由大空间到小空间，顺序为郡——府——州——县——乡——村。述祖顺序为由高到低，依次为高祖——曾祖——祖——父。时间叙述顺序由远及近：朝代——年——月——日——时。与西方的由小及大，由低到高，由近及远顺序相反，即杨义先生所谓的东方"由巨而微"与西方"由微而巨"的"对行"③。叙述者在天人合一的视阈内，心系天下国家、自然宇宙，往往偏爱写大环境，将个人与国家朝代挂钩，叙男女之私必显现家庭的力量；写家庭之兴衰则归于朝政的明暗；叙朝廷之兴亡必上及天地的感应；形成具有普遍性的终极关怀和"一叶知秋"④的始于小终见大的叙述品格。

　　"万物通变"观念是基于"天地一气"⑤、"万物有灵"的宇宙认识论。认为天地万物皆由气所生化，且皆有灵性可以转化。"天有五气，万物化成。……苟禀此气，必有此形；苟有此形，必有此性……千岁之雉，入海为蜃；百年之雀，入海为蛤；千岁龟鼋，能与人语；千岁之狐，起为美女；

---

①　《诗大序》云：诗"发乎情，止乎礼义。"（周卜商《诗序》卷上，明津逮秘书本）刘勰《文心雕龙》："五情发而为辞章。"（南北朝刘勰《文心雕龙》卷七"情采第三十一"，《四部丛刊》景明嘉靖刊本）

②　（南北朝）刘勰：《文心雕龙》卷六"神思第二十六"，《四部丛刊》景明嘉靖刊本。

③　杨义：《中国叙事学》，《杨义文存》第 1 卷，人民出版社 1997 年版，第 8 页。

④　"阴气始凝于太虚之中，而一叶知秋。"（宋何大任：《太医局程文》卷一"大义第一道"，清文渊阁《四库全书》本）

⑤　"庄子云：天地一气，而能万化。"（五代释延寿《宗镜録》卷九十一，大正新修《大藏经》本）

千岁之蛇，断而复续。"① 魏晋时代的志怪小说、唐代的变文、俗讲、传奇、元代神仙道化剧等，都以故事的形式演义着人与天地万物的相通性。至明代长篇小说《西游记》中身兼石性、猴性、人性、神性、魔性的孙悟空，以七十二般变化演义万物通变的故事。直至清代纪昀的《阅微草堂笔记》，特别是蒲松龄的《聊斋志异》方将万物通变的神魔故事演变为动人的世俗人情故事。在这些天地间人与物的通变故事中，叙述者不仅成为天地万物的主宰，一切皆在我眼中、心内、笔下，而且成为读者的主宰，将读者引入所不知的陌生领域，展现出汉民族意象叙事万能主宰者的身份和万物通变的无疆视阈。

2. 体验性与心性关怀的叙事品格

既然天地人同心一体②，那么，天之心、地之意、物之情又由谁而知，从何而来？它来自于人自身的体验感悟，而非科学的验证方法。这种通过体验、感悟式地认知天地宇宙的方法形成了体验性与心性关怀的叙事品格。

体验性叙述早在造字之初就有所体现。"穷天地之变，仰观奎星圆曲之势，俯察龟文、鸟羽、山川，指掌而刿文字，形位成文声，具以相生为字。"③ 诚如姜亮夫先生在《古文字学》中所言："整个汉字的精神是从人（更确切一点说是人的身体全部）出发的，一切物质的存在是从人的眼所见，耳所闻，手所触，鼻所嗅，舌所尝出的（而尤以'见'为重要）。"④ 古代小说中的时空叙述同样表现出体验性的特点，特别是受道教、佛教观念影响的六朝以降的小说，时间成为一种感觉时间，时间长短与快乐苦恼的情绪相关。古人认为居住于天上的神仙比人快乐，地上生活的人比地狱的鬼快乐。而快乐时想使快乐长久故感觉时间过得快而短，痛苦时想使痛苦

---

① （晋）干宝：《搜神记》卷十二，明津逮秘书本。

② "老子云：天得一以清，地得一以宁，神得一以灵，万物得一以生，故圣人以一真心而观万境。"（五代释延寿：《宗镜录》卷九十一，大正新修《大藏经》本）

③ （明）沈朝阳：《通鉴纪事本末前编》卷一"十纪之分"，明万历四十五年唐世济刻本。

④ 姜亮夫：《古文字学》，浙江人民出版社1984年版，第69页。

及早过去而感觉时间走得太慢而长，于是有了"天上一日，下界一年"①、"人中一日，当地狱一年"②的不等性时间。刘晨、阮肇采药山中与女仙生活半载，回家"乡邑零落，已十世矣"③；王质砍柴山中，观童子奕，"俄倾""起视，斧柯烂尽，既归，无复时人"④。空间也随意而大小。街头摆摊卖药的壶公，天晚无处安身，便跳入盛酒小壶内，"但见楼观五色，重门阁道"，小壶内又一天地日月。⑤阳羡书生许彦行于山中，遇一病足少年求卧鹅笼内。此少年口中吐出"珍馐方丈"，又"吐一女子，年可十五六"。那"女子于口中吐出一男子，年可二十三四……"则又一"口中洞天"⑥。空间成为因需而生、随人而现的随意化空间，与客观时空相去甚远。

西方的文学理论将文学看作是对生活的摹仿或再现，将文学比作反映生活的镜子，就是要再现客观世界的真实。诚如黑格尔所言，艺术的本质特征是"用感性形象化的方式，把真实呈现于面前"⑦，就像西方的油画、雕塑，讲求摹仿真实的人物，讲求毛发毕现的逼真效果。中国人所谓真实则是真感觉，如"柳如烟"、"风如片"，"燕山雪花大如席"。"汉语文所表达的是'境'的感受，不是器物死的呆相"⑧。就像中国古代的绘画，不求形真，只求神似和意趣，大多是写意派。⑨不只意象抒情如此，意象叙事也是写意重于写实，追求一种体验性的人生真实而非客观生活真实。作为史书经典的《史记》，既是一部"史家之绝唱"，也是一部"无韵之《离

---

① （明）吴承恩：《西游记》第三十一回，明书林杨闽斋刊本。

② （唐）释道世：《法苑珠林》卷第五十九，《四部丛刊》，景明万历本。

③ （宋）李昉：《太平广记》卷六十二，女仙七"天台二女"，民国景明嘉靖谈恺刻本。

④ （南北朝）任昉：《述异记》卷上，明汉魏丛书本。

⑤ 参见（晋）葛洪：《神仙传》卷九"壶公"，清文渊阁《四库全书》本。

⑥ （南北朝）吴均：《续齐谐记》，明顾氏文房小说本。

⑦ 黄药眠、童庆炳主编：《中西比较诗学体系》，人民文学出版社1991年版，第16页。

⑧ 周汝昌：《思量中国文化》，《文汇报》（上海）1999年5月30日。

⑨ 中西方情况较为复杂，西方也有"意象派"，中国也有追求毛发毕现的真实的画派（如大小李将军的画、《清明上河图》等），然毕竟非历史主流。本书所言中西方，只就其主要阶段和主流观念而言，这是需要特别指出的。

骚》"。其中写得最成功的人物传记（如《项羽本纪》、《淮阴侯列传》以及《游侠》、《货殖》诸传，"特地着精神"①），传主大多是与太史公同样遭受不公待遇的悲剧性的英雄，在他们身上体现出司马迁的人生体验与感悟。而历史演义类小说则是对这种历史人生体验的放大，将"治戎为长，奇谋为短"②的诸葛亮写成料事如神而近妖的智慧形象，就是写意胜于写实的体验性叙述的证明。"按迹寻踪"的《红楼梦》则是一部回忆性的自传式家庭世情小说，所述十几位金陵女子带有浓厚的十二三岁少年对异性的朦胧爱恋和抹不去的中年回忆者的心理痕迹。与其说是镜子般的生活真实，不如说是梦幻般的生活真实。

那么，叙述者是如何将体悟性生活真实写出来的呢？从宋元以降的小说戏曲作家、批评家留下的文字中得知有三种途径：因文生事，以情理生事，以心生事。"因文生事"，"只是顺着笔性去，削高补低都由我"。③以情理生事，就是从人心中讨出情理。"做文章不过是'情理'二字，今做此一篇百回长文亦只'情理'二字，于一个人心中讨出一个人的'情理'，则一个人的传得矣。"④以心生事，即"心生种种事生"。"我欲做官，则顷刻之间便臻荣贵；我欲致仕，则转盼之际又入山林；我欲做人间才子，即为杜甫、李白之后身；我欲娶绝代佳人，即作王嫱、西施之元配；我欲成仙作佛，则西天蓬岛即在砚池笔架之前；我欲尽孝输忠，则君治亲年，可跻尧、舜、彭篯之上。"⑤作者所写小说戏文中故事，不过是作者心中感觉、体验和欲求的生活，而绝非生活已有的本来样子。

---

① （清）金圣叹：《读第五才子书法》，《金圣叹全集》（一），江苏古籍出版社 1985 年版，第 17 页。

② （晋）陈寿：《三国志》卷三十五"蜀书五"，百衲本景宋绍熙刊本。

③ （清）金圣叹：《读第五才子书法》，《金圣叹全集》（一），江苏古籍出版社 1985 年版，第 18 页。

④ （清）张竹坡：《批评第一奇书〈金瓶梅〉读法》，《金瓶梅会评会校本》，中华书局 1998 年版，第 1503 页。

⑤ （清）李渔：《闲情偶记·宾白第四·语求肖似》，《李渔全集》第 3 卷，浙江古籍出版社 1998 年版，第 47 页。

正因为意象叙述是通过人身体和心灵体验而来，人的身体与内在品性在叙述中占据中心位置，那么，必然导致叙述者对人自身品性的高度关怀。而古代人将天地赋予人的品性"天理"——道德人伦——视为第一要紧处。王阳明说："圣人之学，明伦而已。外此而学者，即谓之异端。"① 冯友兰也认为古人重道德轻知识，"如人是圣人，即毫无知识也是圣人，如人是恶人，即有无限知识也是恶人"②，大有道德决定论的意味。于是叙事写意可以千差万别，然总不离其核心道德品性，从而形成了以人格为上的德性关怀的叙述品格。《诗大序》作者以道德品格赞美《诗》之功能："经夫妇，成孝敬，厚人伦，美教化，移风俗。"③ 高明写《琵琶记》关注之焦点则是"子孝、妻贤"，认为"不关风化体，纵好也枉然"④。明张尚德也以人格品德之眼光大赞《三国志通俗演义》存在的价值："欲天下之人，入耳而通其事，因事而悟其义，因义而兴乎感，……知正统必当扶，窃位必当诛，忠孝节义必当师，奸贪谀佞必当去，是是非非了然于心目之下，裨益风教，广且大焉。"⑤ 心性关怀的对象不只是道德，也包括"感天地，泣鬼神"的男女真情、家族亲情、世理人情等人之真性情。

3. 场景化写意性的叙述意味

在天人合一的叙述视阈与意象一体、借象表意的思维方式中，无论天与地的存在还是天地间万物万象的存在都更凸显空间性；有形的空间较之无形的时间更具有成象性和可感性，因此，也更益受到重直感、体验的汉民族的喜爱，从而形成意象叙事长于空间叙述，空间包融时间，以空间变化表示时间的时空叙述特点。这一特点与意象叙事的写意性相结合，形成场景化写意性的叙述意味。中国文化史是从"盘古开天地"的创世神话开

① （明）王守仁：《阳明先生则言》上，明嘉靖十六年薛侃刻本。

② 冯友兰：《中国哲学史》，中华书局 1961 年版，第 10 页。

③ （周）卜商：《诗序》卷上"大序"，明津逮秘书本。

④ （元）高则诚：《蔡伯喈琵琶记》卷上【水调歌头】，清康熙十三年陆贻典钞本。

⑤ （明）张尚德：《三国志通俗演义引》，见朱一玄、刘毓忱《〈三国演义〉研究参考资料》，百花文艺出版社 1983 年版，第 271 页。

始的。而盘古开天地的神话里清晰地凸显出中国人时空叙述的特点：

> 天地混沌如鸡子，盘古生其中。万八千岁，天地开辟，阳清为天，阴浊为地，盘古在其中，一日九变。神于天，圣于地，天日高一丈，地日厚一丈，盘古日长一丈。如此，万八千岁。天数极高，地数极深，盘古极长，后乃有三皇。①

在这段创世神话中，天地人更多地是以空间形式出现的。时间"万八千岁"只是说明"天地开辟"的空间结果；"日"的时间叙述也意在说明天高一丈、地厚一丈、盘古长一丈的空间变化。于是人们心中留下的仅是盘古开天地的空间场景，而故事的时间记忆却被遮蔽了。

其次是故事的场景化。这种以空间表现时间的特点呈现为故事的场景化。故事的长度是用一个个场景连缀起来(非场景的叙述文字往往以略笔、侧笔、虚笔等交待性笔墨完成场景间的过渡功能)，就像诗词由一个个意象、戏曲故事是由一场场"戏"连缀起来的一样。譬如《水浒传》中"拳打镇关西"的故事情节，就是由史进饮酒而被哭声打断的酒店、金氏父女住的客栈、郑屠的肉铺三个故事场景组成。它留给人记忆的也是酒店、客栈、肉铺的故事场景，而不是具体的时间长度，时间就隐身于三个空间场景内。

再其次是"寓意于事"、"以意统事"的场景营造和情节组合。诗词是寄情于象，赋意于象，借象表意。而小说戏曲则是寓意于事，以意统领诸事，借事象写意。中国古代叙事作品不重在表现人物心理、性格变化的必然性，而重在营造故事场景(场景间的转换文字是为场景的出现做铺垫的)，赋意于场景。即大多故事场景的营造在于表达某种道义、事理或情意，若干场景连缀起来表达作者叙述的欲意。这样一来，空间既是故事活动的场景又是写意的聚焦点。如《水浒传》武松打虎故事，就是由山下"三碗不过岗"的酒店、山神庙布告、山岗上打虎、阳谷县衙受赏四个主要场景构成。每个故事场景的聚意焦点分别写武松性格的一个侧面：

---

① （唐）瞿昙悉达：《唐开元占经》卷三"天占"，清文渊阁四库全书本。

善饮多疑；害怕而好面子；机警而勇猛；仗义施财。这四个聚意点合在一起，表达出作者心中的武松其人——心细、挑战极限、机警勇猛和侠义的性情品格。有时作者为了表达一种观念，有意将选取体现这一观念的故事素材和场景连缀起来，从而起到反复渲染凸显人物某一性格元素的效果，形成以意统事的叙述结构。如《三国演义》，作者欲写关羽之"义"，便将其一系列表现"义"的故事场景放在一起依次叙述："关公约三事"、"挂印封金"，"斩彦良"，"诛文丑"，"过五关"，"斩六将"，"古城会"，"义释曹操"等，使关羽形象义薄云天、光彩照人。其三，不少好的场景是物象与事象、叙事与写意的完美融合，从而使故事成为充满事趣情意的永久记忆。如"草船借箭"写孔明"借"的智慧；"温酒斩华雄"写关羽武艺超群，英雄盖世。"三顾茅庐"写刘备求贤若渴；"黛玉葬花"写少女品性高洁和对生命的爱怜等等，诸如此类的场景数不胜数。总之，意象叙事以事象为思维媒介，体现出场景化写意性的审美意味。

4.形断意连、对称循环的叙述结构

意象叙事中"以意统事"的结构方法，易于造成关注事象（故事）的同类性而非逻辑性；以空间表现时间、时间服务于空间的时空叙事具有时间叙述不充分的弱点等，这些因素与意象属性中以象表意的直观性强、分析性弱①和"象"的独立性与灵活性相结合，形成了中国古代意象叙事形断意连的结构形态。

所谓"形断"是指故事或是人物传记的鱼贯相接或是空间场景的腾挪跳跃。前者如《水浒传》前四十回，分别由王进、史进、鲁达、林冲、杨志、晁盖、宋江等人的传记组成，形成了以人物为中心的环状链，拆开为单传，合并为长篇。后者如《儒林外史》叙述场景，一会儿广东、一会山东、一会儿南京，一会儿扬州，从一地腾挪至另一地，并无内在的必然逻辑。这种片断式与跳跃性布局虽不影响叙事意图的表达，却形成了中国小

---

① 汉字有两个特点，其一声音多是元音，较少辅音，不构成音素的先后线性距离，一般不需进行词性及数的分析；其二，汉语是具象表意文字，其意义就在象中、字中，不少字见形而知意，不必对每个字词都进行分析性的定义。逻辑思维因素相对较弱。

说叙事结构的松散性。诚如胡适先生所言:"《儒林外史》的坏处在于体裁结构不太紧严,全篇是杂凑起来的……分出来可成无数札记小说,接下去可长至无穷无极。"①胡适先生是用西方小说结构标准来批评中国长篇小说毛病的,却没有想到这是中国意象叙事的一大特点。

中国人有解决故事场景跳跃性和松散毛病的两种方法。一种是用偶然、巧合、错认、误会等技巧,将片断的人物与故事场景勾连在一起,不仅弱化了结构的松散毛病,而且可造成出人意料之外又在情理之中的阅读兴致和审美情趣。另一种则是以意为灵魂组织素材、连接故事的写意法,使作者欲表达的思想观念成为连接人物、场景的一条无形的内线。如《水浒传》写梁山事业兴亡,有一条因义而起,因义而聚,因义而兴,因忠义而亡的侠义线。侠义正是这部小说隐藏于故事背后的内结构,那些看似松散的人物和故事本身的意蕴都聚向侠义,从而形成视之如断、思之则连的形断意连的结构形态。

就古代小说整部故事发展的走向和结构总框架而言与西方也有差别性,它并非逻辑式地展开呈开放式框架,而是呈现阴阳二元式回折曲线和体现循环与报应轮回之理的封闭式框架。所谓阴阳二元式回折曲线,是指受中国"一阳一阴谓之道"②的观念影响,故事内涵往往包含阴阳二种因素,或相互包容"有无相生,难易相成,长短相较、高下相倾,音声相和,前后相随"③;或向各自相反方向转化"曲则全,枉则直,洼则盈、蔽则新,少则得,多则惑"④。或欲得则先失,欲喜则先悲,欲离则先合,欲胜则先败,欲荣则先辱。"本是何进谋诛宦官,却弄出宦官杀何进,则一变;本是吕布助丁原,却弄出吕布杀丁原,则一变;本是董卓结吕布,却

① 胡适:《胡适文存》一集一卷,据 1921 年上海亚东图书馆印本,见朱一玄《儒林外史资料汇编》,南开大学出版社 2003 年版,第 470 页。

② (宋)卫湜:《礼记集说》卷六十一,清通志堂经解本。

③ (周)老子:《道德经》,(魏)王弼注,《诸子集成》第 3 册,上海书店 1986 年版,第 1 页。

④ (周)老子:《道德经》,(魏]王弼注,《诸子集成》第 3 册,上海书店 1986 年版,第 12 页。

弄出吕布杀董卓，则一变。"① 故事发展就是在阴阳两极间摆动，形成大小
波浪式曲线。同时又接受自然现象中日出日落、四季周转、年复一年的循
环往复观念，或接受"天人感应"、报应轮回的宗教思想，而形成复而周
始的循环历史观和封闭式的叙述框架，走完或"合久必分，分久必合"②，
或以恶姻缘始，恶姻缘终③，或"空、色、情、色、空"④，或"起承转合"
的一个个圆形的轨迹，呈现出对称、反转、循环的故事结构脉络。

5. 朦胧与神秘性的叙事气韵

意象属性中的模糊性、空灵性与中国巫觋文化、佛道二教文化的神秘
性相结合作用于叙事，形成了意象叙事朦胧与神秘性的气韵。尽管古人叙
事意在明晰，作者生怕读者不明白常常在书的开头、中间、结尾三致意
焉。然而，读者非读之三五遍，细细揣摸，难得其中奥妙，故古人有小说
难读懂之叹。⑤ 何以如此？究其原因约有四类。一是事象本身寓意多种，
具有非唯一性，易造成理解意的缺席。如"潘金莲雪夜弄琵琶"。大雪天，
潘金莲拥被而坐，欲睡难眠，以琵琶弹唱心中的思念和悲伤，静待西门庆
到来。一次次将风声、狗吠声误认为敲门声，结果到头来方知西门庆已在
隔壁李瓶儿房中饮酒多时。此故事场景既有表现潘金莲失欢孤寂之意；又
有写其性欲似火淫荡无忌之情；有处处爱掐尖情场想占先的性格表现；还
有嫉妒李瓶儿受宠的醋意；也有展示潘金莲多才多艺的一面……不确定性
的成分较多，任何单一的解释都难免欠缺。二是古代文人叙事写意最厌直
白而喜深味，习用隐曲之笔和冷热、真假、有无、虚实、映衬之法，追求

① （清）毛宗岗《读三国志法》，见朱一玄、刘毓忱《三国演义资料汇编》，百花文艺出版社
1983年版，第302页。

② 《三国志通俗演义》第一回："话说天下大势，合久必分，分久必合。"

③ 《醒世姻缘传》所写正是冤冤相报的两世恶姻缘。

④ 《红楼梦》第一回"石头记"缘起："因空见色，由色生情，传情入色，自色悟空，空空道人
遂易名为情僧。"（列宁格勒藏手抄本"石头记"，中华书局1986年版，第14页）

⑤ 梦生《小说丛话》："中国小说最佳者，曰《金瓶梅》，曰《水浒传》，曰《红楼梦》，三部皆
用白话体，皆不易读。……故《水浒》、《红楼》难读，《金瓶梅》尤难读。"（《雅言》（北京），民
国三年，第7期）

言外之意、事外之事和情外之韵的艺术效果。且习惯将诗词曲赋和史传中的叙述笔法合用于故事叙述中来，《诗》《骚》之比兴、象征；史书之互文现义、春秋笔法；说书之"斗关子"、"设扣子"等皆见之于小说戏曲的书写中。《红楼梦》"将真事隐去……用假语村言"①的真假笔法；《儒林外史》的"无一贬词，而情伪毕露"②的借事含讽；《金瓶梅》的"寄意于时俗"③的深味；《西游记》以神魔之争演绎佛理等等，处处伏兵，需评点者不时点化，告知读书"当知其用意处，夫会得其处处所以用意处……方许他自言读文字也"④。三是明清以来的小说因起于面对听众的讲唱，讲唱者首先遇到的难题就是如何吸引听众听下去，无论是早期的话本或是后来的文人案头小说写作，都养成了一种故意设迷局、斗关子的传统，或于故事发展的紧张当口戛然而止；或有意生出种种意外；或在真相大白时，却故意喷云吐雾；或人物、事象两两相对，真真假假、虚虚实实，故意造成陌生化、距离感、模糊感。四是受中国巫觋文化、道教、佛教等宗教文化观念中非人力的神秘性因素影响，意象属性中的模糊性、不确定性得以增强扩张，形成故事叙述无论长短，总有一只看不见的手、一种冥冥中的力量支配着人物的命运，牵导着事件发展的未来，使故事笼罩着神秘的氛围，给人扑朔迷离的感觉。中国小说叙事的神秘性表现于故事、结构、气韵三个层面。呈现为时空、梦境、法力、星相谶语、万物通变、感应果报、神秘数字、避讳避祸等八种形态。⑤而这种充斥于故事中的神秘主义色彩与朦胧飘渺的诗情画意相汇通，便别有一种民族叙事的独情异调和天然神韵。

---

① 曹雪芹：《甲辰本红楼梦》第一回："此开卷第一回也。作者自云：曾历过一番梦幻之后，故将真事隐去，……我虽不学无文，又何妨用假语村言敷演出来。"（中州古籍出版社 2007 年版，第 25—26 页）

② 鲁迅：《中国小说史略》，上海古籍出版社 1998 年版，第 158 页。

③ 欣欣子：《金瓶梅词话序》，《金瓶梅词话》，人民文学出版社 1992 年版，第 1 页。

④ （清）张竹坡：《批评第一奇书〈金瓶梅〉读法》，见刘辉、吴敢《会评会校金瓶梅》，香港天地图书出版公司 1998 年版，第 2126 页。

⑤ 参见许建平：《论中国小说叙事的神秘性》，《河北学刊》2013 年第 3 期。

综上所述，甲骨文等早期汉字的根本特性是表意性与象形性，以象表意的"意象"即这两个根本属性的结合与体现，并具有主客一体性、直观性、空间性、体验性、独立灵活性以及模糊空灵性等特质。甲骨文中除物象符号外还有事象符号，意象内涵中除"情意—物象"层次外，还有"欲意—事象"层次，它们虽有区分却一起承载表意职能而具有写意共性。叙述欲意是使叙事意象转化为意象叙事的根本动力。意象叙事并非诗词意象在叙事中的"点化或装饰"，而是汉人叙事突现故事性与写意性的主体形式。叙事意象在转向意象叙事的过程中，受到中国天人合一等文化观念影响，形成了天人合一、万物通变的叙述视阈；体验性与心性关怀的叙述品格；场景化写意性的叙述意味；形断意连、对称循环的叙述结构；朦胧与神秘性的叙事气韵等典型的意象叙事风格。初步发现了意象叙事的独特品性及其形成原因。

七、由小说戏曲命名看以象写意

中国叙述故事与西方叙述故事的思维方法与表现形式不同，这不仅已沉淀凝固于早期汉字里和丰富、灵动的汉语言文章里，表现于唐传奇、明清小说的叙述思维中，即使在小说戏曲的命名中我们也依然看到它的独特的音容笑貌，就像黄种人的面貌无论走到哪里都不会改变一样。

西方的小说戏剧的命名特点很凸显，以人与事命名。人包括某个人（如《普罗米修斯》、《俄瑞斯忒斯》、《安提戈涅》、《俄狄浦斯王》、《堂吉诃德》、《哈姆雷特》、《汤姆·琼斯》等）、某类人（如《骑士》、《孪生兄弟》、《冒失鬼》、《可笑的女才子》、《吝啬鬼》、《拉摩的侄儿》等）、某地人（如《特洛伊妇女》、《阿卡奈人》、《马耳他岛的犹太人》等），而以某个人姓名为书名的最多，以某地命名者较少。以事件命名者包括战争等历史性大事件（《希腊波斯战争史》、《伯罗奔尼撒战争史》、《高卢战纪》、《内战纪》、《伊戈尔远征记》等）、英雄传记（如《阿格利可拉传》、《十二凯撒传》、《巨人传》、《亨利六世》、《鲁滨逊漂流记》等）、凡人故事（《痴儿西木传》、《吉尔·布拉斯》、《爱斯苔尔》、《威尼斯商人》、《威克菲尔的护林人》、《塞维勒的理发师》、《小癞子》、《婆母》等）、某类故事（《吹牛的军人》、《忏悔录》、《商人的故事》、《冒失鬼》、《骗子》等）。中国的小说戏曲虽然也有一些以人命名的作品，如《窦娥冤》、《李逵负荆》、《赵氏孤儿》、《李娃传》、《莺莺传》、《红线女》、《柳毅传书》、《婴宁》、《席方平》、《岳飞传》等。特别是在唐传奇、历史演义以及志怪（如《聊斋志异》）等类小说中，这类命名所占的比例相对大些。然而，就总体而言，在中国这类以人命名的小说戏曲并非主体、主流。

1. 戏曲命名的以象写意

那么中国古代小说戏曲命名的主体是什么？先分析一下元明清三代戏曲的命名。限于篇幅，我们以两个具有代表性的戏曲集为分析对象。第一个戏曲集《古本戏曲丛刊》，共收集戏曲 84 种。其中竟无一部以人物命名的。其戏目集中于两类，一类是由修饰词加中心词构成的名词组，以确定物的类名，我们简称其为物象名，竟有 51 种，剧目如下：

《小河州》、《盘陀山》、《洛神庙》、《双忠庙》、《长生殿》、《芙蓉楼》、《玉梅亭》、《西厢记》、《锦西厢》、《芙蓉记》、《莲花筏》、《桃花扇》、《梅花诗》、《江花梦》、《万寿冠》、《九莲灯》、《西湖扇》、《珊瑚块》、《珊瑚鞭》、《广寒香》、《御炉香》、《紫玉记》、《归元镜》、《玉蜻蜓》、《锡六环》、《软羊脂》、《合剑记》、《双锤记》、《鱼蓝记》、《一品爵》、《双瑞记》、《文星现》、《十美图》、《扬州梦》、《江花梦》、《五鹿块》、《赤松游》、《蚺蛇胆》、《云石会》、《双星图》、《元宝媒》、《软邮筒》、《软锟铻》、《蟾宫操》、《万花台》、《赤壁记》、《琵琶重光》、《才貌缘》、《雨蝶痕》、《三凤缘》、《葫芦幻》。

第二类是表示动作、事件的图象名，请注意并非事件名而是内含事的图象名，与上列物象名的区别在于增加某个动词，使之动作化，往往中心词是动词或形容词，修饰词依然是名词。如《万全记》、《十醋记》、《化人游》之类，我们简称之为事象，共有33种，剧目如下：

《一合相》、《正昭阳》、《化人游》、《偷甲记》、《四元记》、《金兰谊》、《双南记》、《虎口余生》、《天成福》、《四合奇》、《月华缘》、《万全记》、《十醋记》、《补天记》、《风月通玄记》、《李丹记》、《凌云记》、《风云会》、《五高风》、《四大庆》、《钧天乐》、《双报应》、《耆英会》、《女昆仑》、《两钟情》、《阴阳判》、《迎天榜》、《封禅书》、《风前月下》、《双南记》、《断发记》、《四友堂》、《奎星见》。

以事象命名的剧目在这里同物象命名的剧目一样，剧作者的心性关怀与主观倾向性在剧目中没有显示，不看剧情，只观剧目，难以了解作者的叙述意图。这一情形在另一部戏曲集《六十种曲》中略有变化。《六十种曲》共载剧本60种，以物象命名的37种，仍然占居了大部分，这37种剧目如下：

《双珠记》、《东郭记》、《金雀记》、《荆钗记》、《霞笺记》、《琵琶记》、《西厢记》、《幽闺记》、《明珠记》、《玉簪记》、《红拂记》、《紫钗记》、《邯郸记》、《南柯记》、《北西厢》、《春燕记》、《琴心记》、《玉镜台记》、《彩毫记》、《鸾镜记》、《玉合记》、《金莲记》、《红梨记》、《西楼记》、《绣襦记》、《青衫记》、《锦笺记》、《蕉帕记》、《紫箫记》、《水浒记》、《玉玦记》、《千金记》、《玉环记》、《龙膏记》、《昙花记》、《白兔记》、《香囊记》。

这37个剧目的结尾都有一个"记"字。"记"是明代传奇体式的标示性符号，分析剧目的寓意一般只分析"记"字前的词语即可，故而"记"字可忽略不记。以事象命名的剧目有23种，这23种剧目如下：

《焚香记》、《浣纱记》、《还魂记》、《怀香记》、《运甓记》、《四喜记》、《三元记》、《投梭记》、《飞丸记》、《灌园记》、《种玉记》、《赠书记》、《杀狗记》、《寻亲记》。《精忠记》、《鸣凤记》、《八议记》、《双烈记》、《狮吼记》、《义侠记》、《四贤记》、《节侠记》……

由上观之，元明清戏曲可分为三类：以物象命名；以事象命名；以义理命名。

以物象命名者，赋予物象某种特殊意义，其功能因物象的类属不同也有不同之形式。这种物象大体分为二种，一种是地点、活动场地一类的空间物象，譬如"西楼"、"西厢"、"芙蓉楼"、"长生殿"、"洛神庙"、"玉梅亭"、"墙头马上"等，往往表明故事发生的核心空间——场地，以引起人们对某场地发生故事的记忆，有些场地富有暗示、象征的双重意蕴，如"长生殿"、"拜月亭"、"牡丹亭"等，作者赋予这些场地的意义使得物象具有了诗情画意的意境，极巧妙地传达了文本的深意。另一种为人们日常生活中具有特殊意义的小物件，诸如"玉玦"、"玉环"、"玉盒"、"玉簪"、"玉镜"、"玉蝴蝶"、"紫钗"、"紫萧"、"手帕"、"香囊"、"红拂"、"琵琶"、"彩毫""桃花扇"等，因这些物件或为男女定情之物，显示情爱的悲欢离合，故而某物件在情节结构中有着牵引作用，显示出作者构思的精巧，同时赋予此定情物以象征意义。

以事象命名的戏曲也包括两类，一类是核心事件，如"杀狗"、"灌园"、"拜月"、"寻亲"、"赠书"、"还魂"等。另一类则是以数字表达事件存在状态和意义的，如《三元记》、《四喜记》、《八议记》、《四元记》、《四合奇》、《十醋记》、《五美元》、《五高风》、《四庆记》、《拥双艳三种曲》、《四声猿》等。以义理命名，意在高扬人生的某种品格、精神、道德或道义，如《义侠记》、《精忠记》、《双烈记》、《疗妒羹》、《四贤记》、《孝烈记》等。总之戏曲的命名不仅没有超出物象、事象的范围，而且物象和事象往往被赋予深层的意义，留下了意象思维的明显印痕。同时说明戏曲的叙事与其说是事象赋事，倒不如说其为意象叙事，因为事象中有意象，意象中有事象，二者达到了不同程度的契合。

2. 小说命名的以象写意

那么，元明以降中国小说的命名又具有怎样的特点呢？小说命名与戏曲命名有一个共同点，即物象、事象依然占据全部小说的大部分，如人们较熟悉的小说，《红楼梦》、《水浒传》、《青楼梦》、《蜃楼志》、《封神榜》、《雷峰塔》、《清风闸》等皆以空间物象命名。以物件命名者如《醉醒石》、《风筝配》、《歧路灯》、《白圭志》、《绣戈袍》、《大红袍》、《五色石》、《警悟钟》

等。以事象命名的尤为多见，如《荡寇志》、《斩鬼传》、《姑妄言》、《飞花艳想》、《西游记》、《北游记》、《南游记》、《东游记》等。以数字表示事象状态者，如《三侠五义》、《浮生六记》、《五凤吟》、《八洞天》、《五虎平南》、《八仙得道》、《七真因果传》等。以义理命名者也不在少数，如《警世通言》、《醒世恒言》、《喻世名言》、《儿女英雄传》、《梼杌闲评》、《风月鉴》、《善恶图》、《忠孝勇烈奇女传》、《忠烈小五义》等。

除了上述戏曲命名的三种类型（物象、事象、义理）外，小说书名因受史传影响较久且深，故而增加了三类。一类为受史传中人物传记影响，出现了较多的以人物姓名命名的小说。奇怪的是它与戏曲相同处在于数量极少，只有在志怪类小说和短篇小说中较多，长篇小说中并不多见，如《林兰香》、《包龙图》、《刘进忠三春梦》、《雪月梅传》、《钟馗平鬼传》。有些小说是以人物类型命名，如《风流和尚》、《儿女英雄传》、《飞龙全传》、《女仙外史》、《妖狐艳史》、《痴婆子传》等。也有一些是以人物姓名中某一字组成书名，这不能不说是一种中国特色，很让人感到怪异。如《金瓶梅》、《玉娇李》、《平山冷艳》、《金云翘传》、《雪月梅》等。受史书叙事影响的另一重要痕迹则是空间、类型的时间化，主要标志是书名末尾增加"史"字。尽管如此，史字之前词语也具有物象或事象的特征。如《儒林外史》、《女仙外史》、《株林野史》、《岭南逸史》、《燕山外史》、《西湖小史》、《艳婚野史》、《春情野史》、《欢喜浪史》、《桃花艳史》等。其中"株林"、"岭南"、"燕山"、"西湖"皆属于具有空间感的物象，而女仙、艳婚、欢喜则属于事象。"儒林"、"桃花""春情"则内含深意，赋予物以特殊意义，属于意象，且表示了某一类的意象，其史也就变成了类型史。

需要特别指出的是：在明清章回小说中，章回命名有一共同特点，它总是由两个事象组合成整饬的两句话，两个对称的事象正是这一故事中的两个事眼、主脑。如《红楼梦》第三回："托内兄如海荐西宾，接外孙贾母惜孤女"。前一句乃浓宿了林如海向贾政举荐贾雨村的情节。贾雨村复官的意图得以实现，林如海报答教女之恩的愿望也得以完成，这是一个意图序列，也是一个情节，被五个字浓缩为一事相"如海荐西宾"。后一句概括了黛玉见贾母的情节。该情节写贾母让外孙女到自己身边的意愿满足，黛玉也圆了父亲的一个心愿，林如海既可使女儿有所照管，也了却岳母的思念之情。主要人物的意图都得以完成，构成一个情节序列。该情节被浓缩为"贾母惜孤女"五字。这两个被浓缩的物象合在一起，构成了黛玉进荣国府的完整故事。缺少一个都不能被称为完整。这种两个事象借一对称句合在一起的命名方法，也见于明、清两代多数白话短篇小说。

如上分析，明清小说书名或篇名主要有如下五类：(1) 以物象命名(包括朝代名加演义模式，如《三国演义》、《两汉演义》、《隋唐演义》等)，(2) 以事象命名(包括两事对举命名)，(3) 以义理命名，(4) 以人命名(包括以人姓名、以人类属、以名中字组合命名)，(5) 事象或物象加史字的命名。五类中，命名的基本特点以物象、事象为基础，组合上虽有变化，但万变不离其基本。从数量上看，五类中以前三类为主体，以人命名的比例较小。这也是中国古代小说起名不同于西方的地方(西方小说以人物命名所占比例远大于中国)。说到底它是意象思维的结果，凸显出了汉民族的意象叙事特征。

第二章　意象叙事的层次

一、叙事层次的划分

　　叙事是将心中的"意"通过事象——故事——叙述出来。因叙述是对原素材的艺术想象的组织、加工，这必然涉及前后的顺序和空间的安排，涉及时间与空间的结构，因此无论采用什么意象表达心理需求，都有一个结构问题。又因同一素材因叙述的顺序结构不同，其表意的效果也必然不一样，所以结构是叙事的第二生命（第一生命是素材）。

1. 层次分析的必要性

　　既然叙事文本都有一个结构问题，那么结构便是普遍存在于一切叙事文本中的，如果结构具有普遍性，那么数以千万计的作品是否有结构的共同性与规律性呢？关于这一点，中国古代有过"起承转合"、"悲欢离合"、"凤头、猪肚、豹尾"等等说法，足见古人不仅承认结构的规律性，而且对其规律有过探究、概括。西方叙事学家如格雷马斯的《结构语义学》，也意在总结其规律性的东西。总结的方法既有归纳法，如普罗普的《民间故事形态学》对俄罗斯 100 个民间故事加以分析归纳为若干类功能。又有演绎法，如布雷蒙的《叙述可能之逻辑》。而法国叙述学家罗兰·巴尔特在对两种方法加以比较后，更倾向于采用演绎法，认为归纳法是一种空想，难以做到：

　　　　那么到何处去寻找叙事作品的结构呢？当然到叙事作品中去找。

是所有的叙事作品吗？许多评论家虽然接受叙述结构这一概念，却并不同意使文学分析摆脱实验科学的模式，他们固执地要求人们在叙述方面使用一种纯粹的归纳性的方法，要求人们首先研究某种体裁、某一时期、某一社会的所有叙事作品，然后才逐渐拟订一个总的模式，这一出于良知的看法是一种空想……而叙述的分析面临着数以百万计的叙事作品，还更有什么可言呢？叙述的分析注定要采用演绎的方法；它不得不首先假设一个描写模式（美国语言学家称之为"理论"），然后从这一模式出发，逐渐潜降到与之既有联系又有差距的各种类型：由此具备了统一的描写工具的叙述分析只有在这些联系和差距中才能发现叙事作品的多样性及其历史、地理和文化的不同性。①

罗兰·巴尔特意识到要阅读数以百万计的作品的不可能性，正因阅读这一基础的不可能，故而建立于这一基础之上的归纳法便难以实施，这似乎并无道理。若依照这一阅读穷尽说法，不只是小说，其外的散文、诗歌，以及史学、医药学、心理学等学科的研究，都难以将研究对象穷尽，因此也都不能采用归纳法。语言学面对数以亿万计的人类语言，研究者不可能穷尽，也都与归纳法无缘。而事实并非如此，归纳与演绎的方法缺一不可。一个最明显不过的事实是任何演绎方法、任何假设都建立于归纳抽象基础之上，而每一逻辑推导的结论最终都须论证，无论证的演绎是没有价值和实际意义的。而论证其演绎的客观性则不可能只用某一部作品说明问题，而须用若干作品加以证实，这若干可以验证的作品的分析总绕不出归纳、抽象的方法。故而，本书的研究方法是以演绎为主兼用归纳法，有时归纳先于或重于演绎。这是首先须说明的。

西方叙事学的结构分析（早期尤其如此）是建立于对语言分析基础上的，因语言结构分析的基本方法是功能与层次分析。故而西方叙事学的结构分析首先是层次分析。中国叙事作品的叙述虽无明确的层次意识，然而

---

① ［法］罗兰·巴尔特：《叙事作品结构分析导论》，见张寅德编《叙述学研究》，中国社会科学出版社 1989 年版，第 4 页。

叙述的大小高低的层次性也是客观存在着的，譬如表与里、内与外、实与虚、大与小、深与浅、抱阴负阳等等，故而意象的组织与表达都有着自然而然的层次。所以，意象叙事的结构分析也应从层次的分析入手。既然可以从层次分析入手，我们就可在一定程度上借鉴西方的层次理论，同时也不忘汉民族意象叙事的独特性。这是本章论述坚持的原则。

2. 罗兰·巴尔特的三层次论

罗兰·巴尔特在对西方叙事层次理论做了总括性（他那个时段的总括性）的分析后，提出了叙事三层次论。他这样说：

> 叙事作品是一个层次等级，这是无可置疑的。理解一部叙事作品不仅是理解故事原委，而且也是辨别故事的"层次"，将叙述"线索"的横向连接投射到一根纵向轴上；阅读（听讲）一部叙事作品，不仅仅是从一个词过渡到另一个词，而且也是从一个层次过渡到另一个层次。①

这个理解带有很明显的语言分析的痕迹，但尚且好接受。那么，叙事作品结构毕竟不同于语言结构，叙事作品的结构究竟应如何划分呢？罗兰·巴尔特设想出了三个层次：

> 我们建议将叙事作品分为三个描写层次：一、"功能"层（用普罗普和布雷蒙著作中所指的含义）；二、"行为"层（用格雷马斯把人物看成"行动元"时所指的含义）；三、"叙述"层（基本上与托多罗夫的"话语"层相同）。我们希望要记住，这三个层次是按照逐渐归并的方式互相连接起来的：一种只有当它在一个行动元的全部行为中占有地位时才具有意义。②

这显然是语言分析方法的照搬，因为一个句子里，每个词的功能只有放入其上一层次乃至全句中才能确切地显示出来。这似乎也适用于句子与

---

① ［法］罗兰·巴尔特：《叙事作品结构分析导论》，见张寅德编《叙述学研究》，中国社会科学出版社 1989 年版，第 9 页。

② ［法］罗兰·巴尔特：《叙事作品结构分析导论》，见张寅德编《叙述学研究》，中国社会科学出版社 1989 年版，第 9—10 页。

句子间的关系，场景与场景、故事与故事间的关系。不过这一分析方法并非十全十美，因为叙事文本要比一个句子复杂得多，富于变化得多，特别是对于用汉语思维和表现的中国叙事文本来说，这种非完适性就更加突出。因为中国小说的叙事，就如同汉字自身具有独立性，字词间关系较为灵活富有弹性一样，故事与故事间也具有相对的独立性和灵活性，林冲故事与武松故事换个位置，改变一下时间，并无大碍，薛宝钗比林黛玉晚出现两个章回也无不可。其既有内在的规律性，也有极大灵活性与非规律性。

二、意象叙事的三层次

我以为中国的叙事作品的结构由三个层次构成：事象层次、叙述层次、意图层次。而每一个层次都具有功能。所谓功能就是其在一部作品叙事意图中的地位和作用，功能间的联系就是一种逻辑关系（时间关系服从于逻辑关系，只是逻辑关系的一种表现）。正因如此，我们不把功能单独分为一个层次，也无法分为一个层次。因为它是贯穿所有层次间的一种线索、血脉，无法抽出来单列。

1.事象层次（造意与补意）

"事象"的概念源于对早期汉字分析的发现，指那些表示行为目的和行为长度的字。现将其移植于意图叙事理论中来，指具有一定目的性和行为长度的行为。这种行为的具体标示是意图元，即人物的行为长度包括意图的生成、确定；意图付诸实践；意图行为的结果三个阶段，这三个阶段构成一个意图序列，我们将这一意图序列称之为意图元。因为一个意图元表明一种最小意图，故而我们称之为事象。"事象"这一概念虽说有意义的表达，但我们更强调其从意图生成到实现的过程，强调其行为时间意义——行为长度。事象层次可以分为造意层次、补意层次。造意层次是人物意欲生成的系列活动，其在整个叙述过程中有着生成的功能，是后来一切行为的起点和动力。一般说来，造意层次往往是主要人物意图生成的故事，譬如张生与莺莺一见钟情的"惊艳"一出，便属于造意层次。李甲见杜十娘而心系十娘的场景，《红楼梦》绛珠草的还泪心愿生成的神话故事等。补意层次是对原初意愿的补充、丰富。这一层往往产生于意图萌生后而付诸行为的意图实践阶段。实践行为本身若发生变异，往往就是对造意层次的补充，同时也特指在实践过程中因新的情形而使原意图发生改变或补充。如《西游记》中孙悟空在欢乐之余，突然生发出一种忧患和苦恼以及解决苦恼的想法（意图）——如何解决生死问题，萌生去四海寻找可以长生的三种人：佛、圣、仙。这一段叙述是意图生成的行为叙述，属于造意层次，而此后寻仙、拜师、求道、学道，一句话，从寻仙到拜师为徒间的孙猴子的行为描写，都属于补意层次。孙悟空萌生到阎罗殿，抹掉生死簿上所有猴子的名字，则是使花果山猴子们长生不老意愿的延续，是求仙学道意愿后的又一个意图，这一叙述层次当属于次造意层次，而为了实现这一意图的行为则属于次补充层次。就意图行为序列而言，造意层次就是意图生成落定阶段，而补意层次则是意图实践和在实践过程中对原意图发生修缮、补充阶段。事象层次是整个叙述活动的基础、整个结构的组织细胞。叙述层次是事象层次的更上一层次。

2. 叙述层次

叙述层次是指事象在一个顶层意图指导下的叙述顺序、结构——时空结构，是事象（一个最小意图层次序列）与事象间的叙述关系状态。意图的叙述通常分为四个层次。其一是最小的独立意图序列。所谓最小是指其意图行为序列不能再进一步做出划分，即划分不出两个意图序列。如武松果然遇到了吊睛斑额大虫，在面临生与死（被虎吃掉与打死老虎）的选择中，其本能的冲动是打死虎以求生存。打虎求生的意图便是最小意图，与此意图相联系的打虎过程与打虎结果构成了打虎求生的意图序列。这个序列无法再分出第二个序列。其二是最小的阶段性的完整意图系列。它由两个以上最小意图（意图元）构成某一阶段完整的系列意图，我们称之为意图元组，是最小意图的更上一层次的意图层次，形成两个以上意图元合成的意图元组——连续性的故事情节。譬如，武松杀嫂（为兄报仇）就是一个由若干最小意图构成的最小的阶段性完整意图系列。武松知哥哥（武大郎）被人谋杀，心中便萌生一定为哥哥报仇的意图："你若是负屈衔冤，被人害了，托梦与我，兄弟替你做主报仇。"① 而叙述者所叙述这一事象群也是要完成表现武松与哥哥的兄弟亲情和有仇必报的英雄义气。正是在这一意图指导下，形成了由寻何九得兄骨，寻郓哥做人证，申冤于县令，聚邻里取潘金莲与王婆口供，酒楼杀西门庆、再杀潘金莲等一系列意图序列构成的意图实践过程和结果。正是这些完成为兄报仇意图过程中的若干最小意图（事象），共同组合成了武松杀嫂（为兄报仇）的意图系列。这个意图系列在武松所有的行为系列中只是一个阶段性的最小意图序列组，从而构成了武松杀嫂的情节。其三，人生意图系列。主要指内叙述者——核心人物一生的顶层意图的生成、实践与结果。仍以武松为例，武松的一生最崇拜的是行侠仗义、顶天立地的英雄。他的最高愿望就是做行侠仗义、除暴安良，专打天下硬汉（恶人）的英雄。而寻兄打虎、替兄报仇杀嫂，报恩于施恩夺取快活林、杀仇人血溅鸳鸯楼、结拜孙二娘……单臂擒方腊，最后功成身退等共同构成了武松的上述人生意图。其四，叙述者顶层意图系列。主要指外叙述者（作者、叙述者）顶级叙述意图层次——叙述该部（篇）小说的最高愿望。由于叙述者的外视角大于人物的内视角，叙述者所掌握的信息量大于人物信息，故而，一般说来外叙述者的意图往往大于内叙述者意图。这是我们将叙述者意图单列并放置于人物意图层次之上的原因。但也有外叙述者的意图与内叙述者行为意图相近或一致的情形。譬如《西游记》中孙悟空辅助唐僧取经，以使天下人的生命久长的意图与叙述者的意图基本一致。

3. 意图层次

由于意图存在着内意图（文本中主要人物意图）和外意图（即叙述者

---

① 施耐庵著、李卓吾评点：《出像评点忠义水浒传全书》影印本，台湾天一出版社1985年版，第1028—1029页。

意图和作者意图）之间的复杂关系，故而意图层次又因此关系的不同而分为意图契合式、意图分离式与意图超越式三类。意图契合式是指外意图与内意图相契合；意图分离式是指内意图与外意图不完全契合乃至相矛盾；意图超越式指意象群所表达的意图超越外叙述者的叙述意图。由于意图契合式易于理解，所以，下文着重分析意图分离式与意图超越式两个层次。

A. 意图分离式

人物内意图与叙述者外意图的分岔：

分离意图包括几种形态，一是人物的意图与叙述者的意图不一致，出现分岔，乃至相矛盾，而叙述者最终以叙述者意图完成叙述行为，对人物加以评论。而这种结尾和评论与人物自身的意义并非相契合。譬如《杜十娘怒沉百宝箱》，叙述者以杜十娘为核心人物，意在写出妓者从良的美好愿望与杜十娘美丽、痴情、忧虑、富有心智的个性，最后因李甲负情将其卖给富商而投江殒命的悲惨结局，故而作者深为之惋惜。事实上，李甲一方面想与杜十娘结为夫妻，而另一方面却惧怕父亲，这种恋妓惧父的矛盾心理一直未曾消失。远离父亲与家乡时，恋妓之势占据主要位置。而当他答应与杜十娘结为夫妻且回家要得到父母的认可时，惧父的心理便随着离家愈近而愈占据主导地位。因为在这个事情上，李甲将父亲拿出的为其人生前途而设想的读书科考钱，全填入了烟花窟——在妓院嫖掉了。自己舍掉功名换回了一位妓女情侣，这完全背离了父亲的初衷。不要说父亲绝不答应，就连李甲的心中也觉得理亏，对不住父亲，对不住自己的良心。所以惧父与理亏使得带着杜十娘回家成婚的愿望不可能实现。依着李甲心理发展的逻辑，这件事本身（回家认父成婚）从一开始就埋下了悲剧的祸根，即使没有孙富出现，李甲父亲也不会答应，而李甲也不可能选择妓女杜十娘而放弃父亲、家庭和功名前途。同样，如果他所遇到的不是可以拿出千金重资的孙富，而是可以使他得以获得功名的一位主考官，答应秋闱给他举人功名以换取杜十娘，李甲也会卖掉杜十娘，而且心里更高兴，因为父亲见其有功名自然可以接纳他，自然可以化解心中的矛盾。如果说婚姻是男女双方的事情，叙述者也需以双方为叙述主体，即叙述者也须考虑李甲的意图的变化与心理逻辑的话，或者叙述者认为杜十娘须考虑到李甲矛盾心理——不可能不惧怕父亲，并晓得唯有获得功名方可化解他心中的矛盾的话，便不会有后来的悲剧，即后来的悲剧是李甲心理矛盾逻辑发展的必然结果。而叙述者并未依循婚姻双方的另一方——愈来愈有着决定意义的李甲一方——的意图及其心理逻辑加以叙述。故而其叙述的意图与主要人物李甲的意图并不一致（这是由于未将其放在主要位置而进入叙述视野的缘故）。试想，如果杜十娘是李甲的知音，知晓他的心理矛盾和苦衷，又知道唯有功名可以化解这一矛盾，并实现他与李甲白头偕老的愿望，那么，杜十娘便可与李甲先寓居于苏州一带，劝其潜心功名，待一举及第后，再衣锦还乡，岂非可以获得团圆喜庆的结局吗？或再其次，杜十娘如果了解李甲的心理，当在回家路上，告知他有百宝箱，变换为金银，以搪塞其父，虽遭一顿痛责，日后也尚有夺取功名的机会。即这个悲剧的形成，既有李甲的责任，也有杜十娘的责任——不知李甲惧父的复杂心理。如果叙述者有如此认知，一方面不会使这个故事成为悲剧，另一方面也不会只责怪李甲负心，且让其遭到恶报，以泄其愤。换言之，叙述者的意图与另一主要人物李甲的意图并未完全契合。这种不完全契合是分岔式的，不存在内意图与外意图谁大谁小、谁包容谁的问题。

内意图大于外意图：

内意图大于外意图——主要人物意图之和大于叙述者或作者意图。这或许也就是曾有一段时间文艺理论界中常说的形象大于思想之类。譬如《初刻拍案惊奇》卷二《姚滴珠避羞惹羞，郑月娥将错就错》，叙述者本意是讲两个适得其反、事与愿违的离奇故事，以奇取胜，以引起读者的兴趣。而有趣的是，姚滴珠的意图是不愿过烧火做饭的苦日子和整日受公婆监督的不自由的日子，此外还希望受到别人的尊重（而不是羞辱）。一句话，她的内心深处是想过幸福、自由、快乐的日子。故而人口贩子那里的生活也好，还是做了胡富商的外室也好，她都很高兴。一来房舍洁净、宽敞，住的舒适；二来有人侍奉，不用自己再去烧饭、洗衣；三来有钱花有饭吃，更重要的是自由、无人管束。所以，她离家后并不想家，未见其萌生重新回到婆家的意图，因而也不为公婆找不到自己着急或忧虑，甘愿过做人家外室的生活。她很幼稚也很实际，一切从生活的意愿出发，反倒不考虑女子最害怕的不贞节之名和"一女不嫁二夫"的礼教、妇道。身为妓女的郑月娥本来就是秀才的小妾而被弄到妓院的，她的愿望是从良，嫁个好人家。一旦得知这位特殊嫖客姚乙错把她当作姐姐，而她也确像其姐姐，况且她的那位姐夫还是一个殷实人家。她便萌生了以假充真、将错就错的念头，请这位与她有一夜之情的姚乙助她实现从良的意愿。尽管后来被姚滴珠的丈夫识破，但她还是愿意从良，最终改嫁于获了罪被充军的姚乙。这两个主要人物的生活意图反映的是人的本性，并无什么厚非，而她们的意图却出乎叙述者意图之外，小说动人之处正在于二位女性的实实在在的生活意愿。而小说的这一意义却又远重要于叙述者求奇的意图。

外意图与内意图的外合内离（貌合神离）：

契合意图是指外意图与内意图基本一致、相互吻合。这合乎于大部分的小说叙事。如《聊斋志异》中的《席方平》揭露政治腐败官吏贪婪、吏治黑暗。而席方平为父亲鸣冤平反的意图正是通过与地狱各级贪官污吏的残酷斗争实现的。换言之，外意图正是通过内意图的实践过程而表达出来的。然而有一种处于契合意图与分离意图二者中间状态的类型，即从故事叙述的开始与结局而言，人物的意图与叙述者意图是一致的，应归属于契合意图。然而，从接受者接受的效果而言，人物的意图却大于或重于叙述者的意图，似又属于分离意图。如《红楼梦》作者本叙说一块未能补天的石头，因日久有了灵性而到人间"温柔富贵乡"走了一遭，"无材可去补苍天，枉入红尘若许年"，又回到青埂峰下。而这一遭主要领略富贵家族男女之情，最终体验的结果是"情空"。整篇结构也依情而叙，"因空见色，由色生情，传情入色，自色悟空"。凡用"梦"用"幻"等字，是提醒阅者眼目，亦是此书立意本旨。书的结尾，写宝玉与一僧一道飘然而去，"渺渺茫茫兮，归彼大荒"。贾政追了半天，竟是一场空。突然醒悟道："岂知宝玉是下凡历劫的，竟哄了老太太十九年！如今叫我才明白。"

书的结尾两句诗竟是："由来同一梦，休笑世人痴！"① 说来说去不过"情空"二字。而宝玉之意愿由爱红而爱一切女孩再到专爱黛玉，直到黛死钗空，意愿彻底破灭。宝玉意图的破灭与作者表达"情空"的意图可谓基本一致。然而，读者为《红楼梦》动情、痴迷处，却并非"情空"的观念，并非那首"好了歌"所唱的"了便是好"的归宿感，而是宝玉与黛玉等一群少男少女天真无邪的情感，是那种用爱铸造的生命历程，那种爱得你死我活的生活情趣。读者的接受效果或者说这部小说的效果却与主要人物意图的失败及其作者的意图在一致中有着非一致性。当然细究此非一致性，还是作者、叙述者的真情的叙述超过了"警世"的叙述，人物真情的行为超过了醒悟行为而导致的，是内叙述者与外叙述者的意图力存在着理性与非理性的矛盾，而非理性的成分起了主导作用的结果。不只是《红楼梦》，凡叙述成功的小说皆有此共同的特点，即内叙述与外叙述者的非理性的表现远超过了理性的成分，非理性的情欲超越了理性的意图。这种似合实分式，是在合的框架内的分离——外合内离。

B. 意图超越式（模糊性的超越）

有些作品的实际意图远超越叙述者或作者意图的原因，似乎并非理性与非理性那么简单，并非非理性对理性的超越。或者与其说是非理性对理性的超越，不如说是模糊理性对清醒理性的超越。譬如一部《水浒传》，原名为《忠义水浒传》（李卓吾评本），从"忠义"二字看，这部小说是在歌颂一群被社会恶势力压迫得生活不下去而入草为寇的绿林好汉的忠肝义胆，即对皇帝忠心和反抗恶势力的侠义。一般研究者认为该部小说的叙述意图不过颂扬"忠义"精神。事实上一部《水浒传》事象的内涵由三个阶段构成了三大矛盾内涵。第一阶段，前59回，写侠义与邪恶间的矛盾。写众好汉一个个一组组汇聚梁山的故事的叙述意图并非歌颂一个"忠"字，而是浓墨众彩地写出一个大大的"义"字。因"义"而受牵连，吃官

---

① 参见曹雪芹：《红楼梦》第一回"甄士隐梦幻识通灵　贾雨村风尘怀闺秀"、第一百一十九回"中乡魁宝玉却尘缘　沐皇恩贾家延世泽"与第一百二十回"甄士隐详说太虚情　贾雨村归结红楼梦"，《百家评咏红楼梦》本（以程乙本为底本），上海古籍出版社2007年版。

司；因"义"而同气相投；因"义"而汇聚在聚义厅；因"义"而招集天下英雄，一天天壮大；歌颂了侠义如何战胜邪恶的侠义精神。第二阶段即第60—82回，写"忠"与"义"的矛盾。宋江接替死去的晁盖做了梁山泊寨主，受九天玄女"暂罚下方，不久重登紫府"、"他日琼楼金阙再当重会"的诱惑，开始大刀阔斧去实现九天玄女的告示："替天行道"，"全忠仗义，辅国安民"，"去邪归正"。[①]所谓去邪归正就是由与朝廷对抗的强盗，转变为接受招安的大臣、官军。宋江这一"重登紫府"、光宗耀祖的意图，使得"忠"最终战胜"义"。而所谓"忠"的实质，在宋江来说即实现他的"重登紫府"的权势欲和"光宗耀祖"的人生理想。也即北宋时期除了科考和武功之外的另一条进身之阶："杀人放火，受招安"。而所有这一切，都是以牺牲"义"——梁山好汉的兄弟情义乃至众兄弟的生命——为代价的。换言之，宋江所谓的"义"不过是获得忠的手段，不过是获取晋身之阶的工具，不过是光宗耀祖的资本。故而宋江做梁山好汉后的"义"已改变了其初衷，已不再是最高的义的精神追求，却变成了服从于忠，服从于获得富贵和名誉的武器，于是变成了虚假的"义"。正是这种在忠君思想指导下的"义"造成了梁山好汉的悲惨下场。第三阶段83—100回，写忠奸矛盾，同时也有忠义矛盾。而忠义矛盾因在前一阶段已基本解决，故而忠奸矛盾上升为主体矛盾。最终"奸"胜"忠"败，"义"也殉"忠"而亡，做了"忠"的殉葬品。由此看来，一部《水浒传》并非歌颂忠义精神，那只是外叙述者的意图，而作品所表现的意义远大于忠义，也深于忠义。它歌颂了"侠义"精神，也揭露出侠义易被利用及其忠义的矛盾性和虚伪性。至少在政治黑暗的时期，"忠"与"奸"在本质上有其同源性——满足权势欲与功名欲，二者与"义"存在着表、里的矛盾性、不相融性。故而其内涵超越了叙述者的意图。

　　以上关于意图类型的分析，可以发现一个重要的规律性现象：意图分

---

① 施耐庵著，李卓吾评点：《出像评点忠义水浒传全书》影印本，台湾天一出版社1985年版，第1565页。

离类比意图契合类的感染力好，内意图超越类比意图分离类的感染力好。一句话，内意图愈是大于外意图，内意图的轴心与外意图的轴心距离愈远，内意图圆的直径愈是长于外意图圆的直径，其艺术感染力愈高，愈是具有动人的意味形式。

三、意象叙事层次间关系

三个叙述层次（事象层次、叙述层次、意图层次）间具有怎样的关系呢？首先，每一个层次皆在时间横向轴和空间纵向轴上同时展示，且具有历时性与共时性双重功能。

1. 共时性与历时性的认知

所谓历时性功能，指其在时间层面的逻辑性意义，即每一叙述层次皆具有行动上的连续性，皆是行为过程中的一个逻辑性的环点，皆是意图叙事的一个具有连续性的过程。"三碗不过岗"是说酒好，吃多必醉，而其具有引出武松喝 18 碗酒的功能；喝 18 碗酒的行为具有引出岗上醉卧功能；而醉卧又引出被虎惊得酒醒的功能；酒醒和酒力具有引出打虎的神力的功能等等。所谓共时性功能，指空间上叙述中的意义揭示或暗示，它所传达的不只是事件本身的信息，而是气氛、情绪、性格、品性以及哲学上的概念等。它一般没有情节的意义，在事件发展中多它不多，少它不少。如黛玉葬花的唱词，湘云醉卧花丛，《红楼十二支曲》，《金陵十二钗》正册、副册、又副册的判词，《好了歌》。又如"潘金莲雪夜弄琵琶"中的唱词，春梅游旧家池馆的唱词，吴神仙相面和吴月娘听佛经等等，虽不具有故事性，但却具有暗示性和特殊寓意。又如"电话铃响了，他拿起四个话筒中的一个"中的"四"，它并无事件功能，却表明这个办公室的信息量大、权力集中。这一共时性功能，有些像罗兰·巴尔特所说的"迹象"概念：

> 由于迹象之间的关系可以说具有纵向性质，所以是一些真正的语义单位。因为，与真正的"功能"相反，迹象使人想到一个所指，而

不是一个"程序"。迹象的裁定在"更上面"，有时甚至是潜在的，超出明显的组合段范围（一个人物的"性格"可以从来不写明，但是不断有所显露），这是一种纵向聚合关系上的裁定。相反，功能的裁定从来只是在"更后面"，这是一种横向的裁定。因此，功能和迹象包含着别一个传统的区别：功能包含换喻关系，迹象包含隐喻关系；前者与行为的功能性相符合，后者与状态的功能性相符合。①

用中国写意的诗词的表现方式来比喻，共时性是象中之意，即物象本身所隐含的意义，就像行为本身所隐含的意义一样。譬如林冲看到那个正在调戏自己娘子的后生，奔向前去揪起那厮的衣领，举起了拳头要狠狠砸下去。那人回过头来，林冲认出是高衙内，举起的拳头不由地慢慢放了下来。这一动作的描写既具有历时性功能——引出放走高衙内的行为，又有共时性功能，揭示出林冲不爱惹事的忍耐性格。几乎所有的行为都具有纵、横两重功能，只不过有的小说叙述以横向功能见长（多为以情节取胜的情节小说），而有的叙述则以纵向功能见长（多为性格、心理描写取胜的性格小说、心理小说）。

2. 叙述层次阐释的把握方式

每一个叙事层次的横向功能或纵向功能都将在其更上一个层次的叙事中才能准确地显示出来。即只有将其放入更上一层次中，其纵向功能与横向功能的具体意义才能得到充分而有力的说明。反过来也一样，更上一层次的叙述功能是其下一层次功能的汇拢聚合的聚合体。罗兰·巴尔特在解释"归并性"时说："要懂得一个迹象'有什么用'，就必须过渡到高一级的层次（人物行为或者叙述）去，因为只有在那里，迹象的含义才得到解释。"② 所以在更上一层次能得到解释，就是因为它是其下一层众多功能的集合。事象层次是众多片断行为（包括细节、特写和动作）的集合；叙述

---

① ［法］罗兰·巴尔特：《叙事作品结构分析导论》，见张寅德编《叙述学研究》，中国社会科学出版社 1989 年版，第 14 页。

② ［法］罗兰·巴尔特：《叙事作品结构分析导论》，见张寅德编《叙述学研究》，中国社会科学出版社 1989 年版，第 13 页。

层次则是事象层次的集合，意图层次又是叙述层次的集合。按照这一逻辑推理下去，一部叙事作品只有到了最高的意图层次，才能发现其内涵与其中的真正意义。

3. 抓住核心意象

需要特别指出，这里出现的"意象"概念的内涵究竟是什么？说得简单些，小说叙事的意图存在于事象（意图元）及其结构之中。我们知道每个意图元都有其表现意图的功能，但其功能有的侧重于时间长度的叙述，有的则侧重于意义的标示。前者称之为"事象"，后者称之为"意象"。而在表达意义的众多意象中，有的则承担着表现主要叙述意图的功能，我们将这些表现核心意图的意象称之为核心意象。

还有一点需加以强调，就是中国的叙事作品似乎并不需要像西方叙事作品那样做由低到高的一级级的层次分析，然后归纳出意象的内涵来。为何会这样呢？这是因为中国人的思维特点与表现特点都很突出、鲜明，那就是意象思维始终是中国人思维的焦点和再现的焦点，用上述历时性叙述结构与共时性叙述结构的理论加以分析，中国人的这种意象思维具有明显的聚焦性（有一形象的术语叫"画龙点睛"，在诗歌中称之"诗眼"，散文中称之为"文眼"）。在时间的横向逻辑展开过程中，并非呈均衡的态势，并非层层扩大，也并非层层缩小，而是设计一个核心，核心出现之前呈潜伏、准备、聚势期的状态，至核心而达到高潮。核心之后，却慢慢地散落下去，虽不乏一个个小高潮，然也只是余波荡漾。这种核心意象（事象）在历时性的结构中具有汇聚、推助的功能。有时这种核心意象是双影式的，一种为实象，一种为虚象，相互映衬。其核心意象出现于不同时间段中高潮曲折、层层叠叠。然而，细分析虚实核心意象仍然有一个灵魂，或者是一个灵魂的两个载体、两种表现形态。从共时性的意义表现层次观之，核心意象是所有意向的汇聚点，是各层次意义的总合、汇聚，形成中心或灵魂。或者它并非聚合点，而是作者有意赋予某一事象的深层意图，这个意图在所有意象中具有画龙点睛的功用。下面分别以中国古代叙述性文体的典型代表小说、戏曲为例略加说明。先以戏曲为例。《西厢记》之核心意象乃是《惊艳》一出。[①] 张生永福寺偶见莺莺，"腾然见五百年前风流业冤"，"魂灵儿飞去半天"，"便不往去京师迎举也罢"。以后暂住永福寺之西厢而生发的一切事象（借厢、琴挑、吟诗、寄简等）皆由此而生，"白马解围"也由此而出，直至有情人终成眷属，方实现了张生初见莺莺时的愿望。《牡丹亭》之核心意象乃《惊梦》一出。[②] 莺莺游园引起了青春之觉醒，在花园"牡丹亭"旁的花丛中作了一梦，梦见一位持柳条的书生与自己幽会，饱尝情爱（性爱）之美妙。此后想再游园作此一梦而不得，遂生种种情节。而其种种情节皆由此"惊梦"而起，皆为实现梦中的愿望，直到这一愿望得以实现。《桃花扇》的核心意象为"却奁"。[③] 此前事象为此而涌来，此后事象因此而生发。《长生殿》的核心意象为"盟誓"。[④] 七月初七，李隆基与杨玉环在长生殿对着牛郎织女星，立下世世代代永为夫妻的誓言。……以小说论之，《红楼梦》的核心意象为第五回"贾宝玉神游太虚境"[⑤]，宝玉中午在秦可卿的椒房绣榻（红楼——天香楼）做的神游太虚幻境的一梦，无论从"金陵十二钗"正、副、又副册中的图像、题诗，还是所品"千红一窟"茶、所饮"万艳同杯"酒、所唱"红楼十二支曲"，还是所宿小名为"可卿"的"兼美"，以及警幻仙大为欣赏的"意淫"，皆不过"幻境"、"情空"二字。此后事象都不过这一美妙意境的重演而已。《金瓶梅》的核心意象乃是"吴神仙贵贱相人"[⑥]，不仅说出了西门庆的为人、性情，映现他将来的结局及其死因，书中主要

---

① 参见傅开沛、袁玉琪校点：《第六才子书西厢记》，中州古籍出版社 1987 年版。

② 参见（明）汤显祖著，徐朔方、杨笑杨校注：《牡丹亭》，人民文学出版社 2005 年版，第十出"惊梦"。

③ 参见（清）孔尚任著，王季思、苏寰中评注：《桃花扇》，人民文学出版社 2005 年版，第七出"却奁"。

④ 参见（清）洪升：《长生殿·盟誓》，选自《中国古典戏曲名著》，金盾出版社 2010 年版。

⑤ 参见曹雪芹：《红楼梦》，《百家评咏红楼梦》本（以程乙本为底本），上海古籍出版社 2007 年版，第五回"贾宝玉神游太虚境，警幻仙曲演红楼梦"。

⑥ 参见兰陵笑笑生：《金瓶梅词话》，人民文学出版社 2008 年版，第二十九回"吴神仙贵贱相身"。

人的性情品格、命运都在这一回中集中展现，而作者慎色戒淫、"持盈慎满"的观念在这一事象中表达得淋漓尽致。此前的事象不过证明此回所相面的真实可靠，此后情节，也不出此回相面的预测与警戒。当西门庆病危无医可治时，吴月娘等人又想起了吴神仙，却不知其去向。而龟婆子的占卜、道士的说命不过是"吴神仙贵贱相人"这一核心意象的延续与补充而已。《水浒传》的核心意象是第七十回"忠义堂石碣受天文，梁山泊英雄惊恶梦"。① 前有三十六员天罡星、七十二员地煞星英雄排座次，一同对天盟誓，乃此前六十九回事象之汇聚总结；后有卢俊义梦中受缚与一百零七位英雄被斩之恶梦，预示众英雄接受朝廷招安后的悲惨结局，而"替天行道"、"忠义双全"乃一部书的叙事意图。即使如历史演义类小说，受历史发展的客观性所限制，在结构上难做到如愿自由，然而也往往有核心意象，如《三国演义》的核心意象却是"隆中对"②，前种种故事皆为此而来，后种种故事特别是以蜀国为中心的故事大体说来也多是"隆中对"决策的实施过程而已，虽情境不同，然表意未变。

4. 核心意象与意图

由上述分析，我们发现两个共同规律：一是核心意象往往与作者或叙述者的意图紧密相联系，或是意图的载体，如《西厢记》、《牡丹亭》等，或是集中体现叙述者叙述意图的核心事象，如《红楼梦》、《金瓶梅》、《水浒传》等。二是核心意象往往借助两三个事象映衬呼应，使得核心意象的表现更加突出。如《西游记》的核心意象本为第八回"我佛造经传极乐"。如来因降伏悟空而多有感触，遂萌生传经善化东土众生的意图，他对众佛道："那南赡部洲者，贪淫乐祸，多杀多灾，正所谓口舌凶场，是非恶海。我今有三藏真经，可以劝人为善。……我待要送上东土，叵耐那方众生愚蠢，毁谤真言，不识我法门之旨要，怠慢了瑜迦之正宗。怎么得一个有法

---

① 参见施耐庵著，金圣叹删改：《第五才子书施耐庵水浒传》，中华书局 1975 年版。

② 参见罗贯中著，李渔批点：《李笠翁批阅三国志》，见《李渔全集》第十卷，浙江古籍出版社 1992 年版。

力的，去东土寻一个善信，教他苦历千山，远经万水，到我处求取真经，永传东土，劝化众生，却乃是个山大的福缘，海深的善庆。"①遂有观世音自愿领旨完成此使命，以及选高僧、收徒弟，促成西天取经之事。然一部《西游记》同时还有三大重要事象与之相应，使中心意象所表达之意更加完善和凸显。这三大意象一是以大闹天宫为中心的石猴成长之意象，二是唐僧由江流儿到御弟高僧的成长意象，三是西天取经成功之意象。前两个意象皆为取经中心意象生成之前奏（取经的主要对象是唐玄奘、孙悟空），第三个意象为观世音组织取经队伍完成取回真经的使命，是中心意象的实践过程。由此可见，核心意象是由三大意象配合共同完成的。《金瓶梅》的中心意象是吴神仙贵贱相人，同时由四个意象使之进一步深化。这四个意象分别是潘金莲、李瓶儿、庞春梅和西门庆。

两个规律之中有一内在联系，核心意象正因其为众多纷纭意象之核心，所以只要把握了一部叙事作品的核心意象，便掌握了一部叙事作品的灵魂，其他行为层次、叙述层次与意图层次皆可找到其内在的联系，一切问题皆可迎刃而解。核心意象所以具有如此神奇功能，究其根本是因为核心意象承载并集中展示出了叙述者的叙述意图的缘故。

为了进一步说明意象叙事的层次理论，我们将以《金瓶梅》和《儒林外史》两部小说的意象叙事为例，做些具体分析。

---

① 吴承恩：《西游记》，上海书店出版社 2009 年版，第 70 页。

第三章 《金瓶梅》、《儒林外史》以象写意分析

一、两书的层次结构

《金瓶梅》与其后的《儒林外史》并不属于同一叙述类型。《金瓶梅》的内叙事与外叙事貌合神离，属于意图叙述分离型。即作者本意是采用"欲要止淫，以淫说法"的方式，达到劝淫止淫的目的。然而作者主要笔墨、近80%篇幅写西门庆一生兴旺发达的过程，他经商发财，官运亨通，情场得意，好色纵欲，带来的却是家业的隆兴和快速发展。除了西门庆，王六儿、李桂姐、奶子如意儿、贲四嫂一批纵欲的女人，并未因纵欲而受到惩罚，相反却得到了不少好处。这种写法很容易引导人走向纵欲，而非止淫。以至于连叙述者有时也不禁发出羡慕的感叹（如对陈经济"弄一得双"的艳羡）！于是使得内叙述者人物与叙述者及其叙述效果与作者的初衷产生分离。而《儒林外史》则并非此种情形。作者的意图"以功名富贵"为一篇之骨，描写人们为了科举、功名而道德沦丧。讽刺人性的虚伪，标榜"文行出处"，倡自食其力。这一创作意图与内叙述者基本一致，未出现明显分离，属于意图契合式。

两书的事象层次、叙述层次也有明显的差异。《金瓶梅》的事象具有明显的家庭特色（空间、事件），更显得生活化和琐碎。较之《水浒传》这个特色很鲜明。"武松杀嫂"故事尚不那么明显，但此后，潘金莲、宋蕙莲、李瓶儿故事家庭味愈来愈浓。三十回后，由写人物为主转身写家庭

为主，以西门庆家为中心，依次写武大郎家、花子虚家、王招宣府、应伯爵家、陈洪家、吴大舅家、常时节家、乔大户家、韩道国家、夏提刑家、周守备家、尚举人家、张二官人等家庭。除西门庆家写兴盛为主外，多数写家庭的衰败，而家庭故事不外商场、情场、官场和兄弟场。《金瓶梅》的上述事象类型，可概括为以一人带一家，以一家带一县城，一郡城，以家庭再现国家。《儒林外史》的事象也是以人物为单位，然而其出现更侧重于类型化，表现空间更地域化，人物虽也有传记性的描写，如周进、范进、马二先生、遽公孙、虞育德、庄绍光，但因多注重世相，善取一段一类事象，善于表现事象的意义层次，意象的横向展示长于其时间的纵向展示，故而较之《金瓶梅》更趋短小，故事性更弱，比之《金瓶梅》更碎细。

尽管两部小说的事象层次有如上所言的差异，然而在叙述层次上，两书却有着更多的相似性，即善于通过事象的组合智慧，婉转而含蓄地表达心中的声音。换言之，两部书借象表意的大框架读者可以体会出来，如《金瓶梅》的写作意图：止淫。在小说开头的入话中，通过"四贪词"、刘项爱女色而亡身、破落户爱虎女而断送七尺之躯，毁坏了泼天价产业，反复致意。再通过西门庆、潘金莲、李瓶儿、庞春梅等主要人物因纵欲而惨死，西门府也因之而破败的故事警戒后人，书的结尾用一首词"月楼善良终有寿，瓶梅淫逸早归泉"而做结。读者阅读几遍后可以体会得出来。另一方面，两部书通过事象的组合表达作者的创作意图，共时性的意义表达更重于历时性的事件意义，这种隐曲之意一般难以一眼看出。发现文本的深层意义正是文学研究的神圣职责和具有魅力之所在。其层次性意义特别是深层意义，往往与意象的生成、组合结构相关联，即隐含的意义是借叙事组合结构表达完成的。这一特点是中国汉语叙事作品得天独厚的地方，故而颇有分析一番的必要。

二、《金瓶梅》意象叙事组织法

《金瓶梅》的意象叙事的秘密在于叙述层次。为何这样说？这部小说行为层次转入表达最小意象的事象层次较为迅捷，即表明某一意图的行为长度短，从而使得事象多而密。最长的要算西门庆勾引潘金莲的事象，但那是从《水浒传》中引过来而加以细化后的结果。此后的事象便为《金瓶梅》所独有，如嫁西门大姐与娶孟玉楼便显出了这一特点。事象虽短小，内涵却丰厚，即作者善于将表达的意赋予短小的事象，显示出特有的赋意才能。不仅如此，作者更善于通过巧妙的事象组合，创造特有的意象叙事。由于作者在塑造、组织事象中采用的表现方法不同，便形成了一部《金瓶梅》婉曲表意的多类形态。择其要者，大体可分为遮蔽型、节略型、对映型、借代型四类。

1. 遮蔽型

这一方法包含两层内涵，一是作者善于赋意于事象，造成事象的内涵意丰富，历时性的功能中拥有突出的共时性所指意义。二是善长于事象间的组合，通过组合而衍生出新的意义。具体方法是作者有意采用遮掩、隐蔽的手法，当作品随着叙述渐趋明朗时，又故作喷云吐雾之笔，造成隐不尽之意于峰回路转之间、轻云薄雾之内的含蓄美。

"周贫磨镜"是《金瓶梅》第五十八回后半章的核心场面。故事由前半章情节徐徐道来——金莲打狗、罚婢、撒泼、使妒性，将母亲骂出家门。事后她却自以为是地向孟玉楼学舌，被玉楼说劝了几句。二人信步来到大门前，巧遇磨镜老人。潘金莲独有的穿衣大镜，"这两日都使得昏了"，不能照清本相，需要磨一磨。老人磨完了镜，因未能给卧病在床的老伴讨到想吃的"腊肉"，而伤心地"眼中扑簌簌流下泪来"[①]，苦诉不孝的儿子给老两口儿晚年带来的孤独忧伤。孟玉楼怜悯磨镜老人，拿来了"半腿腊肉"，潘金莲把母亲带给她的小米、酱瓜一同送给了磨镜老人。这段故事（事象）是一则含意深厚的寓言。镜子是照鉴之物，潘金莲的大镜昏了，照不清本相，喻潘金莲孝心泯灭而不自省，故需他人洗磨一番。先

---

① 参见兰陵笑笑生：《金瓶梅词话》，人民文学出版社2008年版，第五十八回"吴神仙贵贱相身"。

是孟玉楼的劝说，接着是磨镜叟为她磨镜。磨镜老人不仅磨亮了潘金莲的镜子，而且又用现身说法哭诉儿子不孝，想警醒潘金莲执迷不悟的心，意在劝人为孝。正如张竹坡在此回总批中所言，"磨镜非玉楼之文，乃特特使一老年无依之人，说其子不孝，说其为父母之有愁莫诉处，直刺金莲之心，以为不孝者警也"①。显然磨镜叟的苦诉文字是作者为表达"劝孝"思想而特意安排的。这段故事既是有一定的时间长度和特定空间的完整故事，又隐喻着劝人为孝的深意。而这种深意若不加以分析，难以一眼发觉。这正是隐喻的艺术魅力所在。

然而，当故事接近尾声，却突然跳出个小厮——看大门的平安，发了一通不着边际的议论："二位娘不该与他这许多东西，被这老油嘴设计诓得去了，他妈妈是个媒人，昨日打这街上过去不是，几时在家不好来！"②这番议论使故事顿时晴转多云，磨镜老人成了骗子，一番眼泪汪汪的诉说成了弄假戏人的证据。读者随之陷入了迷雾中。这结尾处故设的迷雾正是作者采用的"乌云遮日"法，故意造一假象将真相遮蔽起来。其实，平安不会说谎，所讲当是实事。磨镜叟的老伴并没什么病。正因为并没什么病，却说儿子不孝，老夫妻俩的孤苦，岂不更进一步表明作者用意在于借题发挥，借磨镜叟诉说儿子不孝以警醒不孝的潘金莲吗？作者的用意已是十分明了的，而作者的这一用意却隐蔽于小厮平安的一番实话实说之中，形成以假蔽真的遮蔽型的表意手法。

2. 节略型组象表意法

内叙事者——主要人物的意愿，一般说来希望自己意图实现的过程顺利、简短，同时又担心会遇到意想不到的困难，故而有着战胜各种困难的心理准备，从而形成化繁为简的心理趋向。而外叙事者（作者、叙述者）因需考虑接受者好奇并希望故事多波澜和奇趣，又不得不将故事叙述得复

---

① 参见《金瓶梅会评校本》第五十八回之前张竹坡评语，中华书局 1988 年版（内部发行），第 765 页。

② 兰陵笑笑生：《金瓶梅词话》，人民文学出版社 2008 年版，第五十八回"孟玉楼周贫磨镜"。

杂多变出人意料,于是形成外叙述者与内叙述心理欲求的矛盾,遂出现主次、虚实、铺陈与节略的种种叙事手段。然而节略、省减的最终目的还是造成对于读者来说的陌生化效果。在这方面《金瓶梅》有其独到之处。具体说来,作者不把要表达的思想全"露"出来,而是采用省略、删削情节的手法,藏无限之意于不写之中;或以节制的手法,使文意一点一滴地渗透到"草蛇灰线"的情节里,造成如龙穿云入雾、时隐时现的含蓄意境。前者为省略式,后者称节略式。

当西门庆这个家庭支柱一旦摧折,由其支撑的社会关系网便如"灯消火灭"般地迅速解体。作者为不使读者产生这类家庭从此绝迹的错觉,在以主要笔墨收尾的同时,又别有意味地轻轻点出一位张二官人。这个张二官人以一千多两银子贿赂杨戬,补了西门庆山东省理刑所理刑千户的官缺。原来环绕在西门庆身边的人,又如"众蚁逐膻"般地纷纷聚拢过来。应伯爵泄露了西门庆家的全部秘密;西门庆的二夫人李娇儿转眼成了张二官人的二太太,张二官人还想将西门庆身边的潘金莲等妻妾们也弄到自己房里来。显然,张二官又是一个西门庆。这是明写,是露。这位新暴发户在官场、商场、情场将扮演什么角色,唱哪出戏,命运如何,作者未着一笔,然而,人们由以往的西门庆可以推想这位张二官今后的种种恶行命运,乃至张二官之后,可能还会有孙三官、王四官之类人接续下去。这是不写之写,隐无限情事于不写之中。如张竹坡所言:"张二官顶补西门千户之缺,而伯爵走动,说娶娇儿,俨然又一西门,其受报又有不可尽言者,则其不着笔墨处,又有无限烟波,直欲又藏一部大书于笔外也,此所谓笔不到而意到者。"① 这种省略式达到了以少胜多的艺术效果,这是省略式中的露头藏尾。

小说描写西门庆的色情生活,是从他勾引潘金莲开始的。在此之前,做为性欲狂的西门庆与陈氏、吴月娘、张惜春、李娇儿、卓丢儿、孙雪娥

---

① (清)张竹坡:《批评第一奇书金瓶梅读法》,《金瓶梅会评会校本》,中华书局1998年版(内部发行),第1498页。

（皆为其妻妾、情人）等嘲风弄月，迎奸卖俏，许多不入眼事，都省去了，又藏一部大书于未写之前。这是藏头露尾。

书中曾断断续续出现这样几个情节，第三十二回写李桂姐拜吴月娘为干娘，她做干女儿；第四十二回，李瓶儿生日，吴银儿拜寿做李瓶儿的干女儿；第五十五回，蔡京生辰，西门庆专程进京拜蔡京为干爹，做儿子。第七十二回，王三官认西门庆为干爹。这四个同类故事分散于40个章回里，间断几乎相等。作者如此写别有深意，它们之间的内在联系引人深思。李桂姐是西门庆梳笼并包占的妓女，吴月娘的情敌；吴银儿是西门庆的情妇，李瓶儿的情敌（此前为李瓶儿丈夫花子虚包占的妓女）；她们在情场"妆娇做态"，争风吃醋。而今，竟然堂而皇之地来拜情敌为娘，岂非笑话！而吴月娘、李瓶儿认妓女做干女儿，岂不成了妓院的鸨儿。认女一节，实乃明写妓女，暗刺月娘！王三官暗嫖李桂姐，与西门庆争风吃醋，是西门庆的情敌，迫于西门庆的势力而做了西门庆的干儿子。而西门庆恰是奸淫了他的母亲，又企图引诱他的妻子的"贼人"，王三官认贼作父的行为比妓女更卑劣；西门庆奸人妻子、母亲反做干爹的行径，比起鸨儿来更无耻。蔡京生日，西门庆专程千里迢迢送20担寿礼，求翟管家说情，要做蔡京的"干生子儿"。以为得了此名声儿，"也不枉一生一世"[1]，其阿谀奉迎之态比妓女有过之而无不及。而蔡京见财起意，卖官鬻爵，遍收天下干儿义子，罗织死党，其灵魂之丑恶，对社会危害之大，又哪里是妓院鸨儿和市井恶霸所比的！作者这种由妓女比附西门庆，由鸨儿比附蔡京，叙事由此及彼，范围展示由小渐大，讥讽"幽含"于"草蛇灰线"的事象布置之中，引人深思，耐人寻味。这是一种将相同事象分散组合于不同时间段内，再通过同类成比的比照方式排列事象，使得处于纵向时间链上的事象通过读者的联想生成共时性的意义层次，达到了以少胜多，以不写之写表现叙述者的别一番深意。

---

[1] 参见《金瓶梅会评会校本》第五十五回"西门庆两番庆寿旦"，中华书局1998年版（内部发行），第735页。

3. 对映型组象表意法

阴阳、善恶、虚实、有无等二元合一的思维，在早期汉字结构中已表现得很充分，它表明早期汉人的二元合一思维模式已成为一种叙述的思维定式。无论在抒情性诗词韵文中，还是在散文式的叙事文本中，都有广泛的运用。明清两代的小说经典如《金瓶梅》、《儒林外史》和《红楼梦》，二元合一的思维模式的表现更为娴熟，相关的叙述艺术已达到一个新的高度。

《金瓶梅》的叙事很少用"直笔"、"呆笔"，常常是一笔并写两人，或一笔并写两事。写两人一实一虚，虚实相生；写两事，或同步对映，或异步遥对，不尽余意见于映照之间。前者称为差位映衬式，后者称作等位对映式。

第八回"潘金莲永夜盼西门"。写西门庆因娶孟玉楼、出嫁大姐，"足乱了一个月多，不曾往潘金莲家去"，急坏了潘金莲。她请王婆到西门府里寻找；逼女儿迎儿街上找；洗完澡，做好饭，倚门而望；望不见，嘴咕嘟着骂"负心贼"；又拿红绣鞋打"相思卦"；直到困倦得不知不觉进入梦乡。笔笔画出了女人的相思之态。这是写金莲。金莲处因何冷清，是西门庆正迎娶孟玉楼，所以"写金莲时，却句句是玉楼文字"[1]；写金莲的冷清、愁思，处处映衬出玉楼的热闹、欢乐，因玉楼的被宠，而生出金莲的失宠。金莲为实写，玉楼为虚写，是"以不实处写之"。这是一笔并写两事。

一笔并写两人的手法《金瓶梅》中用得很普遍，成为在众多人物关系网中，区分个性，突出主要人物，使形象更真实丰满的基本手法之一。譬如描写西门府内的主要人物，就是采用了映示的手法。写蕙莲的无心，映金莲的有心；写瓶儿大方忍让，讽金莲的吝啬、争锋；以玉楼的善良，照金莲的恶行；标举月娘的贞节，讽刺金莲的纵欲无度。处处写他人，却处

---

[1] （清）张竹坡：《批评第一奇书金瓶梅读法》，《金瓶梅会评会校本》，中华书局1998年版（内部发行），第118页。

处映金莲；笔笔绘金莲，又笔笔映他人。在诸妇人中，金莲是作者用笔墨最多的一个。对此，张竹坡指出：一部《金瓶梅》只写了月娘、玉楼、金莲、瓶儿四个妇人。月娘是家庭女主，不能不写，然而"纯以隐笔"①；写玉楼则用侧笔。此二人"是全非正写，其正写着，唯瓶儿、金莲。然而，写瓶儿又每以不言写之，夫以不言写之，是以不写处写之，以不写处写之，是其写处单在金莲也。单写金莲宜乎金莲之恶冠以众人也"②。其实叙潘金莲丑恶，"乃实写西门庆之恶"③。写李桂姐、吴银儿妓女辈，王六儿、林太太淫荡处，正映衬出西门庆淫欲无度，"浮薄立品，市井为习"、"一味粗鄙"。而一路写帮闲篾片应伯爵、谢希大的"假"，又暗讽西门庆的蠢，如此等等。一笔并写两人的映写法，有针对性地形成一部书众多人物之间你遮我映，一实一虚，注此意彼，虚实相生，万象回应的艺术品味。

两事对举，常能使人于暇想中，意外有获。如第十九回，叙述了这样两件事：一是陈经济与潘金莲扑蝶调情；二是张胜打蒋竹山替西门庆出气。陈经济在花园替金莲扑蝴蝶，挑逗金莲，这是女婿勾引丈母娘的开始，最终"弄一得双"，又与丫鬟庞春梅勾搭成奸。草里蛇张胜受西门庆唆使，打瓶儿的续夫蒋竹山，并因此捞上了做"守备府"亲随的差事。这是张胜在小说中的第一次露面，乍看起来，两件事好像无半点儿瓜葛，但联系到第九十九回，陈经济在守备府与庞春梅偷奸、被张胜所杀一节，方晓得张胜是结果陈经济性命的人。陈经济与潘金莲一调情，张胜便出场，乱伦一出现，就暗示后果。惩恶劝善的思想隐于两事对举的结构之中。

对映手法运用于小说结构之中，形成无数纵横对应的情节，在对应的情节间隐伏着无尽的言外之意，从而构成了小说表意的含蕴境界。同步对

---

① （清）张竹坡：《批评第一奇书金瓶梅读法》，《金瓶梅会评会校本》，中华书局1998年版（内部发行），第1498页．

② （清）张竹坡：《批评第一奇书金瓶梅读法》，《金瓶梅会评会校本》，中华书局1988年版（内部发行），第1495页。

③ （清）张竹坡：《批评第一奇书金瓶梅读法》，《金瓶梅会评会校本》，中华书局1998年版（内部发行），第1495页。

映形成"祸福相依，冷热相生"的对比示意层次。西门庆生子又得官，喜事一齐来，偏有丢银壶的"不吉利"；大年正月为官哥联姻于乔皇亲，又进了许多金银资财，却生"失金"一节；庆官宴上，正前程无量，春风得意，刘太监偏要点唱"叹浮生犹如一梦里"……一面热闹炙人，一面又透些冷意。热中示冷，热冷相照，无限文意隐寓其间。异步遥对，形成因果互系，炎凉互替，前后逆反的对比示意层次。"淫人妻子，妻子淫人"；夺人财产，财产归人；李瓶儿、西门庆两丧葬；官哥孝哥两上坟，"春梅重游旧家池馆"……一昔一今，一因一果，一盛一衰，一乐一悲的对比，给人无穷的回味。

4. 借代型组象表意法

借代型指借某一事物，间接示意的委婉表意方式，包括指他式和指内式两类。

指他式，指借用此彼关系中的此中含彼来借此示彼。小说第七十六回写西门庆自提刑所来家，向潘金莲众人叙说自己审理的一件丈母养女婿的"奸情公案"："那女婿年小，不上三十多岁，名唤宋得。原与这家是养老不归宗女婿。落后亲丈母死了，娶了个后丈母周氏，不上一年，把丈人死了。这周氏年小守不得，就与他这女婿常时言笑自若，渐渐在家嚷嚷，有人知道，住不牢。一日送他这丈母往乡里娘家去，周氏便向宋得说：你我本没事，枉耽其名，今日在此山野空地，咱两个成其夫妻罢。这宋得就把周氏奸脱一度。以后娘家回还通奸不绝。后因责使女，被使女传于两邻，才首告官……两个都是绞罪。"[①]"宋得"就是"送得"的谐音，丈母甘愿"送"身，女婿乐于"得"欢。西门庆所讲他人的故事与自家丑事如影随形，十分相似。作者有意借这个故事暗示西门庆死期不远，其后，女婿陈经济与潘金莲将会"通奸不绝"，并因责丫鬟秋菊而败露。

作者不单借事暗示情节的发展，也借物示人。潘金莲与李瓶儿分别住着东、西两幢小楼。潘金莲的楼上堆放着"药"，李瓶儿楼上存放着

① 《金瓶梅会评会校本》，中华书局1988年版（内部发行），第1116—1117页。

"当物"。说也奇巧，潘金莲与"药"有不解之缘。武大郎被她灌以毒药而七窍流血死，西门庆也因被她灌以过量三倍的"春药"而丧命。潘金莲之毒与毒药何异！这是借"药"暗刺潘金莲。瓶儿将梁中书家的百颗西洋胡珠送与花家，做了"广南镇守"花太监的侄媳儿。花太监死后，又将花太监一生的"体己"，拱手献给了清河一霸的西门庆，换取了六太太的宝座。一生为人，的确不过像个"当物"罢了。这是借"当物"讽瓶儿。

利用事物内外关系中的寓内于外，来借外示内，是小说借代表意的又一方式——指内式。它主要被用于借环境、曲词、酒宴、说经、梦境以及大量人物语言的描写来表现人物的心理、情绪，颇有点古典诗词中的寄情于景，借景抒情的手法。吴月娘率众姊妹游花园的景物描写，表现出众女人对优越生活无法掩饰的喜悦；重阳节李瓶儿病重，作者以合家宅眷庆赏重阳的热闹景象与瓶儿屋内孤自负痛的冷清气氛相映衬，烘托瓶儿内心的孤独、寂寞。蔡状元、安进士点唱《朝元歌》、《画眉序》，字字都荡溢着一举及第、荣归省亲的得意情绪；潘金莲"稽唇淬语"、"挑唆离间"、打狗罚婢的一举一语都散发着金莲的妒气。夜梦花子虚抱子来邀，透露出瓶儿对生的依恋、死的恐惧。听尼姑宣卷，映示月娘内心的孤寂苦闷……上述种种都是将无形的心理融于形象、声音之中，融于事象之内。借有形之象表现无形之意。

综上所述，《金瓶梅》的作者在叙事的过程中，运用诗词的意象思维组织事象，一方面赋予事象于情意和思想，另一方面在叙述层，运用了意象思维的结构方法和常见的修辞手法，组织纸屑碎片似的物象、事象，总能从一人一事与他人他事前后左右、上下内外的相互联系出发，采用遮蔽、节略、映示、借代等一系列手法，创造出既宏大精密、丝丝相扣，又虚实相生，内外相映，万象回应，意味无穷的意象网络，形成故事中有故事，事象外有事象，物象外生物象的叙事写意的含蓄意境。

三、《儒林外史》意象叙事结构

1.《儒林外史》的诗化结构

《儒林外史》静态的空间对照式结构是一种意在言志、抒情的结构。史化小说的叙事结构一般按照时间的流向从头至尾纵向展开，追求结构的严密〔处处埋伏因果〕和一波未平一波又起的波澜以及一急一缓、疏密相间的节奏等，给人以动态美和历史感。《外史》叙事虽也逐年写来，跳荡而去，其间跨度达百余年之久。但百余年的人物故事都以类分为苦干组群、分置于以南京为中心的几个空间区域，而后依类递次叙来，将儒林各类人物轮流展览一番，又逐一下场。显示出横向类别的空间组合和美丑对照式的结构，给人静态的空间艺术感。全书55回，分为5个部分，美丑横列又纵照，犹似一座三进院的厅堂与游廊。第一回楔子为第一部分。高标出一位不从科考，不做官，重才学品行，贱功名富贵的隐士高人形象。恰似入门第一厅。第二至三十回为第二部分。作者一面以赞赏之笔描绘豪侠、博雅、义气的君子形象。如蓬大守父子之雅、娄氏公子之豪、马纯上、鲍文卿之义、牛老卜老之真情、杜慎卿之雅才等。一面又以辛辣之笔，讥刺心趋功名富贵者的愚、俗、丑、恶。如周进、范进、马纯上之愚；鲁翰林、景兰江、季恬逸等人之俗；张静斋、严贡生、王惠、张铁愉、牛浦郎之恶。颇似由前厅至中堂的左右两个游廊，一丑一美，一俗一稚，两两相照，其形愈显，其灵魂愈彰。第三十一至四十四回为第三部分。写"礼乐兵农"的实践，表达了作者对教育内容改革的见解和"造就人才"、"救助政教"的政治理想。这是《外史》一书所言志向的中心内容所在，犹如高高耸立于庭院中的议事大厅。第四十五至五十四回，为小说的第四部分。结构颇似第二部分，一面写在功名富贵引诱下，世风日下、攀附势力者的丑态恶行；一面又满怀深情地描述了在风尘恶俗之中的几位有君子之风的真儒形象。使雅俗、善恶相彰，犹似后院左右两游廊。第五十五回尾声是第五部分，作者以理想之笔，刻画出不求功名、不慕富贵、自食其力、自由逍遥的四位市中奇人形象，与楔子中王冕形象前后辉映，表达了吴敬梓对士子人生归宿的思考，恰似第三排的厅宅。这是一个前、中、后对称、辉映，左右对比的空间对照式结构。这一结构为我们理解《外史》提供了两个重要信息。

其一，《外史》是一部意在匡世言志、表达士子人生理想而非骂世揭丑的小说。尽管文中确有大量揭露心艳功名富贵的腐儒、斗方名士的丑恶灵魂的文字，然而。从全书以塑造正面人物为主的对照式结构来看，揭丑实为彰美、扬善，刺世乃为匡世。"以当木铎之振，非苟焉愤时疾俗而已。"① 但由于种种原因在客观上也容易使读者产生歧解。其原因之一，创作小说本来是"写小人易，写君子难"②；其二，书中的正面人物多为实有其人，吴敬梓将他们写入自己的作品时，过于拘泥于实事，使笔下形象不够生动迷人。毫不客气地说，吴敬梓化丑恶为艺术神奇的能力较曹雪芹略逊一筹。三来，因吴敬梓"独嫉'时文士'如仇"，"多据自所闻见"，"纯从阅历上得来"，又"以精刻兼悍胜"，故描写丑态"穷形尽相，维妙维肖"，"魑魅魍魉"毕现尺幅，揭露丑恶的笔墨比写君子的文字更精彩更动人。正是由于上述原因，造成百年来人多以其为"写卑劣"、"写儒林丑史"之书，"其实作者之意为醒世计，非为骂世也"。③

其二，正面人物由小善到大善再到小善的浪头式曲线走向显示出吴敬梓追求归于幻灭的精神困惑。《外史》以第三十七回为界，前半部气调高昂，表现出作者入世热情和对人生理想的热切追求，后半部则流露出愿望不能实现的无可奈何的悲哀和幻灭感。前半部所写正面人物的次序排列由小善到大善，如拾阶登山层层而上。下半部正面人物次序排列由大善降至

---

① （清）金和：《儒林外史跋》，见李汉秋辑校《儒林外史汇校汇评》，上海古籍出版社 2010 年版，第 690 页。

② 夏曾佑：《小说原理》，见《绣像小说》1903 年第 3 册。

③ （清）黄安谨：《儒林外史序》，见李汉秋辑校《儒林外史汇校汇评》，上海古籍出版社 2010 年版，第 695 页。

小善乃至非善（如陈木南），如返身下山步步降低，形成浪头式曲线。挣扎于家境萧条、生活困顿中的作者在追求精神自由的同时仍不免流露出价值失落、精神幻灭的悲哀。

2. 以意系人、导事的叙述方式

《外史》叙事具有以意系人、以人领事的特点，即事件跟随人物，人物服从意义表达，这一叙事特点表现在以下三个方面。其一，人物分类排列，依类叙述；人物依意分类，叙事依类叙来。这一特点闲斋老人在《儒林外史序》中说得最明白不过了。"其书以功名富贵为一篇之骨：有心艳功名富贵而媚人下人者；有倚仗功名富贵而骄人傲人者；有假托无意功名富贵自以为高被人看破耻笑者；终乃以辞却功名富贵，品地最上一层，为中流砥柱。"① 首先将书中人物按照其对待功名富贵的态度划分为四类，而后依据上述顺序一一叙来。这种叙事方法显然重视每一组故事和故事之间的横向意义而绝不是故事与故事之间的纵向因果联系。这种通过一组一组事象的组合表达意义的方法显然是中国叙事传统的借像表意构思方法的体现。其二，关注故事与故事间的意义超过关注故事间的因果关系。譬如第二回，所讲山东周进故事与第一回王冕事，风马牛不相及。但就作者所要表达的创作意图来看，倡文行出处，贬科举功名，维持文运，褒奖隐士高人，则是贯穿全书的血脉。又如第十三至十五回写马纯上故事，这组情节由三件事构成：赎枕箱替公孙了案；出资为洪憨仙理葬；义助匡超人。这是三件互不相干的事，更无必然的因果联系，然而三事都表达一个共同的意向：马纯上慷慨、义气。表达此意向正是作者着意之处。其三，故事长短服从于意义表达需要。《外史》用 55 回篇幅写数百个人物。安排篇幅有一个明显的规律——服从意义表达的需要。因杜少卿"性伉爽，急施与"②，故事中凡写慷慨豪侠之义，所用篇幅格外长。如娄氏兄弟、马纯

---

① 闲斋老人：《儒林外史序》，见李汉秋辑校《儒林外史汇校汇评》，上海古籍出版社 2010 年版，第 687 页。

② （清）金和：《儒林外史跋》，见李汉秋辑校《儒林外史汇校汇评》，上海古籍出版社 2010 年版，第 689 页。

上、鲍文卿、杜少卿、余持、凤四老爹等。再者由于作者尊敬才德高雅的儒士，重礼乐，曾"鸠同志诸君，筑先贤祠"，"售所居屋以成之"①，推崇真儒仁君、倡"礼乐兵农"，故而对诸如庄绍光、虞育德、萧云仙、汤镇台、虞华轩等人也不惜浓墨重彩详加铺叙。写庸俗卑劣之辈，多用横向共时映照法与纵向对比法，前者或同类杂陈以丑绘丑，或美丑对照，使性情益彰。这种方法虽写人多，所用篇幅却短。后者揭示功名富贵驱使善良少年步入歧途变为匪类，因需展开其变化过程，故所占篇幅最长，如匡超人、牛蒲郎等人的故事叙述。

3. 二元对立的意象组合方式

考察形成《外史》意义表现的横向性、片段性特征，且能取得超越一般叙事小说艺术成就的原因，归根到底得力于吴敬梓的思维方式和聚象方式。似乎在作者看来，世间的事物都是由二种性质相互对立的双方构成的。普查《外史》，不仅人物、事件的分化组合无不构成对立的两极，如雅俗、真假、美丑、善恶、冷热、炎凉等，即使一个意义独立的片段故事的意象组合，也普遍采用对比、映照的手法。非但横向的意象组合如此，片段与片段间的意象连缀也无不呈现二元对立的艺术构思，使得前后故事雅俗相间、美丑相邻。开卷描绘"二进"的"烂忠厚"，继而写严贡生的狂诈。前有王惠之俗，后有莲太守父子之雅。娄氏兄弟与鲁翰林一雅一俗相间。马纯上、匡超人、牛布衣、牛蒲郎、鲍文卿、鲍廷玺，心性之诚与滑，感情之真与假，间相映照，如群山相连高低自见，又如春夏秋冬寒暑交转。二元对立的意象组合和故事片段连缀方式，实质上也就是《外史》叙事表意方法，即靠意象和意象组合连缀方式说话，作者隐藏于意象结构背后，于是在故事片段与故事片段对应的空间，在是非、真假、雅俗、庄谐等意象的夹缝中留下一系列的"阐释空缺"等待读者填充，形成了《外史》隽永含蓄的风格，这正是这部小说百读不厌、具有永久魅力的原因

---

① （清）金和：《儒林外史跋》，见李汉秋辑校《儒林外史汇校汇评》，上海古籍出版社 2010 年版，第 690 页。

所在。

　　总之，美丑对照式的共时态结构；以意系人、组事的表义方式；二元对立的意象组合；长于横向的意义空间放大，短于纵向的历史性展开等不同于其他小说的诸多之处都有力地说明《外史》的叙述层次与《金瓶梅》有异曲同工之妙，即通过事象间不同关系的组合，在表达事象的故事意义的同时，更创造出故事意义之外的新意，使得叙事具有了意义的深层次。显示出汉语意象叙事特有的诱人魅力。

第二编　意图叙事论

第四章　意图类型的关系及其功能

本章提出区别于西方行为叙事理论的"意图叙事"概念。该理论概念将人的行为动力——意图——纳入叙事活动的分析过程中，探讨故事形成的潜在动因。于是发现，文本中存在作者意图、叙述者意图、人物意图三种类型，三者分别处于叙述导领、事象结构、行为事象的不同层面，表现出由具象到抽象的不同功能，并在叙事过程中，时隐时现，缺位互移，相互补充，交替转换。这些生态及功能在小说人物意图所构成的意图力结构关系中，表现得尤为突出。而作者意图力通过行为选择、意图力嵌入等形式表现出独有的统领、汇合功能，形成诸意图合力。不同意图力的合力构成故事叙述的内驱动力。

一、意图类型及其关系

1. 作者、叙述者、人物意图

在分析文本的叙述意图时，首先遇到一个问题：谁的意图？由于叙述主体身份的差别，随之出现不同身份者的意图。除了文本创作者（作者）的意图外，还有一个虽非作者却帮助作者完成叙述任务的叙述者的意图。中国古代特别是宋代以降，随着说话艺人以讲故事为生的职业出现，故事讲述便成为作者之外的代替作者完成故事叙述的独立活动，叙述者——讲书艺人——便有了自己明确而独特的身份地位，从目前见到的故事较粗略的宋元话本来看，其很难吸引观众，而实际的讲述可能在此基础上有所发挥、细化，这种发挥、细化式的创造正是叙述者的职能。且这种叙述职能随着说话文本的文人化、阅读化虽有消弱却并未完全退出叙事场，于是在作者之外又出现了另一身份的叙述者（这一点虽与西方讲故事类小说有相似处，但功能与差异也是明显的）。同作者的写作行为产生于一定的意欲与设想一样，叙述者的叙述行为也有着自己的打算和想法（如吸引花了钱进场的听众或买书的读者一直听/读下去的兴趣等），而写作者与讲述者的意图总是通过主要人物的行为故事、人生命运即行为意图——人物意图——来表现和完成的。于是一部叙事作品往往包含着三种类型人的意图：作者意图、叙述者意图和主要人物的人生意图。

所谓"叙述者"，简单理解就是"讲故事的人"，替作者完成故事叙述且使接受者信以为真的人，即作者的代言人。这个代言人具有特殊的功能——充当连接作者与读者的桥梁。作者总想如何让读者对他所写的故事信以为真，而他自身却难以完成这个任务，需要他人的协作方能获得更好的效果。举一个人们熟悉的例子：父母给幼儿讲故事时，他必须改变大人的身份、大人的理性思维和大人说话的口吻，而改用听故事的幼儿的身份、幼儿的形象思维和幼儿的口气、神态。目的是为了让孩子喜欢听，听了信。刘兰芳讲《岳飞传》，不断地模仿故事中人物的声腔音调，一会儿金兀术儿，一会儿岳飞，一会儿男，一会儿女。这种模仿就是在作者基础上的再创造，将作者笔下的故事模拟听众、读者的心理需求而演化一番。由此可见，叙述者就是作者的读者化、听众化。或者说就是听众化、读者化了的作者。不过，如果我们站在另一个角度，从"创作"和"讲述"方面对叙述者和作者的关系进行理解的话，可以这样说：如果作者是负责创作作品的人，那么叙述者就是负责讲述作品、对内容进行评价的"人"——"指点干预"或"叙述干预"①。

---

① 西方叙事学将叙述中出现的叙述故事之外的叙述者议论言语为"干预"。赵毅衡起名为"指点干预"、"叙述干预"。他说："叙述者有一个特权：他可以对叙述者指指点点地发议论。叙述者对叙述的议论，称之为干预。"（赵毅衡：《当说者被说的时候——叙述学导论》，中国人民大学出版社1998年版，第28页）

这两者分别存活于不同的职能层面。作者是故事总框架的设计者，叙述者则是对于故事如何更吸引人的加工者。更通俗一些来说，作者是为作品搭骨架、定方向的人；而叙述者则是负责添加血肉、使作品成型、丰满的"人"；作者负责宏观调控，叙述者则负责中观调控。作者与叙述者的关系就像剧本与导演的关系一样。将素材加工写作成剧本的是作者，作者是将材料变成故事，将半成品变成成品。将剧本变成戏曲在剧场演出的导演是叙述者。如果用电影剧本与导演（使剧本变成电影故事）说明这种关系，更具有可感性。同样一部剧本，经不同水平导演导出的电影效果则大不一样。譬如《红楼梦》电视剧，20世纪80年代旧版与21世纪初的新版，给人两种不同的《红楼梦》。观众更喜欢旧版，那是因为导演水平不同、对于作品理解深浅不同的结果。也许有人会问，那演员不也是叙述者吗？演员如同小说中的人物，它属于内叙者，兼有双重身份，一方面体现作者的叙述意图，另一方面同时体现叙述者的叙述意图。在影视中，演员既是人物的创造者，也是导演意图的创造者，间接体现作者的意图。

叙事学研究者将有无叙述者作为区分叙事文本与非叙事文本的重要参照和标准。譬如关于抒情诗歌、戏曲与叙事文的边界划分，浦安迪先生认为：抒情诗只有叙述者，却没有故事。戏曲有故事，没有叙述者。只有叙事文既有叙述者又有故事。这从中可以看出叙述者在叙事文中的重要性。

不过，我的看法与浦安迪先生略有不同或者说略有补充：抒情诗并非完全没有故事，只不过大部分故事是隐形的故事。在叙事诗里，就有故事长度和变化过程；在咏史诗中也可使人联想到史事；在游仙诗等借事抒情的诗中也可映现出其背后的故事，而在纯粹的抒情诗里，故事是隐于场景之后的。中国的抒情诗词有一个爱用典故的传统，那些典故就是故事的藏身之所——载体，犹如西方学者所说的两个概念："表达"与"演述"，表达文的叙述者（诗词曲的叙述者）是隐于故事之后的。

戏剧的叙述者就是导演，故事是经导演的手而转化为舞台戏的，而电影故事是由演员将其鲜活化的。演员是作者的代言人，但又不等于作者，他有自己的独立性和创造性，这一点与电影、电视剧有些类似，在这些视觉艺术中，演员既是作者的代言人，还是导演和人物的代言人，可谓集三者于一身，这也正是中国清末以来的京剧，人们只知道演员，而不知道剧作者。近代以降的影视，人们只知道演员、导演而多不知作者的主要原因，尽管如此，戏曲与影视并非无叙述者。

小说的作者与叙述者都文字化了，即他们的意图与叙述行为都化为小说的语言，显得难以分辨。然而有一点可以肯定，那便是作者与读者总是保持一定的距离，而叙述者的责任便是拉近与读者的距离，使读者不仅相信故事的真实可信，而且将他们拉入故事中来，与自己一样成为故事中的一员，与人物同步喜怒哀乐。他扮演了联系作者与读者的桥梁的身份和功能。

人物意图指文本中的主要人物的人生意图（若干个行为意图的总和）。譬如《西游记》中主要人物孙悟空的人生意图就是由使猴子们"长生不老"意图、做"齐天大圣"意图、"西天取经""成正果"意图构成的。作品中主要人物的意图生发出一系列实现其意愿的行为（事件、故事等），而其他人物的意图及其实践行为则是为表现主要人物意图的生成实践过程而设立的。诚如李渔所言："一本戏中，有无数人名，究竟俱属陪宾，原其初心，止为一人而设。"① 于是，主要人物意图一方面成为全书主要故事情节的生成源和推动力，另一方面也成为作者意图与叙述者意图的鲜活载体。诚如赵毅衡所言："从叙述分析的具体操作来看，叙述的人物不论是主要人物和次要人物，都占有一部分主体意识。"②

2. 作者、叙述者、人物意图间的关系

人物意图、叙述者意图与作者意图在叙事过程中的内在关系究竟如何，尚须进一步加以分析。首先是三者间存在着具有相通性的必然逻辑关系。人物的意图体现着或小于叙述者的意图，而叙述者的意图又体现着或小于作者的意图，即作者的意图是借助于叙述者意图、人物意图而得以体

---

① （清）李渔：《闲情偶寄》，浙江古籍出版社1975年版，第7页。

② 赵毅衡：《当说者被说的时候——叙述学导论》，中国人民大学出版社1998年版，第23页。

现的。①

　　其次，三类意图有具象与抽象之别，且分处于故事、结构、思想三个不同叙述层面（尤其是长篇小说，这种存在状态更为明显）。例如《金瓶梅词话》中的王婆。她的人生意图不过"求财"二字。吊西门庆迷恋美色的胃口，为他设十件"挨光计"是为了银子；事发后，怂恿奸夫淫妇害死武大郎是为了保命，而保命也不过是为长远地得到财利；当小说临近尾声时，吴月娘让她将潘金莲带回自己家里变卖，她为了狠狠赚一大笔（竟要到 105 两白银的高价钱），迟迟不出手。武松付了如数的银子，她财迷心窍（"绑着鬼，也落他一半养家"②），竟将潘金莲送入了武松的刀下。然而王婆"求财"并非叙述者意图的全部。叙述者讲王婆故事，更重要的设计是为了借王婆其人完成潘金莲人生开头与结尾的两个重要环节：将潘金莲从武大手中夺出，送至西门庆府；再送至武大的弟弟武松手上，结束她的生命。同样，使王婆完成一进一出的接力棒的角色，也并非作者的全部意图内涵。作者写王婆其人的设想，一方面借《水浒传》中王婆故事开场，继而借王婆将潘金莲送入西门庆府而结束《水浒传》故事，重新展开《金瓶梅词话》的故事（《水浒传》中王婆与潘金莲在武松第一次要报仇时就死于其刀下）；另一方面小说在将近结尾时，让潘金莲重新回到王婆茶馆，表现出"世间一命还一命，报应分明在眼前"③、一事一报的轮回报应观念。由此可见，三者意图虽有一致处，但并不处于同一层面，人物意图处于故事化层面，叙述意图处于文本叙述结构层面，而作者意图则处于统领文本叙事全局的思想中枢层面。

　　第三，处于三个层面的三类身份的意图，在叙事过程中此起彼伏，交

---

①　西方叙事学普遍认为，文本中并不存在着真实的作者，所谓作者不过是故事中所体现的某一概念的集合，赵毅衡理解为"第二自我"："与叙述分析有关的所谓作者，是从叙述中归纳出来、推断出来的一个人格。"（赵毅衡：《当说者被说的时候——叙述学导论》，中国人民大学出版社 1998 年版，第 10 页）即这个人格（第二作者）隐含于文本的人物故事之中，并通过他们而表现出来。

②　刘辉、吴敢：《会校会评金瓶梅》，香港天地图书出版公司 1998 年版，第 1838 页。

③　刘辉、吴敢：《会校会评金瓶梅》，香港天地图书出版公司 1998 年版，第 1842 页。

替出现，相互补充。这种相互补充的情形，在我们回答人们的疑问："意图叙事能否涵盖到所有人？"或者"是否所有人的行为都是有意图的"的问题时，会得到进一步说明。因为，的确如人们所疑问的，并非所有小说中人物的行为都有明确的意图，不少事情对于行为主体来说是意料之外的偶然性事件。譬如《红楼梦》中的傻大姐拾到绣春囊这件事。她事前并没有设想要捡到什么东西，当她无意间捡到那个绣着"两个妖精打架"的劳什子后，也无意要去向谁告密，更无意要在大观园内掀起一场是非风波。但傻大姐的无意图，正是作者的意图所在，作者写傻大姐捡绣春囊，就是借这位小人物来完成情节转换，以便自然而然地引出下一个大关目：抄检大观园。这是人物无意而作者有意。又譬如《杜十娘怒沉百宝箱》中的商人孙富，偶然听到了旁边船内传来的美妙歌声，便意识到此歌声出自于一位绝代佳人之口，于是便萌生见到美丽歌者并将其弄到手的欲念。孙富听歌儿也非预先谋定好的，而是出于意外的非意图。但孙富的无意图正体现着叙述者的意图——两只船因江面起风而停泊在一处，赋予其意外的巧合意味，并通过这一偶然、巧合将孙富故事自然地插进来。同时也体现着作者的写作意图：使杜十娘与李甲的婚姻愿望发生突变，向相反方向发展——进而表现李甲在利益驱使下所谓真情的软弱、虚伪以及杜十娘被爱情蒙蔽而殒命的可悲。由此可知，在一部叙事文本中，人物的行为并非都有明确的意图，会出现意图的"缺席"，但缺席的背后，总会体现出叙述者与作者的意图——有意的安排。同理，文本内意图缺位不仅存在于人物层面，有时也会存在于叙述者、作者的层面。

第四，正因为三类意图在故事叙述中可能出现缺席，那么人物意图的缺席与作者、叙述者意图的缺席会产生怎样不同的艺术感染力度，哪一个缺席更具有价值呢？人物意图的缺席，总是生成意想不到的事件、场景，令人意外惊喜或紧张，促使故事发生突转。如蒋兴哥意外见到陌生酒友陈大郎穿在身上的珍珠衫而休妻；因杀人而逃亡的鲁达在陌生地意外与自己舍身救出的金老汉相逢而化险为夷；武松在阳谷县城，万万想不到竟会遇到日夜思念的哥哥，由此扯出潘金莲故事……与人物意图缺失功能所不同的是，叙述者意图的缺失可以缩短读者与故事中人物的距离，使读者实现与书中人物零距离的面对面的情感交流，进而沉溺于人物的生命世界中与之同悲乐。如《红楼梦》中宝黛爱情的纠葛，无论是两人为一句话而以假试真，还是宝玉与黛玉吵嘴而闹得摔玉、剪玉穗子，抑或宝玉不省人事，不许人姓林等，叙述者有意不写贾母对此事的情感倾向和态度，连王夫人也不表态，不要说作者，连叙述者都隐藏于故事的背后，躲得无影无踪，使得读者无不替黛玉、宝玉着急。

不过，意图的"隐"与"显"所产生的艺术效果较为明显，可以呈现出三个层次分明的阶梯。有的叙事文本作者意图常常处于潜身隐藏状态，叙述者的意图也是隐形的，即作者、叙述者的意图潜隐于人物特别是主要人物的意图及其实践意图的行为之中。小说主要通过主要人物自身行为承载着幕后者的一切的情绪、兴趣、观念、思想。我们将这类小说称之为人物意图支配式小说；如《红楼梦》、《儒林外史》、《杜十娘怒沉百宝箱》、《婴宁》等。第二类则是作者总爱跳出来评头品足，或将自己写作的用意反复陈说，生怕读者不明白，令人有一种作者在驾驭着整个故事、整篇小说的感觉，即使在艺术上的巧合、弄假成真、轮回报应等叙述方式也同样让人感受到作者的影响，我们称这类小说为作者意图支配式小说。如《醒世姻缘传》、李渔的《无声戏》、《双影楼》等便属于这一类。第三类则是以人物行为意图的叙述为主，叙述者或作者往往在故事的开头、结尾或中间有规律地站出来说话类的小说，我们称之为叙述者意图闪现型小说。如《三国演义》、《西游记》、《金瓶梅》、《水浒传》和拟话本小说、笔记小说中的大量作品。有意味、艺术引力较大的作品则往往是第一类（人物意图支配式）小说。

正因为作者、叙述者愈是将自己的意图隐藏于小说人物意图行为中，小说引起读者兴趣且被感动的艺术力量就愈强，那么，文本中人物意图行为的叙述（主要人物自身意图力以及与其他人物意图力之间的关系）便成为意图叙事学研究的重要内容之一。

二、意图力的类型及其关系

1. 意图力类型: 主意图力、反意图力、调节力

既然人物的意图特别是主要人物的意图是作者与叙述者意图的鲜活载体, 既然愈是外叙述者的意图缺失便愈会造成小说的诱人魅力, 那么人物的意图自然就应成为意图叙事理论关注的重心。而关注人物的意图, 便不得不考虑人物实践其意图的能力这样一个重要问题, 我们将人物实践意图的能力, 称之为意图力。关于意图力概念的内涵, 下文将有详细的阐述。

意图叙事理论中的意图力分为三大类: 其一为主意图力——主要人物人生意图与实践意图的能力以及与主要人物意图相同的同意图力。其二为反意图力——与主要人物人生意图相反的人物意图力（包括与主要人物意图相对抗的反意图力、与主要人物意图不一致的侧面撞击力）。其三为调节力, 具有调节主意图力与反意图力关系的力量。意图力与反意图力的关系是相对的, 而非固定的。当文本中某个人物被确定作为研究对象后, 那他/她的意图力就是正方向的意图力, 而与之相对抗的意图力, 就是所谓的反方向的反意图力。例如,《警世通言·白娘子永镇雷峰塔》中, 白娘子的人生意图是与许宣结百年之好, 厮守终生, 而法海禅师的意图则是替天行道, 救护许宣, 降服白娘子, 拆散许、白婚姻。那么法海的意图力对于白娘子的意图力来说就是反意图力。而至于调节力, 指的是在意图力与反意图力产生冲突, 或者人物意图的发展偏离了方向需要加以限制时所使用的一种起到缓解冲突作用和调整方向的力量。它与意图力、反意图力有所不同的是, 其来源的主体不仅是文本中的人物, 也可以是作者或者叙述者。在故事发展的过程中, 有时其他人物的意图力会成为主要人物意图产生矛盾时的调节力; 有时也会是叙述者或作者在人物意图发展即将"出轨"时, 采取的一种"宏观调控"的手段。前者如《喻世明言·滕大尹鬼断家私》中, 滕大尹为求财而断案的意图力就成为化解倪家兄弟之间矛盾

的调节力；后者如《警世通言·杜十娘怒沉百宝箱》中，李甲、孙富同时
泊船于瓜洲口岸时的"江风大作，及晓，彤云密布，狂雪飞舞"[①]，便是作
者安排的具有调控作用的调节力。如果不是作者安排这场大雪来阻止李
甲，使之继续前行的意图被迫转变成"泊船等雪停"的分意图，那么孙富
就没有机会得见杜十娘的动人花容，他求获杜十娘的意图也就没有生成和
实践的可能，而李甲携杜十娘回家的意图也就不会发生突然转变，不会有
"怒沉百宝箱"的悲壮结局了。

2. 意图力之间的四种关系

意图的实践过程通常不是一帆风顺的，一个人在其意图实现的过程中
势必要受到他人意图的干扰。往往在同一事件中会涉及不同的人物，这些
人物的意图是否能够各自实现，那就要看他们意图力之间的"联合"与
"斗争"。这里我们不妨借用物理学中有关力学的知识：一个力在向同一个
方向作用时，如果没有任何外力对它施加作用，那么它就会保持这个方向
运动直到终点。那么，我们可以将人的意图力视为这个运动着的"力"，
而将意图实现的目标视为这个力所要达到的"终点"。如图所示：

如果没有任何外力作用给甲的话，那么甲会一直向前走向预定的目
标。但是，在这个过程中，若有另一种意图力加进来的话，则会出现至少
四种情况：

以上四种图示表明了一个意图生成过程中遭遇另一个意图力影响的最
简单的情况。图 1 中，若乙的意图力（可以是一个人物也可以是若干人物）
与甲同一方向，乙可以称之为"帮助者"，也就是说乙群帮助甲的意图完
成，那么甲的意图力便会增强，从而可以更快地达到终点，完成自己的目

---

① （明）冯梦龙：《警世通言》卷三十二，《杜十娘怒沉百宝箱》，中华书局 2002 年版，第
355 页。

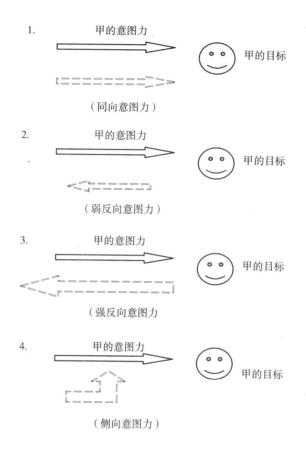

的。如唐玄奘到西天取佛经的意图，因得到如来佛祖、观世音菩萨以及孙悟空、沙僧、八戒、小白龙等的支持形成一组同意图力，同向前行，从而能克服种种企图阻止其西行的各类非主意图力的阻挠，最终达到其取回佛经的目的。图2中，乙（群）的意图力方向与甲相反，即反对甲的意图的完成，但其力量较弱，无法阻止甲力继续前进，只能延缓甲力前进的速度，甲到达目标的过程自然也要曲折一些，时间也会延宕。唐僧西行途中来自众妖魔和非妖魔的阻抑力量就是属于这类弱反向意图力。图3中，乙（群）的意图力方向同样与甲相反，但是力量却大于甲力很多。这使得甲力不但无法到达自己的目标，而且在乙力的作用下会被拖得越来越远，最终根本没有实现自己意图的可能性，行动就此失败，出现悲剧。所有的

悲剧小说中的主人公都属于这一类。如《白娘子永镇雷峰塔》中的白娘子、《霍小玉传》中的霍小玉、《红楼梦》中的林黛玉、《水浒传》中惨死的宋江、李逵等梁山义士……图4中，甲的意图实现过程中，遇到了另一种意图力（乙群力）的侧面撞击，使其改变了原运动方向，增加了意想不到的曲折。也许在这一次改变后，甲努力调整方向，重新回到轨道上继续朝目标前行；也许在这一次改变后，甲力又接二连三地遭受插入意图力——丙力、丁力等不同方向的撞击，最终被撞得不知自己身在何方……甲意图的实现过程就这样不断地被插进来的侧意图力撞击，不断改变方向。《水浒传》中"武松打虎"所叙述的主要人物武松，原本的意图是回清河县去探望哥哥，却因不断遭受插进来的侧意图力撞击而跑到了阳谷县，在那里做了都头。

第一次撞击来自于井阳岗打虎。武松来到阳谷地界的井阳岗，其意愿是过岗到清河县去寻哥哥，而并不是打虎：

> ……小弟在那清河县，因酒后醉了……今欲正要回乡去寻哥哥，不想染患虐疾，不能够动身回去。……柴进、宋江两个都留他再住几时。武松道："小弟因哥哥多时不通信息，只得要去望他。"①

打虎是在两次非意图力的侧面撞击下而意外生成的新意图。一次撞击来自于酒店的店小二。店小二阻止武松喝超过三碗量的酒，并劝阻他不要单身过井阳岗。另一次撞击来自于上山途中所见到的两条确定山中有大虫的重要信息。这两条信息的用意指向甚明：警示并阻止企图单身上山的客人（"单身客人，白日不许过冈"）。这两种意图力虽出乎武松预料，从侧面拦挡了他回清河探望哥哥计划实现的速度，但却都是出自不要误伤了性命的善意。按常理武松当接受这个善意的阻劝，少喝些酒，在酒店住一宿，待人多时再过山岗。但他的多疑心与争强好胜、不服软的性情，使得他不接受那两个善意的劝告（"你留我在家里歇，莫不半夜三更要谋我财，害我性命，却把鸟大虫唬吓我？"）——你越想留我过夜，我偏要上山。不过第二次侧面的冲击力特别是那张出自县衙的"印信榜文"，的确发挥了

---

① （明）施耐庵著，金圣叹删改：《第五才子书施耐庵水浒传》，中华书局1975年版，第3—6页。

作用，几乎改变武松上山岗的打算，"欲待转身再回酒店里来"，但怕遭人耻笑，随即改变了心中的那一念：

> "我回去时须吃他耻笑不是好汉，难以转去。"存想了一回，说道："怕甚么鸟！且只顾过去，看怎地！"①

这是要撞运气，有一种不一定就撞上大虫的侥幸心理。足见，上山过岗是一种无奈，他心中更没有要打死猛虎的意愿。后果然遇到猛虎，反吓出他一身冷汗（"武松被那一惊，酒都作冷汗出了"）。猛虎的出现，使武松的意图才真正被迫改变为打死老虎。可以说打虎的意图是突然产生的、被迫的。特别需要指出的是，正是打虎意图的实现，又改变了他回清河县探寻哥哥的初衷——猎户将他抬到阳谷县，并在那里做了步兵的都头。诚如武松自己心中所想："我本要回清河县去探望哥哥，谁想倒来做了阳谷县都头。"从对上文的分析中我们可以看到，文本中主要人物的意图已经通过不同的外力撞击而不断地发生改变，偏离了其最初意图。而正是在这种不同意图力的不断撞击下的偏离中，形成了故事叙述中的发现、突转、起伏多变，奇趣横生，令读者为之神往、为之感动。正如荷兰叙事学家所说："每一个帮助者形成一个必不可少的但本身并不充分的达到目的的条件，反对者必一个个地加以克服，但这种克服的行动并不能保证一个满意的结局；任何时候一个新的对抗者都可能露面。正是帮助者与对抗者的不断出现，使得素材充满悬念而精彩纷呈。"②

三、意图合力及叙事功能

1. 三种意图力的叙事功能

上图所标示的是简单（基本）叙事序列中的意图力作用结构图。而当

---

① （明）施耐庵著，金圣叹删改：《第五才子书施耐庵水浒传》，中华书局 1975 年版，第 14 页。

② ［荷］米克·巴尔：《叙述学：叙事理论导论》，谭君强译，中国社会科学出版社 2003 年第 2版，第 35 页。.

人物的一个意图完成后，可能会打破原有的平衡而产生新的不平衡，产生新的不足和欲求。新的不足（缺失）和欲求一旦找到解决的方法途径，便会演进为具体的行为意图，于是意图就成为人物下一步行为的动力和目标，成为贯穿于一段故事情节中的意识脉络。

《西游记》中孙悟空以石猴身份成为花果山的猴王后，与群猴日日快乐。一日却突生忧患，闷闷不乐。众猴惊问其故，猴王道："今日虽不归人王法律，不惧禽兽威服，将来年老血衰，暗中由阎王老子管着，一旦身亡，可不枉生世界之中，不得久住天人之内？"① 这说明这位猴王心中产生了人生的缺失：无法使生命长久的痛苦，于是便产生填补缺失的想法（欲求）：使猴子们都不受死的困扰。知识渊博的老猴子告诉他有三种人与天地同寿："乃是佛、仙与神圣三者，躲过轮回，不生不灭，与天地山川齐寿。"② 老猿的提醒，使猴王求长生的想法转换为可以操作的具体意图——求仙访道，学个长生不老之术。猴王道："我明日就辞汝等下山，云游海角，远涉天涯，务必访此三者，学一个不老长生，常躲过阎君之难。"③ "学一不老长生"的意图是孙悟空人生的第一大意图。这一意图（欲求）成为他漫漫 20 年岁月行为的动力，每遇到困难，都是这一欲求力（意图力）推助他克服困难、闯过难关的（如 10 年之遥远的路途，千山万水的险阻、等待 7 个春秋的岁月磨难等）。同时，"学一个不老长生"也成为他 20 年行为的理想目标，成为叙述者关注的焦点，形成叙述的长度。孙悟空在这一阶段的行为过程中，表现出了很强的意图力（始终不放弃目标的决心、毅力、韧性；勤苦、耐劳，不惧艰难的进取心；聪明、敏捷的超常悟性等）。

反意图力多来自于自然和社会环境：10 年行程的遥远路途、石猴与人在语言、生活习惯、礼仪上的巨大差异，7 年做洒扫杂活的时间与心理的

---

① （明）吴承恩：《西游记》，上海书店出版社 1996 年版，第 5 页。
② （明）吴承恩：《西游记》，上海书店出版社 1996 年版，第 5 页。
③ （明）吴承恩：《西游记》，上海书店出版社 1996 年版，第 5 页。

磨炼，菩提法师对他悟性的考验等。不过这些力量并未能与其强大意图力相抗衡，于是，20 年后他终于实现了"学一个不老长生"的意图。就叙事者来说，完成了一个叙述的最基本结构——故事序列（意图的生成——意图的实践过程——意图实践的结果）。

然而，当其求不老长生意图变为现实后，下一个意图的生成存在着若干可能性的选择。譬如，与花果山众猴庆贺、日日快乐，满足于做永久的花果山美猴王；或者开辟另一座猴山，扩大统辖的范围；或者像菩提法师一样，开馆授徒、广招弟子等。而孙悟空最终选择了使众猴不老长生——大闹地府，删去了生死簿上花果山所有猴子的姓名，以至于使得龙王与阎王将其一起告上法庭，从而引起其大闹天宫，要做"齐天大圣"的意图。从几种可能发生的意图的走向中选择后者，虽是人物——孙悟空的行为，却体现着作者的意图：让孙悟空成为齐天大圣，并为后来的取经埋下伏笔。作者的意图主要体现于文本的韵文特别是诗词中（每个事件后，常伴有诗词，以表达作者对事件的态度和评价）；作者的上述意图，在石猴做出求仙访道的打算时，便特意借一首诗写出，其中一句云："顿教跳出轮回网，致教齐天大圣成。"①说明作者把石猴学不老长生，跳出轮回网，看作成为齐天大圣的先决条件。换言之，此处写他去学长生不老意图，就是为以后让其成为"齐天大圣"。而当石猴告别安乐的花果山要登筏漂洋过海时，作者又在一首诗中写道："漂洋过海寻仙道，立志潜心建大功。"②这个"建大功"则不再是指"大闹天宫"，因大闹天宫是造反，扰乱天庭，是犯罪而非建功。建大功只能是他后来的保护唐僧到西天取回真经。而所谓"立志潜心"的主体，显然不是石猴，不是石猴"寻仙道"之前就想到将来要去西天取经。唯一解释是作者叙写这件事，是为写后来孙悟空西天取经而设想好的。由此可以发现四点，其一，人物意图体现着作者或叙述者的意图；其二，人物的人生意图是作者或叙述者叙述意图的部分表现；

---

① （明）吴承恩：《西游记》，上海书店出版社 1996 年版，第 5 页。

② （明）吴承恩：《西游记》，上海书店出版社 1996 年版，第 6 页。

其三，作者的意图总是规定、驾驭着叙事者的意图。诚如 J. 希利斯·米勒在《解读叙事》一书中所言："小说的作者是文本中所有语言的来源和保障。它是无所不包的意识。"①

2. 合意图力与叙事逻辑

叙事的动力往往是人物、叙述者、作者三者意图力的合力。这种合力又总是体现出一定的发展逻辑，不管故事本身发生怎样的变化，这种逻辑的轨迹却总是或隐或现地存在着的（叙述逻辑有两类：表层逻辑、深层逻辑）。即作者、叙述者、主要人物意图的合力总按照一定的逻辑轨迹运行，当这一逻辑的发展遇到困难，难以直接演进下去时，叙述就会出现新意图力（新人物、新意图和实现意图的故事）的插入，使原来的叙述情节发生大的转折、起伏、震荡，最终回到原来的逻辑轨道之上。布雷蒙等叙事学家称其为"改善的序列"②。或原来的叙事逻辑是处于故事的暗处运行，由于某人物或事件的插入，使潜伏的逻辑浮上叙事的主体层面，与表层逻辑相冲突，并最终取代表层逻辑，从而改变故事叙述的走向，使其按照潜在逻辑发展。但不管是哪一种情形，有一点是共有的——新意图力（人物或事件）的插入。而这个插入部分的设计主要体现着作者或叙事者的意图。逻辑叙事正是这一合力作用的结果。分析者只要找到一部（篇）作品意图力的合力及其运行逻辑，也就解剖和把握了全部作品的内在结构及其精神指向。

对前一种情形（表层逻辑）的说明，仍以《西游记》为例。猴王在快乐中想到了不能长生的缺失，于是萌生求长生的欲望和"漂洋过海寻仙道"的意图。个人长生不老意图实现后，进而通过除妖、练兵自卫、讨兵器、闹地府等过程而实现使众猴长生的意图。按照逻辑的发展则是寻

---

① ［美］J. 希利斯·米勒：《解读叙事》，申丹译，北京大学出版社 2002 年版，第 21 页。

② 西方如布雷蒙等叙事学者将复合序列的走势分为两类：变善类与变恶类，"布雷蒙认为，所有的序列，至少所有的大序列，都是非改善即恶化的。一个改善的序列，总是以一种缺乏或一种不平衡开始（如缺少一个妻子），最终达到平衡（如最终找到一个妻子；结婚）……倘若不是，已获得的平衡就可能遭到破坏（如妻子逃走了），随之，就会出现一个恶化的过程"（里蒙·凯南：《叙事虚构作品》，姚锦清等译，三联书店 1989 年版，第 43 页）。

求实现将佛经传入东土，使东土众生长生不老的更大意图（猴王长生不老——花果山众猴长生不老——东土众生长生不老）。然而由第二个意图到第三个意图的实现存大着很大的困难（他需要成为最大神权者共同的意图，并需要找到实现其意图的执行者方有可能），于是作者设计了"大闹天宫"的情节，将其插入这一叙事逻辑中来。"大闹天宫"情节是生发出后来大半部书故事的原壤，没有大闹天宫这个插入的"主脑"——核心事件，就不会有西天取经的故事。这个插入的故事也是孙悟空第二意图到第三意图实现过程的一座桥梁。不过尽管是插入的故事，也合乎叙事的逻辑。其逻辑关系是这样展开的：孙悟空因闯龙宫、闹地府，而惹恼了龙王与阎王，遂一齐发力，将其告到最高的神权中心——天庭。天庭先招安笼络，后动之以兵，致使孙悟空生出要做"齐天大圣"的欲望乃至依据"皇帝轮流做"之理，要取玉帝而代之。孙悟空的这一欲望遭到了神权体系的极大阻抑，特别是如来佛法的镇压而最终惨败。特别需要指出的是，当天庭的反意图力无法阻止孙悟空取代玉皇大帝的欲望时（必须阻止，方能回到原来的叙事逻辑轨道上去），作者又插进一位重量级人物——释伽牟尼，以便实现作者的两种意图，一是阻止孙悟空膨胀了的意图（将其压在五行山下），二是由孙悟空的野性生发出通过传经来改变东土人野性的意图[①]——传经意图。而传经意图将孙悟空西天取经纳入进来，从而回到故事叙述的原逻辑，完成孙悟空将佛经传入东土，使东土更多人长生的最终意图。大闹天宫故事与如来佛祖的两个插入正体现者作者和叙述者的意图，同时也完成了主要人物孙悟空人生意图的发展逻辑，是作者、叙述者意图与人物意图合力作用的结果。

后一种情形（深层逻辑），以《杜十娘怒沉百宝箱》为例加以说明。

---

① 大闹天宫，使西天如来形成一种认知："叵耐那方，众生愚蠢，毁谤真言，不识吾法门之要旨，怠慢了瑜珈之正宗"，于是生出一种欲念：要将那法、论、经三藏经书，"永传东土，劝他众生"。但不是送去，而是让那里的高僧来取。"怎得一个有法力的，去东土寻他一个善信，教他苦历千山，远经万水，到我处来求取真经。"正是如来的这一意图，方有后来的孙悟空西天取经故事，方完结孙悟空的人生逻辑。参见吴承恩：《西游记》，上海书店出版社1996年版。

李甲由父亲花钱援例入国子监读书，意在求取科举功名。后遇京师名妓杜十娘，便沉溺于情色。此后小说的叙述按两个逻辑展开，一个是李甲与杜十娘的情爱发展逻辑（初识—热恋—从良—婚姻），另一个是李甲与父亲关系的逻辑（相合—对立—冲突—相合）。后一故事逻辑是潜在的，偶尔在前一叙事逻辑中闪现，当李甲带着逃出虎口的杜十娘愈是走近家乡接近实现婚姻的意愿时，两种逻辑便愈走向碰撞，原来处于潜伏状态的叙事逻辑便逐渐浮出且占据主要地位。作者巧妙地设计插入一个新意图力（孙富将杜十娘买到手的意图和实现意图的行为）成为杜十娘意图的反意图力。这个反意图力恰恰是用潜逻辑力量，改变了主体逻辑发展的方向。使李、杜婚姻的意图失败，形成悲剧。由此，我们发现主要人物的意图力与其他人物的意图力受制于叙述者和作者的意图力，而外意图力——作者、叙事者——与内意图力（故事内主要人物意图力）的合力是文本叙述的动力，并推动故事叙述按一定逻辑发展。

　　由以上分析而知，面对众多而复杂的人物关系与繁多的情节，我们还是以主要人物的人生意图为抓手，把握主要人物的人生意图（包括人生意图的分意图），以此为纲，分析其他人物的意图属性的归属（同意图力、反意图力、侧面冲击力、调节力），以及在主要人物意图实践过程中的实际作用力与功效。因为，作者意图、叙述者意图是借用主要人物的意图为载体并通过它表达、完成的。具体说，主要人物的人生意图潜藏、渗透着作者、叙述者的叙述意图，而反意图力、侧面冲击力、调节力则更多地体现着叙述者和作者的意图，故而，文本中人物的意图力正是由主要人物的意图力与作者、叙述者的意图力共同操纵着的。并最终取决于隐身于人物背后的作者的叙述意图。作者叙事意图不仅体现于主要人物的人生意图，同时体现于不断插入的新意图力，从而形成以作者意图力为导向的包括叙述者和主要人物意图力的合力。这个合力依照一定的叙事逻辑完成情节的叙述。

第五章　意图叙事视野下的明清小说分类

上文已就叙述意图的类型、相互关系及其在叙述中的功能做了初步的分析，使意图叙事的观念变得具体、清晰。那么，用意图叙事的观念可否对明清两代数以百千计的小说重新做出类型的划分呢？事实上这也正是对意图叙事理论的初步检验。参与这一检验过程的第一步，是确定划分小说类型的标准。

一、意图叙事分类方法

既然是用意图叙事的观念对明清小说进行分类，那么其划分的标准自然是叙事意图。问题是以何者意图为标准？我以为应以内意图——主要人物意图为划分标准。

1. 以内叙述者意图为划分标准的理由

在概括和确定意图种类时，首先遇到的一个问题是谁的意图，作者的意图？叙述者的意图（统称为外叙述者意图，简称外意图）？抑或被叙述者——主要人物的意图（内叙述者意图——简称内意图）？在作者、叙述者、主要人物三者中，作者的意图是借叙述者意图表现的，而叙述者意图同样是借主要人物的意图表现的。"叙述者的符号是存在于叙事作品之内的"，"好像是每个人物在轮流担当叙事作品的传发人"①，就像每位演员担当叙述作品的传发人一样。于是，要了解叙述者或作者的意图，必须分析人物的意图，不了解人物的意图，又如何去（凭什么去）把握作者的意图呢？我们可用《红楼梦》刘姥姥进荣国府一事为例，对此做一说明。

刘姥姥为什么要进荣国府呢？她的意图就是凭着与荣国府的旧关系去打秋风、讨银子度过眼下的生活难关。刘姥姥对女儿女婿说：

> 如今王府虽升了官儿，只怕二姑太太还认得咱们，你为什么不走动走动？或者他还念旧，有些好处也未可知。只要他发点好心，拔根寒毛，比咱们的腰还壮呢。②

然而，行为者刘姥姥的意图并非叙述者的意图。叙述者的意图为何？他关注的不是刘姥姥的打秋风，只是借刘姥姥打秋风的行为展开贾府的故事。对此叙述者有个夫子自道：

> 且说荣国府合算起来，从上至下，也有三百余口人，一天也有一二十件事，竟如乱麻一般，没个头绪可作纲领，正思从哪一件事哪一个人写起方妙，却好忽从千里之外，芥豆之微，小小一个人家，因与荣府略有些瓜葛，这日正往荣府中来，因此便就这一家说起，倒还是个头绪。③

原来叙述者叙述刘姥姥进荣国府这事件的目的是为了借刘姥姥的眼睛和行为向读者展现荣国府的生活环境和人物性情。而叙述者的这一意图正是借刘姥姥的行为意图来实现的。那么，叙述者的上述意图是否就是作者的意图呢？却不尽然。作者在叙述中还有意埋下了一些伏笔，以便展开贾家被抄家后的故事，如写凤姐与刘姥姥谈论如何给女儿取名儿图存养的一段文字，实暗示后来刘姥姥救大姐的事。此意被脂砚斋一眼看穿：

> 以小儿之戏，暗透前后通部脉络，隐隐约约，毫无一丝漏泄，岂

---

① ［法］罗兰·巴尔特：《叙事作品分析导论》，见张寅德编《叙述学研究》，中国社会科学出版社1989年版，第29—30页。

② （清）曹雪芹：《红楼梦》，《百家评咏红楼梦》(彩图本)，上海古籍出版社2007年版，第45页。

③ （清）曹雪芹：《红楼梦》，《百家评咏红楼梦》(彩图本)，上海古籍出版社2007年版，第43页。

独为刘姥姥之俚言博笑而有此一大回文字哉！①

由此而知，作者让这位刘姥姥在贾家不同发展阶段四次出没于贾家与众人中，实隐含著作者借此人而再现贾家由盛而衰的败家过程的写作意图。由此看来，尽管三者（作者、叙述者和主要人物）的意图并非完全重合，然而不论叙述者的意图还是作者的意图，都是假借书中人物刘姥姥行为的意图来表现和完成的，故而，人物的行为意图是小说叙事意图的载体，也应是划分小说意图叙事类型的抓手和首要标准。

2. 主要人物判定的三项标准

既然小说主要人物的行为意图是小说类型划分的第一标准，那么第一步便是区分出谁为一部（篇）中的主人公——中心或主要人物。对于受史书传记叙事影响的传奇式小说，其书名往往是用传主姓名命名的，如《穆天子传》、《燕太子丹》、《莺莺传》、《霍小玉传》、《柳毅传书》等，传主就是该部小说的中心人物。然而，也有一些小说的主人公，并非那么容易识别，需要通过分析才能确定，如《水浒传》、《隋唐演义》等。对于这些小说主人公的确定，通常说来有三种判定的尺度：一是在一部（篇）小说中所占的篇幅是否最长；二是在故事高潮中重复出现的次数是否最多，具有最大的聚集点与聚集长度，"根据配置，例如一个人物，使第一章和最后一章聚集这一事实，我们将这一人物称为全书的主人公"②。三是在众多人物关系中，是否相识或相联系的人物最多最广，从而使之占据中心地位，"他或她保持着与最大数量的人物的关系"③。

然而，在判定主人公的过程中，这三个标准有时呈现重合状态，即占小说篇幅最多的人物，也是在故事中重复出现最多、读者最关注的中心人

---

① 脂砚斋评语，见《红楼梦》，《百家评咏红楼梦》（彩图本），上海古籍出版社 2007 年版，第320 页。

② ［荷］米克·巴尔：《叙述学：叙事理论导论》，谭君强译，中国社会科学出版社 2003 年第 2版，第 120 页。

③ ［荷］米克·巴尔：《叙述学：叙事理论导论》，谭君强译，中国社会科学出版社 2003 年第 2版，第 105 页。

物，又是联系最多最广且处于中心地位的人物。如《西游记》中的孙悟空，《金瓶梅》中的西门庆，《红楼梦》里的贾宝玉等。在有的小说里并不是全部重合的。那么依据哪个标准？则要从全局着眼做具体分析。譬如《三国演义》的主人公，按第三个标准衡定应有三个：曹操、刘备、孙权，他们各在自己的集团（魏、蜀、吴）中居于中心地位。但以上述第一、二两个标准衡定，占全书篇幅最多，重复出现次数最多，被读者视为焦点的核心人物则并非三个集团的君主，并非曹操、刘备或孙权，而是诸葛亮。故而，诸葛亮当是全书第一主要人物。同样《水浒传》的主要人物，既不是高俅、蔡京，也不是王伦、晁盖，而是宋江。所以三个标准以何为划分依据还要结合文本结构做具体分析。主人公的确定是小说划分类型的第一步。

　　一部（篇）小说的中心或主要人物的确定只是小说类型划分的基础，它为小说类型的划分提供了可能性，却尚不能为小说的性质定型分类。我们不能称之为诸葛亮小说、西门庆小说、贾宝玉小说。但主要人物一旦确定后，其主体的类属性也随之规定了下来，譬如《三国演义》的主要人物诸葛亮的主体属性是位军事、政治、外交的智者，这表明对智慧者的叙述是这部小说叙述的重心，《三国演义》便成为智者小说。《金瓶梅》的主人公是西门庆，而西门庆的身份属性是位商人，叙述商人发迹变泰且终至衰败的一生也就是叙述者着意处，《金瓶梅》便是一部商人小说。《西游记》的主人公是孙悟空。孙悟空是位一心建功立业的神佛，神佛是他的属性，而儒家积极用世的入世热情则是他的灵魂，同时在他的身上还表现出浓厚的路见不平拔刀相助的侠义精神，足见这是位侠佛，《西游记》也可称之为侠佛小说……于是主人公的主体属性也可作为划分小说类型的标准。

3. 无意图的意图

　　需特别指出的是，并非所有小说的主要人物都有明确的意图，相反，为了让故事变得出人意外，以怪异引发人兴趣，作者或叙事者偏偏写些"有意栽花花不开，无心插柳柳成荫"的故事，巧合、奇遇、将错就错、因果报应、命运安排等成为这类故事叙事的主要艺术结构手法。对于这类有意以意外、巧合、命运取胜的小说，分析的主要对象便不再是内叙述者——人物，而是外叙述者（包括作者），因为内叙述者的无意正显示出外叙述者的有意。小说的叙事意图由以人物意图为载体转为以叙述者或作者的意图为主体了。如《转运汉巧遇洞庭红》中的主要人物文若虚，无意发财竟意外发财，表明了作者表达经商靠运气，运气失去还可再来的叙事意图。又如《蒋兴哥重会珍珠衫》中蒋兴哥的妻子王三巧无意与另一位青年商人陈大郎偷情，而蒋兴哥也无意要娶陈大郎女人为妻，这一切都是作者的有意安排，体现着作者"殃祥果报无虚谬"的善恶报应的叙事观念。无论如何，明清小说在作者、叙述者、主要人物三者间，总有一方具有明显的叙事意图，小说的意图分类依据也随之转向意图明显的一方。

二、明清小说意图叙事类型划分

1. 意图叙事的逻辑序列

如果我们假设一部（篇）小说有一个主人公（中心或主要人物），每一位主人公的行为不是盲目的而是有意识、有方向、有目标（目的）的，即为了实现原初的某种意愿（意图）而采取相应行为。正如米克·巴尔所说：

> 以人类思想行为都朝着一个目标这一假定为基础，我们可以构造出表现与这一目标的关系的模式……如前所提到的，模式始于故事成分间一种目的论的关系：行为者具有一种意图，奔向一个目标。①

这样一来，每一部（篇）小说的主人公都有一个叙述者为之预设的"奔向一个目标"的行为意图，于是每部小说都存在着一种预设的行为意图。这种行为意图或体现为主人公活动的行为意图，或体现为作者、叙述

---

① [荷] 米克·巴尔：《叙述学：叙事理论导论》，谭君强译，中国社会科学出版社 2003 年第 2 版，第 27 页。

者叙述故事的行为意图。

无论哪种行为意图都合乎其自身的叙事逻辑，有其自身的叙事结构，这种叙事逻辑与结构都源之于人的心理结构——心理欲求的逻辑。即欲求的产生或消亡，产生后追求欲望实现的心理过程（或追求，或改变，或放弃），以及欲望实现结果（或成功，或部分成功，或失败）的心理反映等。叙事学家克洛德·布雷蒙将其具体表述为一种叙事结构和叙事逻辑：

> 三个功能一经组合便产生基本序列，这一个三功能组合是与任何变化过程的三个必然阶段相适应的。
>
> a) 一个功能以将要采取的行动和将要发生的事件为形式，表示可能发生变化。
>
> b) 一个功能以进行中的行动或事件为形式，使这种潜在的变化可能变为现实。
>
> c) 一个功能以取得的结果为形式，结束变化过程。①

第一个阶段是意欲产生或消亡的阶段，即所谓的"一个功能以将要采取的行动或将要发生的事件为形式，表示可能发生变化"中的"将要采取的行动"就是某种意图——欲念的生成。不生成某种意图，就不会将要采取某种行动。第二个阶段是将意图付诸行为实践的阶段。"一个功能以进行中的行为或事件为形式，使这种潜在变化的可能变为现实"中的"进行中的行为"，包括为实现某种意图所采取的一系列行为。第三个阶段即欲望实现结果及其心理反应。所谓"一个功能以取得的结果为形式，结束变化过程"中的"取得的结果"就是意图实现的结果。由是看来，由上述叙事逻辑序列所表现出的人物行为意图的三个阶段，即克洛德·布雷蒙从叙事作品中所抽象出来的叙事结构序列，源之于一切叙事作品生成的本源——人的心理叙事逻辑。故而，也自然适用于任何的叙事性作品，同样也适用于中国古代的小说，即中国古代小说的人物行为(也包括叙述行为)

---

① ［法］克洛德·布雷蒙：《叙述可能之逻辑》，见张寅德编《叙述学研究》中国社会科学出版社 1989 年版，第 154 页。

的结构逻辑也潜藏着上述结构序列。

需要特别说明的是，明清小说作者和叙述者的叙述行为也有着意欲的产生、意欲的实践和意欲实现的结果三个阶段构成的叙事序列。明清小说往往在入话部分表明叙述者的意图，正话部分则是其叙述意图实现的过程，而收尾常常点明叙事意图的结果。由于叙述者的意图一般说来是借助于主要人物的行为意图来表达和实现的（如《西游记》的叙述者与孙悟空，《金瓶梅》的叙述者与西门庆，《红楼梦》的作者与贾宝玉等），同时本书也为了叙述上的方便、明了，故而将小说文本中主要人物的人生意图作为分析的主体，而对于小说叙事意图的分类则兼顾了作者和叙述者的意图。

按照克洛德·布雷蒙的观点，每一叙事序列构成叙事的基本的单位——故事：

> 基本单位即故事原子仍然是功能；和普罗普的看法一样，功能与行动和事件相关；而行动和事件组成序列后，产生一个故事。①

这样一来，对于一部（篇）小说主要人物的行为序列而言，自然是一个个故事序列组，而不会仅是一个最简单序列（故事）。换言之，主要人物的人生意图也是若干故事组成系列，即由若干个相关联的事件意图一起构成人物的人生意图。以《西游记》中的孙悟空为例，他的人生意图是由若干个阶段性的意图构成的。首先是解决如何避免猴子都会死的难题，寻仙访道，求长生不老之术。其次是平等、自由的意图，不受阎罗管而大闹地府，不受天宫管而大闹天宫。接下来则是随唐僧西天取经成佛的意图。而这三个意图之间有着内在逻辑联系，第二个意图不受阎罗管束，到地府寻找生死簿，勾去所有猴子的姓名，则是第一个意图"求长生不老"的延续。第三个意图"西天取经成佛"，又是第二个意图"寻求自由"和第一个意图"求长生不老"的延展，只不过是将前两个意图锁定在了取经后成佛的具体目标上。而再具体分析，我们还会发现，在上述三个意图中，还

---

① ［法］克洛德·布雷蒙：《叙述可能之逻辑》，见张寅德编《叙述学研究》中国社会科学出版社 1989 年版，第 154 页。

存在着更具体的事件意图。以西天取经为例，途中所遇到的八十一难所组成的四十多个故事，每个故事对于孙悟空而言都有一个明确的意图。如路经乌鸡国萌生的救国王和他全家的意图；过火焰山熄灭火焰山之火的意图等。正是由于不同层次的意图间的联系，使得它们共同构成更高一层的意图，从而形成主要人物一生的意志和终生的奋斗目标，我们称之为人生意图。孙悟空的人生意图正是由以上三个阶段意图（每阶段意图可分为若干事件意图）组成的成就佛，从而解除自己也解除众生的生老病死痛苦。如是一来，每部（篇）小说的主要人物都有自己的人生意图，每部（篇）小说所描写的主要人物的故事都是其人生意图的表现，于是主要人物的人生意图也就可以作为小说分类的主要依据和标准。

譬如《西游记》的主人公是孙悟空，孙悟空是位侠佛，其人生意图是降妖除怪，扶危救困，解除人们生老病死的痛苦而成仙成佛。孙悟空不受天、地、人、兽管辖的自由平等观念产生于成仙之后，而在经过压于五行山下的磨难后，方晓得唯有成佛才能实现平等自由，方能救人于危难，方能解除自己也解除大众的生老病死之苦。这种愿望皆归属于其扶危救困、成仙最终成佛的人生意图。故而，《西游记》属于一部行侠成佛意图小说。

《水浒传》的主人公宋江是位侠义忠良之士，他的人生意图是通过轻财好施、行侠仗义而号聚天下义士，以实现其除暴安良、替天行道、建功立业、光宗耀祖的人生意图。故而《水浒传》就是一部替天行道、建功立业的小说。

《红楼梦》的主人公贾宝玉是位体验人生的富贵闲人，他自幼体验过家族内的祖母、父母、兄妹之亲情，男女异性之情以及家族外的利益角逐之恶等世事人情，他所欲求的是一种剥去功利目的的不受浊世污染、自然纯洁、自由真率的真情人生。而这种人生在少年宝玉的体验中莫过于男女纯真的爱情，所以，《红楼梦》是一部纯情真爱小说。

由此，我们发现两个重要问题。一是意图叙事并非主题叙事，意图叙事的分类并非主题分类。主题更侧重于作者想要表达的思想。思想是抽象的，意图是具体的，思想是对具体意图的抽象。《卖油郎独占花魁》中主人公秦重的意图是要与花魁娘子莘瑶琴欢度一宵，"人生一世"，便"死也甘心"。小说叙述了秦重此意图的生成，心中盘计着并一步步地实现，特别是实现后所产生的连带反应及其结果。欢度一宵并非这部小说的主题，主题却是通过欢度一宵而体现出的秦重待人真诚、能"以情度情"、以心换心而换来了真正爱情的故事，说明爱情可以超越地位和金钱。意图是主题的载体而决非主题本身。二是主人公的意图并不等于故事，而是故事生成的根源和动力。故事是人物的一个意图序列，由意图产生、动摇、确定；意图转化为具体的行动步骤、行为系列；直到行为的最终结果。这个由意图产生、实践、结果的过程序列才称之为故事。故事展示的是行为的长度，意图展示的却是行为的动机及意义。故事与故事间的关系只有从意图视角才能得到逻辑的说明，故事本身不能说明自身的发展必然。所以，以主人公的人生意图为标准划分小说的类型，正是考虑人生意图既便于说明行为活动的根本动力，也便于解释行为活动间的内在逻辑，并对其意义（主题思想）做出合乎逻辑的概括。这是以故事内容为标准划分小说类型（如鲁迅先生与孙楷第先生）的方法所难以做到的。

2. 明清小说的分类（九大类型小说）

以小说主人公行为意图为主要标准划分小说类型，首先需分析那些常见小说的主人公及其人生意图，通过综合概括，他们的人生意图大体可分为九类，于是，明清小说也随之划分为以下九种类型。

安邦建业小说。主要叙述主人公兼济天下、安邦定国、建功立业的人生愿望。又分为两类，一类表现主人公志在天下的帝王之志。其意图力虽有大小之别，但气魄、胸襟、胆略和识力过人，常得到上天所赐予的好运气。这类小说往往使人受到政治家的精神陶冶，培养人的心胸、意志力以及面对困难和复杂情形的优良心理素质。具有这样意图的主人公多见于历史小说中的帝王君主，如《吴越春秋》中的越王勾践，《西汉演义》中的项羽、刘邦、汉武帝，《三国演义》中的曹操、刘备、孙权，《元史演义》中的成吉思汗，《明英烈传》中的朱元璋等。另一类则表现投身于英明君主麾下的贤达、才士。这类主人公的人生愿望莫过于辅佐明主，建功立业，光宗耀祖，名垂青史。小说的着意处在于叙述诸贤能的才华、品格与功勋，表现其意愿与君主意愿间的或合或疑或分诸种关系以及由此引起的主人公的喜怒哀乐情绪。多见于英雄传奇类小说或名宦才子小说，前者如《水浒传》中的宋江，《杨家府演义》中的杨延昭，《武穆王演义》中的岳飞；后者如《枕中记》中的庐生，《韩擒虎话本》中的韩擒虎等。

清官廉吏小说。小说主人公坚持做官为民的价值观，恪守廉洁忠直严正的为官品德，以做名垂青史的清官为人生追求，坚守执法公正的为官之道，不畏强权，不顾个人官场得失，这类小说的主人公多见之于公案小说。如《龙图公案》中的包拯，《施公案》中的施世伦，《彭公案》中的彭朋，《海瑞罢官》中的海瑞等。

行侠仗义小说。主人公身为平民，无权无官，然有一技之长，眼不容沙，心不容恶，疾恶如仇，以行侠仗义为人生追求的小说，多见英雄传奇、公案和侠义小说。如《水浒传》中的晁盖、吴用、柴进、鲁达辈，以及豪杰侠士小说，如《三侠五义》中的展昭、欧阳春等。有时这两类小说合二为一，行侠仗义的英雄往往归之于"青天"类的大官吏，合力实现共同的惩恶扬善的愿望。

复仇雪恨小说。具有较强主体意识的主人公，在遭受外势力伤害后，主动回击，以保存自己、家庭或朋友生存的权利作为首要的意愿，将为自己或为他人报仇雪恨作为主要意图的小说。此类以草泽英雄小说和豪杰侠士小说的主人公为多。如《燕太子丹》中的燕国太子丹，《荆轲传》中的荆轲，《吴越春秋》中的越王勾践，《谢小娥传》中为丈夫和全家人报仇的谢小娥，《儿女英雄传》中为父报仇的十三妹（何玉凤）等。

成佛悟道小说。主要指主人公在经历了人生的种种磨难后企求悟道成佛类小说，包括两类，一类为崇信佛教道教的仙佛小说，主人公受高人点化而成佛或成仙。如以八仙故事为主体的神仙道化小说或佛化小说。如《八仙全传》、《升仙传演义》、《八仙得道传》、《绿野仙踪》、《三遂平妖传》、《西游记》中的孙悟空，《达摩出身传》中的达摩，《韩湘子全传》中的韩湘子，《庄子鼓盆成大道》中的庄周等等。另一类则写凡人生活中的悟道与成仙佛的小说，以历史小说、世情小说者为多，如《吴越春秋》中的范蠡，《镜花缘》中的唐敖，《青楼梦》中的金挹香等。

发财致富小说。 主人公以获得最大的财富作为人生愿望的小说。在中国古代的文化观念中，富与贵、福与禄总是搅在一起，同时传统的重义轻利观念，使得财富又披上了义或德的色彩，被义德包裹着。表现这类意图的小说的数量不在少数，表现的形式也花样繁多，诸如以色谋财，以权谋财，以德成财、因运致富、以善经营致富等等。这类作品较为集中地产生于商贾市民小说中，如《金瓶梅》中的西门庆，通过商场、情场、官场、兄弟场而获取大量财富；《富翁醒世传》中的时伯济，其行为不过要得到一对可使家中富有的神秘的金银钱；《蜃楼志》中的与洋人做海上生意积财一生的苏万魁等。

婚恋爱情小说。 以获取情投意合的情侣和美满姻缘为目的的小说。这类小说中的人生意图有两个核心内涵，一是虽有性爱行为而意在追求男女之真情，而非单一的性满足；二是追求的目的是实现"白头偕老"的婚姻，而非逢场作戏，满足一夜之欢。多见于商贾市民小说、才子佳人小说、娼妓优伶小说、志怪小说等。如《玉娇梨》、《平山冷燕》、《金云翘传》、《春柳莺》、《雪月梅》、《定情人》、《飞花咏》等，如《杜十娘怒沉百宝箱》中的杜十娘，《卖油郎独占花魁》中的秦重，《乐小舒拼生觅偶》中的乐小舒，《红梦楼》中的贾宝玉，《霍小玉传》中的霍小玉，《聊斋志异》中的《青凤》、《婴宁》、《聂小倩》、《红玉》等。

性快乐和性报复小说。 以追求性快乐为目的或通过性行为实行报复或暴露的小说。前者目的较为单一，打破男女性行为的神秘性，把性自由与快乐作为描写的重心，只是为了追求男女性自由、性快乐和性满足。如《肉蒲团》、《如意君传》、《风流和尚》等。后者则以性行为作为观察描写社会的视角和实现报复仇家的手段。通过性自由、性淫乱、纵欲无度，或暴露贪官污吏、权臣势要家庭的乱伦、道德沦丧、人品低下，如《姑妄言》等；或以性手段来达到对仇家的报复，如《灯草和尚》、《巫山艳史》等。

　　继业兴家小说，以追求家业后继有人、兴旺发达为最终目的的小说。家庭是中国社会的生命细胞，也是个人最亲近的利益共同体。家庭兴衰直接关系个人成败，家庭主要成员的成败也同样决定家庭兴衰。使兴盛家庭后继有人保持长兴不衰，使贫穷家庭兴旺发达，成为人们的普遍愿望，遂有此类小说的兴起。如《歧路灯》中的谭绍闻，《第一快活奇书》中的"如意君"——文泉，《野叟曝言》中的文素臣，短篇如《赵春儿重旺曹家庄》中的赵春儿、《汪信之一死救全家》中的汪信之、《徐老仆义愤成家》中的徐老仆等。而《金瓶梅》、《醒世姻缘传》、《红楼梦》、《歧路灯》则是从家庭衰败的悲剧中揭示兴家的强烈愿望。

　　明清小说特别是明代后期至清中叶的小说普遍存在着类型包容、混杂的现象，即以某种类型为主兼有其他类型的影子，然总体不出这九大类型的范围。

　　需要特别指出的是，对于短篇小说(不分章回的小说) 和中篇小说(30回以下的小说而言)，主人公人生意图主要呈现为阶段性的转变，而很少出现多种意图的叠加，故而以主人公人生意图为标准划分小说就显得自然而清晰。对于长篇小说而言，主人公的意图不仅呈现为纵向的历时性的流转，而且有时会表现出多种意图的共时性、层次式的展示，其多种意图使得读者一般难以弄清楚哪个意图处于更重要的中心地位。故而，以主人公的人生意图为标准划分小说的类型，就会同时出现面对几种选择而无所适从的情况，或即使定性了也易造成读者的感受不同而形成歧义。那么，是否主要人物人生意图的划分标准和方法就不适于长篇小说类型的划分了呢？

　　实则不然。因为叙事学不同于此前小说理论之处，就在于它将科学主义的分析方法运用于叙事文本的分析之中，更善长于细致的科学分析，特别对于结构复杂的文本现象的规律探讨尤其能显示出其方法与理论的优长。长篇小说主要人物的人生意图虽存在多样性、复杂性，但那些多样的意图并不一定都是处于同一层次，具有同样重要的地位。通过分析可以发现它们所处的不同层次及其主次关系，可以从多样的意图中发现更重要的处于最上一层的主要意图，从而科学地确定主要人物人生的主要意图，进而确定其小说主要人物人生意图的属性类型。《金瓶梅词话》的主人公是西门庆。西门庆的人生意图似乎并不是单一的，既有获得最多财富的财富意图，又有获得更大官职、更高地位的权力意图，还有占有更多更美丽女性的情色意图，以及在众兄弟、朋友、女人面前逞才施能做老大的老大主义的意图。然而这四大意图的表现既呈现出人生的阶段性又处于不同的层次。西门庆在开始阶段主要表现为财富意图，继而得官后是保官、升官的权力意图，老大主义的意图在权力意图实现后而与日俱增。就横向关系而言，财富意图的不断实现，助长了其不断地实现占有更多女人的情爱意图，并有意而无意地实现了权力的意图。而情爱意图与权力意图的实现过程又助长了财富意图在更大范围、更高级别的实现，同时推进了他的逞能使气的老大主义。而做老大的老大主义的意图使得西门庆在对女人的追求中愈发大胆、猛进。财色意图贯穿西门庆人生始终，最久长，最用心，并为之付出了生命的代价，也是作者叙述的故事主体。故而，财色意图是西门庆人生意图的主体，也是叙述者所要表达的中心意图，故而《金瓶梅》可称之为财色小说。

这样一来，以小说主人公人生意图为划分小说类型标准的方法不仅适用于短篇、中篇小说，也适用于主人公意图比较复杂的长篇小说。

三、意图叙事分类的细化和补充

1. 意图元及其类型

根据米克·巴尔的"行为者具有一种意图，奔向一个目标"的行为意图说，每一位中心（或重要）人物的行为都有一种目标或意图，而且其目标（意图）又呈现为事件意图以及若干具有一定逻辑联系的事件组成的人生意图。那么，这一理论假设也同样适用于对次重要人物行为的分析，即次重要人物也都存在着事件意图与其更上一层人物的人生意图的逻辑联系。若果真如此，那么一部叙事作品中的人物行为意图便呈现出与主人公的行为意图或对立、或一致、或时而对立时而一致等情状的关系序列来。米克·巴尔称之为行动元：

> 行为者的类别我们称之为"行动元"（anctants）。一个行动元是共同具有一定特征的一类行为者，所共有的特征与作为整体的素材的目的论有关，这样一个行动元就是其成员与构成素材原则的目的论方面有相关关系的一类行为者。①

　　他所说的"共同具有一定特征的一类行为者"中的"一定特征"，就是具有共同的目的或意图。故而，我们也可称之为"意图元"。因为这样的表述比"行动元"更准确。所谓意图元是指具有与主要人物行为意图相一致意图的一类志同道合者。同样，通常说来也有一类与主要人物行为意图相对立的人或人群，他们是主要人物意图实现的阻抑者、敌人。于是因次要人物与主要人物行为意图的一致与非一致等类别构成了一部小说不同类的人群。这些不同类的人群大致有四种：凡是与主人公意图相同相近的人物，称之为正意图元类型群；与主人公意图相敌者，称之为反意图元类型群；处于正意图元与反意图元之间者，称为中间意图元类型群；其意图处于游移于正、反、中间意图元之中者，称之为变意图元类型群。今试以《杜十娘怒沉百宝箱》为例略做分析说明。

　　这篇小说的主人公是杜十娘。杜十娘的意图是实现与李甲的情爱并走向婚姻。与她有相同意图的人是李甲，有意帮她实现意图的人物为柳遇春、谢月朗和她的众姐妹，她们都属于正意图元类型群。与杜十娘这一意图相敌者（阻止她的意图实现的）是李甲的父亲及家人、商人孙富，他们组成了反意图元类型群。而妓院鸨母，是一个认钱不认人的利益主义者。在杜十娘实现爱情意图阶段，她因喜欢书生李甲的银子而为之开绿灯，成为推助者。当杜十娘要从良与李甲结为夫妻的意愿十分明了时，她担心丢

---

① ［荷］米克·巴尔：《叙述学：叙事理论导论》，谭君强译，中国社会科学出版社 2003 年第 2 版，第 27—28 页。

失杜十娘这棵摇钱树而有意刁难，限定交银时间，明许暗阻。故而，鸨母处于正意图元与反意图元两个类型之间，属于中间意图元类型的人物。

李甲的意图是一个变量，在三个阶段中呈现三种状态。第一是热恋阶段。作为一位远离家乡、进入城市的自由者，他喜欢杜十娘，要与她尽情地欢娱，不顾惜功名和前途，不顾惜父母的意愿，不顾惜一切，当杜十娘提出以钱赎身结为长久夫妻时，他完全同意，为正意图元人群中的核心之一。第二是忧郁阶段。当柳遇春凭经验告知他限三日筹措300两银子不过是妓院的托词，劝他不要痴情上当、早些抽身时，他便不再去找杜十娘，变为中间意图元人群。第三是变卦阶段。当二人经过千难万险终于赎身出来，要回家见父母时，李甲却因畏惧严父而犯起难来。当孙富引诱挑弄，他以为这位富商是帮他解除心理包袱，终于同意将杜十娘出手相卖，在这个阶段中，李甲又成为反意图元类型人物——与孙富站到一起了。

2. 主意图元人群关系类型

再细划分，主人公与主意图元类型群的其他志同道合者是以什么样的关系组织起来的？换言之，进入主人公内心世界核心区的最亲近且与他有共同意愿的人物都是谁？他们是以什么性质的纽带与主人公建立起亲近关系的？这一意图元人物类群的划分极为重要，因为"没有行动元就不存在关系，没有关系就没有过程，没有过程就没有素材"[1]。可见，行动元的划分就是一种关系的分析，意图元的划分就是不同意图及其相同意图人物间的关系分析。这一分析是小说意图分析和意图表现的结构分析的一个基础环节，也是小说意图叙事类型划分的补充、细化，这种细化式的补充可进一步区分同类叙事意图小说的细微差异。而此种分析在以往小说研究中尚未被人们注意过，我们试以几部古代经典小说为例，略做尝试。

对于《红楼梦》的主人公贾宝玉而言，谁进入了他最亲近的关系层呢？有一次宝玉对黛玉表明心迹：

---

[1] [荷] 米克·巴尔：《叙述学：叙事理论导论》，谭君强译，中国社会科学出版社2003年第2版，第31页。

我心里的事也难对你说，日后自然明白。除了老太太，老爷，太太这三个人，第四个就是妹妹了。有第五个人，我也起个誓。①

由此可知，宝玉心中最近的关系是包括他的祖母和父母在内的血缘关系、亲情关系。林黛玉是她的表妹，也是血缘关系。但若依血缘关系的远近而论，第四应是元春，第五应是探春，第六则是贾环，还有迎春、惜春，不会排到表妹身份的黛玉。他将黛玉这位姑表妹提到元春等五人之前，足见，他与林妹妹的关系除血缘关系外，还有比血缘关系更重要的情爱关系。在那个以孝治天下的时代，没有人敢把妻子放在父母之上，所以长辈放在前头是不可更改的。然而林妹妹的位置已经超过元、迎、探、惜四姐妹和弟弟贾环，特别是只字未提做皇妃的元春，这说明在同辈中，宝玉将黛玉放在了首位，所以放在首位是情感所致。再者从宝玉情爱意图的实现而言，也只有黛玉的意图与他同命相连，所以，在《红楼梦》主人公贾宝玉的"主意图元"人物中，情爱关系处于核心地位，其次是亲情，我们可以称《红楼梦》意图元人物关系结构是"情爱加亲情"关系型，《红楼梦》则归入"情爱加亲情"关系型小说。

用这一理论方法分析其他几部经典小说，发现《金瓶梅》中与主人公西门庆关系最亲近的是性爱加利益关系，显然，这是一部"性爱加利益"关系型小说。《西游记》中与孙悟空处于同一意图元的人物关系是师徒关系，它应是一部"师徒关系"型小说。《水浒传》是部"异性兄弟"关系型小说，《三国演义》则是部"事业加亲情"关系型小说，《儒林外史》则是部"人品关系型"小说。

这种主意图元内人物关系组合类型的化分，无疑是小说意图叙事类型化分的细化和补充，这种细化式的补充可进一步将同类叙事意图小说间的差别区分开来（例如同是安邦建业意图的小说，《水浒传》是异性兄弟关系型，而《杨家府演义》则是亲情关系型等），从而可丰富和发展中国小说的分类方法。

---

① 《红楼梦》，《百家评咏红楼梦》（彩图本），上海古籍出版社 2007 年版，第 216 页。

　　综上所述，意图叙事理论是对行为叙事理论的修正，是将行为叙事所排斥的人物及其心理意图引入叙事学，凸显从人物行为意图的视角研究人的行为及其结构。在这样的意图叙事理论方法的观照下，中国古代小说的分类也有了新的标准和方法——以小说主人公人生意图为主要标准，寻找小说主人公，确定主人公主体属性，主人公的行为意图类型，主人公意图元内人物关系类型等分析方法途径，最终确定中国古代小说的叙事类型。初步将中国古代小说意图叙事划分为：安邦建业、清官廉吏、行侠仗义、复仇雪恨、成佛悟道、发财致富、婚恋爱情、性快乐与性报复、兴家继业九大意图类型。在对主人公行为意图的上述分析途径中，分析主人公的人生意图类型是其主体，而寻找小说主人公、确定主人公主体属性则是其先的准备和铺垫，其后的"主意图元"内人物关系类型分析，则是对人生意图类型划分的补充和细化（其细化还可包括主人公意图实现结果类型、实现能力类型等[①]）。

---

① 意图实现结果类型是指从主要人物意图实现结果的形态为着眼点，划分小说叙述类型的方法，如完满实现型、彻底失败型、先实现后失败型、先失败后实现型等。实现能力类型是指从主要人物意图力与意图实现关系视角划分叙述的类型。如心智力型、行为力型、知识技能型等。

第六章　意图元序列及其内结构

　　意图是人物行为（包括内、外叙述者行为）发生的根源，故而从意图层次研究人物行为，从意图间的关系研究小说叙事的结构，较之从动作行为、故事情节的外在结构研究小说更深入一层，我们称之为内结构。内结构由人物意图元类式层次、叙述意图元层次、表意意图元层次三层次结构组成。由于第一层次是小说内结构的主体，又是其他两个层次意图的载体，故而成为本文阐述的中心。人物意图元类式分为单意图与复合意图元。单意图元包含了一个主导意图，分为单意图元和单意图元组两类。复合意图元包括单意图元类式的交叉，以及多个人物和多个意图的结构组合。小说的接受效果来自于主要人物意图力的表现层次，意图元的组合方式以及表意的情感度与精神品格，并依次影响动人、透人、移人的深广度。

　　小说叙述既有行为层面的表层结构，还有规定表层结构的深层结构。人物的行为并非无目的散乱的，而是受目的性——心理意图——的支配。如是，在行为的背后还有内在的心理意图，于是意图与行为的关系、意图与意图的关系便构成了小说叙述的深层结构。意图与行为的逻辑关系构成了我们称之为意图元概念探讨的主要内容，而意图与意图的关系（意图行为序列与序列间的关系）构成了我们称之为意图元结构的类式。从意图元结构类式观念入手可以发现小说叙事的内结构（深层结构），推进小说叙事结构研究走向深入。

一、意图元的提出

1."意图元"提出的理论前题

从亚里士多德宣称"没有行动即没有悲剧，但没有性格，悲剧却可能依然成立"[①] 以来，情节和行动成为小说叙述的重心。普罗普在对俄罗斯100 个神话故事进行梳理之后总结了 31 种功能。他所说的功能，"指的是从其对于行动过程意义角度定义的角色行为"[②]。A.J. 格雷马斯从语义学角度将普罗普的总结更加抽象地概括为"行动元（actant）"结构，其中包括了"主观 / 客观"、"发送者 / 接受者"和"辅助元 / 反抗元"[③] 这三对范畴，从而构建了一个组织故事的语法模型。罗兰·巴尔特认为："行动元模式与任何结构模式一样，其价值不在于它规定的标准形式（六个行动元的母式），而在于它适应有规则的变化（缺乏、混淆、倍增、替换），从而使人可望产生一个叙事作品行动元的类型学。"[④] 在西方学者眼里，"行动元"是一个结构概念，是人的一系列行为所构成的单元——故事展开的基本单位，其着眼点是行为具有相对独立性的长度，即着眼于行为过程本身，而非人物内在的因素。人物在行动元结构中彻底变成符号化的一个代码，支配这些代码的力量始终隐藏在文本中而未能揭示。究其根本，行动到底是人物所为，其存在具有一定的目的性和方向性。寻找先于行动的本质因素必然将目光集中于人物身上，人物是小说的核心，小说中的每段文字都渗透着人的影子。文学研究应该更多的是关于人的思考，而不是关于行动的思考。人的行为只是探究人的一个切入口和工具，关于人的考察才是文学

---

① ［古希腊］亚里士多德：《诗学》，陈中梅译注，商务印书馆 2009 年版，第 64 页。

② ［俄］普罗普：《故事形态学》，贾放译，中华书局 2006 年版，第 18 页。

③ ［法］A.J. 格雷马斯：《结构语义学》，吴泓缈译，三联书店 1999 年版，第 256 页。

④ ［法］罗兰·巴尔特：《叙事作品结构分析导论》，见张寅德编《叙述学研究》，中国社会科学出版社 1989 年版，第 26 页。

研究的最终目的。

人的一切活动的根源，叔本华归结为"意志"。"由意志产生意欲，由意欲产生动机，由动机产生活动"①，即意志是行为产生的原因。但是对于"意志"的说明，仅仅是叔本华为现象和物自体所找到的一个形而上的解释，它带有学理追溯上的价值，却并不具有先于行动的原始冲动的意义，所以，叔本华认为："人类彻头彻尾是欲望和需求的化身，是无数欲求的凝集"②，"所谓人生，就是欲望和它的成就之间的不断流转"③。他所说的意欲是哲学层面的，如若将置于叙述学中，就是我们本书所说的意欲的具体化——行为意图——做某一件事的行为意欲。于是意图也就成为我们所研究的行动未开始之前的起点。从这种意义上说，意图叙事学本质上就是从行为哲学入手研究叙述活动的叙述哲学。"动机的研究在某种程度上必须是人类的终极目的、欲望或需要的研究。"④ 小说中的人物虽然不具备现实人物的可视性，但他以真实世界中的人为原型，具有真实世界中人的一切特征，因此，以现实中的人的分析来解释书中人物成为可能。相比于人物行动叙事分析，意图叙事分析更为尊重人物在文本中的意义。作为推动情节发展的动力因，人物意图的考虑突破了将人物视作一个形容词、定语或是谓语的符号化、类型化局限。人物是故事的参加者，更是情节的推动者。这样，人物意图便成为行为事件发生的源泉与根本。即然行动源之于行动的目的性——意图，那么相对独立的行为长度的划分，自然以人物（或叙述者）的一个意图为单位，变得更简洁清晰。于是行动元的研究也就成为隐藏于行动元背后的意图元的研究，故而以人物意图为中心的叙事研究可以称之为意图元研究。

---

① ［德］奥瑟·叔本华：《人性的得失与智慧》，文良文化编译，华文出版社 2004 年版，第 183 页。

② ［德］奥瑟·叔本华：《人性的得失与智慧》，文良文化编译，华文出版社 2004 年版，第 5 页。

③ ［德］奥瑟·叔本华：《人性的得失与智慧》，文良文化编译，华文出版社 2004 年版，第 6 页。

④ ［美］亚伯拉罕·马斯洛：《动机与人格》，许金声等译，中国人民大学出版社 2007 年第 3 版，第 6 页。

2. 意图元的内涵与分类

每个行为系列的背后都有一个意图的主导，在这个意图支配下所完成的整个叙述过程形成一个完整的体系，这个体系谓之意图元。意图元的概念有两层内涵，首先是历时性内涵，指内叙述者——人物的行为意图以及在该意图指导下的完成其意图的一系列行为。这一行为系列被称之为意图元序列——小说叙事的基本序列。如上文所言，包括一个意图从产生到实践再到结果的三个阶段（意图的生成过程，意图实践的过程、意图实践的结果）。其次是共时性内涵，指具有相同（相近）意图的一群人，因他们的意图相同而组织成一个行为共同体，在行动元模式中"行为者的类别我们称之为行动元，一个行动元是共同具有一定特征的一类行为者"①。依此而论，意图元也是共同具有一定特征的人物及其意图的组合，它是以人物为中心的一个体系。历时性意图元构成了小说叙事的单结构和纵向结构，是简单意图元分析的基础；共时性意图元不仅探讨"同意图元"的行为系列（单意图元组），还要探讨不同意图元人群的行为关系，从而构成了小说的复杂结构。

对于一部小说来说，由于有众多人物，每个人物若都有自己的意图，那么意图元便变得纷繁起来。同样，主要人物往往有意图的变化，一个意图完成后，又会萌生新的意图；或一个意图实践过程中受到外环境的刺激，会改变原来的意图。这样一来，意图便具有不同的类型以及不同类型间的关系，随之便有了意图的结构——小说叙事的内结构。总的来看，意图元可以分为简单意图元和复杂意图元两类。

小说内容丰富多彩，结构有繁有简，其中包含了众多人物的不同意图以及不同层次的意图。诸意图中总有一个意图是小说的主导意图，围绕在这个主导意图周围的人物及其行动所构成的系统就形成了简单意图元，在它之下可以分为单意图元和单意图元组。单意图元只包含一个人物和一个意图。

① ［荷］米克·巴尔：《叙述学：叙事理论导论》，谭君强译，中国社会科学出版社 2003 年第 2 版，第 236 页。

单意图元组可以包括多个人物，或者不仅限于一个意图，至少不仅限于一个纯粹的不能分割的意图。人物的意图是多种多样的，一个人物可以具有多个意图，多个人物也可能具有同一个意图。对于任何一个具有多个意图的人物来说，其中必然有一个意图是其主导意图，其他意图就是为完成这一主导意图所形成的分意图。每个分意图仍然可以和这个人物构成一个意图元。此时，这个人物与其主导意图所建构的意图元由于包含了不止一个分意图元，形成单意图元组。如果具有同一个意图的人物有多个，那么这多个人物和这同一个意图也构成一个单意图元组。这样，一个人物和多个分意图、多个人物和同一意图构成了单意图元组的两种类型。与简单意图元相对应的复杂意图元可以是包括了简单意图元类式交叉的意图元组合，也可以是由多个人物和多个意图构成的意图元组合。以上分类可以简单图示如下：

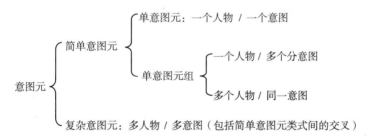

　　明清小说中既有简单意图元类式，又包括复杂意图元类式。篇幅的长短并不能成为判定意图元类型的决定因素，人物意图的增减与变化才是形成不同意图元类式的关键。意图元类式分析在一定程度上解释了小说情节的曲折所在，也在一定程度上揭开了小说的神秘面纱。

二、简单意图元类式

1. 何谓简单意图元

　　诸意图元中，由一个意图（主导意图）组成的意图元是简单意图元。其中，一个人物和一个不可分割的意图所构成的意图元是意图元种类中的最小单位。从纵向结构序列来看，它包含了意图产生过程、意图实践过程和意图实践结果状态三部分。如《金明池吴清逢爱爱》(《警世通言》第三十卷) 中，"入话"写了一个书生崔护进京赶考，途中遇到一个女孩儿。之后又过女孩住处，女孩已死，见了女孩尸身，吻了女孩的脸，女孩还魂，二人终成眷属。在这个人物行为系列中，崔护路遇女孩儿，产生娶女孩儿为妻的想法（意图）。之后又去寻找女孩儿并使女孩儿还魂的一系列行为是意图实践的过程。最后崔护和女孩儿成为夫妻是其意图实践结果。这就构成了崔护情爱意图元的一个完整过程，属于单意图元序列形式。

对于大部分小说而言，其中的人物意图往往并不那么单一、纯粹，实践意图的过程也并不一帆风顺，从而形成单意图元组。单意图元组中，如果由一个人物和一个主导意图所形成的意图元用 A 来表示，一个人物和分意图所形成的分意图元用 An 来表示，那么一个人物和多个分意图元组合而成的意图元组可以用下图表示：

$$A=A1+A2+\cdots\cdots+An$$

这里的加号和等号只具有说明的意味，不具备数学公式上的意义。A与 An 的关系可以是具有层级上的发展关系，也可以只是在多次循环重复之后的归并关系。相应的，在这一类式中，也就包含了两种基本类型，一种是递进式，一种是并列式。

2. 递进式与并列式

意图源于人的需要，人的需要各式各样，但它们对一个人而言，并不是在同一时间都处于同一地位。"伊壁鸠鲁把人的需要分为三类，这位伟大的幸福论者所做的分类是正确的。第一类是自然地必须的需要，诸如食物和衣着。这些需要易于满足，一旦匮乏，便会产生痛苦。第二类是自然的却不是必须的需求，例如一些感官的满足。……第二种的需要比较难以满足。第三类是既非自然的又非必要的需求，例如对奢侈、挥霍、炫耀以及光彩的渴望。这种需要像无底的深渊一样，是很难满足的。"[1] 三类需要在

---

① ［德］奥瑟·叔本华:《人性的得失与智慧》，文良文化编译，华文出版社 2004 年版，第 97 页。

人的生活中依次处于由高到低的层次。马斯洛也将人的需要分为基本需要的层次和基本认知需要两种。"人类动机生活组织的主要原理是基本需要按优势（priority）或力量的强弱排成等级。给这个组织以生命的主要动力原则是：健康人的优势需要一经满足，相对弱势的需要便会出现。"[①] 在所有未满足的需要中，基本的自然需要永远是优势需要，处于最高层次的需要则往往是人物的最终需要，它所导致的人物意图属于主导意图。其他需要所导致的分意图及其所构成的分意图元随着故事的发展都指向主导意图与人物所形成的主导意图元，但它们距离主导意图元的空间长度是不同的。分意图元依次展开，成线性排列，共同构成递进式。其结构如下图所示：

$$A_1 \qquad A_2 \qquad \cdots\cdots \qquad A_n \qquad\qquad A$$

在这个结构中，各个分意图元位置固定，不能颠倒。人物并非时时刻刻直接追逐于主导意图元的实现，但他每个分意图元的方向都朝向主导意图元，而他每经历一个意图元的完成，无论其实践结果如何，都离主导意图的实现更近一步。在《宋小官团圆破毡笠》（《警世通言》第二十二卷）中，宋金被逐出祖屋，到被人收留，与宜春成亲，再到生病被弃，因机缘病愈成富翁，再与宜春团圆的故事发展中，情爱意图是宋金的主导意图，但是其中并不乏分意图存在。宋金的情爱意图元的实现是一个个分意图元递进式发展的结果。其故事发展与意图元变化如下图所示：

故事：被逐出祖屋——被邻人收留——与宜春成亲——生病——被弃——机缘病愈——
　　　发财——寻宜春——与宜春团圆
分意图元：生存意图元——生存意图元——情爱意图元——健康意图元——生存意图
　　　元——健康意图元——财富意图元——情爱意图元——情爱意图元

　　　　　　　　　　　　　　主导意图元：情爱意图元

---

① ［美］亚伯拉罕·马斯洛：《动机与人格》，许金声等译，中国人民大学出版社 2007 年第 3 版，第 42 页。

递进式体现了人物对主导意图追求过程的不断升级和一步步接近。并列式则代表了人物对主导意图的重复追求。"人是一种不断需求的动物，除短暂的时间外，极少达到完全满足的状态。一个欲望满足后，另一个迅速出现并取代它的位置，当这个被满足了，又会有一个站到突出位置上来。"① 不单是人的一生极少达到完全满足的状态，就单个欲望或是意图本身而言，它们的实现也极少处于完全满足状态。部分实现或是未实现的意图，有可能在前一个意图元结束后，重新站回最初的位置。即使是完全实现的意图，随着时间的流逝，也会消磨褪色，这就必然带来意图的重复，形成并列式。意图完全实现这一结果带有一定的时效性，并不具有永久效力。人们在意图完成之前，往往会对意图的实现结果充满期待。意图的实现与心理期望值的实现并不一致。幻想总是比现实更美好一些，所以完全实现的意图未必能完全满足心理期待。此时，人们会面临两种选择，可以选择追求新的意图，也可以对原有意图加以修正，重新列入人生追求的目标，后一种选择将构成并列式。实际上，由意图部分实现或未实现这两种情况造成的并列式居多，第三种情况较少。在并列式中，主导意图重复出现在分意图元中，也可以认为同一个意图出现在故事发展的不同阶段，只是它实现的途径和方法有所不同，其结构如下图所示：

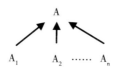

在这个结构中，分意图元的重复累加共同构成了主导意图元。如果每个分意图元的结果都是相同的，那么各个分意图元之间是并列关系，它们在故事讲述过程中的位置可以互相交换而不影响整个故事结构。如果各个分意图元的实践结果不尽相同，那么虽然所有分意图元之间仍是并列关系，但是只有那些具有相同结果的分意图元之间可以互换。在《王安石三

---

① ［美］亚伯拉罕·马斯洛：《动机与人格》，许金声等译，中国人民大学出版社 2007 年第 3 版，第 8 页。

难苏学士》(《警世通言》第三卷)中，苏轼先是因为错题菊花诗被王安石贬至黄州；之后又错汲下峡之水，被王安石辨出；最后王安石出题考对联，不能成对。其中苏轼的主导意图是逞才意图，而每个事件的意图都是逞才意图的重复。其故事发展与意图元变化如下图所示：

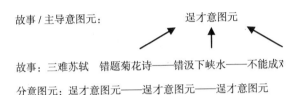

故事/主导意图元：　　　　　　　　　逞才意图元

故事：三难苏轼　错题菊花诗——错汲下峡水——不能成X

分意图元：逞才意图元——逞才意图元——逞才意图元

3. 单意图元组及其同述式、分述式

文本中的人物并不孤立存在，几个人物在各自的利益、需求驱动下可能形成同一个意图，并聚集于这同一个意图之下，这就是多个人物和同一意图所形成的单意图元组。

人与人的想法未必完全相同，即使几个人为着同一个目标行动，他们对于这同一目标的渴求程度也截然不同。多个人物拥有同一意图，在于这个意图的实现能给多个人带来一定的回报。回报的形式可能是心理精神层面的，也可能是实际利益层面的。这种回报对于个人的意义不尽相同，或者是其人生的最终追求，也或者是其人生追求中某个阶段性理想的实现，因此，同是具有一个意图。几个人物对它的重视有强弱上下之分，那么，每个人的付出就不会相同。同时，各人能力不同，在朝向同一目标前进途中，对于完成同一意图所起作用也有不同。由此，在同一意图所属的多个人物所形成的意图元中，就出现了两种情形。一种情形是以一个人物为主导（即主角、主要人物），其他人物处于辅助性次要地位（即配角、次要人物）。包含在这个意图元中的唯一一个意图更主要地体现为主要人物的意图，主要人物对意图实现的迫切要求远高于次要人物。意图实现与否对主要人物有着举足轻重的意义。主要人物也担负着更多的实践行动。相比之下，次要人物在意图中的分量就轻了许多，但他们的作用却不可小觑，他们的短暂出现往往处于关键之处，推动了故事情节的发展，丰富了故事内容。《施润泽滩阙遇友》（《醒世恒言》第十八卷）中，财富意图是施复的主要意图，在此之下，他的妻子喻氏也包括在这一财富意图元中，但是妻子在小说中的地位显然只是一个配角。施复是意图实践的主体，拾银子、归失主、购桑叶、遇友得善报、在房柱下挖出银两等事情都是以施复经历为主。不过，喻氏在故事发展中也起了一定的帮衬作用，在最后一个事件中，施复为了归还薄有寿的银锭，将银锭包入馒头中送给薄有寿，之后薄有寿又转赠施复的家人。如果施复的家人再送于施复，因为施复知道馒头中有银锭，定然不收，但是其家人之妻用馒头向喻氏换了两个点心，喻氏不知馒头中有银锭，所以银锭通过喻氏之手又回到了施复手中。在这里，喻氏就起了一个非常关键的桥梁作用。

与主次人物分明相对的另一种情形是同一意图之下的多个人物处于相似的地位，主次关系并不明显，几个人物同心协力，共谋意图实现。具有同一意图的多个人所采取的行动几乎发生在同一时刻，对于不同人物行动的叙述却不一定发生在同一时刻，亦即人物地位虽然相似，但是对于他们的叙述却并未同时进行。文本阅读或讲述是一个占据一定时空的事件，它可以利用多个叙述者将故事的不同场景表现出来，犹如电脑中多个画面并存，但在同一时刻，一个文本所描述的与读者（听众）所能接受的只能是文本中唯一的场景。如果多个任务行动发生在同一时刻的同一场景中，那么，对于多个人物的叙述也是同事展开，可谓之"同述式"。如果多个人物行动在同一时刻发生在不同场景中，那么，叙述只能依场景顺次进行，可谓之"分述式"。不过，这种次序的安排无碍于人物地位，实际上，同述式与分述式在第一种情形中同样存在，只是第一种情形大多以同述式进行，而第二种情形才会较多地使用分述式。《卖油郎独占花魁》（《醒世恒言》第三卷）中，卖油郎秦重和花魁美娘处于同一个情爱意图元之下，地位相似，但是对于二人的故事是以分述式叙述为主展开的。小说先写了美娘如何沦为风尘女子，并产生从良之意。再写秦重的身世，遇见美娘，为接近美娘攒银两，终于如愿。然后又写美娘被富室欺侮，得秦重相救，美娘为了与秦重成亲赎身，最终从良嫁与秦重。美娘和秦重两个人的情爱意图描述是以分述式为主、同述式为辅，交错进行的。

三、复杂意图元类式

1. 复杂意图元的生成

　　一个人物的意图不止一种，一部小说中的人物又不止一个。于是一部小说往往表现多种多类意图，形成复杂的意图元结构。复杂意图元的形成一方面是简单意图元内部诸多意图元类式相互交叉的结果，一方面是意图元指向不同的结果。

　　简单意图元的几种类式是一种理论上的纯粹划分，小说不会完全按照一个形式进行。几个类式经常相互交叉，交替进行。如在《老门生三世报恩》（《警世通言》第十八卷）中，报恩意图是人物鲜于通的主导意图，鲜于通三次阴差阳错地考取了功名，为了报答蒯遇时，先是在蒯遇时被下狱时一力周旋，再是为蒯遇时的公子申冤，最后又照顾蒯遇时的孙儿读书学习，报了蒯遇时的知遇之恩。在报恩意图元发展中，功名意图先于报恩意图，成为报恩的缘由。其故事发展与意图元变化如下图所示：

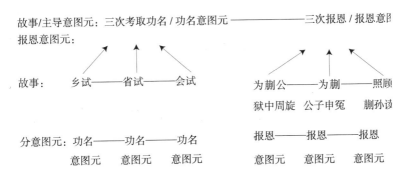

　　在这个故事结构中，从功名意图元到报恩意图元是意图元的递进式发展，最终指向主导意图元——报恩意图元。在功名意图元和报恩意图元中，又分别有三个分意图元构成并列式。并列式与递进式结构交叉，形成

复杂意图元结构。

以上所描述的关于意图元的种种情况，意图（主导意图）只有一个，不同的意图总是能归并在这个意图之下。实际上，在引人入胜的故事中，意图都不会以单一形式出现。由于意图都有方向性，导致意图元也带有一定的指向。叙述者不会将不相干的意图放入同一个故事中。有着千丝万缕联系的不同意图元因为各自指向的不同错综在一起，构成复杂意图元。

2. 复杂意图序列的分类

简单意图元是对一个意图（主导意图）内部诸多人物与分意图之间关系的总结，复杂意图元则更多地是对几个意图（主导意图）之间关系的考察。如果将小说主要人物所在的意图元视为中心意图元，那么，与之相关的意图元可以根据它们与中心意图元在指向上的不同分为不同种类。与中心意图元指向相反的意图元我们称之为"对立意图元"（又称"反意图元"），能够加强意图元指向力量的是"辅助意图元"（又称"同意图元"）。此外还有"变意图元"和"协调意图元"。

"对立意图元"（反意图元）是阻碍中心意图元实现的力量。中心意图元包含的人物称为执行者，对立意图元包含的人物就是反对者。如在《金玉奴棒打薄情郎》（《喻世明言》第二十七卷）中，金玉奴是乞丐团头的女儿，入赘的丈夫是莫稽。莫稽登科之后嫌弃金玉奴的出身，赴任途中欲溺死妻子。玉奴被救，做了许德厚的义女，重嫁莫稽，并惩罚了莫稽。在这里，金玉奴的情爱意图元是小说的中心意图元，她是其中的执行者。莫稽是对立意图元中的反对者。又如在《滕大尹鬼断家私》（《喻世明言》第十卷）中，大儿子欺负他们，欲霸占家财。最后滕大尹凭借倪太守遗留给小儿子母子的画像中的遗嘱，断明了家私。这里，小儿子母子两人的财富意图是中心意图元，小儿子与母亲梅氏是其中的执行者，大儿子是对立意图元中的反对者。

执行者与反对者的人数都不是固定的，相应的，二者之间的对立存在四种情形：

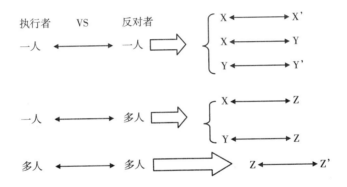

执行者　　VS　　反对者

一人　◆━━━▶　一人

一人　◆━━━▶　多人

多人　◆━━━▶　一人

多人　◆━━━▶　多人

　　如果一个人物和一个意图构成的意图元、一个人物和多个分意图构成的意图元以及多个人物和同一意图构成的意图元分别用 X、Y、Z 来表示，那么中心意图元和对立意图元都可以是其中的任何一种，而上述三种情形也就形成了以下几种对立形式：

　　辅助意图元可以是 X、Y、Z 中的任一种，其中的人物都是帮助者。帮助者分为两种，一种是执行者的帮助者，另一种是反对者的帮助者，因此辅助意图元的指向有可能与中心意图元的指向一致，也有可能相反。当然，这里的辅助者与"多个人物/同一意图"所构成的单意图元组中的辅助性次要人物并不相同。辅助者在帮助执行者（或反对者）的过程中与执行者（或反对者）的意图一致，但是他最直接的目的是帮助执行者（或反对者），而不是为了获得意图实践结果中的某种利益实现。比如在《旌阳宫铁树镇妖》（《警世通言》第四十卷）中，中心意图元是许逊的除魔意图元，其中吴猛、彭抗、周广等人都属于中心意图元中的次要人物，他们与许逊并肩作战，目的都是为了降伏孽龙。起初由于孽龙会飞腾之术，许逊等人都是陆地神仙，所以不能破敌，于是许逊与吴猛谒见了谌母，学会了飞腾之术以及许多道法，终于将孽龙降伏。在这里，谌母就是辅助者，她所处的除魔意图元是小说中的辅助意图元。吴猛等人虽然也起了辅助作用，却并不形成辅助意图元。

变意图元中的人物意图处于游移状态，它往往是辅助意图元中人物意图的改变者，即在执行者的帮助者和反对者的帮助者之间变化。协调意图元并不改变中心意图元的指向，但是却能够改变意图元的实践结果状态。小说中的执法者、媒人等角色往往处于协调意图元中。

试以《张廷秀逃生救父》（《醒世恒言》第二十卷）为例，对小说中复杂意图元结构稍作分析。小说故事分为认子定亲、陷害疏离、外出申冤、逃生登科、回乡救父和事件了结六个阶段。第一个阶段是认子定亲。王宪员外没有儿子，只有两个女儿，相中了张权的儿子张廷秀，将张廷秀承继做儿子，并许二女儿玉姐与其定亲。第二个阶段是陷害疏离。王员外大女婿赵昂买通巡捕杨洪，陷害张权为盗，并挑拨王员外与张廷秀的父子之情。第三个阶段是外出申冤。张廷秀和兄弟张文秀为了给父亲申冤，外出到镇江途中被杨洪兄弟二人加害。第四个阶段是逃生登科。张廷秀和张文秀分别得到褚卫和邵承恩的帮助，登科高中，且两人偶然相遇。第五个阶段是回乡救父。张廷秀和张文秀回到家乡，到王员外家戏剧性地拆穿了赵昂的真实面目，救父出狱。最后是第六阶段事件了结。张廷秀和张文秀各有家业继承，善恶有报，子孙绵延。

这部小说主要人物是张廷秀，他所属的兴家继业意图元是中心意图元。处处刁难张廷秀的赵昂是反对者，他所属的财富意图元是小说中的对立意图元。中心意图元中，张廷秀是主要人物，张文秀、张权、母亲陈氏、玉姐等人是次要人物，他们的行动目的与张廷秀一致，无论是为父申冤，还是为情守节，都是为了能够有更好的生活，主导意图是兴家继业。

对立意图元中，赵昂是主要人物，次要人物是妻子瑞姐。赵昂为了继承王员外的财产，无所不用其极。瑞姐为了帮丈夫承继财产，甚至不顾姐妹情谊，诋毁玉姐。在这个意图元中，主导意图是财富。

小说中的辅助意图元分为两类，一类是中心意图元的辅助意图元，一类是对立意图元的辅助意图元。前者包括了种义、玉姐母亲徐氏、褚卫、邵承恩等人。其中褚卫和邵承恩分别救了张文秀和张廷秀，并资助二人考取功名。他们的帮助是张文秀和张廷秀命运的转折点，在小说发展中起了关键性作用。如果不是张文秀和张廷秀考取了功名，张权的冤案也就不能真相大白，张廷秀更不可能在王员外家承继家业。后者包括了杨洪、杨江等人。他们属于赵昂的帮凶。买通盗匪诬陷张权，化装成船夫对张廷秀兄弟加以杀害都是在帮助赵昂除掉财产竞争者，从而辅助赵昂顺利承继家业。最后赵昂幕后恶行的揭发也是由于杨洪、杨江罪行的败露才引起的。

小说中的变意图元是王员外及戏子潘忠等人所构成的意图元。他们的共同特征是以自身利益为导向，主导意图变化于支持张廷秀和反对张廷秀之间。王员外最初看中了张廷秀聪慧好学，不仅将最心爱的二女儿许与张廷秀定亲，还馈赠银两资助张权一家。之后随着张权被诬陷入狱，张廷秀为救父亲荒废学业，王员外对张廷秀的态度发生逆转，他不仅不再认张廷秀做儿子，而且要毁掉玉姐和张廷秀的婚约，甚至张廷秀隐瞒身份回家时，他对张廷秀的态度仍然是又羞又气。最后了解到张廷秀做了官，王员外的态度又发生了二度逆转，重认张廷秀做儿子，继承了家业。

小说中的协调意图元是侯爷和宋四府等人所属意图元。他们的共同特征是以公正判案为目的。升堂的侯爷采信了强盗言辞，造成了张权的冤案，这一事件成为改变整个故事发展的起点。宋四府查明了真相，捉拿了真凶，他的判案是整个冤案了结的终点。侯爷和宋四府并没有包庇或是偏祖的意图，但是他们的执法意图却能改变其他意图元意图实践的结果。

四、意图元类式的结构层次及其叙述效果

1. 外意图大于内意图的情形

人物的意图元结构并非小说内结构的全部。小说的内结构是由主要人物意图元、叙述者意图元与作者意图元共同构成的。如果我们将文本中的

人物称为内叙述者，那么文本之外的叙述者和作者则是外叙述者。外叙述者对内叙述者有操纵功能，内叙述者对外叙述者也存在着牵引功能——影响或改变叙述者原意图。虽然我们不否认人物特别是主要人物的行为意图是外叙述者意图的载体，体现着外叙述者的意图，但同时也不得不承认，外叙述者的意图大于人物的意图。譬如《三国演义》第103回"上方谷司马受困"，写诸葛亮设计将司马懿父子诱进埋下地雷、堆满干柴的葫芦谷，并将此谷前后堵死，本意要将司马父子连同魏兵活活烧死。却万万未料到天空突然阴云密布、雷声大震，降下一场大雨，将大火浇灭，司马氏父子得逃活命。而天降大雨并非孔明的意愿，或者说对于孔明来说则是未曾预料的意外事件，属于非意图。然而，这个非意图正体现着叙述者的意图——司马父子不死于孔明之手。无论是孔明烧死司马父子的意图，抑或不让司马父子死于孔明之手的意图都是作者想要表达的愿望——表现孔明的智慧、天意不可违。这个意图大于主要人物的意图。换言之，小说文本的外叙述者意图大于内叙述者意图。

外叙述者的意图大于内叙述者意图，即人物意图之外的非意图事件，包括四种结构类型：一是连接主要人物和其他人物意图的粘连性行为事件——结构性意外事件；如利用小人物、细节、不速之客等连接转换情节（如丫鬟、媒婆、僧道、乞丐、小偷等）；利用偶然性的巧合、错认、误会、意外偶遇等编织意图元。二是人物所意料未及的突发性行为事件——所谓半路杀出个程咬金——使行为走向发生突转。如《杜十娘怒沉百宝箱》，当杜十娘就要实现自己的意愿时，突然冒出个风流商人孙富。黛玉与宝玉二人的情感发展得很顺利，却万不曾想到插入个薛宝钗，更使他们所料不及的是元妃省亲后竟弄出个宝玉唯独与宝钗的礼品一样的怪事来；孙猴子大闹天宫，自以为不再有对手，不承想来了个如来佛祖……三是不可抗拒的非人力事件——神秘性事件。自然力量所表现的天灾（地震、水灾、火灾、旱灾、温疫等），冥冥中的力量，如善恶有报以及佛、仙的超人力量等。四是调节悲喜、忧乐、虚实、表里、疏密、隐显、缓急、快慢节奏的调合性行为等。

2. 内结构的三层次

如是，小说的内结构便由三个层次构成：首先是派生小说主要情节骨架的主要人物的意图元类式层次。它揭示了小说人物行为发生的根源、动力与目的；揭示了主要人物的意图力的核心信息（指实现意图的能力：如个性特征、品格、才能、资源、智力等）；揭示了人物意图与环境间（社会与自然环境）的矛盾关系；揭示了主要人物行为给予接受者的情感力量（价值追求与精神内含）等。

其次是叙述者的意图层次——人物意图元的叙述组织层次。主要指意图元之间的时间与空间安排，不同意图元之间的关系与协调，这其间有着重要的艺术技巧与审美追求。

第三个层次是作者的表意层次——对叙述者与主要人物的驾御意图及其终极的表现意图——向接受者的述说：抒写某种心理状态与被压抑的情感，表达某种对自然、人生、社会的认知与审美趋向。不过作者的抒写意图根据其情感化与非理性的程度不同，而呈现的清晰度有不少差别，愈是情感化与非理性的作品，愈能给人情感的震动与回味，而其理性观念便愈处于一种似是非是的朦胧状态。

第一个层次——主要人物意图元层次——是小说内结构的主体，故事的主要内容、大的情节走向、大的高潮、故事的结局，故事吸引人的主体力量主要来自于这一结构层次——主要人物以及主要人物集团的意图执行力，反意图元的破坏力，意图元与反意图元的较量过程。一般说来反意图力愈强大，意图元与反意图元的较量过程愈曲折复杂，愈能体现出主要人物意图力的动人力量。它犹如人体的骨骼。

第二个层次——叙述者意图元层次，具有双重的功能，它既是第一层次的生成者，又是第一层次的建造师兼美化师。将第一层次的素材进行加工，将文本中人物意图、文本外作者意图、接受者意图按照自己的意愿加以调节揉合，巧妙安排，充分体现叙述者审美趣味和倾向。人物与人物的意图关系、主意图元与反意图元的关系，意图元的转换，意图行为的衔接、过渡、虚实、疏密、冷热等关系的调节，陌生化的设置等等，都变成了叙述者实现上述意图的手段，也成为引诱读者的手段。它好比是人体的肌肉与形貌。

第三个层次——作者写作意图元层次，是贯穿小说内结构整体的灵魂。它是前两个结构层次的派生者，也是情感思想的源光点，它是一部小说叙事意图的意的层次、精神层次，这种力量就来自于这一结构层次。它看不见，摸不着，只有对于前两个内结构层次有了清醒的分析后，才能发现它。它是处于核心位置的最深层次的内结构，犹如人的灵魂。

就汉语叙事的特点——意象叙事——而言，第一内结构层次犹如选入叙述范围的"象"，第二结构层次则是将"象"按一定意图组合起来的"象群"，第三层次是象群所表现的"意"。它规定一部作品的品格与价值。小说内结构——意图元三结构——的研究，便于从更深的层次解读认知一部小说的价值与意义。

总之，从意图叙事理论研究小说叙事的内结构，发现小说的内结构由人物意图元类式层次、叙述意图元层次、表意意图元层次三结构组成。这就解释了一部小说何以动人的结构原因，揭示了人物行为产生的根源，揭示了推动故事发展的根本性动力，揭示了叙述艺术产生的结构根源和一部叙事作品品格和文化价值产生的根源，便于从新的视角和新的深度解读叙事作品，为中国小说的研究提供了可供参照的理论方法。

第七章　意图叙事的复杂序列

一、内结构复杂序列（空间复合、时间复合、时空双复合序列）

复合序列由单序列组合而成，似无待言，但是，这里有两个问题需要分辨。简单序列是指人物某一欲望完成的完整环节，包括欲望的生成环节、欲望的实践环节和欲望完成的结果环节。那么，三个环节中某一环节都可能会出现其他人物意图的插入，特别是实践阶段，常会出现反抗的意图力及其行为，从而形成插入行为序列。那么这些插入行为序列与原主人公的行为序列间的组合是否算作意图叙事的复合序列，即复合序列究竟应如何定义呢？

1. 空间复合序列

既然序列是人物（施动者）有意图行为的完整过程，那么，序列就是以人物为主体划分的，即某人物的意图元事件。那么序列的组合就必然是有完整意图的行为者的组合（它不完全等同于人物组合，因为许多人物不一定有完整的行为意图。换言之，没有完整意图行为的人物是不进入复合序列的视域内的）。于是不同人物的意图序列便可以组合成复合序列关系。这是其一。然而，人物在小说叙述中依据作者的叙事意图和其自身叙事功能所规定的地位，显示出主次之分，显示出主次层次间的逻辑关系，那么序列结构也会随之表现出组合的层次性、逻辑性。其最上一层最具有时间长度的叙事意图序列一般当为小说的主人公。而其下的层次当是主人公意图实践过程的帮助者或反对者。我们称这样的复合序列为"空间复合序列",即在同一时间段内的处于不同空间层次的人物意图组合。

譬如《红楼梦》主要人物是贾宝玉,小说叙述贾宝玉来"温柔富贵乡"经历一番人生体验,从青埂峰下被一僧一道携入人间,最终又随一僧一道回到青埂峰下。到"温柔富贵乡"去历验一番是他的人生意图。在这一时间段内,作者又安排了一个甄府,一个甄宝玉。两府成影成对,一阳一阴,一个实写一个虚写。甄、贾宝玉同龄人,同时生长,两个人物的情欲有其相同点,只是性情的转变变成了两类人。属于空间复合结构。同时,就贾宝玉而言,作者又安排了黛玉、宝钗两个人物,她们的意图都想实现与宝玉的爱情、婚姻。除此外,还有两个女子也是宝玉心中的理想女孩,一个是秦可卿,作者用梦幻之笔写出梦中宝玉的心里所爱——可卿、兼美,即兼有黛玉与宝钗之美,故而可心中之意(可卿)。另一位是妙玉,心里只有宝玉的一位蓄发出家的贵小姐,而在宝玉的心中,她是一位志趣高洁的女孩。黛玉与宝钗为实写,而秦可卿、妙玉为虚写。这四位女孩的插入,构成了各自的意图元和意图序列,她们的意图序列与宝玉的意图序列处于同一时间段内,她们的序列层次对于宝玉来说又处于次意图序列,故而也属于空间复合结构。

2. 时间复合序列

与空间复合序列相对应的类型是"时间复合序列",即行为序列在时间上呈现为连续性,形成一个人物在不同时间的多种意图序列的组合。同一个人物在完成一种意图之后,又有了新的意图和完成意图的行为,使其意图序列呈现为时间上的接续式结构。如《西游记》中的孙悟空便有长生不老意图、不受管束的自由意图、做齐天大圣的平等意图、西天取经意图等。《水浒传》中宋江也有助阎婆媳母女银两、报信救晁盖七雄、杀黄文炳、打祝家庄、受招安等意图行为序列。这类时间复合序列因其结构形态在时间横向轴上展开,故而形成接续式的形态。此类接续式有两种主干框架,一种是意图目标的变化,一种是意图实践力(意图合力)与效果的变化形态。这二者的关系构成不同的结构形态，意图目标的变化与实践力的效果如果同步呈上升态势，便构成"V"字型形态。如《西游记》中孙悟空的意图，由个人长生不老到让花果山猴子们都长生不老，再到取经普渡众生，施惠于天下苍生，就是意图目标与实践力相一致，呈同步上升的"V"字型形态。如果意图呈扩大上升态式，而意图力（意图合力）和效果却日渐变弱，其效果也愈不尽人意，则形成"A"字型形态。即意图与实践力逐渐上升，到一定高度后，意图目标虽还在上升，而效果由于反意图力量的增加却走向原意图的反面，走向改恶型。如《水浒传》中的宋江，从杀阎婆惜开始，由对父亲进孝，经对兄弟尽义，而走向对皇帝尽忠（大孝），直到梁山泊英雄排座次而达到高峰。后接受招安，被奸臣利用其愚忠，步入了蔡京、高俅为他们设置的圈套：用招安的强盗去打未招安的强盗，借外强盗之刀杀内强盗之头，而后再一个个吃掉。最终父死，兄弟们死，他自己也魂聚蓼儿洼，意图失败。

3. 空间序列的时间性展示

除空间复合序列和时间复合序列两种主要形式外，还有处于二者间的第三种复合序列：空间复合序列的时间性展示，即在一部（篇）小说里，有两个以上主人公所组合的不同的意图序列的组合。然而，两个以上主人公的意图行为往往是在不同时间展开的，它们不仅有意义上的逻辑关系，还有时间先后的逻辑关系。明末清初的大量拟话本小说，在"入话"部分讲一个人物的意图行为，在"正话"中再叙述一个以上人物的意图事件。如《二拍》中《闻人生野战浮翠庵，静观尼昼锦黄沙巷》，便写了五个人物的意图序列：入话部分是男僧妆为女尼（寺里主持），在尼古庵里奸淫女眷，终被袁理刑发现，本相被揭破，遭到惨死。第二个是女妆为男。写静观尼到杭州，扮作和尚，与书生闻人生同坐一船而做出夫妻之事。第三个是闻人生与浮翠庵女尼们纵乐事。第四个是浮翠庵观主肆意纵乐事。第五个则是富贵女施主与浮翠庵观主共谋将一个男后生剃度为女尼带入家中行乐事。五个人物的意图间的关系构成一枝四叶结构：四叶为对称关系；男装为女，女装为男；女尼纵乐，女施主纵乐，最终统一于书生闻人生与女尼纵乐却考取功名的结构中，构成空间复合式结构。然而五个序列并非在同一时间单元里呈现的，序列呈现为时间之先后。又如《姚滴珠避羞惹羞，郑月娥将错就错》，同时写出五个人物的意图行为序列：姚滴珠寻求清静安逸生活的意图序列；王婆等拐骗女性赚钱的意图序列；姚公寻找女儿的意图序列；郑月娥从良的意图序列；潘甲找回原妻姚滴珠的意图序列。五个序列既有发生于同一时间的空间序列，如姚滴珠的意图行为与王婆的意图行为；姚公寻女儿意图行为与郑月娥从良意图行为，又在总体上呈现为时间先后的时间复合序列组合（1 与 2 在先，3 与 4 在后）。

然而问题在于单序列如何生出复合序列的呢？它们是由于什么原因拼接在一起的？是外力的作用，还是内在的需求？这个问题不清楚，结构问题最终难以说明白。

二、嵌入与复合序列的生成

上文已言及嵌入生成于首序列内在的缺失或不足。正是那些不足引起他人改变此种状况的欲望，而这种改变状况的欲望就是嵌入产生的根源与动力。一句话，它产生于原序列某阶段自身天然的缺失及其弥补的需要。就像某处地势低洼，一旦有水源就会吸引外面的水流进去一样。缺失便成为吸引他人欲望的内因，成为其他序列故事接入而生出多个序列的复合结构的根源。这一点米克·巴尔早已有发觉：

> 素材中最初情景总是一种不足状况，在这种状况中一个或多个行为者希望引发变革，素材的发展揭示出变化的过程依据某些模式，包含着相对于最初状态的某种改善或恶化这一事实。[①]

---

① ［荷］米克·巴尔：《叙述学：叙事理论导论》，谭君强译，中国社会科学出版社 2003 年第 2 版，"导言"，第 25 页。

不过米克·巴尔的注意力在于嵌入序列对于原序列所起的作用——使故事发展走向转善或转恶。她尚未发现，这一不足引发嵌入的原理比她所描述的更为重要的是嵌入点出现于何处，而从不同阶段处嵌入（意图序列的三个阶段），就会形成不同的复合模式。而且嵌入序列间的关系（并列、递进等）也是生成复合结构的主要原因。正是米克·巴尔尚未留意的这两个问题，为我们寻找意图元复合式结构理论提供了重要方法和途径。

三、意图生成段的缺失与并列序列的孳生

首先，意图生成阶段也会存在某些不充分的条件，引起他人的愿望而导致新的意图序列的插进。在此处的插进会生成并列式结构，包括对立的并列和互补式并列和对照式并列。前者如《金瓶梅》中西门庆喜欢年龄比潘金莲小、相貌比潘金莲更美的宋蕙莲（原名宋金莲），想把她扶了正，做妻妾中的老七（潘金莲是老五）。西门庆的这个意图自身存在着两个不小的缺失，一个是宋蕙莲在西门庆面前说潘金莲的坏话，得罪了潘金莲；另一个是宋蕙莲是西门庆的家人媳妇，会让人戳脊梁骨。这两个缺失造成的直接结果便是潘金莲意图（阻止宋蕙莲做小妾）的产生。她的理由就是搞家里伙计的媳妇，会招来骂名。于是她出主意让西门庆弄死宋蕙莲的丈夫（家人来旺），使她成为寡妇，然后再永久占有。潘金莲这一建议甚合西门庆的心，最终来旺被西门庆设计诬陷而下狱，宋蕙莲因受了西门庆骗，最终含羞自尽。潘金莲意图的嵌入，表面看起来是与西门庆心愿一致，事实上却起了破坏者的作用，导致西门庆的愿望失败，故而成为相互对立的两个并列意图序列。

后者——互补式并列——使插入的意图与原意图构成并列关系。如《三国演义》中刘备想扶助危亡中的汉室，做一方诸侯。但他的这个意图本身存着不足——缺乏实现的能力（没有得心的智谋之士），有着空想的

成分。跃马过檀溪后，遇到水镜先生，指出他的缺失处，他方如梦初醒。也可以说：正因刘备意图的缺失——缺乏张良、吕望一类辅国人才，才引起了水镜先生帮助他的意图（也有引荐孔明与庞统的意图），水镜先生帮助刘备荐举人才的意图，以及刘备接受水镜先生建议并实践寻才意图而三顾茅庐等与刘备称霸一方、扶兴汉室的意图具有互补关系，构成了互补性的并列结构。

还有一种小说，其复合序列的结构虽说也来自于人物自身的缺失，但补救缺失的方法不是其他人物萌生了补救的念想，形成连续的富于逻辑性的结构，而是来自于作者的思考，来自于作者通过设计以表达补救的意愿。如《儒林外史》，这部书如序者"闲斋老人"自己所说写了四类人，构成了一部小说的结构——"骨"。"有心艳功名富贵而媚人下人者，有倚仗功名富贵而骄人傲人者，有假托无意功名富贵自以为高，被人看破耻笑者，终乃以辞却功名富贵，品地最上一层，为中流砥柱。"① 前三类皆有人品上的缺陷，正因有此缺陷故而才写出了第四种（用的篇幅也较多）——真儒。正因有缺陷才有弥补缺陷的对照式结构——丑与美、现实与理想的对照。小说的结构分四部分，开头写一理想的儒士鄙弃功名富贵的高人王冕。结尾写辞却功名富贵的市井四大奇人：琴、棋、书、画。头尾形成美的对应映照。中间两大部分，前一大部分约三十回，写科举制度和功名富贵搞得灵魂行为有玷的文人名士，包括上文所列四种人的前三种；后半部分约十多回，写辞却功名富贵的几个理想人物。形成美与丑对照的结构。而中间两部分中的每一部分，又是对照。前三十回，前面写周进、范进、马二先生、匡超人等被科举害得颠踬困顿、心灵扭曲，显示出作者有恨其不争的同情怜悯。而后面却是假名士、欺世盗名之徒，作者更多是讽刺、揭疤。后二十回也分两部分，前写真儒光彩照人，后写真儒的失去，理想的惨败，也是对照式。这种结构模式纯系作者的有意安排。以实现"感发

---

① （清）吴敬梓：《儒林外史》，闲斋老人序，见李汉秋辑校《汇校汇评儒林外史》，上海古籍出版社 2010 年版，第 687 页。

人之善心", "惩创人之逸志"① 的叙事意图。这部小说是典型的对照式复合结构。

四、意图实践段缺失与包裹式、镶嵌式、鱼尾式复合结构生成

　　主人公意图在实践阶段可能存在某些不足处，引发补缺的嵌入系列，从而形成包裹式、镶嵌式或鱼尾式等复合结构。

　　包裹式指由于意图生成阶段未有其他序列的嵌入，故而构成一个大序列，后在实践阶段由于嵌入了其他意图序列，构成两个以上意图序列的关系，但这两个意图序列仍然被主意图序列所包裹在内。如李渔小说《合影楼》②，本写屠家的公子珍生要娶管家千金玉娟事。屠家请与管家亲密的路生为媒，但因遭到管家的拒绝，又引出路家女儿想嫁珍生事。这样一来，屠家与管家的婚爱事中又嵌入了路家与屠家的求婚事。最终路家想出个一男二女的法子，使管家玉娟嫁给他的干儿子珍生，再将自己女儿嫁给干儿子珍生。形成在珍生想与玉娟成婚的意图下，又有了管家与路家两个女儿想与珍生成婚姻的两个并列序列，形成了"介"字型的包裹结构。路家意图序列的插入是由于珍生实践意图中的能力缺失而引入的。

　　镶嵌式复合结构是指所叙故事不足之因与补足之果已形成的一个总体定式、框架，人物行为序列被镶嵌在这个已有的框架内，难以越雷池半步，就像孙悟空跳不出如来佛的手掌一般。如《醒世姻缘传》，全书由两部分构成一个吕字形结构（有人称回字形结构），前一部分写主人公晁源在与妓女为妾的珍哥相爱的过程中，诬陷正妻计氏，逼使其上吊自尽，又

---

① （清）吴敬梓：《儒林外史》，闲斋老人序，见李汉秋辑校《汇校汇评儒林外史》，上海古籍出版社 2010 年版，第 687—688 页。

② 参见《李渔全集》第 9 卷，浙江古籍出版社 1992 年版。

射杀一只仙狐,剥皮食肉。如此造成晁源意图实践过程中的两大缺失:虐妻杀生。而补救这一缺失的方法就是来世遭到被杀戮虐待者的一对一的反虐待、反杀戮。这种补救形成了因果报应的框架。即仙狐与原妻计氏死后萌生复仇的欲念,并分别转世为狄希陈(前世晁源)的一妾一妻(仙狐托转为其妻薛素姐,计氏托转为其妾童寄姐),报复和虐待狄希陈和丫鬟珍珠(前世珍哥),终至了却其生命,"偿命今生"。从而实现了人生报复的意图和作者宣扬因果报应"昭戒而隐恶,存事而晦人"①的创作意图。前世姻缘与后世姻缘的故事分别安置在因果的框架内。

鱼尾式是指意图实践过程中因主人公自身的某些缺失,而引发他人补足缺失的意欲,从而造成主人公意图序列与插入人物意图序列两个不同的序列,其形态犹如燕尾或鱼尾。如《杜十娘怒沉百宝箱》。李甲带着已赎身的杜十娘逃出妓院,高高兴兴坐船回家拜见父母。杜十娘许身于李甲做长久夫妻的愿望(主意图序列)眼见就要实现。杜十娘不由歌从喉出,却不料引起另一只同泊在岸边船上的富商孙富的注意,萌生要得到这位女人的愿望(插入人的意图序列)。而李甲越是离家乡近,心里便越加不安。他惧怕父亲,因为父亲送给他读书科考的大笔银子,都花在了妓院。现又带着妓女回家,必被父亲不容,也无颜见双亲。李甲这一内心缺失——惧父心病,被孙富所利用,两人达成协议,一个愿出千两银子,一个愿送美人。两人各自满足了自身的愿望,形成了两个意图行为序列:得到美人的意图行为序列;得到银子以免于父亲责罚的意图行为序列。

五、某阶段不足与接续式序列的形成

意图序列若从意图实现结果的某种不足嵌入,就会形成接续式序列(包括由小到大的阶梯式、由渐强到渐弱的升降式、或者由强而弱由高而

---

① (明)西周生:《醒世姻缘传》,中华书局2002年版,凡例,第1页。

渐低的滑坡式)。这一序列可分为三种情形,即意图生成、实践、结果三个阶段都存在不足,同时从三个方面嵌入的,形成不同类型的接续式序列。如《姚滴珠避羞惹羞,郑月娥将错就错》,姚滴珠在家娇养惯了,本想嫁到潘家,会过饭来张口、衣来伸手的生活,结果婆家条件差,事事都要她自己动手、烧火做饭、洗衣、干活。更出乎其意料的是婆婆和公公像对待佣人一样要求她,使她无法忍受。姚滴珠的生活欲求存在明显的不足。正是这一不足,使得姚滴珠产生逃回娘家诉冤的欲求(也是想躲一阵清静):"夜里睡不着,越思量越恼,道:'老无知这样说话,须是公道上去不得。我忍耐不过,且跑回家去告诉爹娘。明明与他执论,看这话是该说的不该说的!亦且借此为名,赖在家多住几时,也省了好些气恼。"① 这一意图引发出了姚滴珠的一系列行为,也生发出整篇故事。即故事是从她的意愿不足引发出来的。处于意图生成阶段嵌入新的意图的接续式。

　　问题是,姚滴珠在按照心愿做事的过程中,由于自身实践意图的能力不足(如性格上的心直口快,说出自己是因与公婆呕气,要逃回娘家,使人口贩子感到有机可乘。如果她能绕一个弯,讲出别一样离家因由,令贩子不敢妄生他想,就不会招致后来的灾祸。就不会招来不良人的不良意图——那位本是人口贩子的船夫王锡要骗她到一个人迹罕到的地方,再为她选个有钱的人做外室,并从中赚一大笔银子。没承想王锡与他的母亲王婆的这一意图竟与受不了气的姚滴珠的意愿合到了一起,且又没别的办法,于是做了一位商人(徽州姓吴的商人)的外室,结束了姚滴珠故事。

　　姚滴珠意图实践的结果仍然存在不足,即她生活安逸了,造成了亲人们的不安——她的父母找不到女儿,公婆也找不见媳妇——亲人要找到丢失的女儿,于是两家打起官司。公婆说媳妇逃回了娘家,是她的父母将她藏匿起来了,导致姚公一定要找到女儿辨明是非的寻找女儿的意图,于是又引出一段故事——郑月娥将错就错。下一个故事是从上一故事意图结果

---

① (明)凌濛初:《初刻拍案惊奇》卷之二《姚滴珠避羞惹羞　郑月娥将错就错》,时代文艺出版社 2001 年版,第 25 页。

的不足引发的。与上一故事序列属于接续式复合结构。姚滴珠父亲寻找女儿的愿望被搁置了许久（两年），竟无消息。一日，姚家一位内亲叫周少溪的，在浙江衢州一家妓院门口发现了姚滴珠，高兴地告知了姚公。姚公遂派自己的儿子姚乙连同周少溪一起到那家妓院寻访。姚乙见到那位妓女方知相貌极似，声音差别大，不是姐姐。那妓女名叫郑月娥，原是一位秀才的小妾，因大老婆容不下，便被卖到了妓院。姚乙寻找姐姐，想尽快了却官司的愿望与郑月娥想从良的愿望有契合处。于是在郑月娥的请求下，姚乙答应将郑月娥认作姐姐姚滴珠，并帮助她瞒过了父母、县令和姚滴珠的丈夫潘甲，实现了姚公寻女、了却案子的意图（也实现了郑月娥从良的意图）。但是这个意图实现的结果因存在着严重不足(郑月娥不是姚滴珠)，于是便引发出姚滴珠的丈夫（已将姚滴珠领回家中）潘甲寻找真滴珠的意图，他将真相告知县令。县令派人暗地查访，终于找到了姚滴珠，抓获了王婆，使案子真相大白。以上这篇小说的情节是由于人物在意图诱发、意图实践过程和意图实践结果不同层次皆存在明显缺失，而导致新的补救缺失的愿望，从而造成一连串的嵌入情节，这些嵌入的意图序列构成了接续式序列。

接续式各序列之间的关系存在着多种情形，于是结构形式也会随之出现不同的形态。如果各序列之间同处于一个共同层次上，像《姚滴珠避羞惹羞》中姚滴珠意图序列、姚公意图序列、潘甲意图序列间的关系没有高低大小之分，处于复归旧平衡的同一层次（呈四角形状），那么这种接续式复合结构，我们称之为平面几何式。如果嵌入的各序列之间的关系是由小到大、由低到高呈阶梯上升，我们便称之为阶梯式。如《西游记》中的孙悟空的意图元序列，分别是由生存意图元、猴王意图元、长生不老意图元、众猴长生不老意图元、平等自由意图元、取经使东土人生活幸福意图元等序列，依由小到大、由低到高次序叠加而上。形成一级级升高的接续上升式结构。又如《水浒传》中宋江的意图先是扶危救困，救阎婆媳父女、救晁盖、吴用七星、救姚知寨夫人、上梁山救杨林、时迁、石秀等被祝家庄所困的英雄，建忠义堂，三败高俅，英雄排座次，接受招安。意图一次次增大、升高，属阶梯式。但接受招安后，意图未能实现，反倒损兵折将，最终自己也遭暗算。反意图的力量大于意图的力量，呈现为先升后降的升降式。

　　上述分析的结果，使我们发现嵌入序列所嵌入的位置是个极重要的话题。不同嵌入位置会引发出不同的复合式序列结构。从意图生成阶段嵌入，易形成并列式结构，包括对立的并列、互补式并列和对照式结构。从意图实践阶段嵌入，会形成包裹式、镶嵌式或鱼尾式等复合结构。从意图实践结果不足处嵌入，便会形成接续式复合结构，包括阶梯式、升降式等。

第八章　意图力——实现意图的综合能力

意图生成于人的需求、意欲、情欲，源之于人的潜意识，拥有行为的动力本能。然而，意图可以引发人行为的动力，却不是行为能力本身。它能决定人做什么，却不能决定人怎么做以及做的结果。而做什么，怎样做，效果怎样，是由更重要的具有决定性的因素规定着的，这种因素比意图本身更具有叙事学的意义，它就是执行意图的能力——简称意图力。

一、意图力的内涵

西方叙事学家并无意图力的概念，与之相近的是"能力"之说。米克·巴尔是这样理解能力的："素材过程可以被视为一个计划的实施，我们就可以断言，每一步实施都是以主体得以实施的可能性为先决条件的，主体行动的这一可能性即能力。"[①] 即能力就是计划实施的先决条件，没有能力计划是难以实施的，更不要说达到目的。没有能力，所谓的意图不过停留于空想阶段罢了，就像汽车没有发动机永远停放在那里一样。但米克·巴尔没有接下去对这一能力的内涵做具体细致的分析。格雷马斯将能力细分为两种，即意志能力和技术或知识能力：

---

① ［荷］米克·巴尔：《叙述学：叙事理论导论》，谭君强译，中国社会科学出版社 2003 年第 2 版，第 42 页。

应该建立一套行动元作用的术语，来分清行动元本身以及他们在叙事作品展开过程中所起到的行动元作用，这样就可区分潜在主语和"愿意"的主语（或确立的主语），从后者还可分出具有能力的英雄（吃人妖魔，罗兰）或者具有知识的英雄（小姆指，雷那狐）等。①

能力与知识都很重要，但仅分为这样两类，似不全面，也过于简单。因为能力是一个包容面很广的概念，其内涵主要包括以下 9 个方面。

1. 意志力

意志力是心理学中的一个概念，指一个人自觉地确定目的，并根据目的来支配、调节自己的行动，克服各种困难从而实现目的的品质。它包含两个内涵，一是有自觉而明确的意向，无论做什么事都有明确的方向目标和周密的计划。罗伊斯说：从某种意义上说，意志力通常是指我们全部的精神生活，而正是这种精神生活在引导着我们行为的方方面面。每一个人都有生活的欲望，但并非每人对于欲望都设定周密的计划，有一部分人是走一步说一步，甚至走到哪儿说到哪儿。有的是大的方向有计划，具体步骤无计划。如宋江上山后有接受朝廷招安的方向，却无具体计划，具体计划是边走边定。而有的人不仅有大的战略眼光，而且有周密的实施计划。如《三国演义》中诸葛亮的《隆中对》，预知天下三分，且有统一天下之大略。又如"借东风"，孔明早早就让刘备于某月某日安排赵子龙乘快船在某处接迎。再如《三国演义》中经常描写的锦囊妙计等。二是一旦目标确立，无论遇到什么困难也决不改变的一种韧性与持久力。这种毅力来自于对目标的坚信不移和对自身能力的自信，认为一定能够完成或实现既定的目标，哪怕那个目标带有很大的推测成分。汤显祖《牡丹亭》中杜丽娘思念梦中的男子，因不能得见而将要死去。临死前，她画下一张自画肖像，让母亲将此肖像放置在自己做梦的花园内的牡丹亭旁的太湖石间。她坚信梦中男子一定会来到这个花园，并能在湖水边的山石中见到自己的画

---

① [法]J.D. 格雷马斯：《行动元·角色和形象》，见张寅德编《叙述学研究》，中国社会科学出版社 1989 年版，第 123 页。

像。后来，那个男子——柳梦梅——终于拾到了这张画像，生出一系列实现原初愿望的故事。事实上，杜丽娘坚信她死后，那位男子会在花园里拾到她的画像，完全是一种主观性的推测，她竟然相信这一推测将会成为事实。这一部戏剧里的主角，只是一个未经历世事的弱不禁风的千金小姐，除了能支配身边的丫鬟，似乎做不出什么大事，做事的能力并不强，她的成功靠的就是她的超常的意志力。如果她没有最终可与梦中男子成婚配的自信，以及因自信而坚持不懈的努力、抗争，就不可能产生后来的死而复生的情节，足见意志力何等之重要。

2. 胸襟与胆识

气魄胸襟，指视域阔大，想问题长远，从大处着想，不计较小事，为了大局或长远利益，能屈能伸，能容纳异己和反对意见，敢于牺牲个别和暂时利益。同样是一件事，胸襟不同便想法不同，行径不同，结果不同。胸襟大者，考虑长远与全局得失。中国历代打江山的帝王，历代大哲学家、大思想家、大诗人多具有这样的气魄和胸襟。如李白所言，"推倒一世豪杰，开拓万古胸襟"；如青年项羽以为秦始皇"可取而代也"。韩信能忍"胯下之辱"；诸葛亮七擒七放孟获等。

所谓认识能力，指对自然界和社会现象，无论大与小、近与远，皆能一眼见真，不易被假象迷惑。正因看得透彻，不易被假象迷惑，所以做事胆子大，一般人不敢做的事，他敢做。用明代一位哲学家李贽的话说，"有十二分识"便有"十二分胆"。孔明在赤壁大战前，晓得东吴孙权不甘降曹，便只身入吴，说服孙权实现孙刘联合抗曹。他气死周瑜，令东吴诸公人人咬牙切齿，却单身赴东吴奔丧，表现出超乎寻常的胆识。故而，气魄胸襟和胆识是意图力的重要内容。

3. 心理素质

有抗击来自身体之外各种变化和冲击的心理能力。处顺境而不得意忘形，遇逆境而不灰心丧气，所谓"举世誉之而不加劝，举世非之而不加沮"是也。唯如此，才能处逆境而不改变初衷，反而增加在恶劣环境下前行的毅志与能力；才能在胜利中保持清醒头脑，不忘忧患，不忘劣势、缺陷，继续保持胜利的态势。这是实现行为意图的心理能力。这一能力有时比技术能力等更为重要。刘邦鸿门宴示弱，司马懿笑穿孔明所送女人衣，勾践做阶下囚却能卧薪尝胆。范蠡、张良于得势之时而功成身退，都是心理素质超强的表现，故能立于不败之地。

4. 品德

中国是一个道德准宗教的社会。道德既是立身之本，又是立国之本，它是维系家庭成员关系、社会人际关系和生活秩序的纽带，是国家兴亡的命脉。它与宗教具有几乎同样的功能。于是道德品格既是评价国君的标准（明君与昏君），又是评价所有人的第一标准。拥有君子品格是中国人的价值追求。一个人如果道德好，其他方面不好，如相貌不好、才能不高，地位低下等都因道德好而变得伟大了。如果一个人的道德不好，便一切不好。于是道德好坏便成为争取民众、扩大意图实现的力量和失民心、减少意图实现力量的最重要因素之一。所谓"得道者多助，失道者寡助"讲的就是这一道理。佛教的报应观念传入中国后，道德人品的好坏更成为善恶报应的导火索。除此之外，还有一个公理——天理，即人人同情弱者。弱者虽然受到种种磨难，最终成为一个战胜强者的英雄。正因这两个"天理"，中国小说（包括民间故事）叙事中最终胜利者总是善者与弱者。换言之，作者、叙述者将同情心给予了善者和弱者。现存刊刻于明清两代的短篇小说集如《清平山堂话本》、《三言》、《二拍》等，所写故事大多表现叙述者惩恶扬善、劝善惩恶、善恶有报、因果轮回的创作目的或倾向。笔者在查验了《中国民间故事集》中前775个故事提要后，发现，因仁爱等美德而得善报，意外地实现意图；冥冥中的力量帮助贫者变富；好心人因无意间帮助了某物（神的化身）而得神的报答；人帮助了动物，动物报恩而使人意外地实现了愿望；神帮助受虐待的弱者，使他们成功等，所占比例竟达1/5多。正是从这个角度讲，善心、美德成为叙述故事中人物意图力的一个重要组成部分。

5. 智慧

智慧是人们面对困难时能采用非常人所能采用的有效地解决困难的方

法、能力，包括创新智慧、发现智慧和规整智慧。创新智慧常常需要创新的思维方法。周瑜欲加害孔明，让他三天制造十万支箭，还令其立下了军令状，自以为孔明此次必死无疑，因为十万支箭三天不可能制造得出来。却没料到，孔明只用几个时辰便弄到了十余万支上好的箭。孔明的智慧在于思维方法与周瑜、鲁肃等人不同，他不用制造箭的一般思维方法，而采用让敌人送箭的求异思维的方法。

发现智慧产生于细密的观察、丰富的经验和具有穿透力的认知能力。可从小处见大、现象上知本质，从而找到解决困难的方法。司马懿从诸葛亮饮食、睡眠少的现象中窥知其寿命不久，于是采用坚守不出而在战略上取胜。水镜先生偶遇落难之刘备，发现其身边无成就帝业的智囊，遂荐卧龙，助成其帝业。孔明苦于无能赴东吴说和的使者，却从一人的笑声中找到了可以胜此任的人，从而恢复了蜀吴联盟的战略方针。

规整智慧，即对现存事物秩序，按照一定逻辑重新归类、排序、整合，从中发现未曾发现的东西，获得未归整前所达不到的效果，取得胜利或实现原初的愿望。最典型的要属田忌与齐王赛马。若按常规的比赛方法，田忌用自己的上中下三匹马依次与齐王的上中下三匹马比赛，因田忌的马不及齐王的马，其结果必败。田忌接纳孙膑的建议，重新排列三匹马出场的顺序。用自己的中等马对齐王的下等马，胜；再用自己的上等马对齐王的中等马，胜，如是，三赛两胜而最终取得了胜利。这种智慧在比赛、战争和行政管理中经常得以运用。智慧是人实现意图的主要能力之一。

6. 知识与技能

智慧也来自于人的知识的渊博，即依靠超人的知识而实现愿望。凌濛初《二刻拍案惊奇》中有一篇小说，名叫"倒运汉巧遇洞庭红，波斯胡勘破鼍龙壳"。写一位波斯商人用 5 万两银子的高价买下了在中国商人看来一文不值的一张床大小的破壳。当大家带着难解的疑惑询问波斯商人时。波斯商人讲出其中的道理：鼍龙一万年一脱壳，不知在何时何地脱，故而很是稀见珍贵。且这个壳内有 6 条筋，12 颗珍珠，每颗珍珠便值 5 万两银子。这位波斯商人毫不费力，凭自己的知识智慧，一下子赚了 550 万两银子。赤壁之战中，东吴与曹魏陈兵于长江南北，双方力量悬殊，东吴若想战胜强大的魏兵最好的方法是用火攻。而火攻须有刮向西北的东南风，恰值隆冬季节，只有吹向东南的西北风，哪来东南风。故而曹操不惧怕东吴火攻，也不做防备；周瑜为此一筹莫展，忧劳病倒。孔明却能为他借来三天三夜的东南风。凭此，东吴火烧曹营，几令曹兵全军覆灭，曹操死前再也不敢觊觎东吴。孔明的知慧也在于他晓得天文，晓得在季节转换时，偶尔会起东南风，这同样是属于知识智慧。

除知识外，技能也能解决常人无法解决的困难。诸葛亮六出祁山，北伐曹魏，在崎岖山路上军粮运输是一大难题，特别是雨水天气，以至于成为蜀军多次无功而返的主要原因。诸葛亮却能造出搬运粮草的木牛流马。而有木牛流马在崎岖山道上运粮，诸葛亮的军事愿望就能实现。又譬如孙悟空战胜铁扇公主靠的是钻腹术，他在铁扇公主的肚内捣乱，使得这位妇人不得不答应孙悟空的条件，借扇子予他。是钻腹术的技术帮这位猴子解决了难以克服的困难，过了火焰山，也熄灭了火焰山的大火。知识、技能是人们实现意图的重要能力之一。

7. 性格

性格是指表现在人对现实的态度和相应的行为方式中的比较稳定的、具有核心意义的个性心理特征，是与人的遗传基因和生活习性密切相联系的个体性本质，是一个人的志向与实现志向的自我化的稳定性内涵。本书所言性格不包括品德、智慧、做事能力的内涵。而侧重于人的个性特征，比如自闭、内向、腼腆、优柔、寡断、开放、豪迈、果断、暴躁、多疑、谨慎等。正因为性格是人对环境反应的心理特征，所以，对同一种环境、同一件事，不同的人有不同的反应、态度和行为。这种反应态度和行为使得意图相同的人，实现意图的方法途径显示出个性的差异，即同一意图，由于人的性格的差异，而出现不同的做法，也即人们常说的，做什么相同，怎么做便各不相同，即性格决定怎么做。如《西厢记》中的张生与莺莺的意图都想实现婚姻而成为眷属。张生便处处张扬，他心里的秘密可讲给和尚法聪听，可袒露于丫鬟红娘面前，可告知想帮助他的人。他不断波动的情绪，随时随地任情使性地发泄出来，毫无顾忌。焚香祷告的是他，说破莺莺来信秘密的是他，不吃不喝也是他，要寻死寻活的又是他。而莺莺性格内向，她想实现婚姻意愿的行为便大不同于张生。她心里想什么不表现出来，甚至做出假象来迷惑别人隐藏自己。她既要防止母亲知晓，因母亲会阻止她；又要提防"行监坐守"的丫鬟红娘，生怕她把自己的心事、行径告知母亲；还要提防张生，张生性格愈是张扬，她便愈是忧虑、小心，担忧托身于这种人是否可靠，与他做暧昧之事，他是否会传扬出去，坏了自己名节，也坏了两人的终身大事。于是她在红娘面前做假，也不时对张生表现出反悔。总之两人性格的外向与内向使得二人在实现愿望的过程中，呈现出不同的做法。又如《杜十娘怒沉百宝箱》中的李甲与杜十娘，二人有共同的意愿：结为夫妻。然而，因性格上的差异，实现愿望的行为差别甚大。李甲性格软弱，因而每遇困难便退缩乃至放弃，常摇摆不定：当银子花光而被鸨母拒之门外时；当杜十娘请他筹措 300 两银子而到处碰壁后；当所乘回乡之船停泊港湾而遇孙富之时，无不如此。而杜十娘的性格是外柔内刚，在成就自己愿望的过程中，志向坚定、坚贞不渝、沉着而多智，做事果断并富有心计，而且考虑周密。每当李甲动摇不定或退缩时，都是她把李甲推向前行。两人在实现意愿过程中的行径——怎样做，呈现出鲜明的差异。性格决定命运是个具有普适性的真理。当然决定命运的除性格外，还有品格、道德、智慧、人际交往能力、胆识与胸襟以及意志等。正是这些素质条件与性格共同决定人的意图实现的能力与实践的效果。

8. 精细度

所谓精细度，即考虑问题比一般人深入、细致，做事精益求精，追求登峰造极、无人逾越的境界。深入精细是一种特殊的竞争力，是人最有价值的素质之一。《三国演义》中周喻说服孙权抗曹，孙权意决，拔剑砍去几案一角，当着众文武大臣厉声言道：再有言降者，与此案角同！并拜周瑜为征讨大都督。周瑜便与鲁肃一同访孔明，询问胜曹之术。孔明却说孙权尚未下最后决心，心中惧曹兵多，担忧无取胜的把握，正为此犹豫不决，并请周瑜连夜拜访孙权，说明曹兵虽多而不足惧的理由，消除他心中的顾虑。周瑜将信将疑，夜访孙权，果然如孔明所料，经一番详细分析后，孙权方不再顾虑。足见，孔明对孙权内心的了解比周瑜更深一层，更加精细，这也是孔明能力在周瑜之上的原因。细节决定成败，某事因一细节失误而功亏一篑，或因一细节处用心而转败为胜，转不可能为可能的事也屡见不鲜。周瑜与孙权谋，设美人计，以孙权妹赚刘备来东吴成亲。他自以为得意，却因做事不细，未知晓于吴国太和乔国老，给了孔明可乘之机，被孔明利用吴国太与乔国老的力量，破了周、孙的美人计，使孙权丢了妹妹又折兵。这是因细节而招致失败的例子。又如，徐庶孝字当先，见母亲亲笔信，不辨真假，不仔细思考事情的后果，便匆匆奔至曹营，反送了母亲的性命。这也是因思虑不慎而招致失败的例子。因细节而成功者，如"三顾茅庐"中的隆中对，刘备因孔明不答应下山而不禁泣不成声。此动之以情的细节，使孔明看到刘备难得的仁厚一面而毅然下山辅佐明主。足见虑事深入和做事精细是意图执行力的一个重要因素。

9. 交往能力

人际交往能力是指妥善处理内外关系的能力，具体包括表达与理解能力、人际融合能力和利用人际关系解决问题的能力。一个人的能力极为有限，要想实现自己的意愿达到预想的目标，一方面需要借用一切可以借用的力量，增大意图实践力的强度，调动一切可以利用的资源，用之于人的意愿的实践过程之中；另一方面要善于通过人际间的友好交往，最大限度地使周围环境转换为有利于愿望实现的条件，而不是相反。一句话，人际交往能力可扩大帮助者阵营，减少反抗者的力量，使行为走向改善——有利于意图实现的方向。《三国演义》"安定平五路"一节，写彝陵之战，蜀国七十万大军几乎全军覆没；刘备病逝于白帝城，刘禅新即位，国内势危。国外结怨于东吴，树敌于曹魏，孤立无援。值此危殆之刻，魏王曹丕组织五路军马从五个方向进攻蜀国，令举国震惊。丞相孔明运筹于府门庭堂之内，无声息地平定了五路五十万大军。显示出卓越的调动身外资源实现意愿的能力。宋江题反诗于浔阳楼上，犯了死罪，就要做黄文炳刀下鬼。他最终所以能从刑场死里逃生，还活剐了仇人黄文炳，也是他多年积攒下的朋友资源（曾救梁山好汉晁盖等七侠之命，善待李逵）、广交天下好汉的结果。《金瓶梅》中写西门庆多次遇到危难，且每次或坐牢或有丢失生命之险，如鸩杀武大郎案、放走杀人犯苗青案、杨戬株连抄家案等，然而，他每次都能化险为夷，逃出法律的治裁，那是因为他善于走上层路线，得到蔡京等京中高级官吏庇护的缘故。足见人际交往能力是人的意图力的重要内容。

二、意图力缺失所引发的叙述状态

1. 意图力的两种结构

意图力由意志、胸襟与胆识、心理素质、智慧、品德、知识与技能、性格、交往、精细度九种因素组成。一种意图力取决于九种因素组合的结构形态。这种结构形态分横向与纵向两种类型。纵向指九种因素的三大类属与三大层次。一是心智力，包括意志、胸襟与胆识、心理素质、智慧、品德五种因素。二是行为力，包括性格、交往能力、精细度三种因素。三是处于心智力、行为力之间的知识技能。三大类中，心智力对于行为力和知识技能具有内在的影响，包括对先天的性格因素等的影响。这是因为大脑智力对于人的四肢的指挥功能的生理原因造成的。故而，心智力处于三类的最高层次，而知识与技能处于第二层次，行为能力处于第三层次。它们共同组成人的意图实践能力。

横向指九种形态的有无与多少。而其多少有无的分布状态，使人的意图实践能力呈现出不同的类属。心智因素多者偏向心智型，知识技能多者倾向知识技能型，而行为力强者则为行为型。当然，九种因素兼备者，呈现为全面型。全面型在现实生活中实为罕见，人们总是存在某些方面的缺失，而缺失态成为一种常态。然而某种意图力因素的缺失往往在意图实践较量过程中，成为招致失败的祸根，故而往往成为故事的生发点。如关羽的骄横、不可一世，一直未能很好地贯彻诸葛亮的"南联东吴，北拒曹操"的战略意图，始终与东吴不够友好。正是他目中无人的骄横和由此带来的对敌人的轻视、疏忽等，给东吴将领吕蒙等人以可乘之机。吕蒙故意造成东吴防守懈怠，使关羽不以为意，放松了警戒，最终乘虚而入占了荆州城。张飞之死也是由于其自身意图力的缺失带来的灾祸，具体而言，他性格中存在着嗜酒如命、酒后鞭打士卒的缺失，并因此而丢了性命。或者因环境中的某些因素刺激了自身意图力的某种缺失，使缺失的意图力膨胀，造成陷入困境中不能自拔或造成意外的灾难等。如宋江一心要带着梁山好汉投降朝廷，实现接受招安的意图，以至于对朝中奸臣的陷害因素未有充分估计。这种好大喜功和识力上的缺陷，造成梁山事业一天天走下坡路，直至走向魂聚蓼儿洼的悲剧下场。作为"富贵闲人"的贾宝玉，也是位情爱上的巨人，行动上的矮子。宝玉是否具有实现与黛玉爱情意图的意志力、胸襟与胆识、思深做细的能力、人际交往能力、克服困难智慧等？可以说他都有。但他身上缺少两个重要因素，一是想得多做得少，自始至终处于被动地位。二是性情过于女性化，过于软弱。这两点都属于性格上的缺失。宝、黛的爱情悲剧是由于他性格过于软弱造成的（当然，还有制度、礼教等时代与环境的原因）。由此可见，意图力的缺失是故事生发的土壤，既是新的意图序列插进来的契机，又是原意图序列发生转折的内在因素，同时也是叙述者与作者企图驾御人物行为、组织情节，以便实现外叙事意图从而形成意图合力的内在机因。

2. 内意图力缺失与外意图力的调节

作者、叙述者的意图往往在主要人物意图力不足以表现叙述者意图的情况下而发生调节作用。譬如《聊斋志异》中的《席方平》，写席方平的父亲被富商羊某贿赂地狱官吏而害死。席方平为替父报仇也为讨回公道而魂赴地狱告状，面对无官不贪的黑暗地狱恶势力，席方平并无扭转局势为父翻案的能力。因地狱以权力与金钱定是非，席方平既无权又无钱，只有公理，故而他没有改变地狱各级官吏为其父翻案的能力。但是他有胆识，有不达目的绝不罢休的决心、毅力，他的这种意图力使得恶势力也为之让步，几次让他复生——返回阳界，且不得不在施加威权的同时，也用软话劝他罢手，造成了情节的来往反复和层层曲折。然而，席方平的意图力不可能实现其为父平反讨回公道的意图。而叙述者的意图则是抨击地狱官吏的贪婪和吏治的黑暗，企求正气得以伸张。如此一来，叙述者的意图因主要人物意图力的缺陷而难以实现。叙述者要实现自己的意图不得不借助想象力解决主要人物意图力不足的问题，于是请来了具有更高权力的二郎神，重判此案，惩治贪官和陷害者，伸张正义，使席方平的愿望和叙述者的愿望皆得以实现。

在主要人物意图力过于弱的情况下，为了帮助主要人物实现其自身的意图，也为了实现叙述者的意图，叙述者所使用的调节力也往往造成故事情节更加复杂曲折。如《初刻拍案惊奇》卷二《姚滴珠避羞惹羞，郑月娥将错就错》。主要人物姚滴珠嫁到婆家，丈夫外出经商，自己在家还要劈柴、烧饭，且不断受到公婆的责骂乃至侮辱。姚滴珠忍无可忍，要回娘家找爸爸妈妈来为自己评理。"我忍耐不过，且跑回家去告诉爹娘。明明与他执论，看这话是该说的不该说的！亦且借此为名，赖在家多住几时，也省了好些气恼。"① 于是天一亮便起身跑出婆家。按常理她有见父母的能力——实现让父母评理的能力，却因需乘船回家，被一艄公（实为人贩子汪锡）骗至一偏僻无人知晓的去处。她过着衣来伸手、饭来张口的舒适生活（有一老太太侍俸她），便不想再回到婆家，"放心的悄悄住下"②，而且轻易地接受了那婆子（实为人贩子老婆）的"从长计议"——即使爹娘评了理，还是要回到婆家，还是要劈柴做饭受皮肉之苦和被责骂侮辱的精神痛苦。于是便依着那人贩子的意见，在那里做了一位苏州富商（吴大郎）的外室。姚滴珠的直接意图是回娘家找父母为自己做主，讨些公道，

---

① （明）凌濛初：《初刻拍案惊奇》卷之二《姚滴珠避羞惹羞，郑月娥将错就错》，时代文艺出版社 2001 年版，第 25 页。

② （明）凌濛初：《初刻拍案惊奇》卷之二《姚滴珠避羞惹羞，郑月娥将错就错》，时代文艺出版社 2001 年版，第 27 页。

而更深层的心意，则是希求过舒适自由的生活，不愿忍受没有丈夫的苦日子。所以她一见那苏州吴大郎，便顺了心愿。"滴珠一了喜欢这个干净房卧，又看上了吴大郎人物。听见说就在此间住，就象是他家里一般的，心下倒有十分中意了。"① 人贩子阻止了她的直接愿望，却实现了她深层的愿望（同时也实现了人贩子赚钱的意图）。姚滴珠直接愿望的受阻（走失），引发了与她关系密切的两个人的心病——新意图：丈夫要找回妻子；父母要找到女儿。他们尽管为了实现意图打了官司，然县官一时也无力帮助他们实现找回姚滴珠的意愿。叙述者希求团圆的意图也因此而中断。于是叙述者便用插入人物情节来调节——重新组织情节，郑月娥故事是为实现姚滴珠父母找到女儿的意图而插入的。恰好，姚家的一房亲戚（周少溪）出外经商，在外地（浙江衢州）一家妓院见到了姚滴珠在门外拉客，便告知了姚父。姚父便急忙派儿子姚乙与周少溪一同前往寻找失散了两年多的女儿。待姚乙将那位像自己姐姐的妓女请到下榻处后，方发现根本不是姐姐（貌似音异），而是位名叫郑月娥的妓女——被骗到妓院的秀才的小妾。如此一来，姚父寻找女儿的愿望（哥哥寻找妹妹的愿望）便不能实现。而叙述者的意图是让姚父的愿望实现，于是当郑月娥得知姚乙误将自己当作所寻找的妹妹后，便萌生了冒充姚滴珠的意图："既是这等厮象，我就做你妹子罢。"② 这样一来，既可满足姚父寻找女儿、姚乙寻找妹妹的愿望，了却纠缠两年多的官司，还可以实现郑月娥从良的意图，真可谓一举三得。然而，姚乙并无实现郑月娥意图的能力，因为若要郑月娥的意图实现，需要父母和他的妹夫确认此人为姚滴珠。况且，郑月娥本来就不是姚滴珠。事态的发展果然如此，因姚滴珠的丈夫将这位假妻子领回家，过了一夜后，发现并非自己原来的妻子，遂告到县衙。这样一来，姚父寻找女儿与姚乙寻找妹妹的意图也随之落空。当插入故事仍然不能实现叙述者意图

---

① （明）凌濛初：《初刻拍案惊奇》卷之二《姚滴珠避羞惹羞，郑月娥将错就错》，时代文艺出版社 2001 年版，第 29 页。

② （明）凌濛初：《初刻拍案惊奇》卷之二《姚滴珠避羞惹羞，郑月娥将错就错》，时代文艺出版社 2001 年版，第 33 页。

时，叙述者自然会进一步采取调节的手段以求得叙述意愿的最终实现，于是又插入新的情节——县令发出布告，公示姚家已寻到失散的女儿一事，同时派衙役私下暗访，终于找到了姚滴珠，使得主要人物的意图与叙述者的意图都得以圆满实现（郑月娥嫁给了姚乙）。由此看来，人物意图力虽然对于主要人物意图的实现具有重大意义，然而，由于故事的叙述结构是由内、外叙述者意图的一致性——相互张力——共同作用的结果，所以主要人物的意图力决定在其有限能力作用下的行为走向，却不能直接规定整篇小说的意图实现结构。而小说的叙事结构是由主要人物意图力与叙述者意图力的合力共同作用的结果。从这个意义上说，研究叙事就是研究人物意图力及其与叙述者意图间的关系，特别是意图力缺失与叙述者意图间的关系。

三、接受力影响下的意图力的叙述变形

叙事作品的内外结构不只是受主要人物意图力与叙述者意图关系的规定，还有一个决定叙事作品内外结构形态的重要力量和重要关系，那便是读者的阅读需求（意图）与叙述者意图间的关系。在一定程度上，叙述者的叙述意图受接受者接受需求的影响，从而改变故事的发展过程和走向。这其间表现出一些具有普适性的规则。

1. 意图力愈强而过程愈复杂的反简化原则

依照常理，人的意图力之强弱应与意图实现结果的好坏程度成正比，意图力愈强，其实现意图的程度便愈高，实现的过程便愈顺利。譬如，一个人从黑龙江前往云南丽江，其意图力是由其所乘坐的交通工具的快慢决定的，交通工具越快，意图力越强，其实现意图的时间越短，意图的实现便愈简单。如果他乘坐火车或汽车，旅途耗时必然长，危险自然多些。如果他乘坐飞机，路途所用时间自然短，危险也相应会少。然而，在叙事作品中，并非如例子中那样简单，并非意图力越强的人其实现意图的过程便

越简洁，顺畅。叙事者叙述的意图并非采用减法，他要使故事曲折、刺激、吸引人、耐看，偏偏用加法，乃至乘法。我们称之为反简单化原则。按照反简单化原则，人物愈是意图力大，其实现意图的过程便愈曲折复杂，因为叙述者要为之设置比他的意图力不弱甚或更强的反意图力，就像拳击比赛，如果两个人力量悬殊，三拳两脚就将对方打倒，便没了看点，没了兴头。一定要旗鼓相当，半斤对八两。有一个诸葛亮，就会有一个司马懿；有一个宋江，就会有一个高俅；有一个真猴王，就会有一个假猴王；有一个林妹妹，还会来一个薛姐姐……由此，我们发现，意图力强是造成情节激烈、过程跌宕、斗争复杂的机缘。显而易见，反简单化原则主要是叙述者的叙述意图受到了接受者意图的支配的结果。即接受者既需要主要人物的意图力强，同时也需要故事发展过程曲折多变，出人意料，正是这种关系决定了叙事的反简单化原则的生成。

2. 反意图力愈强而终致败局的乐喜原则

读者意图对叙述者意图影响的第二种表现是乐天、吉利原则。这一原则在戏曲中的表现尤其突出，小说虽没那么明显，然也遵循同样的乐天、吉利原则。所谓乐天、吉利原则是指中国人已养成了一种欣赏习惯，乐喜厌悲。元代杂剧在市场之勾栏瓦肆演出还好些。自元末明初始，戏曲的演出往往在宫廷、家庭内（富贵之家），且常常在喜庆的日子里演出。正因是喜庆的日子，所以多演喜剧，取个吉利。即使是丧事，也有固定剧目而不演悲剧。故而，明清戏曲喜剧占很大比例，即使主要人物意图不能实现的悲剧题材，也要留个光亮的尾巴。如元代大悲剧《赵氏孤儿》、《窦娥冤》。前者结尾写宫中太医程婴因将自己儿子充当赵氏孤儿献给屠岸贾而深得屠岸贾信任，带着儿子（实为赵氏孤儿）寄住于屠家，18 年后，赵氏孤儿为父母一家报了仇。《窦娥冤》写平民百姓窦娥无缘无故被砍头，本是个大悲剧。结尾第四出偏写其父窦天章来审案刷卷，窦娥鬼魂以梦示冤，指导父亲为自己平反昭雪。这都是接受者喜乐厌悲的接受心理对叙事者影响的结果。若就小说而论，《红楼梦》的作者本想写一部到头来"落得个白茫茫一片大地真干净"的彻头彻尾的大悲剧，而补写者却偏要写出个"兰桂齐芳"来，不忍心贾家衰败，弄出个中兴的景象。《杜十娘怒沉百宝箱》中，杜十娘抱着价值连城的百宝箱投江自尽，本是个大悲剧，作者偏要在结尾写出李甲"终日愧悔，郁成狂疾，终身不痊"。"孙富自那日受惊，得病卧床月余""奄奄而逝"①，曾捐助李甲150两银子的柳遇春，因停舟于瓜步，而得到了那百宝箱。用善恶各得其报，以令读者心中稍宽。小说戏曲结构中普遍存在的"乐喜厌悲"原则正是读（听）者审美心理对于外叙述者叙述过程影响的结果。

3. 意图力服从于命运的天命规则

读者意图对叙述者意图影响的第三种表现是人力所不能控御的冥冥中的力量——自然力量对人的命运的操控。人的命运不完全由人来做主，即人的意图力对人的意图实现的影响仅在有限的范围之内，同时存在着人力所不及的地方——上天对人的命运的操控。表现为三种形式，一是谋事在人成事在天。大自然的力量成为主要人物意图力的对抗力，使得做了充分准备的意愿意外地遭到失败。如诸葛亮设计将司马懿父子引入埋好火药的山谷，前后堵死，一片火光，司马氏父子抱头痛哭，以为必死此地，却不料电闪雷鸣，一场倾盆大雨将火扑灭，自然力量完全战胜了孔明的智力。二是由于多种非自身所能控制的因素，导致人们愈想得到的东西愈得不到。黛玉想实现与宝玉的婚姻，她得到了宝玉的心，却得不到与宝玉的婚姻。那是因为决定这一婚姻的力量是多方面的，更多地是自身之外的力量——作为贵妃的元春力量以及祖母力量、父母力量等。而这些自身之外的力量无论宝玉抑或黛玉都是无法控制的，被别人掌握的命运常常难以与自己的意图相合。三是实现某种愿望（意图）可能仅有一次机会，而由于主要人物没有认识和把握唯一机会，错过实现愿望的良机而导致意图最终未能实现。同理，正因人的命运在很大程度上是由众多身外因素造成的。有时某人并无某种想法，机会偏偏落在他的身上，成就了意想不到的美事。如《初刻拍案惊奇》卷之一《转运汉巧遇洞庭红，波斯胡指破鼍龙

---

① （明）冯梦龙:《警世通言》卷三十二,《杜十娘怒沉百宝箱》,中华书局2002年版,第359页。

壳》。主人公文若虚随商友们出航本无发财的意图，只不过是出去散散心，却出乎意料地因在海滩凉晒洞庭红——小橘子而换回了一箩筐银元；因下船上荒岛小解而无意发现了一个可用来做床的破鼍龙壳，意外获得 5 万两白银，遂为巨富。当然这种冥冥中的力量也包含上文所言善恶有报的报应情节。

上述几种叙事类式，一方面是读者的接受意图影响叙述者意图的结果，另一方面也可视为叙述者叙述意图对于主要人物意图力不及的修正、调节和补充，而且这些调节补充最能显示出叙述者的真正意图，这对于解读一部叙事作品的内外结构，进而更深入地理解作品的意味形式极为重要。

第九章 心理叙事结构与酒宴叙事功能

一、酒宴叙事功能

无酒不成事，无宴不成书。酒宴设置在小说叙事中具有重要而独特的功能。本章从货币本能入手，以《杜十娘怒沉百宝箱》的文本叙事为个案，参照其他明清小说文本加以分析，发现这种功能具体表现为酒宴不仅常常出现于小说的叙事序列三阶段中，而且往往成为生发和连缀故事、激发情感、深化叙事和推进情节发展进程的动因。所以如此，是由于货币化场景——酒宴——以情感、心理交流方式传承了货币的联通、交换功能，并滋生出娱乐功能、情感张力功能、衍生功能。而酒宴的这些功能与小说叙事序列内结构皆源于人的欲求表现本能，源于由人的欲求表现本能的心理沉淀——心理叙事结构。酒宴叙事功能与小说叙事序列内结构的同源，正是酒宴叙事功能的整体性与独特性产生的根本原因。

1. 酒宴叙事的两重性

作为货币化场景的酒宴一旦被作家写入小说，便具有了两重性：一是作为被描写对象进入小说故事中，构成一连串的酒宴故事情节；二是酒宴场景具有故事叙述功能，其在整部小说叙事结构中所占据的位置，以及它自身在组织人物、展示和推进情节中所具有的功用。前者（作为被描写对象）是人人看得见的存在，后者则是前者衍生出来的更深层的具有重要叙事意义的存在。正因处于深层，所以不易被人发觉；正因具有重要的叙事意义而不易被人发觉，所以须加以探索。

酒宴的第二重性——叙事功能既然是由第一重性——被描写对象衍生出来的，所以要了解其叙事功能，需首先了解其作为被描写对象的描写情境及其变化。作为小说被描写对象的酒宴从话本到拟话本，从《三国演义》到《红楼梦》呈三种演变态势。一是描写不断细腻、详赡，使我们对酒名、酒色、酒味，菜名以及肴馔之做法，所用餐具质地等都历历在目，以至于后来的研究者们竟能复制出其中的各类菜肴，竟能出现制作、出售某类酒肴的专门酒楼，如"金瓶梅酒楼"、"红楼梦酒楼"等。

2. 酒宴故事的货币化叙述

酒宴故事描写的真实细腻还表现于酒宴的商品性以及所用货币的数量写得愈来愈量化。如《三国演义》写饮酒文字，较少涉及所费钱财多少；《水浒传》常常只交待"付了酒钱"的过程；《金瓶梅》则经常出现叙事者对酒宴花费银两多少的交待，在妓院吃酒，往往是一两左右的银子。而安枕、宋乔年等请西门庆摆宴请客，则是同僚凑份子，多则百两，少则十一二两，实际花费远大于此。《红楼梦》写丫鬟给宝玉过生日，私开夜宴，八个丫鬟攒分子"三两二钱"[1]；贾母两宴大观园，按乡下人刘姥姥的算法，一场酒宴就花去二十多两银子。[2] 这是第二种演变态势。

第三种演变态势是酒宴描写的密度愈来愈大，所占篇幅愈来愈长。仅以《水浒传》前几回为例，在叙述王进、史进的故事中，写酒宴15次；鲁智深故事20次，林冲故事(见杨志止)20次。[3]《金瓶梅》、《醒世姻缘传》、

---

① 《红楼梦》，人民文学出版社1957年版，第689页。袭人笑道："你放心，我和晴雯、麝月、秋纹四个人，每人五钱银子，共是二两。芳官、碧痕、春燕、四儿四个人，每人三钱银子，他们告假的不算，共是三两二钱银子，早已交给了柳嫂子，预备四十碟果子。我和平儿说了，已经抬了一坛好绍兴酒藏在那边了. 我们八个人单替你过生日。"

② 参见（清）曹雪芹：《红楼梦》，人民文学出版社1957年版，第406页。刘姥姥道："这样螃蟹，今年就值五分一斤，十斤五钱，五五二两五，三五一十五，再搭上酒菜，一共倒有二十多两银子，阿弥陀佛，这一顿的钱，够我们庄稼人过一年了。"

③ 参见（元明）施耐庵：《水浒传》第7—12回，黄霖点校本，浙江古籍出版社1993年版，第81—133页。

《红楼梦》中的酒宴故事叙述，不但次数多，场面宏大，延绵时间长，且描写丰富而细腻，极富于腾挪变化，连篇累牍，占据主要篇幅，若将酒宴故事删去，则不成其为小说了。

作为小说酒宴故事的描写情形是如此，那么作为酒宴场景所具有的叙事功能又有哪些呢？

二、酒宴功能及其叙事转化

1. 交换功能及其叙事转化

酒宴场景在明清小说中的叙事功能究竟有哪些？让我们先来观看《杜十娘怒沉百宝箱》中所描写的一次孙富与李甲饮酒的文字：

行不数步，就有个酒楼。二人上楼，拣一副洁净座头，靠窗而坐。酒保列上酒肴。孙富举杯相劝，二人赏雪饮酒。先说些斯文中套话，渐渐引入花柳之事。二人都是过来之人，志同道合，说得入港，一发成相知了。孙富屏去左右，低低问道："昨夜尊舟清歌者，何人也？"李甲正要卖弄在行，遂实说道："此乃北京名姬杜十娘也。"孙富道："既系曲中姊妹，何以归兄？"公子遂将初遇杜十娘，如何相好，后来如何要嫁，如何借银讨他，始末根由，备细述了一遍。孙富道："兄携丽人而归，固是快事，但不知尊府中能相容否？"公子道："贱室不足虑，所虑者老父性严，尚费踌躇耳！"孙富将机就机，便问道："既是尊大人未必相容，兄所携丽人，何处安顿？亦曾通知丽人，共作计较否？"公子攒眉而答道："此事曾与小妾议之。"孙富欣然问道："尊宠必有妙策。"公子道："他意欲侨居苏杭，流连山水。使小弟先回，求亲友宛转于家君之前，俟家君回嗔作喜，然后图归。高明以为何如？"孙富沉吟半晌，故作惨然之色，道："小弟乍会之间，交浅言深，诚恐见怪。"公子道："正赖高明指教，何必谦逊？"孙富道："尊大人位居方面，必严帷薄之嫌，平时既怪兄游非礼之地，今日岂容兄娶不节之人？况且贤亲贵友，谁不迎合尊大人之意者？兄枉去求他，必然相拒。就有个不识时务的进言于尊大人之前，见尊大人意思不允，他就转口了。兄进不能和睦家庭，退无词以回复尊宠。即使留连山水，亦非长久之计。万一资斧困竭，岂不进退两难！"

公子自知手中只有五十金，此时费去大半，说到资斧困竭，进退两难，不觉点头道是。孙富又道："小弟还有句心腹之谈，兄肯俯听否？"公子道："承兄过爱，更求尽言。"孙富道："疏不间亲，还是莫说罢。"公子道："但说何妨！"孙富道："自古道：'妇人水性无常。'况烟花之辈，少真多假。他既系六院名姝，相识定满天下；或者南边原有旧约，借兄之力，挈带而来，以为他适之地。"公子道："这个恐未必然。"孙富道："既不然，江南子弟，最工轻薄。兄留丽人独居，难保无逾墙钻穴之事。若挈之同归，愈增尊大人之怒。为兄之计，未有善策。况父子天伦，必不可绝。若为妾而触父，因妓而弃家，海内必以兄为浮浪不经之人。异日妻不以为夫，弟不以为兄，同袍不以为友，兄何以立于天地之间？兄今日不可不熟思也！"

公子闻言，茫然自失，移席问计："据高明之见，何以教我？"孙富道："仆有一计，于兄甚便。只恐兄溺枕席之爱，未必能行，使仆空费词说耳！"公子道："兄诚有良策，使弟再睹家园之乐，乃弟之恩人也。又何惮而不言耶？"孙富道："兄飘零岁余，严亲怀怒，闺阁离心。设身以处兄之地，诚寝食不安之时也。然尊大人所以怒兄者，不过为迷花恋柳，挥金如土，异日必为弃家荡产之人，不堪承继家业耳！兄今日空手而归，正触其怒。兄倘能割衽席之爱，见机而作，仆愿以千金相赠。兄得千金以报尊大人，只说在京授馆，并不曾浪费分毫，尊大人必然相信。从此家庭和睦，当无间言。须臾之间，转祸为福。兄请三思，仆非贪丽人之色，实为兄效忠于万一也！"李甲原是没主意的人，本心惧怕老子，被孙富一席话，说透胸中之疑，起身作揖道："闻兄大教，顿开茅塞。但小妾千里相从，义难顿绝，容归与商之。得妾心肯，当奉复耳。"孙富道："说话之间，宜放婉曲。彼既忠心为兄，必不忍使兄父子分离，定然玉成兄还乡之事矣。"二人饮了一回酒，风停雪止，天色已晚。孙富教家僮算还了酒钱，与公子携手下船。[①]

孙富为何招李甲上岸饮酒？买酒之意不在酒，而在美女杜十娘，即花钱买酒的用意在换取自己新的需要。这种以钱换酒、以酒换取新的需要的行为描写，正体现出酒宴所具有的功能——交换功能。

酒肴是用货币交换而来的商品，是一种一次性的消费商品，是一种不同于其他一次性消费品的消费品。其特殊处有三，一是它的消费不单是购买者自身的消费，而且是购买者与非购买者的共同消费，即消费的对象多于、大于购买者；二是正因为它的消费范围往往大于购买者的范围，所以商品的价值随着更多人的消费而发生了转换，不是转换成为一种新的商品，而是转换为一种新的价值——购买者与非购买者的需求；三是购买者与非购买者的需求在利益上具有相通性而成为利益媒介，这利益媒介是交换功能产生的基础。譬如《醒世姻缘传》第十四回，写晁源买通狱卒，将被打入死囚牢的小妾珍哥安置得像家中闺房一般舒适，犹似狱中"皇后"。不料新任典史铁面无私，要严惩珍哥。晁大舍慌了，正愁求告无路。后"听见说典史在外查夜，就如叫珍哥得了赦书的一般。又知典史还要从本衙经过，机会越发可乘。叫家中快快备办桌盒暖酒，封了六十两雪花白银，又另封了十两预备。叫家人在厅上明灼灼点了烛，生了火，顿下极热的酒，果子按酒攒盒，摆得齐齐整整的；又在对面倒厅内也生了火，点了灯，暖下酒，管待下人"[②]。晁源用货币换来的这场酒宴并非单单请人吃喝完事，而是想通过这场酒宴满足他解救珍哥的愿望，即将酒宴转换为救人的需求。而这场酒宴的享受者新任典史，同样将珍哥和晁源看作一块肥肉，想从中榨取钱财。"闻得珍哥一块肥肉，合衙门的人没有一个不唷嚼

---

① （明）冯梦龙：《警世通言》卷三十二《杜十娘怒沉百宝箱》，中华书局2002年版，第355—357页。

② （明）西周生：《醒世姻缘传》，中华书局2002年版，第128页。

他的，也要寻思大吃他一顿。"① 所以，晁源当夜这场酒宴可以同时满足两个消费者的不同需求，进而建立新的联系与来往。这种联系与来往正是酒宴交换功能的体现。事实正是如此，当那典史真的成了酒宴的消费者，几杯酒下肚，几句恭维的话入耳，果然如晁源所预设的那样，酒足饭饱后的典史走到牢前，"歇住了马，叫出那巡更的禁子，分付道：'把那个囚妇开了匣，仍放他回房去罢'"②。以至于后来晁源还在这死囚牢里为珍哥排排场场地过了生日。至此，我们深深感受到酒宴的交换功能与货币的交换功能有其相似处：以利益为媒介，以货币化的酒肴为交换物，交换双方各自的需要，带有强烈的功利色彩。

　　但酒宴所实现的交换与货币与物的交换究竟是有差别的，其差别是什么？我们还是再回到上文所引的那段描写酒宴故事的文字。首先，孙富设宴的直接目的，不过是加深与李甲的感情联系，取得对方的信任，进而摸清歌者的来龙去脉，相机行事。孙富开谈，"先说些斯文中套话，渐渐引入花柳之事"，寻找两人的共同话题、共同兴趣，正是为了达到感情交流的目的，终获得了成功。"二人都是过来之人，志同道合，说得入港，一发成相知了。"③ 由此看来，酒宴的交换功能与货币交换的根本不同在于不是直接的物的交换，而是情感交换、情感交流，即酒宴消费的最初目的在于打开双方情感交流的障碍，获取对方的情感，加深双方的情感。不过因这种情感交换一开始就带有功利目的，所以功利目的成为推动情感交流的动力。情感交流成功，引发了孙富新的动机——探知歌者杜十娘与李甲关系的内情，以便相机行事。于是，孙富问，李甲答。一问一答，所问必答，步步推进。头脑简单的李甲不仅将他与杜十娘交往之始末和盘托出，而且将"老父性严"，必不见纳，十娘暂时"侨居苏杭"的打算，也毫无保留地吐露出来。一直在捕捉问题的孙富，终于发现了问题的症结，于是

---

① （明）西周生：《醒世姻缘传》，中华书局 2002 年版，第 127 页。

② （明）西周生：《醒世姻缘传》，中华书局 2002 年版，第 130 页。

③ （明）冯梦龙：《警世通言》卷三十二《杜十娘怒沉百宝箱》，中华书局 2002 年版，第 355 页。

一针见血，直刺李甲的痛处："父子天伦，必不可绝。若为妾而触父，因妓而弃家"，"妻不以为夫，弟不以为兄，同袍不以为友，兄何以立于天地之间？"迫使身陷痛苦深渊的李甲不得不伸手求救。这是一场心理战，一场心理的交流，一方是心怀叵测，步步走向目标；一方心无所觉，处处依着对方思路，一次次将心扉打开，走入对方的圈套……由此我们发现酒宴交换与货币交换的不同处，不仅在于情感的交换，而且还在于心理的交换。心理的交换距货币的物物交换距离更远，它是酒宴交换人情化特征更突出的表现。理解酒宴这一交换功能特性对于理解酒宴的叙事功能极重要，因为小说是以情动人的，小说叙事越来越人情化、情感化，在相当程度上是由于货币化的酒宴越来越多地充斥于小说之中，愈来愈成为叙事的重要组成部分的缘故。

当李甲发现病根及问题的严重性，求医治药方和摆脱困境的愿望悠然而生，于是孙富摆出设身处地为朋友着想的关怀模样，轻松地使对方听从自己的安排。他开出的药方是以金钱为钥匙打开李甲心中的锁。"兄倘能割衽席之爱，见机而作，仆愿以千金相赠。兄得千金以报尊大人，只说在京授馆，并不曾浪费分毫，尊大人必然相信。从此家庭和睦，当无间言。须臾之间，转祸为福。"而这美妙动听的话语背后是赤裸裸的金钱交易、货币交换。一个出千金，一个出美女；一个得千金之资，一个得美妙女郎。中间的交换物却不是一个，不单单是金钱，还有另外两个重要的东西——情感与病态心理。而功利交换（金钱、美女）、情感交换（朋友之情）、心理交换（交心解难）正是酒宴功能的主要内涵。功利是其核心，是三种交换得以发生的力量之源。

2. 联通功能及其叙事转化

李甲与孙富本是陌生人，后竟成为能掏心窝子话的朋友，是什么东西将他二人关联起来的？当然是利益，是孙富欲得到杜十娘的欲望。但从形式讲，真正完成陌生转向亲密的空间场合则是对雪而饮的酒宴。由此可见，酒宴具有一种极特殊的功能，能将关系空间的遥远拉向零距离，能打破陌生交往的障碍，使陌生变为亲密，使交往变得通畅而有效。我们称酒宴的这一功能为联通功能。

酒宴之所以具有联通功能，是因为酒宴具有交换功能的缘故。这种交换功能尽管如上文分析的那样与货币有着明显差异，但其本性却是从货币移植过来的，故而在交换中所具有的联通性与货币相同。"货币在交换中，它把各种性质不同，形态迥异的事物联系在一起，货币成了各种相互对立、距离遥远的社会分子的粘合剂；货币又像中央车站，所有事物都流经货币而互相关联。"① 酒宴不同样是这样的"粘合剂"、"中央车站"吗？只不过这种关联更多地是通过一个中介——心理和情感——来实现的。酒宴联通功能可使得人际间的关系在时间纵向维度与空间横向维度上连锁性地延展、扩大。人是社会关系的总和，每个人都有自己的社会关系网络。酒肴的购买者借用酒肴这一中介，与酒肴的消费者间建立起了新的关系，于是酒肴便充当了新旧关系网的联通媒介，从而在空间维度上粘连、串通了其他社会关系支脉，扩大了人际交往的范围。《水浒传》中个人传记与个人传记之间的联结，即上一英雄人物与下一英雄人物之间的关联无不借用酒宴这一联系媒介。王进初进史家庄，史老汉便以酒宴相待，王进与史进相见也是拜师宴。② 而史进与鲁达相遇先是在茶馆，紧接着便是在酒楼，鲁达做地主买单③……而且由于酒宴的交换是情感、心理的交换，所以由此建立的联系或由此引起的事件并未随消费的结束而终止，于是酒宴的这种联通功能便随之生发纵向维度的连锁反应，产生一系列环环相扣的故事情节。譬如《醒世姻缘传》第二十五回，叙述济南薛教授行至明水镇，因下雨而留宿于狄员外客栈。"看看傍午，狄员外又备了午饭送去，薛教授和他浑家商议道：'看来雨不肯住，今日是走不成了。闷闷的坐在这里，不如也收拾些甚么，沽些酒来与狄东家闲坐一会。'薛奶奶道：'酱斗内有煮熟的腊肉腌鸡，济南带来的肉胙，还有甜虾米、豆豉、莴笋，再着人去

---

① ［美］西美尔：《金钱、性别、现代生活风格》，刘小凤编，顾仁明译，李孟、吴增定校，上海学林出版社 2002 年版，第 392 页。

② 参见（明）施耐庵：《水浒传》，黄霖点校本，浙江古籍出版社 1993 年版，第 21—22 页。

③ 参见（明）施耐庵：《水浒传》，黄霖点校本，浙江古籍出版社 1993 年版，第 36 页。

买几件鲜嘎饭来.'也做了好些品物，携到店后一层楼上，寻了一大瓶极好的清酒，请过狄员外来白话赏雨。真是'一遭生，两遭熟'，越发成了相知。"① 这一桌酒宴将狄员外与薛教授两家同辈人关联在一起，后两家各自生了孩子，有了后代，过从愈加频繁，成为老相知。而且经过联姻（狄希陈与薛素姐结为夫妻）使两家的下一辈联结在一起，关系愈加亲密。小说的中心故事也因此而由山东武城县转移到了山东明水镇。正是酒宴的这种联通功能方衍生出相应的叙事功能。正因如此，酒宴故事往往成为小说特别是家庭小说情节发展的高潮和结构的骨架。以《红楼梦》为例，贾敬寿诞、宁府排家宴、秦可卿丧葬、元妃省亲、宝钗生日、史太君两宴大观园、凤姐生日、芦雪庵中秋赏月、宁国府除夕祭宗祠、荣国府元宵开夜宴、宝玉生日（"寿怡红群芳开夜宴"）、庆贾母八十寿诞、林黛玉重建桃花社等构成一部书情节发展的骨架。从横向看，在故事叙述中不断有新的人物穿插进来。酒宴场景的穿插同样占了故事情节的较大篇幅。《水浒传》中好汉的出场；《金瓶梅》中篾片、妓女、官吏的上场；《姻世姻缘传》中因果故事的勾连；《红楼梦》中的新鲜事往往是在酒宴场中插进来的。所以酒宴在一部小说的情节结构中犹如一个故事网的结。没有酒宴，一部书的情节网络便难以建立起来。

3. 情感张力功能及其叙事转化

从叙事的角度讲，《杜十娘怒沉百宝箱》中杜十娘与李甲悲剧的产生还有一个重要的缘由——饮酒后的情绪放纵。孙富出现之前，小说叙述了这样一个场景：

> 不一日，行至瓜州，大船停泊岸口，公子别雇了民船，安放行李。约明日侵晨，剪江而渡。其时仲冬中旬，月明如水，公子和十娘坐于舟首。公子道："自出都门，困守一舱之中，四顾有人，未得畅语。今日独据一舟，更无避忌。且已离塞北，初近江南，宜开怀畅饮，以舒向来抑郁之气。恩卿以为何如？"十娘道："妾久疏谈笑，亦

① （明）西周生：《醒世姻缘传》，中华书局 2002 年版，第 233 页。

有此心，郎君言及，足见同志耳。"公子乃携酒具于船首，与十娘铺毡并坐，传杯交盏。饮至半酣，公子执卮对十娘道："恩卿妙音，六院推首。某相遇之初，每闻绝调，辄不禁神魂之飞动。心事多违，彼此郁郁，鸾鸣凤奏，久矣不闻。今清江明月，深夜无人，肯为我一歌否？"十娘，遂开喉顿嗓，取扇按拍，呜呜咽咽，歌出元人施君美《拜月亭》杂剧上"状元执盏与婵娟"一曲，名《小桃红》。①

这次夫妻对饮，目的很明确，就是因"久疏谈笑"，而要放纵一下，"开怀畅饮，以舒向来抑郁之气"。而"饮至半酣"之后，不觉情思飞动，情不可扼，放情一歌。歌声飞出舱外，遂节外生枝，引出一场是非。由此可见，酒宴饮酒易于激活人们压抑已久的情感，这种情感具有软化理性、冲出理性抑制的向外张力，我们称之为酒宴的情感张力功能。

酒宴中酒与菜肴的主次地位分明，即酒是中心，菜肴是为喝酒而设置的，多喝酒是目的。而内含于酒中的酒精对于人的心理、情感和精神具有刺激、充血作用。过量酒精摄入人身体之内，使人的情绪处于极度活跃状态，呈现为对控制常态的外向冲击力，从而使理性的防御变得薄弱，乃至非理性一时处于主导地位。这种情感外向张力往往会直接干扰大脑的判断力，从而出现在常规理性控御下不会发生的异常判断——非理性判断，进而导致异常行为的出现。焦大醉骂，透露宁国府"扒灰"、"养小叔子"的秘密②；李逵扯诏，使宋江招安计划受阻③；贾琏酒后偷情，拔刀欲杀凤姐，后有"一从二令三人木"的夫妻冷暖。④ 在市民小说中常常出现类似酒后生事的故事。酒宴的这种情感张力功能，可能导致因酒生事的两种结果：一是行为发出者抒发长久受压抑的情绪，流露真情，产生真率的美感效果，但对后来情节发展的走向影响不大；薛蟠酒后说宝钗心念"金玉良

① （明）冯梦龙：《警世通言》卷三十二《杜十娘怒沉百宝箱》，中华书局2002年版，第354页。
② 参见（清）曹雪芹：《红楼梦》，人民文学出版社1957年版，第77页。
③ 参见（明）施耐庵：《水浒传》，黄霖点校本，浙江古籍出版社1993年版，第814—815页。
④ 参见（清）曹雪芹：《红楼梦》，人民文学出版社1957年版。第462—466页。

缘"，要嫁给宝玉，处处袒护宝玉，他要先杀了宝玉，然后偿命的情节是如此。① 宝玉在薛蟠处喝了酒，回到怡红院带了几分酒意，遂生出"撕扇子千金一笑"的事也是如此。② 二是，导致故事发展方向出现逆转。杜十娘纵情放歌，引出孙富，使他们的美好愿望在即将实现时而导致由喜剧转向悲剧。③《蒋兴哥重会珍珠衫》中陈大郎与罗大郎（实为蒋兴哥）放怀饮酒，吐露与三巧儿的私情，并示以珍珠衫，造成蒋兴哥休妻、陈大郎病死等情节突变。④《十五贯戏言成巧祸》因油葫芦酒后戏言而酿成意想不到的灾祸。⑤《金瓶梅》中武松杀西门庆而误杀李外传⑥……情感张力功能不仅为小说抒发人物的真情创造了契机，也使小说情节的突变逆转、跌宕起伏、奇妙横生、魅力无穷成为可能。

4. 娱乐功能及其叙事转化

同样是这场舟中酒宴，杜十娘与李甲二人"兴亦勃发"，"鸾鸣凤奏"，"开喉顿嗓，取扇按拍"，畅饮轻歌，挥洒内心欢畅。除了饮酒食馔之外，还有音乐之奏，轻歌之唱，无疑这是一场尽情欢乐的娱乐宴席，可见酒宴本身还有一种附带功能——娱乐功能。

酒宴不仅通常可以满足人们吃与喝的消费需求，而在社会经济条件富裕和政治思想氛围宽松时期，它还可以满足人们玩与乐的消费需求。就小说兴盛的明代而言，至少在隆庆年代始，朝廷对官吏间来往宴席礼制的规定，在执行中已逐渐放松，不但可"益以糖果饵、海味之属"，且"水陆

---

① 参见（清）曹雪芹：《红楼梦》，人民文学出版社 1957 年版，第 355 页。

② 参见（清）曹雪芹：《红楼梦》，人民文学出版社 1957 年版。第 321—322 页。

③ 参见（明）冯梦龙：《警世通言》卷三十二《杜十娘怒沉百宝箱》，中华书局 2002 年版，第 355—359 页。

④ 参见（明）冯梦龙：《喻世明言》卷一《蒋兴哥重会珍珠衫》，中华书局 2002 年版，第 16—17 页。

⑤ 参见（明）冯梦龙：《醒世恒言》卷三十三《十五贯戏言成巧祸》，中华书局 2002 年版，第 537—538 页。

⑥ 参见（明）兰陵笑笑生：《金瓶梅词话》，香港太平书局 1982 年版，第 253—255 页。

毕陈，留连卜夜，至有用声乐者矣!"①饮酒间，奏音乐、唱小曲儿、演大戏、猜拳、行酒令、戏妓女、讲故事、说笑话，尽其所能，乐其所乐，肆无忌惮。酒宴成为人们享乐的场所、文化娱乐之地。正因如此，产生于万历年间的《金瓶梅词话》，写逢年过节、生日寿诞、喜庆、丧葬及官吏往来往往成为小说描写的重笔，连篇累牍，将观戏、听曲儿、说笑话、讲故事、猜灯谜、出酒令等玩耍取乐插叙其间。且往往酒宴连摆数日。这类将酒宴视为满足人吃喝玩乐享受的描写在《醒世姻缘传》、《歧路灯》、《红楼梦》等家庭小说中成为普遍现象。酒宴的娱乐功能不仅使得酒宴活动成了表演无所不包的时空舞台，成为诗、词、戏曲、笑话、故事（说书）、小曲儿诸文体无所不能的综合表演艺园，从而扩展了叙事的空间、细化了叙事的时间，而且娱乐活动为写人提供了更丰富、鲜活的素材。其间，或通过人物动作的相聚相映写人，如《红楼梦》"史太君两宴大观园"中刘姥姥鼓着腮帮子说"老刘! 老刘! 食量大如牛"的话，引起众人百态千姿的性格化的笑；或借酒宴而品评人物，如"冷子兴演说荣国府"；贾琏的小厮兴哥边吃酒边对尤二姐述说王熙凤、宝、黛、钗等众少年的性格等，从而既拓展了叙述的外空间，又深化了叙事的内空间。

5. 衍生功能及其叙事转化

饮酒之后，李甲从孙富的酒场回到船上，故事是否按照他们二人酒场中形成的意愿发展呢? 杜十娘对李甲的态度作何反应? 请看下面的描写：

> 十娘放开两手，冷笑一声道："为郎君画此计者，此人乃大英雄也! 郎君千金之资既得恢复，而妾归他姓，又不致为行李之累，发乎情，止乎礼，诚两便之策也。那千金在那里?"公子收泪道："未得恩卿之诺，金尚留彼处，未曾过手。"十娘道："明早快快应承了他，不可挫过机会。但千金重事，须得兑足交付郎君之手，妾始过舟，勿为贾竖子所欺。"时已四鼓，十娘即起身挑灯梳洗道："今日之妆，乃迎

---

① （明）王世贞：《觚不觚录》，见《四库全书》，上海古籍出版社1995年版，第1041册，第437—438页。

新送旧，非比寻常。"于是脂粉香泽，用意修饰，花钿绣袄，极其华艳，香风拂拂，光采照人。装束方完，天色已晓。十娘推开公子在一边，向孙富骂道："我与李郎备尝艰苦，不是容易到此。汝以奸淫之意，巧为谗说，一旦破人姻缘，断人恩爱，乃我之仇人。我死而有知，必当诉之神明，尚妄想枕席之欢乎！"又对李甲道："妾风尘数年，私有所积，本为终身之计。自遇郎君，山盟海誓，白首不渝。前出都之际，假托众姊妹相赠，箱中韫藏百宝，不下万金。将润色郎君之装，归见父母，或怜妾有心，收佐中馈，得终委托，生死无憾。谁知郎君相信不深，惑于浮议，中道见弃，负妾一片真心。今日当众目之前，开箱出视，使郎君知区区千金，未为难事。妾椟中有玉，恨郎眼内无珠。命之不辰，风尘困瘁，甫得脱离，又遭弃捐。今众人各有耳目，共作证明，妾不负郎君，郎君自负妾耳！"于是众人聚观者，无不流涕，都唾骂李公子负心薄幸。公子又羞又苦，且悔且泣，方欲向十娘谢罪。十娘抱持宝匣，向江心一跳。众人急呼捞救，但见云暗江心，波涛滚滚，杳无踪影。可惜一个如花似玉的名姬，一旦葬于江鱼之腹！[①]

这一段描写文字与上一段描写有着不可分割的逻辑关系。十娘的悲剧，李、杜爱情的悲剧，孙富非分之想的失败，都是由酒宴故事生发出来的，是酒场上李、孙交易的继续。由此我们可以发现酒宴的又一功能——衍生功能。

衍生功能是指酒宴的交换功能、互联功能、情感张力功能通过酒宴场所中的与酒宴无关的活动和酒宴中人产生的意念行为而将其扩展延伸于酒宴之外，衍生出酒宴之外的人和事。酒宴的消费者当场产生的某种行为的欲望，很可能在酒宴后采取相应的行为去实现此种愿望，并最终获得某种结果。某种结果很可能又成为他人愿望孳生的条件而引起另一叙事环节和

---

① （明）冯梦龙：《警世通言》卷三十二《杜十娘怒沉百宝箱》，中华书局2002年版，第358—359页。

叙事序列。李甲回到自己船上，心中只有一种想法，如何实现酒宴上孙富为自己所谋划的事。然而事情能否成功，在很大程度上取决于杜十娘的态度和行动。于是便有杜十娘的愿望——以死相抗，打破孙富的阴谋，遂延伸出一大串情节。

又如《金瓶梅》第六十一回，写韩道国设家宴宴请主人西门庆，饮酒中间请了一个唱曲儿的申二姐。那申二姐会唱许多小曲儿，西门庆听了喜欢，与她约定，重阳节到自己家中唱曲儿。重阳节那天申二姐果然去了，西门庆请出患病的李瓶儿听曲。月娘等人劝瓶儿饮口酒，导致她的病症复发，下面溺血不止，引出任医官豪宅看病、李瓶儿病死等一系列情节。①

贾宝玉参加冯紫英邀请的酒席，席上认识了蒋玉菡，遂有换汗巾事的发生。② 刘姥姥酒宴上讲小女孩雪天抽柴火故事，便有宝玉的寻根问底，还让小厮外出去寻访。③ 西门庆在酒宴上认识了李桂姐，遂花30两银子梳拢了李桂姐，并有在妓院一住个把月的情节发生。④ 妻妾玩赏芙蓉厅，就有隔壁花家派人送宫花事，引出后来李瓶儿的一连串故事。⑤ 酒宴上往往出现节外生枝的情节，这些情节也是酒宴衍生功能的表现。正是酒宴的衍生功能，方使得酒宴人物于酒宴外人物，酒宴内故事与酒宴外故事连接了起来，才使得酒宴叙事带有全篇的整体意义。

---

① "那李瓶儿在房中，因身上不方便，请了半日才来。恰似风儿刮倒的一般，强打着精神陪西门庆坐，众人让他，酒儿也不大吃。西门庆和月娘见他面带忧容，眉头不展，说道：'李大姐，你把心放开，教申二姐弹唱曲儿你听。'玉楼道：'你说与他，教他唱甚么曲儿，他好唱。'李瓶儿只顾不说。"（《金瓶梅词话》，香港太平书局1982年版，第1681页）

② 参见《红楼梦》，人民文学出版社1957年版，第290页。"少刻，宝玉出席解手，蒋玉菡便随了出来．……想了一想，向袖中取出扇子，将一个玉扇坠解下来，递与琪官……琪官接了，笑道：'无功受禄，何以克当！也罢，我这里得了一件奇物，今日早起方系上，还是簇新的，聊可表我一点亲热之意。'说毕撩衣，将系小衣儿一条大红汗巾子解了下来，递与宝玉。"

③ 参见（清）曹雪芹：《红楼梦》，人民文学出版社1957年版，第409—412页。

④ 参见（明）兰陵笑笑生：《金瓶梅词话》，香港太平书局1982年版，第291—296页。

⑤ 参见（明）兰陵笑笑生：《金瓶梅词话》，香港太平书局1982年版，第333—356页。

三、心理叙事结构：叙事序列生成的原壤

1.《杜十娘怒沉百宝箱》的叙事序列

若将杜十娘故事由后向前，推至小说开头，分析酒宴场景在整篇小说中的叙事功能，或许有新发现。整篇小说情节骨架分为三部分：

A1，杜十娘见李甲，萌生从良后委身李郎以度终生的愿望；A2，杜十娘采取种种具体实践计划的行动（抓住机遇，助李甲筹措赎身资金，定安身地，筹措从良后的生活资金），A3，因孙富挑弄，愿望失败。

再细一步分析，A2，杜十娘采取种种实践计划的行动，又分为四个小的叙事序列。

AA1 杜十娘萌生赎身从良跟随李公子离开妓院愿望；AA2 采取具体行动（抓住鸨母口误之机，敲定银子数目和时间；帮助李公子凑齐银两）；AA3 获得成功（付银、出门）。在这个层次的叙事序列中，还可再分出一个更小的叙事序列。我们称之为 AAA 系列。内容是：

AAA1 杜十娘要帮李甲筹措资金。

AAA2 采取行动（请李甲借贷于朋友，未果；请小厮找回李郎，再周济李甲 150 两；柳遇春为其真情所感，代筹 150 两）。

AAA3 筹措成功（共得 300 两）

BB1 杜十娘萌发栖身于某地的愿望；BB2 采取解决的行动（与李公子商讨）；BB3 行动成功（分两步走，暂栖身于苏、杭；待李父允诺后归家）。

CC1 十娘心中要筹集路费与栖居费用；CC2 采取行动（请谢月娥、徐素素等帮助）；CC3 筹措资金成功（20 两陆路费用、百宝箱）。

DD1 孙富听歌思女，萌生得到杜十娘之想；DD2 采取行动（吟诗勾唤、劝李甲赴宴、宴中挑弄、挑弄成功）；DD3 行动失败（杜十娘投江）。

B1，杜十娘萌发复仇愿望；B2 采取行动（化为鬼魂，夜夜诟骂）；B3 行动成功（孙富奄奄而逝）

C1，杜十娘决意要报答柳遇春（"向承君家慷慨，以一百五十金相助。本意息肩之后，徐图报答"）；C2，采取行动（"早间曾以小匣托渔人奉致，聊表寸心"）；C3，报答成功（柳遇春拾得百宝箱）。

以上叙事序列，除 DD 序列的叙事方向是逆向之外，其他叙事序列的叙事方向都是正方向——满足于行为主体需求的方向。为更清楚起见，仅将 A1—A2—A3 序列号画图如下：

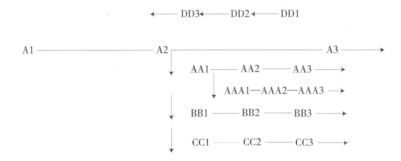

由上述分析，我们发现无论就杜十娘故事的整体而言，还是就故事中的某一环节而论，有一个共同且一致的现象：故事叙述结构都是由三个部分做如是排列：行动发出者因某种情境而产生一种强烈的愿望；于是采取行动去努力实践这种愿望；行动或成功或失败的结果。这是不是叙述故事的共同结构，如果是的话，这种结构是如何产生的？

2. 叙事序列生成根源：心理叙事结构

法国叙事学家布雷蒙在探讨人类的基本叙事功能的过程中，概括出了叙事的基本序列是由三个功能组合而成：表示可能发生变化的功能；表示是否实施这种变化的功能；表示变化是否实现的功能。[①] 而"发生变化"、"实施这种变化"、"是否实现"与我们分析的故事叙述结构是基本相同的。由此可见，这种叙事序列不仅适用于中国市民小说，而且适合于西方乃至全人类的叙事作品。那是因为它适合于人类普遍的心理需求。愿望的产生

---

① 参见 ［法］克洛德·布雷蒙：《叙事可能之逻辑》，见张寅德编《叙述学研究》，中国社会科学出版社 1989 年版，第 153—176 页。

是人的一种心理，是一种心理活动的必然结果，而这种心理活动来自于人的生理需要（欲求）。欲求是人的本性，这种本性中还带有动物本性的成分（如生存的欲求）。为实现欲求采取种种行动则是人区别于动物的独特本性；欲求的实现状态带有更多的社会性因素；欲求的永无满足、永无止境最能体现人性的特点。不断地欲求，不断地行动，不断地取得结果，是人类生存的全部。正因它体现了人的本性，所以这个结构的原壤是人性，是人性的行动化、故事化，即人的心理叙事结构。而人类全部活动的结构是从人的心理叙事结构衍生出来的。叙述人类活动的文本叙事结果，正是人的心理结构的扩大。可见所有的叙事活动的原结构就是人的心理叙事结构。只要我们弄清楚了这个道理，所有叙事作品的结构就都可以破解，都可以找到它的原结构。因某种情境而生发某种欲求，采取相应的行动，获取某种结果是人的心理叙事结构，也就是一切文本叙事的叙事结构。

四、酒宴叙事与意图叙事的同源性

现在我们要讨论的是，酒宴场景在这个叙事原结构中处于什么位置？具有什么作用？弄清楚了这个问题，也就弄清楚了货币化场景——酒宴——在明清小说中的叙事地位和功能。

既然叙事的原结构分为三个序列，那么，需分析酒宴场景是仅出现于某一功能序列，还是在三个功能序列中都出现，以及它在出现序列中起何种作用。

1. 酒宴与意图生成、实践、结局的关系

中国古代小说中，酒与饭往往不分，简称酒饭，说明饮酒之普遍。梁山泊的绿林好汉，每饭必吃肉、喝酒，酒肉不分，也说明那时饮酒已成为普遍的社会风气。因此，酒场也会助人想象，萌发愿望。当然愿望的萌发不一定都是酒场，但生发于酒场中的愿望所占比例不小。愿望产生后，必然关联行动，造成一连串情节，所以生发于酒场的愿望和实现愿望的情节

往往是重要的有较大长度的叙事。如《醒世姻缘传》第一回，"晁大舍围场射猎，狐仙姑被箭伤生"，写晁源设宴，邀请豪家子弟来府中赏雪，众人吃着野味，突发打猎异想。众人你一言我一语地说道："各家都有马匹，又都有鹰犬，我们何不合伙一处打一个围，顽耍一日？"① 这个愿望，惹出了后来的一系列麻烦：猎场上，晁源射杀了求他庇护的千年老狐；老狐发誓报仇，几次险令晁源丧命，后投胎转世，完成自己复仇的心愿；狐仙复仇的愿望及其行动成为贯穿全书的一条重要线索。

西门庆想请蔡御史将他的三万盐引早支出几天，以便卖个好盐价的愿望，也是在迎请蔡御史的酒场中萌生的。"西门庆饮酒中间，因题起有一事在此，不敢干渎。蔡御史道：'四泉有甚事，只顾分咐，学生无不领命。'西门庆道：'去岁因舍亲那边，在边上纳过些粮草，坐派了有些盐引，正派在贵治扬州支盐，只是望乞到那里青目青目，早些支放，就是爱厚。'"② 蔡御史竟早支放了一个月，西门庆赚了三万两银子。后来用这笔钱开了绒线铺，做了很多事。

贾宝玉赴冯紫英宴，在酒席上初识蒋玉函，便萌发与之结交的愿望，后通过换汗巾，竟将花袭人秘赠他的汗巾送给了蒋玉函③，以致引发出了后来忠顺王府向贾政索取蒋玉函，宝玉因此事挨打，直至袭人嫁与蒋玉函等一系列重要情节。

人要实现自身的愿望一般需借助别人的力量，需与人发生联系，需要交往，需要情感、心理的交流。而酒宴的娱乐功能、联通功能、交换功能、情感张力功能可以帮助人实现他的愿望。正因如此，中国古代小说在叙事的第二逻辑序列中，往往写到酒场活动，其出现频率大于第一叙事序列（欲望产生序列）。《水浒传》写武松归来，得知哥哥武大郎死得不明，第一夜陪灵，便萌生替兄报仇的愿望，天明即采取行动，而每一行动都伴

---

① （明）西周生：《醒世姻缘传》，中华书局 2002 年版，第 6 页。

② （明）兰陵笑笑生：《金瓶梅词话》，香港太平书局 1982 年版，第 1285 页。

③ 参见（清）曹雪芹：《红楼梦》，人民文学出版社 1957 年版，第 290 页。

随有酒场出现：与何九叔、与郓哥、与众邻居、斗杀西门庆。酒饭成为他进行案件调查、取证、杀仇人的主要场所。[1] 在《金瓶梅》《红楼梦》等家庭小说中，酒宴不仅是叙述逢年过节、过生日等喜庆与丧葬事件的主要场所、娱乐场所，也是人员往来、应付和处理各种事件的场所，解决矛盾、实现愿望的场所。如西门庆谈生易、招伙计、放贷、进货、开铺子、谈女色。又如鸳鸯、凤姐、宝钗、湘云等女子，贾政、贾琏、贾赦等男子要实现让贾母高兴开心的愿望也往往借助于酒宴。西门庆在情场的男欢女爱，大多离不开酒。贾琏、贾环、贾蓉、薛蟠等人的情场故事也离不开酒，即酒宴是他们实现情欲活动的不可或缺的部分。

叙事序列第三部分——行动成功或失败的结果——往往离不开写酒。取得成果、心满意足需庆贺而离不开酒。失败了要借酒浇愁也离不开酒。酒可以使人发泄成败哀乐的种种情绪。所以在第三序列中酒场的出现也不亚于第二序列。如西门庆早就有攀援权相蔡京、以求得到他的庇护的欲求，为此花费了不少心血（以女儿为裙带，寿辰送礼、办事行贿等），最终竟平地一声雷，做了理刑所副千户，成了蔡京的人；他无子嗣，求子心切，得官的同时，李瓶儿又为他生下了儿子。两件事大获成功，于是大摆酒宴，痛痛快快地庆贺了三天。[2] 诸葛亮初用兵，未出战就预料到获胜的结局，就"命孙干、简雍准备庆喜筵席"[3]；卖油郎秦重以自己诚挚、真情，最终获得莘瑶琴的心，不仅最终成就夫妻，还与失散多年的父母相逢。"是日，整备筵席，庆贺两重之喜，饮酒尽欢而散。"[4]《初刻拍案惊奇》写一对男女的奇巧婚姻，那"张尚书第二位小姐，昨夜在后花园中游赏，被虎扑了去"，四处寻不到尸骸，况且又正是女儿成亲的日子，"女婿将到，伤痛无奈"，一家心急如焚。谁也未料到，那虎口所衔之人，被一位男子

---

① 参见（明）施耐庵：《水浒传》，黄霖点校本，浙江古籍出版社1993年版，第285—294页。

② 参见（明）兰陵笑笑生：《金瓶梅词话》，香港太平书局1982年版，第772—820页。

③ （元明）罗贯中：《三国演义》，上海文艺出版社1996年版，第351页。

④ （明）冯梦龙：《醒世恒言》卷三《卖油郎独占花魁》，中华书局2002年版，第49页。

救得，而这男子正是前来迎亲的张尚书的女婿。女儿得救，女儿与新婚相逢，正是张尚书满心欢喜的事。于是他"就在船边分派人，唤起傧相，办下酒席，先在舟中花烛成亲，合卺饮宴"①。

酒宴在三个叙事序列中出现的次数，以《杜十娘怒沉百宝箱》为例，全文共出现 7 次。其中出现于第一序列的 2 次（结识杜十娘②、求栖居之所），出现于第二序列的 3 次（筹措赎金、孙富酒、杜十娘酒），出现于第三序列的 2 次（众姊妹庆贺一次，舟中李、杜对饮一次）。不管酒宴场景出现于哪一个序列，不管出现于不同序列的次数的多少，每一叙事序列多有酒宴场景的描写却是无疑的。

2. 酒宴功能与人欲表现本能之关系

现在要弄清的问题是，为什么三大叙事序列中的每一序列都会出现酒宴？这个问题的回答要从酒宴功能何以生成——生发酒宴功能的原壤——的考察入手。我们仍以《杜十娘怒沉百宝箱》中的酒宴描写为分析个案。李甲与杜十娘舟中畅饮欢歌，表现了酒宴的情感张力功能和娱乐功能。而这两个功能所表现的正是人们摆脱羁勒，渴望真率、自由；摆脱困苦，渴望生活快乐的欲求。孙富与李甲在岸上的酒肆中赏雪对饮，体现出酒宴的联通功能、交换功能。联通再现人类摆脱离群而造成的孤独、寂寞和与他人交往的"依恋情欲"；交换功能可以帮助人完成利益的转换，而最终完成个人利益和愿望实现的过程，是人的欲求的社会实现的必备手段，是人的欲求的社会表现形态。而岸上对饮后，衍生出了此后的情节，这是酒宴的衍生功能。衍生功能是人的欲求永无穷尽的再生性的本质表现。由此可知，酒宴所具有的联通功能、交换功能、娱乐功能、情感张力功能、衍生功能，都是人欲表现本能的具体化。或者说联通、交换等五大功能分别从

---

① （明）凌濛初：《初刻拍案惊奇》，中华书局 2002 年版，第 59 页。

② 这次写酒宴用侧笔，前有介绍杜十娘时的诗："坐中若有杜十娘，斗筲之量饮千觞。"后有叙二人朝欢暮乐之话："两下情好愈密，朝欢暮乐。"中间更有些说李公子花钱撒漫的介绍："那公子俊俏庞儿，温存性儿，又是撒漫的手儿，帮衬的勤儿。"这样一位撒漫的公子得遇京中如此销魂的美妓，岂无饮酒？故以侧笔写酒宴。

五个方面表现了人的欲求内涵。如是说来写入小说中的酒宴所具有的五大功能的背后是酒宴的原功能——人欲表现本能。人欲表现本能是酒宴叙事功能生发的原壤，也是酒宴叙事功能的本质。

既然酒宴的叙事功能的本质是人欲表现本能，那么酒宴的叙事功能与人的心理叙事结构——原叙事结构同源，皆源于人的欲求本性。所以，人的欲求生发出人的心理叙事结构（一定的环境生发人的某种欲求——采取行动，实现人的欲求的过程——欲求实现的结果），也同时生发出酒宴的叙事功能（联通功能、交换功能、娱乐功能、情感张力功能、衍生功能）。酒宴叙事功能是伴随心理叙事结构的行为化而出现的，前者是叙事的内结构，后者是叙事的内结构跨入外结构须越过的第一个门槛，是内结构与外结构的粘连带，即内结构发生的每一叙事序列只要外化为行动，往往都伴随着酒宴行为。如李瓶儿移情于西门庆的愿望产生之后，在小说中的表现就是总伴随着酒宴，先后出现的酒宴叙事有：西门庆与妻妾宴赏芙蓉厅，李瓶儿派丫鬟、小厮送宫花；西门庆到花家赴席与李瓶儿相遇；李瓶儿打发吃酒的花子虚等移至妓院中；李瓶儿与西门庆隔墙密约、闺房内饮酒；李瓶儿为救被抓去的花子虚，请西门庆饮酒；花子虚死后，李瓶儿与西门庆谋改嫁成亲、盖房子等事，多次饮酒；应伯爵知二人欲成亲"庆喜追欢"……直到李瓶儿嫁给西门庆吃喜酒。[①] 酒宴叙事与心理叙事是同步的，或者说酒宴叙事是心理叙事的行为化、艺术化。酒宴叙事与心理叙事的同源性与外化过程的同步性正是产生基本叙事序列每一叙列必伴随酒宴的根本原因。正因这种同源性与外化过程的同步性，构成了酒宴叙事结构在心理叙事结构和一切文本叙事结构中的独特地位和不可取代的作用。

从上述分析中发现，明清小说具有相同的叙事序列：故事主体者的欲望生成；为实现欲望采取的行动；行动的结果（成功或失败）。而酒宴不仅常常出现于每一叙事序列之中，且往往成为推进故事进程发生的动因。所以如此，是由于货币化的酒宴以情感与心理交流方式传承了货币的联通、

---

① 参见（明）兰陵笑笑生：《金瓶梅词话》，香港太平书局 1982 年版，第 385—505 页。

交换功能，并滋生出娱乐功能、情感张力功能、衍生功能，从而在明清小说叙事中具有整体而独特的作用。而酒宴的这些功能皆源于人的欲求表现本能，源于由人的欲求表现本能的心理沉淀：心理叙事结构。即人的欲求表现本能是心理叙事结构、文本叙事序列结构和酒宴叙事功能生成的原动力。酒宴叙事功能与小说基本叙事序列的同源，正是酒宴叙事功能的整体性与独特性产生的根本原因。

第十章　叙事聚焦与悬念生成

　　如果叙述活动是人类的一种有意识的活动，而且这种意识带有明显的目的性，那么，有目的的叙述自然会产生相应的关注点或焦点，自然就有如何使素材的故事化过程完成聚焦的任务问题。所以意图叙事学必然进一步研究叙事聚焦及其艺术效果。

　　我们在参照西方叙事聚焦概念研究明清小说，寻找适宜于中国文学作品叙事聚焦分析方法的过程中，有几个意外发现：关于叙事聚焦的分类，由于中国小说的主要叙述方式是全能视角叙述，聚焦呈现为外聚焦包裹下的跳跃式内聚焦，内聚焦形态相对复杂；我们在内聚焦（B点内聚焦）、双重聚焦、外聚焦之外，发现了一个重要的聚焦类式——C点内聚焦；在由于不同聚焦者所掌握图像信息量的差异而形成的叙事悬念中，发现了由C点内聚焦者所生发的聚焦悬念；更重要的是发现了聚焦与悬念生成的源泉和流变的驱动力——叙事意图；人物聚焦的生成、长度及其转换皆源于叙述意图的需要。从而对明清小说叙述聚焦的特点、内涵及分析方法有了新的体验、认知。

　　愈来愈多的研究实践说明两种事实：中国叙事文学的研究自现实主义理论之后进入了叙事学的话语时代；由于东西方思维方式与表达方式的差异，西方叙事学理论不太适用于中国叙事本文的研究。于是借鉴西方相关理论探索并寻找契合于中国叙事文学文本的中国叙事学理论便成为学人们努力的目标。本书正是这种系统探索的一个小分支，意在说明明清时期小说叙事聚焦及其转换的独特方式及其成因。

一、外聚焦与 C 点内聚焦的发现

1. 内外聚焦、双重聚焦与中国小说聚焦的特点

聚焦是叙事学理论中的重要概念，"聚焦"又称为"视角"、"视点"、"焦点"，但又不完全等同于它们。视角是观察故事的角度（如作者的角度、叙述者的角度、人物的角度等）；视点是被观察、叙述的对象（注重于故事场景、情节、细节以及某位人物的外形、内性等），焦点与视点相近，只不过学术语更浓而已。聚焦当是视角与视点（焦点）的中和，具体说是叙述者、被叙述者之间的某种关系，是叙述主体与被叙述客体间的一种联系。这种联系西方学者常用"A 说 B 看到 C 在做什么"来表示。"聚焦是视角（即观察的人）和被看对象之间的联系，这一联系是叙述文本内容和故事部分的构成成分：A 说 B 看到 C 在做什么。""由于聚焦的界定涉及相互关系，为一相互关系的每一极，即聚焦的主体与客体必须分别加以研究。聚焦的主体即聚焦者（focalizor）是诸成分被观察的视点，这一视点可以寓于一个人物（如素材的成分）之中，或者置身其外。"[①] 一般说来，A 是故事之外的叙述者，B 是故事中的一个人物，C 是 B 看到的一个对象——故事中的其他人物。如果 A 的视角与 B（故事中的一个人物）的视角重合为 AB 视角，那么"AB"的视角就叫作内视角或内在式聚焦。如果 A 和 B 分离，以 A——故事之外的叙述者的视角——进行叙述，那么，A 的叙述就叫作外视角或外在式聚焦；如果 A 与 B 时而重合，时而分离，交叉在一起（A+B+A），或 A 视角中包裹着 B 视角（AB），那么就是内外双重视角或双重聚焦。不过，有两点需特别说明。一是，就聚焦而

---

① ［荷］米克·巴尔：《叙述学：叙事理论导论》，谭君强译，中国社会科学出版社 2003 年第 2 版，第 119 页。

言，中国小说的叙述不同于西方小说之处在于，全能视角即外聚焦是中国小说叙述的主体方式，内聚焦是被包裹于这个主体方式之内的，即 A 点外聚焦与人物内聚焦的重合是短暂的，时而外聚焦与人物内聚焦重合，时而又回到 A 点外聚焦，于是聚焦呈现为 A—B 点间的来往跳跃，使得内聚焦的叙述成为 A 点外聚焦的陪衬、配角，与西方以内聚焦叙述为主的叙述方式形成鲜明的差异。即使像《红楼梦》中刘姥姥进荣国府那样的以刘姥姥的眼睛观察荣国府中生活情形的较长的内聚焦叙述，同样呈现出上述特点。请看下面一段叙述：

> 周瑞家的听了连忙起身，催着刘姥姥："快走，这一下来就只吃饭是个空儿，咱们先赶着去。若迟了一步，回事的人多了，就难说了。再歇了中觉，越发没时候了。"说着一齐下了炕，整顿衣服，又教了板儿几句话，随着周瑞家的逶迤往贾琏的住宅来。先到倒厅，周瑞家的将刘姥姥安插在那里略等一等。自己先过影壁，走进了院门，知凤姐未出来，先找着了凤姐的一个心腹通房大丫头名唤平儿的。周瑞家的先将刘姥姥起初来历说明，又说："今日大远的来请安，当日太太是常会的，今儿不可不见，所以我带了她进来，等奶奶下来，我细细回明，谅奶奶也不责我莽撞的。"平儿听了便做了个主意："叫他们进来，先坐在这里等着就是了。"周瑞家的方出去领了他们进来。上了正房台阶，小丫头打起猩红毡帘。才入堂屋，只闻一阵香扑了脸来，竟不辨是何气味，身子就似在云端里一般。满屋中之物都是耀眼睁光的，使人头晕目眩，刘姥姥此时点头咂嘴，只是念佛而已。①

这段叙述的外视角先与书中人物周瑞家的视角重合为一（催促刘姥姥见凤姐）；继而便转换为 A 外视角观察下的刘姥姥的动作（下炕、整衣、教话、走路——非刘姥姥的视角，因刘姥姥不知贾琏为何许人。"往贾琏的住宅来"显然是叙述者的语气）、周瑞家的与平儿的见面及平儿的表态。再下来便是外视角与人物刘姥姥的视角重合为刘姥姥自身的感觉："才入堂屋，只

---

① （清）曹雪芹：《红楼梦》（程甲本），书目文献出版社 1992 年版，第 47 页。

闻一阵香扑了脸来，竟不辨是何气味，身子就似在云端里一般。满屋中之物都是耀眼睁光的，使人头晕目眩。"随即一转便又是外视角的叙述语调："刘姥姥此时点头咋嘴，只是念佛而已。"由此而知，这段文字的聚焦结构顺序为：周瑞家的内视角——叙述者的外视角——刘姥姥内视角——叙述者的外视角。而由此发现两个重要现象：一是内视角是被外视角缝制起来的，且被包裹于更大的外聚焦范围内。换言之，内聚焦的存在形态是外聚焦者不断地与周瑞家、刘姥姥的视角重合转换叙述的结果。二是，内聚焦者（刘姥姥、周瑞家的）的聚焦长度短小（与西方的环境铺陈与心理细述相比甚是凸显），内外聚焦者的转换频率较高，上引短短的三百余字竟转换聚焦者四次，而内聚焦的短小与高频率也易生成聚焦形态的复杂多变。

2.C 点内聚焦的发现

第二个需要特别指出的是在中国古代小说中，内聚焦经常会出现更复杂的情形，即：A 说 B 看到 C 在做什么，C 又看到 B 和 C1、C2 在做什么（A 是作者、叙述者的外视角聚焦，B 是书中主要人物视角的内聚焦，C 是书内主要人物之外的其他人物的视角聚焦）。请看下面一段《红楼梦》中描写黛玉进荣国府的文字：

> 黛玉连忙起身接见，贾母笑道："你不认得他，他是我们这里一个有名的泼辣货，南京所谓'辣子'，你只叫他'凤辣子'就是了。"黛玉正不知以何称呼，众姊妹都忙告诉黛玉道："这是琏嫂子。"黛玉虽不曾识面，听见他母亲说过，大舅之子贾琏娶得就是二舅母王氏之内侄女儿，自幼假充男儿教养的，学名叫做王熙凤，黛玉忙陪笑见礼，以"嫂"呼之。这熙凤便携着黛玉的手，上下细细打量了一回，便仍送至贾母身边坐下，因笑道："天下真有这样标致的人物，我今日才算见了，况且这通身的气派，竟不象老祖宗的外孙女，竟是个嫡亲的孙女。怨不得老祖宗天天口头心头一刻不忘，只可怜我这妹妹这样命苦，怎么姑妈偏就去世了呢！"说着便用帕拭泪。贾母笑道："我才好了，你又来招我。你妹妹远路才来，身子又弱，也才劝住了，快别再提了。"熙凤听了，忙转悲为喜道："正是呢！我一见了妹妹，一

心都在他身上，又是喜欢，又是伤心，竟忘了老祖宗了，该打！该打！"……又见二舅母问他："月钱放完了没有？"①

从"又见二舅母问他"一句而知，以上文字都是通过林黛玉眼睛所见、耳朵所听到的，是林黛玉的视角（聚焦），即叙述者与主要人物黛玉重合而为一了。即 A 与 B 重合的 AB 内聚焦。用公式类的话说是："A 说 B 看到 C 在做什么。"文中的 C 可不是一个人物，而是由熙凤、贾母、王夫人、众姐妹组成的多个人物。更重要的是贾母、王熙凤、王夫人并非被动的物，而是活生生的向黛玉讲说着重要信息的人物。从她们的话中，我们发现了一个重要的秘密：C 作为主体也在说 B 或 C1、C2，形成了人物间的信息反馈（贾母向黛玉开玩笑地介绍她心里的王熙凤；王熙凤拉着黛玉在贾母面前赞美这位小女孩的美丽；王夫人向熙凤询问她最不放心的事），而在这些信息反馈中，一时形成了新的聚焦点——C1——王熙凤。叙述者叙述 C 聚焦点时，被聚焦者的自身叙述与 B（黛玉）的自身叙述有着相同之处——外叙述者与人物重合。然而却不是 A 与 B 重合，而是 A 与 C 重合。如贾母笑道："你不认得他，他是我们这里一个有名的泼辣货，南京所谓'辣子'，你只叫他'凤辣子'就是了。"外叙述者 A 与人物 C（贾母）的叙述焦点重合。如果再用公式类的话语表示，则成为：A 说 B 看到 C 在做什么，C 又看到 B 和 C1、C2 在做什么。外在叙述者 A 的聚焦不仅与其关系最近的 B 的聚焦重合，也与次重要人物 C 的聚焦重合，形成 AC 点内聚焦，我们称之为 C 点内聚焦。

C 点内聚焦的范围包括被聚焦者的一切行为，不只是言语（人物间的对话和内心独白），包括演唱（表演的戏曲、演唱的小曲儿、说故事、说笑话等），也包括梦幻场景，即 B 点内聚焦者所看到（梦到）的一切人物都有可能同时成为外视角叙述者聚焦的对象。

3.C 点内聚焦与 B 点内聚焦的区分和意义

那么新发现的 C 点内聚焦与 B 点内聚焦有无区别？其区别分别是什

---

① （清）曹雪芹：《红楼梦》（程甲本），书目文献出版社 1992 年版，第 19 页。

么？首先，我们分析被聚焦的 A 者与被聚焦的 C 者关系的距离远近。就与外在叙述者 A 的关系远近而言，B 的关系最亲近，即外叙述者的聚焦首先是 B（黛玉），首先与黛玉的视角重合，而与 C 群的重合则是更远的层次了。C 群在更大程度上是通过 B 与 A 产生联系的（具体到黛玉进荣国府的上段文字，则是因为大家都来迎接远道而来的黛玉而进入黛玉的视角范围内的）。其次，C 聚焦点与 B 聚焦点因聚焦视阈大小不同而处于主次的不同层次上。C 聚焦点的范围总是小于 B 聚焦范围，被包容于 B 点聚焦的圈子内，且以另一层次出现。其功能在很大程度上是补充、丰富 B 点聚焦内容（不仅贾母向黛玉介绍凤辣子是如此，王熙凤当着贾母面夸黛玉更直接地丰富了黛玉聚焦的内涵）。但有时也借 B 的视角展示 C 群的包括性情品格在内的重要信息。如关于姊妹间年龄大小、相貌形态的信息，关于王熙凤身态风韵，以及"风"而"辣"、八面玲珑、能讨上下欢心、不按时发放下人月钱的信息等。这种信息的展示，同样未能超出丰富 B 点内聚焦的功能之外。再其次，也是更重要的，就对书中在场的其他人物而言，B 点内聚焦是他人不可感知的内聚焦，而 C 点内聚焦则是他人可感知的内聚焦。"在这方面，注意到人物说出的与人物未说出的话之间的不同是重要的。说出的话对于其他人说来可以听得见，因而当聚焦针对他人时是可感知的。未说出的话——思考、内心独白——不管范围多么广泛，对于其他人物都无法感知。"[1] 不可感知的内视角指人物只是用眼睛看，用心想，只有读者知道并与之交流，故事中其他人物却不知道他（她）的信息，不能与他交流。如上文所举黛玉对王熙凤认识的心理活动："黛玉虽不曾识面，听见他母亲说过，大舅之子贾琏娶得就是二舅母王氏之内侄女儿，自幼假充男儿教养的，学名叫作王熙凤。"[2] 这种内心独白只有独白者黛玉自己明白，而其他人物则无法知晓。而 C 点内聚焦者则不同，

————————
① ［荷］米克·巴尔:《叙述学：叙事理论导论》，谭君强译，中国社会科学出版社 2003 年第 2 版，第 127 页。

② （清）曹雪芹:《红楼梦》（程甲本），书目文献出版社 1992 年版，第 19 页。

他总是将自己内心的信息说出来，从而不仅使读者知道，故事中的其他人物也都知晓。如贾母向黛玉介绍"凤辣子"的那段话，以及王熙凤当面夸赞黛玉的那一堆话就属于这一类。故而，也可称之为可感知的内聚焦。

也许有人会说，荷兰叙述学家米克·巴尔在他的《叙述学》中，已提到聚焦层次问题，并举出了⑤⑥⑦三个例子：

⑤玛丽参加抗议游行。

⑥我看见玛丽参加抗议游行。

⑦米什莱看见玛丽参加抗议游行。

并"由此得出两条结论。第一，似乎可以区分一系列聚焦层次 (levels)；第二，有关聚焦层次 (focalization level)，'第一人称叙述'与'第三人称叙述'之间没有根本的区别，当外在式聚焦者将聚焦'让与'内在式聚焦者时，实际发生的是，内在式聚焦者的视角在外在式聚焦者的范围内被提供"①。

然而，事实上，米克·巴尔所说的层次："我看见玛丽参加抗议游行"，与"米什莱看见玛丽参加抗议游行"处于叙事聚焦的同一层面，即不同的人看见玛丽参加游行的同一件事。而这不同的人（"我"与"米什莱"）之间是并无从属关系的并列关系，而绝非递进关系。即使有若干人看到玛丽参加抗议游行，这若干人的关系也依然是并列关系，依然是共同处于一个叙述层面内，即 A 看到玛丽游行，B 看到玛丽游行，C 看到玛丽游行。而本书所讲的 A、B、C 三者间是递进关系，即 A 说 B 看见 C 做什么，C 当着 B 的面说着 D 的事情。

A——外在叙述者是第一层次的聚焦；

B（AB 重合为 B——书中主要人物）——聚焦的第二层次——B 点内聚焦；

C（AC 重合为 C——主要人物之外的人物）——聚焦的第三层次——

① 〔荷〕米克·巴尔：《叙述学：叙事理论导论》，谭君强译，中国社会科学出版社 2003 年第 2 版，第 129 页。

C 点内聚焦。

关于 C 点内聚焦的系统性研究，国外叙事学尚未见涉及。故而，可以称之为新发现。

由于中国古代的叙事多为全能视角下间入其他视角的复合叙事方式，中心人物的聚焦——B 点内聚焦及其信息表达主要是通过其他人物 C 群的插入视角完成的。C 点内聚焦是丰富 B 点内聚焦的主要方法途径。正因如此，C 点内聚焦不仅是明清小说叙事中常用的方式，具有普适性，而且对于故事叙事有着特殊的意义和多种功能。C 点聚焦者往往为 B 式聚焦者提供意想不到的崭新信息，从而使 B 点聚焦者有意外的发现，改变聚焦者 B 的行为，从而生成故事或改变叙事的节奏、方向和力度，使叙事增添新的意义。

譬如上述所引黛玉进荣国府的那段文字，C 聚焦群中，王熙凤、贾母、王夫人所发出的信息，就使得聚焦者 B（黛玉）有了关于王熙凤的不小发现（与众不同、风辣子、八面玲珑、克扣月钱等），待到后来与宝玉相见，大为惊讶，似曾相识，继而便有询玉、摔玉的那场闹剧，令黛玉有一个不小的发现并因之而"伤心抹泪"。然而，黛玉进荣国府的 C 点聚焦，并未有推进情节发展或情节转换的迹象。而在明清两代小说中，C 点聚焦所提供的信息往往是叙事的重要部分，常常引起故事叙述的生成与突转，表现出多种叙事功能。

二、聚焦与悬念

1. 聚焦与悬念的产生

制造悬念是中国小说叙事的长项。那么，悬念是怎样产生的呢？事实上所谓悬念就是聚焦者、人物、读者所知信息谁多谁少之间的某种关系、情状。一般说来，由于外聚焦者拥有叙述的最大权力，故而同时也拥有最多的知情权和最多的图像权。他所知的图像的多少往往大于故事中人物和读者所知图像的多少。如果聚焦者所知图像和人物所知图像大于读者所知图像时，即聚焦者将有些读者应知道的信息进行截取、占有、隐藏后，就会引起接受者急切期待知晓心中某个缺失信息的心情，产生悬念。"悬念可由后来才发生的某事的预告，或对所需的有关信息的暂时沉默而产生，在这两种情况下，呈现给读者的图像都被操纵。"①

当然，并非所有缺失的信息都能产生悬念，只有进入接受者视野并为他们所关注的缺失的信息才能产生悬念。譬如采用倒叙手法的小说，聚焦者先聚焦于某一人物的死亡。那么读者必然会发出推理般的提问：谁杀的，谁指使人杀的？因何要杀？怎样杀的？而对于这些答案，接受者不知道，聚焦者是知道的。他有意将其隐藏起来，造成接受者的信息缺失和期待补缺的需要，于是悬念就产生了。

一般说来，悬念是针对接受者而言的，我们称之为直接悬念。既然悬念是指聚焦者、人物、接受者所拥有故事信息量多少之间的关系，那么，便存在书中人物所知信息量与外在聚焦者所拥有信息量多少的问题，于是也存在书中人物对故事信息缺失而产生悬念的现象——人物悬念。我们称人物悬念为间接悬念，因为只有人物的悬念引起接受者的急切期待知晓的心情的间接悬念才有意义。换言之，我们所说的间接悬念（故事中人物的悬念）是指能引起接受者悬念的悬念。

譬如《三国演义》第四十九回"诸葛亮七星坛祭风"，孔明前去为周瑜治病，答应借给他三日三夜东南大风。而在隆冬时节，只能刮西北风，怎好借来东南风。先是周瑜疑心，待到东吴全军上下集合待风而发，却见天晴气朗，无一丝微风，周瑜疑心顿起：孔明谬矣！隆冬之时，岂会有东南风？是否会有东南风的悬念，不只是周瑜一人之悬念，乃是全军之悬念，局外人读者之悬念。周瑜的焦虑、疑心更加深了读者的期盼心理。这种可以转化为读者的人物悬念是有意义的悬念。

---

① 〔荷〕米克·巴尔：《叙述学：叙事理论导论》，谭君强译，中国社会科学出版社 2003 年第 2 版，第 132 页。

悬念产生于聚焦者间的信息关系。具体说悬念产生于聚焦者与被聚焦者间的六种关系。

其一，就对某件事某个人物的行为而言，外聚焦者所掌握的令人关注的信息量大于接受者所掌握的信息量，遂生发悬念。有的聚焦者（外聚焦者）先聚焦于一个故事的开始，后来发展如何，读者不知道，于是便可能发出疑问：后来怎样了？考上举人了吗？成功了吗？团聚了吗？等等，生出了一系列未知而欲知的疑问、悬念。譬如关汉卿杂剧《窦娥冤》。楔子内讲书生窦天章贫穷，欠蔡婆婆 20 两银子未还，他要进京参加举子考试，苦于没有盘缠（路费），无奈，便将唯一的女儿窦娥卖给了蔡婆婆做童养媳抵债，蔡婆婆又送他 20 两做路费，父女分离。观众不禁产生悬念：这位书生后来中举了吗？父亲走后，女儿过得如何？父女后来又团聚了吗？这些问题聚焦者是清楚的，人物窦天章本身是清楚的，唯有读者不清楚。

其二，B 点内聚焦者所知信息大于接受者所能接受的故事信息，使接受者产生悬念。譬如《三国演义》中的诸葛亮火烧博望坡。三千老弱残兵面对夏侯惇的十万精兵，这一仗如何打，能否取胜，大家都捏着一把汗。且都将希望寄托在新到的智多星诸葛亮身上。然而诸葛亮能否转危为安，不要说关羽和张飞怀疑，就连刘备心中也没谱儿，读者更不晓得。而唯有内聚焦者诸葛亮成竹在胸、胜券在握。即 B 点聚焦者的信息大于书内其他人物，也大于接受者所接受到的信息，于是造成悬念。

其三，外聚焦者的信息量大于 B 点内聚焦者的信息量，使 B 点聚焦者生发出某种悬念。如《红楼梦》写贾雨村为恢复官职，在冷子兴指点下，托林如海写信举荐于工部员外郎贾政。贾政是否乐意举荐、是否有能力举荐成功？B 点聚焦者贾雨村并不晓得。故而贾雨村一直心存疑虑和悬念，而外聚焦者对此结果却心知肚明。

其四，外聚焦者的故事信息量大于 C 点聚焦者的故事信息量，使得故事中包括 C 聚焦者在内的人物出现信息盲点，生成故事人物悬念和接受者悬念。《倒运汉巧遇洞庭红　波斯胡指破鼍龙壳》从小说标题给出的信息，接受者可揣测出倒运的文若虚在这次随富商海外贸易中，会走好运。然而至于怎样走运、怎样发财却不得而知，又很想知晓，遂萌生悬念。而书中人物（航船到海外的其他富商）压根就没想到这位倒运汉会转运发财，当他真的一时暴富后，他们方暗自反问，他怎么运气会如此好，不免生发另一层次的悬念（因何由倒运突然转为兴运）。只有外聚焦者知晓，读者与小说中的所有人物都蒙在鼓里，直到叙事结尾时方恍然大悟。

2.C 点内聚焦悬念

上述悬念产生于 A 点外聚焦与 B 点内聚焦者所掌握的信息量大于其他聚焦者。而有些悬念直接产生于 C 点聚焦信息量大于其他聚焦者的情形。我们称此为 C 点内聚焦悬念（产生悬念的第五种情形）。

C 点内聚焦者所拥有的故事信息量大于 B 点内聚焦者，使 B 点内聚焦者连同读者一起产生疑问、玄想，生出悬念。如《红楼梦》中甄士隐正在过着安稳自由而幸福的日子时，遇到疯疯癫癫的一僧一道，那跛足道人见士隐抱着英莲，"便大哭起来，又向士隐道：'你把这有命无运、累及爹娘之物，抱在怀内做甚！'士隐听了知是疯话，也不采他。那僧还说：'舍我罢！舍我罢！'士隐不耐烦，便抱女儿转身欲进去，那僧乃指着他大笑，口内念了四句言词道是：'惯养娇生笑你痴，菱花空对雪澌澌。好防佳节元宵后，便是烟消火灭时。'"① 这四句词颇让士隐心中费解，也颇令读者费尽猜想。它到底是指什么？此处留下了一大悬疑。造成的原因就是作为 C 点聚焦者（一僧一道）所拥有的图像数量远大于 B 点聚焦者（甄士隐），他们心里明白英莲将来命运及其结局。而甄士隐与读者却蒙在鼓里。

C 点内聚焦者的信息量大于接受者所知图像量而使接受者产生悬念（产生悬念的第六种情形）。譬如《西游记》第七十四回，写唐僧师徒来到一座险恶的高山，正行间，只见一位白发飘飘的老者，站立山头，高呼："西进的长老，且暂住骅骝，紧兜玉勒。这山上有一伙妖魔，吃尽了阎浮世上人，不可前行。"② 唐僧听言，竟从马上摔了下来。这山是何山，有何

---

① （清）曹雪芹：《红楼梦》（程甲本），书目文献出版社 1992 年版，第 94—95 页。

② （明）吴承恩：《西游记》，上海书店出版社 1996 年版，第 767 页。

妖魔，妖魔本领究竟有多大？孙行者不知晓，读者也不明白，而 C 点内聚焦者——"白发老人"（是传递信息的太白金星）——他心里最清楚。太白金星的反复告诫、恐吓①，加重了人们心中的担忧和悬想的程度。

特别需要指出的是，在明清小说里，C 点内聚焦者所掌握故事信息量与其他聚焦者间的关系是悬念生成的重要内容（在悬念生成的六种途径中，占据半壁江山）。C 点内聚焦者自身拥有的故事图像量大于 B 点内聚焦者或大于接受者或大于二者的情形较为普遍。这种情形或造成故事改善的困难、曲折多变乃至悲剧后果（如《三国演义》中诸葛亮送女人衣给司马懿，直至病死于五丈原——C 点内聚焦者司马懿所知信息大于孔明和读者；《红楼梦》中宝黛爱情悲剧的形成——贾母、王夫人的信息量大于 B 点聚焦者宝玉），或所引起的悬念往往带有宗教式的神秘色彩。如《三国演义》中所写孔明的神算；《西游记》中佛的无边法力；《金瓶梅》中普静禅师对过去未来的通晓、吴神仙的相面；《红楼梦》中多次出场的一僧一道等。

C 点内聚焦的发现可进一步打开叙事聚焦理论研究的视域，丰富其内在关系的研究，同时也拓展了悬念的研究，在一定程度上丰富、细化了悬念的理论。

三、聚焦与悬念生成的本源与动力

1. 聚焦生成于叙事意图

聚焦可以显示叙述者的关注度，一个人物如果成为一部小说聚焦最长最密者，那么这个人物一定是一部小说叙述意图的表现者、载体。故而聚

---

① 孙悟空去询问老者时，那白发老者说："那妖精一封书到灵山，五百阿罗都来迎接，一只简上天宫，十一大曜个个相钦，四海龙王曾与他为友，八洞仙常与他作会。十地阎君以兄弟相称，社令城隍以宾朋相爱。"而当八戒询问，听后竟吓得"战战兢兢跑将转来"，二话不说，便打点行装要散伙，回他那高老庄。

焦者被聚焦的长度必然是叙述的中心和意图表现的主体。在故事人物中，人人都有被作为聚焦者的权利，即每一个人或物都可以成为聚焦者。"什么对象被人物聚焦者所聚焦呢？它不一定是人物，客观对象、风景、事件，总之所有成分都可以被聚焦。"① 但真实情形往往是有的人物成为聚焦者，有的人物则未成为聚焦者。因何如此呢？这首先须明白，是否成为聚焦者是由什么决定的？显然是由叙述的需要决定的，需要叙述时方可能成为聚焦者。那叙述需要又是由什么决定的呢？显然是由叙述意图来规定着的。若果真如此，那么聚焦的情形（是否聚焦，聚焦的长度、深度）反映了作者的叙述意图。换言之，我们可以从聚焦情形的分析入手，发现作者的叙述意图的内涵及其变化。刘姥姥进荣国府故事中，最具聚焦长度的是刘姥姥，但聚焦的转换不时地发生，一会儿是贾家看门的仆人们的势力，一会儿又是周瑞家介绍管家与管家婆们的分工。一会儿又是王熙凤的地位与为人，一会儿又移至平儿的不同凡响，一会儿又写王熙凤屋内布置的豪华，一会儿又移向凤姐与贾蓉的暧昧……叙述者在聚焦刘姥姥的同时又聚焦于其他人物身上，即叙述者的意图不单在刘姥姥，而恰恰是借乡下老农刘姥姥的视角，展示贾府上层社会的生活环境及其生存于这一环境中的主要人物的形神面貌。即以刘姥姥进荣国府的事，作为叙述一部书的"头绪""纲领"。

叙述聚焦生成于叙述意图，由聚焦而引发的悬念也生成于叙述意图。

2. 悬念生成于叙事意图

悬念产生于读者欲知而未知的信息缺失，是谁制造了读者认知的缺失呢？是谁制造了悬念呢？不会是故事中的人物，因为他们的被聚焦与否，他们自身信息量的多少，并非由他们自身所掌控，而是在他们之上还有一个至高无上的权威——外在式聚焦者（叙述者）。故而，造成信息缺失者唯有一种可能性对象——外在式聚焦者。聚焦者制造悬念意欲何为？对此

---

① 〔荷〕米克·巴尔：《叙述学：叙事理论导论》，谭君强译，中国社会科学出版社 2003 年第 2 版，第 122 页。

分析，我们会发现一个艺术秘密。《三国志通俗演义》第五十四回"周瑜定计取荆州，刘玄德娶孙夫人"，写周瑜与孙权设计，以将孙权妹妹嫁予刘备为诱饵，骗刘备来东吴招亲而后换取荆州。"因要取荆州，若动刀兵，恐生灵涂炭，故将此为名，赚刘备来囚之，将荆州付还。如其不从，先斩刘备。"① 刘备欲到东吴招亲，知为计谋，不敢前往。"周瑜计欲害我，岂可轻身以入危险之途？"② 孔明劝他答应这门亲事，送他三个锦囊妙计。然直到赵云率军护驾出发前，刘备仍"心中怏怏不安"③。刘备娶亲能否成功？三个锦囊妙计是什么？故事中的人物孔明知道，外在式聚焦者知道，玄德不知，读者也不知道。于是悬念产生。

可见，悬念是外在式聚焦者截取他所拥有的人物的故事图像，有意造成 C 点内聚焦者和读者信息的缺失而形成的。那么，外在式聚焦者为何要这样故弄玄虚呢？人的行为若追求其深层的根源，必有其意欲上的原因。聚焦者的行为与其行为意图有关，或者说聚焦者的聚焦是受其聚焦的意图支配的。米尔·巴克说：

> 外在式叙述者与人物叙述者的区别，讲述其他人情况的叙述者与讲述其自身情况的叙述者的区别，可能与叙述意图的区别有关。④

那么聚焦者的叙述意图是什么呢？若回答这一问题，首先须分析聚焦者的属性。刘备东吴招亲这一情节有两个主要聚焦者：刘备、诸葛亮（事实上的聚焦者还有周瑜、孙权、孙权妹、孙权母、乔国老、赵云等，不过他们多是陪衬）。刘备、诸葛亮是两位内聚焦者，他们有共同的属性，即都是外聚焦者与人物相重合的内聚焦。这种内聚焦都会完成两种意图：人

① （元明）罗贯中著、李渔批点：《李笠翁批阅三国志》（上），见《李渔全集》第10卷，浙江古籍出版社1992年版，第35—36页。

② （元明）罗贯中著、李渔批点：《李笠翁批阅三国志》（上），见《李渔全集》第10卷，浙江古籍出版社1992年版，第34页。

③ （元明）罗贯中著、李渔批点：《李笠翁批阅三国志》（上），见《李渔全集》第10卷，浙江古籍出版社1992年版，第35页。

④ ［荷］米克·巴尔：《叙述学：叙事理论导论》，谭君强译，中国社会科学出版社2003年第2版，第142页。

物的意图与外在聚焦者叙述意图。具体说，在刘备这个人物的内聚焦上，所表现的意图有两个，一个是刘备想娶孙权妹妹的意图——情爱、婚姻意图（从与东吴做媒使者的对话中可知——欲得而惧怕）。另一个是与刘备行为意图相重合着的外聚焦者——叙事者——的叙述意图：描写刘备喜欢妙龄美女的好色和贪图安逸的英雄本色的另一面。"玄德果然被声色所迷，全不想回荆州，亦不思孔明之语。"①就连身边的赵云都被拒之门外。赵云说："主公贪恋女色，并不见面。"②从而丰富了刘备的性格与形象内涵。在诸葛亮这个人物的内聚焦上，同样表现了组成这一重合的两种意图：一个是诸葛亮想帮助主人刘备实现娶孙权妹为妻的帮衬意图，另一个是击破周瑜取荆州之谋，保荆州不失。"略用小谋，……吴侯之妹又属主人，荆州万无一失。"③不过这二者是一而二、二而一地混合在一起掰不开的。还有更大的意图即外聚焦者的叙事意图，那就是通过帮助刘备成亲及其具体的措施——三个锦囊妙计——达到在读者心中塑造一个知己知彼能预测未来的顶尖级的智慧者形象，换言之，将孔明塑造成为读者心中敬仰的智者（周瑜之计谋不仅被诸葛亮识破，而且周瑜后一计谋——声色之计，软化刘备之志，离间与孔明和关、张关系——也早被孔明预料到，且用三个锦囊妙计，使东吴"陪了夫人又折兵"。周瑜远非诸葛亮敌手，只不过是诸葛亮的一个陪衬而已）。

那么，两个主要的内聚焦者对于叙事者实现自己的叙事意图来说，哪一个更重要，哪一个与实现叙事者的意图距离更接近呢？对这一问题的分析使我们又有新的发现。葛诸亮的人物聚焦范围——B点内聚焦——包含着刘备东吴招亲的聚焦范围。而刘备到东吴招亲过程本身并不包含诸葛亮

---

① （元明）罗贯中著、李渔批点：《李笠翁批阅三国志》（上），见《李渔全集》第10卷，浙江古籍出版社1992年版，第41页。

② （元明）罗贯中著、李渔批点：《李笠翁批阅三国志》（上），见《李渔全集》第10卷，浙江古籍出版社1992年版，第41页。

③ （元明）罗贯中著、李渔批点：《李笠翁批阅三国志》（上），见《李渔全集》第10卷，浙江古籍出版社1992年版，第34页。

的故事（聚焦者是刘备而非诸葛亮）——C点内聚焦，只是显示了诸葛亮的妙计。同样刘备行为的意图（娶亲）不能包含诸葛亮行为的意图（助娶亲成功、保荆州），而诸葛亮行为的意图却包含着刘备行为意图。外在式聚焦者的叙事意图（刻画诸葛亮战略家、战术家的超人智慧）大于诸葛亮的行为意图（帮助刘备实现东吴招亲和保荆州）。如是，我们可以清晰地看到不仅刘备的行为意图与诸葛亮的行为意图不在一个层面上，外聚焦者的叙事意图与人物的两个内聚焦也同样不在一个层次上，范围最大的第一层次是外聚焦者的叙事意图；之下的第二层次是诸葛亮的内聚焦层次，最小的第三层次是刘备的内聚焦层次。我们用三个句式来表示聚焦者的意图层次如下：

A点外聚焦者意图：通过孔明献计使刘备东吴招亲成功的事件，实现塑造智者孔明形象的意图。

B点内聚焦者（诸葛亮）意图：实现击败周瑜计谋、既娶孙权妹又保荆州的意图。

C点内聚焦者（刘备）意图：与年轻美女孙权妹成亲——实现娶孙权妹的意图。

于是，我们发现一个带有普适性的规律：其一，意图决定聚焦，聚焦表现意图。其二，聚焦分为外在式聚焦与人物内在式聚焦（B点内聚焦层次；C点内聚焦层次）。外聚焦者与人物聚焦及其意图表现是分层次、以不同层次表现的。层次之间的关系就是意图表现间的关系。其三，外聚焦者的意图是由人物聚焦的意图表现的，人物意图表现叙述者的意图。其四，由于叙述意图大于人物的意图，叙事者所知图像的多少大于人物所知图像的多少，也大于读者所知图像的多少，故而，叙述意图是悬念产生的原壤。

综上所述，明清小说叙事聚焦与西方小说不同之处在于，中国叙述聚焦的主体方式是外在式聚焦包裹下的跳跃式内聚焦，聚焦长度短、游移频率高，形态复杂。B点内聚焦范围内的C点内聚焦形态丰富、功能强劲而多变，是明清故事叙述的特色方式。聚焦者与被聚焦者间的信息量多少的六种关系生成叙述悬念，而 C 点内聚焦悬念是诸悬念中的重要组成部分。在聚焦与悬念的分析中，我们发现叙述意图是聚焦变化的动力和悬念生成的原壤。

第十一章　嵌入序列的生成及其功能

嵌入是将单一序列组织为复合序列，使故事叙述下去且承载着深厚思想的叙述方式。明清两代的小说评点家都曾普遍关注这一现象，足以说明它的重要性。然而，古人的体验一方面多侧重于叙事如何吸引人的技巧方面，事实上技巧不是孤立的，它反映着叙事的本质及其整体构思，即在技巧背后还隐藏着更丰富的内涵。另一方面，至今对嵌入叙事的研究中还存在着概念的模糊。如"嵌入"与"插入"间存在着差异性，并非同义异名等。本章从叙事的灵魂——心理意图——入手，意在对嵌入叙事做一初步而较为系统的疏理，力求校正某些偏差。

一、嵌入与嵌入序列的本质

1. 序列、主序列与嵌入序列

研究嵌入叙事的第一步，应首先理清何为嵌入？因嵌入是将单一序列变为复杂序列的主要叙述方式之一，故而在理清何为嵌入之前要弄明白两个问题：何为序列？何为主序列与次序列，嵌入的序列属于哪种序列？

先分析何为序列。最早系统地解释这一概念的是法国的叙事学家克洛德·布雷蒙。他在《叙述可能之逻辑》一文中对序列这一概念做出了系统的阐述。他指出：

1. 基本单位即故事原子仍然是功能。和普罗普的看法一样，功能

与行动和事件相关；而行动和事件组成序列后，则产生一个故事。

2.三个功能一经组合便产生基本序列。这一个三功能组合是与任何变化过程的三个必然阶段相适应的。

a)一个功能以将要采取的行动或将要发生的事件为形式表示可能发生变化；

b)一个功能以进行中的行动或事件为形式，使这种潜在的变化可能变为现实；

c)一个功能以取得结果为形式结束变化过程。①

由此可知，布雷蒙认为一个序列就是一个故事，它由三个功能即变化过程的三个阶段组成：行为意图产生阶段（"将要采取的行动或将要发生的事件"）；行为意图实践阶段（"以进行中的行动或事件为形式"）；行为意图实践的结果（"以取得的结果为形式"）。布雷蒙在接下去的文字中将上述观点以下列图示方式表述得更加具体清晰：

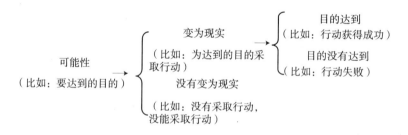

他没有采用"意图"的字眼，而是称之为"要达到的目的"，而"要达到的目的"正是本书所说的"意图"。如是说来，三个功能系列：意图的产生、意图的实践、意图实现的结果便组成一个基本序列，即一个故事。更重要的是意图的产生、实践、结果三个阶段是人类所有行为都具备的必然的过程。换言之，是任何国家任何民族的人的行动的共同形式、共同过程结构、共同规律，具有人类的普适性。既适用于西方也适用于

---

① 〔法〕克洛德·布雷蒙：《叙述可能之逻辑》，见张寅德编《叙述学研究》，中国社会科学出版社 1989 年版，第 154 页。

中国。

　　由于每个序列中行为的主人公在整部小说叙述中的地位不同，而使得人物行为意图所组成的序列有了主、次序列之分。所谓主序列，是指一部小说中核心人物的人生意图所组成的序列。同理，次要人物的人生意图所组成的序列，就是次序列。如果在一部较长的叙事文本中要寻找主意图序列，并非一件易事，需要采用有效的方法。我们可以将西方人的理论分析法与中国人的体验方法结合起来，这种方法就是首先要找到叙事文本中的主人公（主体—施动者），而后确定他的行为的目标、意图（客体—受动者）及其结果。最终把寻找的结论浓缩为一句含有主、谓、宾结构的句子。这个句子的主语是小说的主人公，谓语是他生成的意图（意欲），宾语（客体—受动者）是实现的目标或结果。具体公式为：行为者 X 渴望着目标 Y，结果是 Y+Z（Z 代表着与 Y 不相同的诸种结果，二者间呈反比例关系。Y 所占比例高，Z 则相应地变小，直至等于零。反过来也如是）。如（1）《杜十娘怒沉百宝箱》中杜十娘的意图序列，我们可概括为：杜十娘想嫁给书生李甲，却被李甲出卖给一个不相识的人而投江；（2）《蒋兴哥重会珍珠衫》中蒋兴哥的意图序列：蒋兴哥想与妻子白头偕老却意外地休弃了妻子又意外地与旧妻复婚；（3）《卖油郎独占花魁》中卖油郎的意图序列：卖油郎想与花魁娘子成就一夜夫妻却成就了终身夫妻。（4）《红楼梦》中贾宝玉的意图序列：贾宝玉想与情投意合、纯洁美丽的黛玉结为夫妻，却娶了自己不爱的宝钗，遂跟僧道出家去了。以上抽象的句子有一个共同点，作为主人公人生的大序列而言，所抽象的只是萌生的意图及其实践的结果，而省略了意图实践的过程。当我们去填补这一过程的时候，竟意外地发现：这个意图实践的过程，则往往是通过嵌入方式，由所嵌入的序列承担着实践的主要任务。如《蒋兴哥重会珍珠衫》中间的实践过程，正是通过四个序列填充的。一是陈大郎想占有王三巧，终于如愿以偿，后不料事败而病亡；二是蒋兴哥得知王三巧与陈大郎偷情而休掉了三巧；三是平氏（陈大郎妻）要救病中的丈夫，却因丈夫去世而嫁与了蒋兴哥。四是县令吴杰上任途中要寻一佳丽而娶了王三巧。在这四个序列中，只有蒋兴哥休妻是主意图序列故事，其他三个序列全是嵌入的非主意图序列。可见，区分嵌入序列与非嵌入序列的标准只有一个，那就是行为的主体（施动者）是叙事文本的主要人物，抑或非主要人物。如若是非主要人物，其意图序列当是嵌入序列。换言之，嵌入序列都是次要人物的意图所构成的次序列。所谓嵌入，就是将次要人物的行为意图构成的次序列，插入主意图序列中的叙述形式。

2. 插入不等于嵌入

当我们弄清楚了嵌入的概念时，便会发现"嵌入"与"插入"虽然在叙事形式上极为相似，但却存着明显的差异。差异有二：其一，内容的性质与长短不同。嵌入的内容是一个故事，即一个人物行为意图从生成、实践到结果三个阶段的自然循环过程。而插入则可以是一句话、一个场面、一个信息（消息），不一定是一个故事序列。譬如《红楼梦》第七十三回"痴丫头误拾绣春囊"，写贾母身边干粗活的傻大姐，无意间在大观园内捡到一个绣春囊，看着上面绣的两个妖精在打架而嘻嘻的傻笑。但这位傻大姐捡到绣春囊只是好奇，并无什么目的和打算，构不成序列，故而，不能称之为嵌入，只能称之为插入。而当邢夫人看到那个绣春囊后，萌生了一种想法、意图，要羞一羞王夫人，打击她们的气焰。随后而生发的抄检大观园故事便成为嵌入故事。其二，嵌入故事的行为主体必须是主要人物之外的次要人物，而插入既可以是次要人物，也可能是主要人物。譬如《水浒传》写武松在柴进庄上与宋江告别，要去寻找自己的哥哥，过井阳岗却遇到了老虎，并将其打死。打虎故事因行为的主体是主人公武松，而非其他次要人物，故而武松打虎也属于插入而非嵌入。

二、嵌入系列产生的根源

当我们分析了何为嵌入后，接下来的问题便是嵌入方式是如何生成的？因何会有嵌入，即嵌入产生的根源和动力是什么？

1. 首序列的缺失与填补欲

嵌入产生的根源并非来自于叙事技术的需要，而是来自于缺失及其补偿的需求。其缺失与补偿有两个方面。一是故事内部，即首序列（前一个故事序列）存在的先天不足，以及因此不足而引起的改变此状况的欲望。这种改变状况、填补缺失的欲望正是嵌入产生的根源与动力。以《金瓶梅》第十七回"李瓶招赘蒋竹山"为例。李瓶儿萌生嫁给西门庆的愿望这件事本身存在着多种先天不足。一来李瓶儿是西门庆义弟花子虚的妻子，娶弟媳名分不好。二来，西门庆得了花子虚许多财宝，又买了花子虚的旧宅。三来，花子虚的死又与西门庆与李瓶儿偷奸有关。其四，现花子虚刚死，李瓶儿孝服又未满，若娶过来会招十兄弟与街坊许多疑心和议论。其五，花子虚的哥哥花大，"是个刁徒波皮的人"，难免寻机生事。更要紧的是因李瓶儿与西门庆偷奸拐财而气死的花子虚不肯善罢干休。以上这几种先天不足一经吴月娘说出，给西门庆心里增添了无形的压力，使得娶李瓶儿的婚事一拖再拖，以至于受杨戬案的拖累，西门庆两个月闭门不出，本定好的婚日也无奈错过。而对于婚姻的另一方李瓶儿来说，她本是位以性爱满足为最高追求的女性，自遇西门庆的"狂风暴雨"后，便一发而不可收。而西门庆闭门不出的间阻，使她夜夜梦交，而饮食不进，生命垂危。为了活命，不得不再寻找一位救命的男子。况且，她将一生积蓄都转移到了西门庆家，一生的希望寄托于西门庆，而当她得知西门庆将被朝廷抄家、身陷囹圄的消息，而使昔日梦想彻底破灭后，也不得不另寻男子找活路。正是婚姻双方共同存在的先天不足，导致治好李瓶儿病的大夫蒋竹山故事序列的插入。蒋竹山要娶富婆李瓶儿的意图便是嵌入。而这个嵌入故事所以产生，除了蒋竹山的情欲外，另一个根本原因则是首序列——西门庆欲娶李瓶儿与李瓶儿欲嫁西门庆这件事，存在先天不足的结果。

2. 外叙述者意图实践缺失与填补欲

嵌入产生的根源之二是叙述者叙事意图未能实现而存在缺失，需要用某种方法填补自身缺失以完成叙述意愿的实现，即叙述意愿实践的不足是造成嵌入方式产生的另一根源。《西厢记》写张生与莺莺一见钟情，张生千方百计要再见莺莺一面，无论向红娘自报家门，让丫鬟通情于小姐，还是以读书为名借普救寺西厢住下，以至于隔墙吟诗，隔墙琴挑，最终获得了一个令他欣喜若狂的信息——崔小姐也有此情此意。而令他百般无奈的是崔夫人间阻、红娘态度并不十分明朗。至此，作者叙述此事的意图——"使天下有情人终成眷属"——便难以实现，叙事者的意愿缺失。于是便产生了克服间阻，补救缺失，实现"有情人终成眷属"的叙事愿望，这种愿望促使作者采取了嵌入情节的方式。这正是孙飞虎兵围普救寺情节和白马将军率兵解围情节嵌入的另一根源。正是因为有了孙飞虎兵围普救寺，才有崔夫人当众将女儿嫁给退兵者的诺言；正因张生下书请来了白马将军，解救了崔家母女，方使得张生与莺莺的婚姻名正而言顺。即使崔夫人失信而赖婚，却引起了红娘的同情、帮助，引起了莺莺大胆走出礼教藩篱的勇气。诚如李渔所言："夫子之许婚，张生之望配，红娘之勇于作合，莺莺之敢于失身，与郑恒之力争原配而不得，皆由于此。"[1]"白马解围"的嵌入，推动了剧情的发展，那完全是出于叙述者叙述意愿的需求力。

3. 内、外叙述意图缺失与填补欲

第三种原因则是原序列缺失与作者（或叙述者）叙述愿望难以实现的缺失（内、外力）共同作用的结果。譬如《西游记》中的孙猴子要漂洋千万里到南赡部洲灵台方寸山普提法师那里学长生不老之术故事的嵌入，一方面是来自求仙访道之前序列（花果山为王）的缺失，猴王自身的忧患："将来年老血衰，暗中阎王老子管着，一旦身亡，可不枉生世界之中，不得久住天人之内。"[2]正是这一忧患方使他萌生求长生不老之术的意图，方有用十几年时间跋涉千山万水的经历，用九年时间学会七十二般变化和筋斗云的学徒过程。另一方面，作者要写出下一序列——大闹天宫——的故事，就要塑造一位武力超群、天不怕地不怕的英雄，而未求仙访道前的猴

---

① （清）李渔：《闲情偶记·词曲部·结构第一·立主脑》，见《李渔全集》第 3 卷，浙江古籍出版社 1988 年版，第 8 页。

② （明）吴承恩：《西游记》，上海书店出版社 2009 年版，第 5 页。

王并不具备这一条件，故而，写其求仙访道序列是为写出大闹天宫序列中的武艺盖世的英雄孙悟空。书写这样一位超人英雄的产生，正是补救下一叙述意图难以实现而造成的缺失。

总之，嵌入叙述方式的出现并非孤立现象，并非作者的心血来潮，也不是读者所想象的只是一个艺术技巧问题，而是有它内在与外在的根源和必然性所在。

三、嵌入序列的叙事功能

1. 推助变善、变恶进程

对于原序列而言，嵌入序列具有推进、隔断、阻抑、改变功能，从而使故事的叙述发生较大的变化。对于这一变化西方叙事学一般将其分为变善、变恶两类，也称为改善进程和恶化进程。布雷蒙认为，所有的序列。至少所有的大序列，都是非改善即恶化的：

> 一个改善的序列总是一种缺乏或一种不平衡开始（如缺少一个妻子），最终达到平衡（如找到一个妻子；结婚）。这可以是故事的结束，但也可能不是；倘偌不是，已获得的平衡就可能遭到破坏（如妻子逃走了），随之就会出现一个恶化的过程。一旦恶化到最坏的地步（如离婚），便又可能引出新的改善（如找到一个新妻子），如此循环，无休无止（至少在理论上如此）。[①]

里蒙·凯南所介绍的布雷蒙的观点虽称之为变善、变恶进程，但这两个概念与我们传统概念的"善""恶"并不完全相同。他所说的善与恶只是意图实现过程的两种状态：由心理的缺失到平衡，再由心理的平衡到不平衡。前者指因有某种欲望却不能实现，从而产生不平衡，而不平衡生发出实现欲望满足的新欲望——意图，于是便采取行动，最终使欲望满足，

---

① ［以］里蒙－凯南：《叙事虚构作品》，三联书店1989年版，第43页。

意图得以实现。需要指出的是，这个欲望由缺失到实现，在中国的叙事作品中有三种可能性，一种是通过合乎伦理道德的行为实现，另一种是通过损害他人的不道德的行为来满足个人的情欲。第三种是善恶两手兼而用之而使愿望实现。所以依照中国人的价值观念，布雷蒙所说的善也有一种可能是恶。不过，我们只要知道所谓的变善只不过是心理欲求的实现从不足到满足的过程，而所谓的恶，只不过是从满足到缺失的另一个过程而已。

2. 变善变恶进程的复杂性

就中国古代的叙事文学而言，由于"宗经"、"征圣"以及"惩恶扬善"的创作意图的普适性，使得嵌入序列改善进程较多。如表现男女爱情意图的叙事作品，往往是由爱情的缺失而追求爱情，最终实现原初的愿望。非但多数爱情作品是如此，许多喜剧性的叙事文本也多属于此种类型。心里的愿望满足了，却产生了新的缺失、新的不平衡，因此改恶进程多为悲剧。事实上因嵌入新序列而产生悲剧的另一种类型，则是心理有某种缺失，力求弥补缺失，实现心中的意图，却因外力的原因而使愿望最终破灭。如《红楼梦》中因薛家的插入而使宝玉、黛玉爱情成为悲剧。《杜十娘怒沉百宝箱》中嵌入的孙富序列，使杜十娘投身江底。而这一方面因小人意图序列的嵌入而造成悲剧，给人印象更为强烈。如李玉《一捧雪》中的汤勤故事，《红楼梦》中的卖主求荣的贾雨村故事，《水浒传》武大郎故事中插入的王婆故事等。

中国的叙事文学中嵌入序列与原序列的关系，除了西方所列改善进程与改恶进程（或改善—改恶循环式）外，更常见的还有先变恶后转善的类型，如《窦娥冤》中张驴儿父子序列的嵌入，打破了窦娥与婆婆平静的生活，以至于生存下去的愿望都不能实现，终死于黑暗势力的刀下（改恶进程）。后来窦天章故事的插入，终为其女窦娥昭雪，使窦娥复仇愿望得以实现（改善进程）。《赵氏孤儿》、《西游记》也属于此类。

第四类则是先为改恶进程，后为改善进程，终为改恶进程（恶—善—恶）。如《水浒传》，梁山好汉愿望难以实现，身陷绝境（改恶类）。后铤而走险，到梁山入伙，转危为安（改善类）。最后为了得到名分和功名，而终遭奸臣陷害，大多魂聚寥儿洼，功名愿望破灭（改恶类）。

第五类是先为向善类——愿望实现，后为向恶类，最初的愿望失败；最终走向改善进程，愿望终于实现（改善—改恶—改善）。如洪升《长生殿》中杨玉环故事序列的嵌入，苦闷的唐玄宗终于得到心中的女子——杨玉环，封为贵妃，宠爱无比（改善）；安禄山故事序列的插入，形成马嵬之变，杨贵妃殉难，愿望破灭（改恶）。道士故事的嵌入，牛郎织女星为唐明皇心诚所感，终于让他们在九重天相见，愿望终得以实现（改善）。

不过对于大多数由改恶进程转入改善进程类型的变换结构来说，改善带有更多的虚幻成分与理想化色彩，从而显得软弱无力。

那么改善与改恶两种进程究竟是如何形成的呢？这不得不涉及嵌入人物与原故事人物间的诸种关系的分析。

四、嵌入序列功能形成的原因

1. 帮助者与反对者

如果说嵌入故事序列可以使原来序列向着改善的方向发展，使故事主人公的人生意图由不能满足而带来的缺失，在克服阻力后走向实现意图的目标，那么，这种改变的前提当有新的力量的加入，增强了克服阻力的势能，从而推进主人公的行为走向预定目标。而新的力量的加入当来自于嵌入故事的主人公，这些加入的人物与原故事主人公在欲求或利益上有其一致性，会帮助原故事主人公实现共同的意愿，我们称这类人为帮助者。

相反，嵌入的故事使原故事主人公的意愿受到更大阻力而难以实现，从而向着改恶的方向转变，那么这种阻止主意图实现的力量很可能来自于嵌入故事的主人公。他们的意图与原故事序列中主人公的意愿不一致乃至相对抗，由于他的反对而使原序列主人公的意愿难以满足。我们称这类人为反对者。"主体希望某种东西，或者获得了，或者未获得。过程通常并不这么简单，目的是难以企及的。主体在过程中会遇到反抗，也会得到帮助。"① 以《西游记》为例。龙王与阎罗王一同将孙悟空告上神界最高权威玉皇大帝面前，目的想使天庭惩治妖猴，这一意图也成为玉皇大帝的意图，于是形成新的故事序列。在这个插入的故事序列中，孙悟空的意图随着与天宫神权斗争的胜利而不断膨胀，由齐天大圣直到取玉皇大帝而代之。同样，他的支持者在三界几乎等于零，而反对者由龙王、阎王扩展为以玉皇大帝为首的整个仙界，最终连佛界的最高权威如来佛祖也加入反对者阵营。如此一来，由于反对者的力量过于强大，孙悟空的愿望随着身压五行山下而彻底破灭，孙悟空的故事也走向改恶的进程。当释伽牟尼将传经于东土的意愿嵌入孙悟空故事后，《西游记》故事便进入西天取经序列，而孙悟空由于观世音将他从五行山下救出之恩，答应保护唐玄奘去西天取佛经。他的意图与如来佛、观世音等的意图相同，于是不只佛界连同整个仙界都成为他的支持者，其力量远胜于地上阻止取经的妖魔，自此，孙悟空的故事走向改善的进程，直到意愿的完全实现。

2. 游移者与不确定性

不过，在中国相当一部分叙事文学作品中，嵌入的序列人物并非只是帮助者、反对者界限分明的两个阵营，还有处于二者中间谁都不得罪的骑墙派，还有见风使舵、有奶便是娘的功利主义者。在爱情故事的叙述中，常常有两女争一男或两男争一女的三角型恋爱，从而使插入故事序列中的人物带有很大模糊性和不确定性。这些意图不确定性人物的心理态度的变化对原故事序列中的主人公人生意图的实现与否会产生直接影响，从而使得故事的改善进程或改恶进程变得复杂而多变。譬如《桃花扇》中的杨龙友故事序列的插入，对于侯方域想在六朝故都南京寻找一个佳丽的意图来说，即是一个推助者。同时由于他想在中间调和阉党余孽阮大铖与复社文人间的关系，将政治斗争纳入其中，而由于李香君反对接纳阮大铖的助奁银两，使阮大铖成为侯、李爱情意愿的破坏者，于是杨龙友又起到了一个反对者的作用，从而增加了故事的多变性、复杂性，使得嵌入故事更波澜

---

① 〔荷〕米克·巴尔：《叙述学：叙事理论导论》，中国社会科学出版社 1995 年版，第 33 页。

荡漾、曲折多变。《三国演义》重点写曹魏与刘蜀间正统与非正统间的争斗，曹魏是刘备实现"匡扶汉室"意图的主要障碍，而孙吴故事的不断插入，使得刘备意愿的实现变得变幻莫测，时而走向改善，时而走向改恶。《红楼梦》在原神话故事序列中，本只写神瑛侍者与绛珠草二者间的情感纠葛，后嵌入薛宝钗的故事，又来了个"金玉良缘"，使得"木石前盟"的意愿变得扑朔迷离，曲折多舛。小说的进程不仅因有了帮助者、反对者行为的嵌入而变得丰富多彩，因为帮助者与反对者的相互关系，造成了许多不确定性，更由于第三者态度的不确定性及其变化，增添了故事叙述的不可知与变化的神秘色彩，正是这些不确定性、多变性使得小说充满了诱人的力量。

3. 插入者意图力的因素

进一步推究，造成故事复杂多变的更深的原因还在于帮助者的力度往往并不那么充分，对于被帮助者达到预定意图而言，依然存在着一定的距离和不确定性。而反对者的不确定性也同样明显，有时力度显得强大，他们的聪明才智甚或在帮助者之上；有时反对者也会出现意想不到的缺位。前者如《红楼梦》中的林黛玉在实现自己婚姻的意愿过程中，也得到了他人的同情、帮助，如贾母、薛姨妈、王熙凤（前八十回）、紫鹃等。贾母的态度始终并不明朗；薛姨妈有其言无其行；王熙凤心知肚明，只是嘴头子上开开玩笑；紫鹃行侠仗义却因身微言轻而无补于事。正是这一点，带来了黛玉的忧虑以及与宝玉间真假试探的痛苦，与宝钗、湘云间的心理矛盾等，也使读者的同情心更多地给予了弱者黛玉。后者如《杜十娘怒沉百宝箱》中杜十娘的鸨母糊里糊涂答应只要三百金赎身钱，造成杜十娘较容易地赎身而去；自以为聪明，能牵着李甲鼻子走的孙富，因将杜十娘想得过于简单而最终人财两空。帮助者与反对者的强弱变化也造成了故事改善或改恶进程的复杂多变和诱人的艺术魅力。诚如荷兰叙事学家米克·巴尔所言："每一个帮助者形成一个必不可少的但本身并不充分的达到目的的条件，反对者必一个个地加以克服，但这种克服的行动并不能保证一个满意的结局：任何时候一个新的对抗者都可能露面。正是帮助者与对抗者的不断出现，使得素材充满悬念而精彩纷呈。"①

五、嵌入序列的结构功能

1.隔断与接续的结构功能

嵌入方式对于中国古代小说来说，还有更为重要的功能，那就是使正在叙述的故事间断，或使前面被间断的故事接续起来。前者金圣叹称之为："横云断山法"。"有横云断山法：如两打祝家庄后，忽插入解珍、解宝争虎越狱事；又正打大名城时，忽插入截江鬼、油里鳅谋财倾命事等是也。只为文字太长了，便恐累坠，故从半腰间暂时闪出，以间隔之。"② 后者，金圣叹称之为"鸾胶续弦法"。"如燕青往梁山泊报信，路遇杨雄石秀，彼此须互不相识，且由梁山泊到大名府，彼此既同取小径，岂有止一小径之理，看他顺手借如意子打鹊问卦，先斗出巧来。然后用一拳打倒石秀，逗出姓名来等是也。都是刻苦算得出来。"③

这种间断和接续对于故事叙述的作用和意义非同小可。一来，它可以有效地解决一时两事（同一时间在不同空间发生的两件事）给叙述带来的矛盾。用嵌入方式将一件事（一个简单故事序列）剪断、搁置下来，插入另一件事，使同一时间发生的两件事都纳入到叙述中来。而在早期的小说文本中，常用"花开两朵，各表一支"的套语，说明相同时间内发生的两件相关的故事。

二来，不断地嵌入可以避免故事叙述的单调、乏味，使叙述的内容得到极大的丰富。如《金瓶梅》正在叙述武大郎死后，西门庆与潘金莲更肆

---

① ［荷］米克·巴尔：《叙述学：叙事理论导论》，中国社会科学出版社1995年版，第35页。

② （清）金圣叹：《贯华堂第五才子书〈水浒传〉》，见《金圣叹全集·第一集》，江苏古籍出版社1985年版，第23—24页。

③ （清）金圣叹：《贯华堂第五才子书〈水浒传〉》，见《金圣叹全集·第一集》，江苏古籍出版社1985年版，第24页。

无忌惮，打得火热，却突然撇下金莲，插入娶孟玉楼和嫁西门大姐事。娶金莲进府，又插入妓院梳拢李桂姐事。正写桂姐忽又插入宋蕙莲。正谈生意，忽官吏来访。刚送走官吏，媒婆又访等等，不一而足。毛宗岗批《三国志通俗演义》而有此同感。"三国一书，有笙箫夹鼓、琴瑟闻钟之妙。如正叙黄巾扰乱，忽有何后、董后两后争论一段文字，正叙董卓纵横，忽有貂蝉凤仪亭一段文字……诸如此类，不一而足。人但知三国之文是叙龙争虎斗之事，而为凤为鸾为莺为燕，篇中有迎接不暇者，令人于干戈队里时见红裙，旌旗影中常睹粉黛，殆为豪杰传与美人传合为一书矣。"①

　　三来，嵌入故事新序列可以带来新人物、新故事、新关系、新矛盾，促成故事叙述的曲折、多变。如《型世言》第二十回"不乱坐怀终永托，力培正直抗权奸"。本写监生秦风仪参加乡试，路过扬州，拜见朋友石不鳞。却嵌入石不鳞让他顺路送一位少女给窦主事（那是他为窦主事买的一位美妾）。窦主事知道送来的美妾与秦风仪共乘一小舟一室同居月余，便疑心二人有染。当夜试身后却发现尚是位处女，窦主事为秦风仪坐怀不乱之德而深深感动，成为至交。后插入窦主事向他授考场秘诀，使他考场连捷，中了二甲进士；石不鳞护送他到广西融县上任，中途嵌入擒获劫船的水盗头领本欲一刀砍死，却被秦风仪释放事。秦到任后上司太守逼他到苗洞讨税粮，随从们都知此去必死而先后逃脱，秦风仪因遇所放海盗头目相助，竟征得税粮。上司欲加害于秦风仪，危难处又得新上任的太守窦主事大义相救而免于灾祸。正是因为窦主事故事和水盗头领故事的嵌入，而使秦风仪几次从死神手下逃脱，使得故事惊险频生，曲折多变。不少故事因嵌入新的故事序列，使故事走向最初的反面，大大出乎读者的预料。如《三国演义》中吕布拜丁原为义父，使得董卓畏惧三分。后插入李肃以珠宝之利引诱吕布事，而最终吕布却杀了义父丁原，完全走向了原来意愿相反的一面。"《三国》一书有星移斗转、雨覆风翻之妙。……本是何

_____

① （清）毛宗岗：《毛宗岗评三国演义》，见朱一玄编《三国演义资料汇编》，百花文艺出版社1983年版，第304页。

进谋诛宦官，却弄出宦官杀何进，则一变。本是吕布助丁原，却弄出吕布杀丁原，则一变。本是董卓结吕布，却弄出吕布杀董卓，则一变。本是陈宫释曹操，却弄出陈宫杀曹操。陈宫未杀曹操，反弄出曹操杀陈宫，则一变。"①

其四，不断地嵌入可以斩断故事的长度，使时间的叙事更多让位于空间场景叙事，降低读者的审美疲劳、视觉疲劳。"文之长者，连缀则俱其累赘，故必叙别事以间之，而后文势乃错综尽变。"②

2. 中国小说嵌入功能的特征

中国古代小说叙事过程中嵌入方式使用的频率可能高于西方小说。那是因为，西方小说善长于展现事件的时间长度，往往一部长篇叙事作品（一部戏剧或一部长篇小说）所写不过几天，最多一年半载的事。情节是由时间与逻辑线索贯穿起来的。而中国的叙事作品长于故事性的空间场景叙述，一个故事序列只是几个故事场景的连缀，时间表述一般较为粗疏，往往展现人的一生（十几年、数十年），最短也有若干年。连接那若干故事场景的则是某种抽象的理念、具体的人生意图。这一点与抒情性文学更为相似、更为接近。诗言志、抒情、写意。小说与戏曲则言命运、造事场、写意图。故而叙事者有意采用嵌入式将较长的故事间断开来，分段叙述，从而突现空间性和故事场景的意义。如《西游记》西天取经故事序列，展示的重点并非事件与事件之间逻辑关系和时间引起的人的心理变化及其情节的变化。而是一座座山上、一条条河里的故事。故事场景的变化会不断给人新鲜感而无时间漫长所带来的厌倦疲劳。漫长的取经征程，叙事者却隔断了九九八十一次（81难）。在其他长篇小说中，较长的故事也是采用数字表示场景变化，而每一个场景自然将故事分为若干段。如三顾茅庐，七擒孟获，六出祁山，九伐中原，过五关斩六将，三气周瑜，三打

---

① （清）毛宗岗：《毛宗岗评三国演义》，见朱一玄编《三国演义资料汇编》，百花文艺出版社1983年版，第302页。

② （清）毛宗岗：《毛宗岗评三国演义》，见朱一玄编《三国演义资料汇编》，百花文艺出版社1983年版，第303页。

白骨精，三打祝家庄，三败高俅等。这些说到底是中国人在早期就已形成的意象思维的表现，因为意象既包括物象(静态的，以单独的物体为单元)也包括事象（动态的，以故事场景为基本单元）。所谓的思维痕迹不过是那些表意的事象以情感、事理为线索的组合而已。就像句子是由一个个汉字依照表意的需要（只要能说明白意思）而组织起来的一样。但意象的象（物象、事象）具有独立性，犹如中国象形表意的方块字具有天然的独立性一样，所以叙事的事象也具有独立性，而嵌入式正是由这种事象独立性的本性所规定着的，这种独立性的本性及其较为自由疏松的联系是造成中国古代叙事嵌入式使用频率高的根本原因。

总之，嵌入是将单一序列组织为复合序列，使故事叙述下去且承载着叙事思想的叙述方式。过去受古人将其视为吸引人们听读下去的一种叙事技巧的认识影响，研究中存在着简单化倾向。本章从叙事的灵魂——心理意图——入手，对嵌入叙事做了初步的理论性探讨，认为序列的本质是行为者由意图生成、实践到结果的一次循环，序列因行为者在叙事中的地位而分为主意图序列与次意图序列，嵌入则是将次要人物的意图序列插入主要人物意图序列之内。嵌入生成于主意图序列自身存在的内缺失和叙事者叙事意图未能实现的外缺失及其合力。嵌入序列与主序列行为主体间的关系存在着同意图与异意图、帮助者与反对者及其不确定性的关系，从而使得故事的叙述或向着实现意图的改善方向或向着阻抑、破坏意图实现的改恶方向及其善恶交替方向发展。中国古代的嵌入方式还有着民族的独特功能，这种独特功能源于中国古代特有的意象思维方式。

第三编 意味形式论

第十二章 明清小说叙事的意味形式

本章尝试将视觉艺术中归纳出来的"意味形式"概念移植于文学语言艺术——小说叙事的分析中,认为小说同视觉艺术同样具有感动人的意味形式。其动人的意味形式就对接受者的影响效果而言,可分为诱人、动人、移人三个层次。造成不同影响层次的原因是一个复杂的问题,本章试图通过对以"二拍"为中心的明清小说的分析,以求找到中国小说产生意味形式的根本原因。

一、"意味形式"的概念形成及其在叙事艺术中的应用

1."意味形式"概念的由来

"意味形式"一词是英国著名美学家克莱夫·贝尔在其《艺术》一书中提出的概念。在承认审美判断是根据个体体验的基础上,贝尔又同时提出了一个关于艺术审美判断标准的问题,即"所有的人谈起艺术的时候,总会在心理上将艺术作品与其他所有的东西区分开来,这种分类有什么正当的理由呢?"[①]贝尔认为必须由一个概念来解决这个审美判断中共同的问题,艺术这一类别的东西中必须具有某种区别于其他任何人类作品但是又能为这一类别的艺术所共有的属性,这一艺术所共有的属性就是"有意味

---

① [英]克莱夫·贝尔:《艺术》,薛华译,江苏教育出版社 2005 年版,第 5 页。

的形式":

> 在每件作品中，以某种独特的方式组合起来的线条色彩、特定的形式和形式关系激发了我们的审美情感。我们把线条和颜色的这些组合和关系，以及这些在审美上打动人的形式称作"有意味的形式"。①

贝尔这段话与其论及的"有意味的形式"内涵向我们传达出四个重要信息。其一，每部艺术作品都有其独特的形式。形式由线条色彩、特定的形式和形式间的结构关系三部分构成；其二，纯粹的形式可以激发人的审美情感，即意味隐身于形式之中，意味源于形式。"他是在纯粹形式中感受到被激发的情感的，或者说他是通过纯粹的形式来感受到这种情感的。"② 其三，形式虽有自足性，但有意味是其灵魂，"艺术就是创造有意味的形式"③。其四，有意味是一种隐喻，有耐人品味的重复性功能，正如苏珊·朗格对意味形式所分析的那样："艺术品表现的是关于生命、情感的内在现实的概念，是一种较为发达的隐喻……它表现语言无法表达的东西——意识本身的逻辑。"④ 贝尔的"意味"一词，很可能受到中国古代"意象"、"意境"和"意味"概念的影响，有着隐含于语言背后的味浓耐品的意义。贝尔在《艺术》一书中说："我在思考艺术的本质特征时，大量地接触到了古代原始艺术，包括古印度、古埃及、古罗马和中国古代魏晋唐大师的作品。"⑤

贝尔的"有意味的形式"是经他强调的"打动我的视觉艺术作品所具有的唯一的共同和独特的属性"。而这个判定的标准是在艺术作品中客观存在的，尽管所有艺术的审美都会流于个人体验的问题，但是充其量只是因为每个人对于某个作品中是否含有这种"有意味的形式"有分歧罢了，

---

① [英]克莱夫·贝尔:《艺术》，薛华译，江苏教育出版社 2005 年版，第 4 页。

② [英]克莱夫·贝尔:《艺术》，薛华译，江苏教育出版社 2005 年版，第 29—30 页。

③ [英]克莱夫·贝尔:《艺术》，薛华译，江苏教育出版社 2005 年版，第 126 页。

④ [美]苏珊·朗格:《艺术问题》，藤守尧等译，中国社会科学出版社 1983 年版，第 25 页。

⑤ 转引自潘繁生:《中西艺术美学交汇点:意境与有意味的形式》，《淮海工学院学报》2005 年第 1 期。

而在"有意味的形式"是否能够引起人的美感方面则不应该存在多少分歧，这是可以确定的。于是，这个经由贝尔的绘画审美实践而提出的概念其实很好地运用"独特方式组合在一起的形式会如此深刻地打动我们"这一基本事实，解决了艺术审美判断中的主观性和客观性之间的分歧问题，也因此"意味形式"的概念在《艺术》中一经提出，便成为了形式主义美学的一个典范，研究者对于它的使用范围也远远超出了贝尔提出这个概念时所针对的视觉艺术领域。尤其是在叙事艺术的研究中，意味形式的概念不断被用来分析小说、戏剧。

2."意味形式"移植于语言艺术分析的学理依据

将"意味形式"运用于语言艺术中的叙事作品的分析，涉及视觉艺术领域的概念是否适用于语言艺术的问题。视觉艺术与语言艺术属于两个不同的领域，然而，就通过形式而感动人这一性质而言，二者具有相通性。

首先，"意味形式"生成的原因在二者中是一样的，都是缘于人内心的情感需求——作者情感需求与接受者情感需求的一致性。贝尔认为："所有美学的起点一定是个人对于某种独特情感的体验。我们将能唤起这种情感的对象称为艺术品。"[①] 所以，"意味形式"就是作品能打动人的艺术形式。诺曼·霍兰德认为："不同个人在解释作品时的差异与一个人心理'同一性'有关。"[②]"一旦读者小心地设好防卫，以抵挡一篇叙事可能给心理平衡带来的任何潜在威胁之后，他（她）就能够自由幻想，而这将满足个人求愉快的内在冲动。"[③] 这种"满足个人求愉快的内在冲动"是视觉艺术与语言艺术共同的目的所在。所以有此共同的目的性，是因为两种艺术都具有通过艺术形像感动人的本质性功能。

其次，好的叙事作品和好的视觉艺术作品所以能"打动人"，靠的都是作品自身的艺术形式，只不过视觉艺术是直观的线条和色彩，而叙事作

---

① ［英］克莱夫·贝尔：《艺术》，薛华译，江苏教育出版社2005年版，第3页。

② ［美］华莱士·马丁：《当代叙事学》，伍晓明译，北京大学出版社2005年版，第159页。

③ ［美］华莱士·马丁：《当代叙事学》，伍晓明译，北京大学出版社2005年版，第160页。

品则是语言所叙述的人物行为（故事）的时空组合。贝尔一再强调他所认为的"有意味的形式"并不是一般人通常所言的"美"，而是表现美的形式——"在审美上打动我的线条和色彩（把黑色和白色也算作色彩）的组合。"① 并且他肯定了"有意味的形式"可以被"形式组合"和"韵律"等等词语替换，但在类似的意义之外，任何描述性的成分或者暗示情感、传达信息的成分都是不应该存在的。在贝尔那里是一种对形式的极致强调——线条、色彩及其之间的关系。只有这些组合才是表达情感从而"打动人"的部分。而在叙事艺术中，同样也存在着类似的对应关系，那就是语言和文字的组合所表现的时间与空间、故事与情节的组合。"一旦文学把语言用作表达思想、感情或美的工具，就几乎再也不可能把文学看成一门与语言没有任何关系的艺术，因为语言用自身的镜子反照着话语，以此始终伴随着话语。"② 在《叙事作品结构分析导论》之中，罗兰·巴尔特对于语言的结构进行了详细分析，从句子到超越句子再到意义层次，这正是以语言的单位进行组织的过程。如果说在绘画之中，欣赏者是通过画家用线条构建起结构，再往其中填充色彩形成一种有意味的形式关系，从而打动欣赏者给他带来美感的话，那么在叙事作品中，作家也同样是通过先构建故事的基本的结构框架，再填充场景、对话、细节的方式来完成的。在当代的叙事理论之中，则将其解释为"被结构的故事"③，而将这一结构分析用在语言层次上，就是语言学提供给叙事学的关键性概念——描写层次。这一概念点明了叙事作品其实"不是单句的简单总和"，而是一个"意义系统的组织"。④ 罗兰·巴尔特将之称为"意义系统"其实正是强调了语言构成的系统性，而我们必须对其进行修正，因为语言所传达的不一定仅仅是意义，或者即使是意义，它也是如绘画一般，最终是能通过形式结构达

① ［英］克莱夫·贝尔：《艺术》，薛华译，江苏教育出版社2005年版，第6页。

② 张寅德编：《叙述学研究》，中国社会科学出版社1989年版，第7页。

③ ［荷］米克·巴尔：《叙述学：叙事理论导论》，中国社会科学出版社2003年第2版，第91页。

④ 张寅德编：《叙述学研究》，中国社会科学出版社1989年版，第7页。

到打动人的目的的。尽管绘画艺术与语言艺术的形式有着本质的差异，但它们打动人、激发人情感的功能却是一样的。既然二者在本质上和功能上具有相同性，那么"意味形式"的概念既适用于线条艺术也适用于语言艺术，适用于以语言叙述故事的叙事艺术。

二、叙事作品意味形式的层次

1. 叙事作品意味形式的体验层次

"有意味的形式"或者简称为"意味形式"在叙事艺术中的不可或缺的地位，其实是叙事理论家从来不曾忘却的，而仅仅是缺少这样一个恰当的媒介将其表述清楚。"叙事技巧本身毕竟不是目的，而是实现某些效果的手段。"[①] 作为作者用来传达情感意义的"意味形式"，正是能够达成这些效果的关键所在，也是我们可以从叙事作品中提炼出来的真正可以具有系统性和对其进行分析的成分。

就艺术接受而言，视觉艺术和叙事艺术接受过程具有直接、间接的层次性差异。在视觉艺术中，欣赏者面对的是整幅的绘画，也即作品的全貌，所以线条的组合，线条和色彩的关系都是完整地呈现在欣赏者面前，一眼即可形成总体印象，引发出情感效果。这种直观性——视觉与感觉的同步过程，在艺术品体验中是可以一次完成的，就像现实生活与叙事作品中经常出现的男女一见钟情一样。而在叙事艺术作品面前，直观性消失了，线条变成了一个个文字的横向（或纵向）的线性排列。这些排列起来的语言长城必须通过较长的阅读过程才能完成，才能获得一连串的印象。视觉与感觉的同步性被拆分成了异步而且至少是三步。第一步为伴随想象与记忆的阅读；第二步为回忆，复制文字语言叙述的故事的时空顺序，第三步对艺术形式的总体感受。我们不否认阅读与感受具有同步性，

---

① ［美］华莱士·马丁：《当代叙事学》，伍晓明译，北京大学出版社 2005 年版，第 152 页。

但那种感受只是伴随着阅读的局部的阶段的感受，没有阅读绝无感受。而且只有当阅读完成后才有总体的感受。然而那种感受更多地是对故事本身的感受，真正更深的感受——认知的升华则是需要回忆、联想、重现书中的内容顺序和形式，从整体（形式）的联系中完成情感和认识的升华（第三步为最高的感受）。以凌濛初"二拍"中的《转运汉巧遇洞庭红　波斯胡指破鼉龙壳》为例，只看题目，不知故事细节，不可能感动，只有读完了，获取了叙述的信息，方知道小说主人公文若虚是如何发生命运转换——由倒运汉变为转运汉。原来他这次海外随商界朋友一游，意外地发了两笔财。一笔是一筐洞庭红小橘子，晒在海边沙难上，竟被求异品的皇帝的钦差买去，换回了一筐银元，发了一个小财。第二次在一个荒凉的孤岛上，捡到一个破鼉龙壳，都以为无用，不承想，竟换了五万两银子，骤然成为一方巨富。这两个故事是阅读完成后，通过回忆而获得的。而这两个故事意图与结果皆呈现逆折状，即文若虚在海边沙滩晒橘子，起初的意图因担心"莫不人气蒸烂了"，防止在船上捂的时间长了的橘子发霉，而结果却是换取了一筐银元。这种动机与结果的逆折是向上的。逆折是指与自己的初衷的方向发生了大的转折，而这种转折是向善、向上更高层次的善意转折。第二个故事也同样如此，只是转折多了次数，且向善向上的幅度更大。那个小岛荒无人烟，大家都不下船，文若虚没来过，因好奇而下船上岛。他并非想在岛上找到什么东西（他没有寻找东西的意图），却意外地发现了那个鼉龙壳，这是一个转折。他将那个破鼉龙壳带回船上的愿望，不过是回家做两张床，"锯将开来，一盖一板，各置四足，便是两张床"，结果他却获得了五万两银子，则又一折。第二折的向善向上比第一折更高。再看第二个故事与第一个故事相比，出乎意料的程度——回折的幅度——远大于第一个故事。两个故事的结构就以上两个特点来说愈到后来愈大，整部小说的结构由两个 V 字形由下向上叠成一个卧着的 W，给人意外的舒张、快乐。而这个形式所表现的正是人的一种美好愿望：贫穷者变富的强烈念想和老天美意带来的惊喜——发财也要靠天意和命运。而后一结果则是对全部小说整体的感受所获得的，属于第三步。由此，小说才能够如一幅完整图画那样在读者心中引起独特的意味。

2.“意味形式”接受效果的类型及层次

产生意味过程的复杂性就决定了叙事艺术产生的意味也必然是复杂的多层次的，其层次根据在读者心中产生的效果类型可以分为诱人、动人、移人三个层次。

一部叙事作品如果能引诱读者不断阅读下去，从而构成叙述长度和接受者的兴趣长度，而尚未诱发思考的深度与情感的震荡，那么，我们称这种能诱发人阅读兴趣长度（也仅仅是兴趣长度）的叙事作品属于具有“诱人”的意味形式。诺曼·霍兰德的《文学反应动力学》在讨论到读者与文学作品之间的关系时认为：“他们不再注意艺术品之外的东西；他们全神贯注于作品之中”①，这便是作品达到了诱人的效果。这类作品的叙述主要通过借助事件性质的独特性或者叙述上暂时的缺场、缺席手法来完成。前者主要是要描写人生中较少经历的、能够满足人们好奇心、诱发人继续进行阅读的事件。《文学反应动力学》认为，这种“缺少”的事件正是“在核心的相当令人讨厌而又充满着欲望或恐惧的幻想”②的事件，正因为其是幻想——通过非现实的怪异和因果的缺席——更易于满足人们的好奇心。对于另一个方面的作品叙述中的缺席，则是叙述学论述中的一个重点，即“叙述者可以采用全交流方式，也可以采用压制方式。因此对读者来说在非限制叙述者或任务叙述者不想显示信息的情况下，或者在任务叙述者不掌握某一信息而无法显示的情况下，信息就可能被延宕或压制”③。信息的被压制而造成的缺席可能是暂时性的，也可能是永久性的，“我们关于叙事和历史的概念依赖于一套有关因果性、统一性、起源和终结的共享假定”④。这样的共享假定不仅如华莱士·马丁所说一般是西方文学批评家所

---

① ［美］诺曼·N. 霍兰德：《文学反应动力学》，潘国庆译，上海人民出版社 1991 年版，第 73 页。

② ［美］诺曼·N. 霍兰德：《文学反应动力学》，潘国庆译，上海人民出版社 1991 年版，第 115 页。

③ ［美］戴卫·赫尔曼主编：《新叙事学》，马海良译，高等教育出版社 2002 年版，第 5 页。

④ ［美］华莱士·马丁：《当代叙事学》，伍晓明译，北京大学出版社 2005 年版，第 78 页。

共有的，也是多数读者进行阅读时所秉承的一般心理需求，所以读者实际上总是期待被延滞或缺失的信息的具本内容，希望能够知晓并将其补全，这作为一种精神动力也是引诱读者继续阅读过程的一个主要原因。

如《蒋兴哥重会珍珠衫》便是一篇诱人的作品。其所以诱人的原因，主要来自于三个方面：一是故事与人物命运的牵引。一般说来，读者关心书中人物命运的程度超过对于故事本身的关注度，因为故事本身的核心就是人物的命运。而对于叙述的故事焦点（人物命运来说），叙述者不会将其所知一览无余地倾泄于读者面前，相反却是煞费苦心地经营着他手中的信息透露技巧。叙述者的信息量大于作者得到的信息量，而叙述者运用手中多余信息巧妙地控制发出的时间，有意造成读者信息的缺失以及填充缺失的欲求，引诱读者不停地读下去。蒋兴哥与新婚宴尔的妻子王三巧分手，为了以后长久地生活而不得不去外地经商，将此前与父亲一同踩出的商业路接续起来，继续走下去。当他与三巧分手时，告知依依不舍的三巧，明年春天椿树发芽，我就回来，要三巧在家耐心等待。对于故事的这一重要变故，存在着两人到明春三月可否如其所愿的疑问。首先是蒋兴哥经商是否顺利，如果身体患病，或没赚到钱，折了本等，蒋兴哥都难以回家。而蒋兴哥不能回家，作为年轻美貌刚饱尝婚爱幸福的三巧，能否守得住寂寞的长夜，也是读者所关注的疑点。正是这来自于两方面的信息缺失造成了读者的阅读兴趣，引诱读者继续读下去的阅读欲望。而当蒋兴哥果然因害了一场大病，花光了钱而未能回家后，读者的所有兴趣便转向了对王三巧的疑问上来。随即又出现了一连串的信息缺失和由此引起的疑问：那位街头上被向自己挥手的楼上美女弄得神魂颠倒的年轻商人——陈大郎，一心想得到王三巧的愿望是否能够实现？他找到的王婆是否肯帮他的忙？她怎样帮忙，怎样让两位陌生的男女弄到一起？……这种出于叙述者有意安排的对信息的控制与施放、停顿与延宕，是造成诱人的主要形式之一。

造成诱人意味形式的第二个原因，则是人们极少知晓的怪奇情节。这些怪奇情节也是叙述形式中结构的核心。不仅志怪小说、神魔小说的叙述聚焦于怪异、离奇的故事，在怪味奇趣上用功夫，而且写世俗生活的人情小说也多通过叙述奇巧性故事而达到诱人之效果。对于《蒋兴哥重会珍珠衫》来说，就是陈大郎如何弄到王三巧，二人如何偷情。这一情节也是此部小说叙述故事的文眼，对于读者来说则是记忆的趣点、焦点。每当读者一想到这部小说的名字，便想到陈大郎与王三巧。至于陈大郎酒后向蒋兴哥吐露真言，袒露出那件珍珠衫，以及此后蒋兴哥休妻、陈大郎病逝等一系列情节，不过是这一核心情节的延宕、补充而已。此前的夫妻分手、蒋兴哥不归等故事，也只是这一核心情节的铺垫而已，而最引诱人的地方就是怪异的少见的偷情故事。

　　造成诱人的意味形式的第三个原因，则是故事叙述者编排故事的技巧，说得具体点则是连接故事与故事、人物与人物的方法（这种方法不同于叙述者控制信息的方法，控制信息的方法多见之于某一事件长度的叙述之内，而连接故事与人物的方法则是不同故事排列组合与连接的方式）。这种方法往往不是合乎逻辑的推理，相反是非逻辑性、非常理性。正因非常理性，读者往往猜想不到，往往出乎读者的意料之外，陡然增加读者的阅读兴趣。这种非逻辑性、非常理性的组合故事的方法，具有偶然性、意外性的特征。或者说，故事与人物就是由偶然性、意外性、巧合性组合起来的。譬如回家途中的陈大郎偏偏与蒋兴哥同坐一船，同吃一餐，顺间便成为朋友；陈大郎死后，陈氏改嫁的男主人恰好正是蒋兴哥；蒋兴哥到潮洲经营珍珠而犯人命官司，处理此官司的恰好正是王三巧改嫁的丈夫等等。

　　不过诱人的故事有些只是满足人的好奇心，却不能推助读者产生与自己生活的联想，因为那些诱人的故事与读者间有较大的距离，或者故事本身就是虚幻的，现实生活中很少遇到。或者故事与读者的生活毫无联系性，只能使读者得到虚幻性满足。这类诱人的意味形式只停留于阅读过程中，也只存在于诱人的层次之内。另一类诱人的故事由于与读者的距离近，故而不仅作用于阅读过程本身，而且由于它与人物的生活存在着某种联系，使得读者将小说中的事件场景与自己的生活联系在了一起，读者不自觉地成为小说中的某一角色,并与之同欢乐、同悲喜、同命运。于是读者不仅仅是好奇,而且是同感,那么,这类小说便升华为动人的小说。其形式也进入动人的意味形式。

所谓动人,是指在引诱读者完成阅读以及审美欣赏之后,还能引起读者情绪上的震撼和感动。诸如遇到弱者受到强者的欺凌而为之抱不平;遇到路见不平拔刀相助的义士,而为之拍手称快;遇到杀死仇人和恶人的行为而感到身心痛快。或为生死不渝的爱情而向往;或为负心男子而气恼;或因美好愿望不能实现的悲剧结局而同情、怜悯、悲伤。总之,作者所表现的情感倾向引发读者的生活联想,从而拉近了书中人物与书外人物的距离,生发出情感的共鸣。

细心推敲,这种情感的共鸣可分为两类,一类是人的欲望与严酷现实间尖锐的矛盾冲突以及在冲突中主人公所表现的坚忍不屈之精神或被毁灭的悲剧,这种冲突、斗争和悲剧所引发的人的情感共鸣。换言之,人物的欲求与现存世界的矛盾及其斗争是激发人的情感共鸣的源点。譬如《水浒传》林冲被逼上梁山的故事,展现的是一个温暖的家庭被官二代威逼陷害以至于家破人亡。林冲这样一位一身武功的汉子,也弄得无立足之地,朋友与恶霸合谋定要斩草除根。林冲无奈不得不铤而走险,杀死仇人,落草为寇,以图活命和寻机报仇。而林冲的这种遭遇不但在现实生活中随时都可能发生,而且还带有普遍性,这会使生活在逆境的读者产生生活共鸣,情感共鸣,即使生活在顺境中的读者也不会无动于中,而引发对弱者的同情怜悯;而对于有正义感的读者来说也会产生爱憎之激情。

另一类则是在表现人物欲望与现实世界矛盾的同时,着重于个体与群体之间关系的叙述,而其叙述往往体现出主要人物一种"为他"之善,给人以精神上道德上的感染、心灵的净化。这种感动会深于人物心灵之深处,并进而取代以往的某种陈旧的东西,使人物的内在的某种本质性的因素发生根本的改变。如《水浒传》写鲁达救金翠莲父女,救人危难不惜金钱、性命,同时也换来了金翠莲父女报恩之义举;史家庄的九纹龙史进因山上草寇头目朱武为救被缚兄弟而甘愿一同赴难的义举受到了感动,而义释山寇。还有一些描写被佛、仙点化而使人生醒悟一类的小说。这一类情感共鸣的激发源是人际关系中的美德。"对自己的灵魂异乎寻常地激动，而对自己的肉体又异乎寻常地冷漠"①，这便展示了好的艺术作品的关注点往往是人的灵魂而非肉体，对自己的灵魂激动正是将自我投入到了艺术之中，这也正如贝尔所说的"艺术是人们获得善的心理状态的最佳的途径"②。在艺术和伦理的关系之中，艺术如何能够使得读者这种"善的心理状态"从世俗中萌生、蠕动和跃然而出，便是要依赖于这种艺术动人的力量，使得读者能够从艺术作品的教化中获得道德价值的精神快感。

尽管第二类（动人）比第一类诱人的意味形式更高一层，它是第一类诱人意味形式的升华。然而，第一类的意图实现过程的自我性的显现则是第二类"为他"的善德性显现的基础。其意味着个体与群体关系的叙述本身是在理想与现实的矛盾叙述中完成的。正因如此，第一类诱人的意味形式更具有普遍性意义。

需要特别说明的是，从诱人到动人需要经过两个中间阻抑环节，一个是动人的故事在满足人的好奇心等心理缺失的同时，能激发人特别是个体人的生活联想，进入现实与幻想矛盾的情感领域。生活联想是激发情感的门坎，不能跨入这一门槛，便不会动人。另一个则是生活中最需要最宝贵的东西，那便是无私地助人，自己得到幸福的同时也让他人幸福，乃至于将别人的幸福置于自己的幸福之上，而这种爱人的结果使接受者获得了感动，从而打动人的情感心弦，即掀动人情窦的力量来自于人性中最宝贵的真情。故真情是从诱人到动人的第二个门槛。

然而，能打动人的小说并非都能产生改变人的性情、为人态度和人生境界的效果，即动人只停留于情感的层次、非理性的层次，而未上升至触动人的心灵深处而引发人的理性思考的程度。达到后一效果的艺术品，我们称之为达到了"移人"层次。而这一层次往往进入了品格层次。正如贝

---

① ［英］克莱夫·贝尔：《艺术》，薛华译，江苏教育出版社 2005 年版，第 56 页。

② ［英］克莱夫·贝尔：《艺术》，薛华译，江苏教育出版社 2005 年版，第 56 页。

尔所言："既然没有比艺术更了不起的获得善的手段，也就没有比艺术属性更大的道德价值了。"①"品格层次"、"道德价值"并非契合于为了维护某种政治统治所宣杨的道德观念，即并不一定是政治化的道德，而是来自于人性中的美好品格。正因为它是来自于人的天生属性，必然是自然而然的，正是这种人性的自然才会引起人类的广泛共鸣，才会引发心灵深处的震撼而产生"移人"的效果。

所谓"移人"是指使接受者的性情得以向上的移动——升华——至更高的境界，而不是平向移动或"下滑"。动人只是停留于为某人某事某种行为引发强烈的情绪。然而也只是情绪的震荡，在经历一段震荡后，慢慢消失，并未发生连续或突然的认识上的升华。而"移人"则不然，它是情绪震荡后一种人生改变的选择，或是性格上由懦弱变得坚强，由小气变得大方，由顺从而自立，或是品格境界的，由只为自己变得更关心别人，由为了家庭变得为了村民、群体抑或国家、民族等等。

能够达到"移人"的作品不仅是使读作品的"人们'被托举起，与之共游'，'心醉神迷'，'神驰身'外"②，同时也能在读完作品之后因为其情感影响而产生实际功效。在这一点上，好的文学作品与时刻劝人忏悔信仰的宗教具有某种相似之处。贝尔指出："如果艺术是一种情感表达，那么，它表达的情感乃是任何宗教都有的重要动力，或者说，它无论如何都表达了某种在一起事物的本质之中感受到的情感。"③这种通过宗教引申出来的被称为"终极现实感"的感情便是"移人"的作品与宗教相通的地方，都是推动读者在阅读作品之后产生"移人"效果的动力。汉民族中很多人信仰佛教、道教等，而信仰者也多是因其可解决人生的实际问题（生存、情感与生命问题），故而所谓宗教信仰也是实用性多于精神性的，故而，在叙事作品中移人的作品不多，最多的则是仁义、忠君之德和生死至爱。如

---

① ［英］克莱夫·贝尔：《艺术》，薛华译，江苏教育出版社2005年版，第63页。

② ［美］诺曼·N.霍兰德：《文学反应动力学》，潘国庆译，上海人民出版社1991年版，第73页。

③ ［英］克莱夫·贝尔：《艺术》，薛华译，江苏教育出版社2005年版，第50页。

刘备的仁、关羽的义，鲁达、武松等江湖之义，杨家将、岳家军的忠君爱国，黛玉与宝玉的生死之至爱等。

三、叙事作品的意味形式分类与解析

"诱人"、"动人"、"移人"是从作品接受效果角度所作的层次划分。若探讨因何会达到上述三种效果，那必然涉及更具体深细的叙述形式，即意味是通过不同结构形式而展现出来的，由此而形成了多种不同的"意味形式"。产生动人的艺术效果的意味形式，就其生成的形式原因划分，在中国古典小说中大约有七种：对抗意味、人格意味、幻想意味、巧合意味、怪奇意味、神秘意味、诗思意味。关于这七种意味形式的存在状态，有三点需做特别说明。其一，这几种有意味的形式并非是单一的，在一个文本中往往以一种形式为主兼有相重合的其他形式。如《二刻拍案惊奇》卷五《襄敏公元宵失子　十三郎五岁朝天》之中即体现着一种对于富于智慧的美好人格的称扬，有充分的人格意味在其中，也是由充分的巧合组成的，故而又形成浓郁的巧合意味，甚至还有着南陔和真珠姬对应的万幸和不幸命运的对照一类，如诗词中一明一暗的对映，可归入诗思意味。仅此一例，便可展现意味形成的多源态。所以接下来的分析之中便只着重于主要意味形式，尤其是与叙述者的意图相关联的意味形式。其二，以上列出的每种意味形式之下依然是包罗万象，所以其下仍然可以作细分，这在后文的详细叙述中将会做出说明。其三，下面的分析将以凌濛初的"二拍"（《初刻拍案惊奇》、《二刻拍案惊奇》）作为关注的中心，因"二拍"自身"意味形式"的局限，我们同时以明清其他小说来加以补充和丰富。

1. 对抗意味形式

指小说打动人的形式是由于主意图力与非意力之间的矛盾冲突而生成的。我们将这种通过意图之间的尖锐对抗而生成的动人形式，称之为"对抗意味形式"。譬如《水浒传》的动人诱人的效果，是通过以蔡京为首的奸臣与以宋江为代表的忠义之士间的矛盾冲突而完成的。无论是众好汉被逼迫而上山落草,还是梁山英雄与官军一次次的对抗,抑或接受招安的复杂过程,而最后被奸佞之臣一步步加害,直到众英雄魂聚蓼儿洼的悲惨结局,形成了整部小说无数次冲突、高潮、起伏、转折,无不牵动读者的心。《封神演义》则是仁君与暴君、仁政与暴政之间的冲突构成的"诱人"的意味形式。

鉴于现通行各版本"二拍"在篇目的设定顺序上基本无差别,所以,以下涉及"二拍"的篇目内容,不再详注,只列出所举例子的篇目,也鉴于《二刻拍案惊奇》之《宋公明元宵闹杂剧》非小说形式,也不将其列入研究范围。这类意味形式主要有《初刻拍案惊奇》中的卷之六、之十、之十一、之十三、之十四、之十七、之十九、之三十三,《二刻拍案惊奇》中的卷之六、之十一、之十二。在这些篇目中,主意图力自始至终都受到反意图力的阻碍,从而不断地停顿,二者之间的不断冲突导致主意图力最终得以实现或者受到阻抑而失败,最终完成小说的结局。在《酒下酒赵尼媪迷花 机中机贾秀才报怨》中,题中便已经设定了作为冲突双方的主意图力和反意图力。主意图力便是开篇写道的"两口儿如鱼似水,你敬我爱,并无半句言语"[1]——来自于企图占有贾秀才夫人的卜良和"谎子打扮的人"[2]赵尼姑。他们算计如何勾引贾娘子,不择手段且得手。形成两种力量的第一次冲突。贾娘子受辱之后被丈夫得知,贾秀才开始设计如何暗地里报复卜良和赵尼姑,于是构成第二次冲突。最终在贾秀才完成报仇之时,全篇达到了高潮,赵尼姑被杀,卜良被处死,也因之结束了全篇。

当主意图力作为叙述者的道德判定的反面来设定时,那么主意图力和反意图力的对抗往往会以主意图力的失败结束。如《西山观设箓度亡魂 开封府备棺迫活命》之中,叙述者在开篇便点明全篇主旨:"再说一个道流,借设符箓醮坛为由,拐上一个妇人,弄得死于非命。"在作者、

---

[1] (明)凌濛初:《初刻拍案惊奇》,中华书局 2009 年版,第 58 页。

[2] (明)凌濛初:《初刻拍案惊奇》,中华书局 2009 年版,第 58 页。

叙述者和人物意图之间存在着对应关系，"在作者、叙述者、主要人物三者中，作者的意图是借叙述者意图表现的，而叙述者意图同样是借主要人物的意图表现的"①。所以开篇出场的三个人物中，主意图力的一方不是"少年聪慧、知书达礼"的刘达生，也不是"生得聪明俊逸"的吴氏，而是要表现道士必须遵守道德准则的黄道士。黄道士的主意图力正好和叙述者的意图是相反的，他是邪淫不法的代表。而他求欢享乐的意图随后便与吴氏合流了。二人共同作为主意图力在小说叙述结构中的一股力量呈现出来，在叙述进行了三分之一之后，反意图力刘达生迟迟出现了。"年纪渐渐大了，情窦已开……晓得母亲有这些手脚，心中常是忧闷"，刘达生希望破坏吴氏和黄道士的关系的意图生成了，剩下三分之二都是在主意图力和反意图力之间的对抗中形成。黄道士不断希望能和吴氏偷欢，而刘达生不断用出各种计谋进行阻止：言语劝阻母亲、关母亲在屋中、扣紧母亲房门并设计黄道士出丑、坐在堂上监视、谎称捉贼、先走到西山观找到母亲等。而受到不断阻抑的吴氏和黄道士二人终于定下告儿忤逆乃至害死儿子的计策。公堂上吴氏坚持打死儿子刘达生，而刘达生反而为母亲辩护则达到了全篇的高潮，也是主意图力和反意图力激烈冲突的表现。最终结局以作为"他意图力"出现的府尹钉死黄道士、吴氏郁郁而终结束，主要人物意图自此完全失败。

与叙述者意图相反的主要人物意图的不能实现（往往以失败告终）的结局，最能体现叙述者的意图。并通过正反意图力的对抗，吸引读者注意力，以自己的道德准则影响着读者的价值判断，造成善恶、是非分明的价值观，从而符合"肯定和否定的对立具有'好'与'坏'的内容，并产生'英雄'与'坏人'、'促进者'与'反对者'等组对立"的特征②。这正是A.J.格雷马斯所认为的通过严格的二元对立的方式来进行说教的民族文学

---

① 许建平：《叙事的意图说与意图叙事的类型：西方叙事理论中国化的新思考》，《社会科学》2011年第1期。

② 参见张寅德编：《叙述学研究》，中国社会科学出版社1989年版，第121页。

中经常出现的形式。不过，需要特别说明的是，在中国的不少小说中，特别是文字狱盛行时期所产生的小说中，为了通过文网关、政治关，小说的作者往往在最显赫的位置，标示作品的道德说教的"合格"性，如题目、标题、入话诗、篇末诗或"看官听说"一类话语。而作品所叙述的主要意图或主要人物的意图与"合格"性的标示往往并非一回事。读者在阅读过程中的感受与"合格"的说教，似乎是两张皮，读者为故事所感动，并不会记着那些表面化的说教。中国小说的这一特点，正是与格雷马斯的"说教"说形似质不同的地方。

那么如何判定小说是否为说教小说的方法，就是检验小说的内结构：主要人物意图是正面的还是反面的；主要人物的意图经过意图实践过程后是成功了呢？还是失败了呢？如果主要人物的意图是反面的并最终以失败结束，那么其"说教"便是"合格"的真实，属于劝喻类小说。如《醒世姻缘传》第二十三回之后的薛素姐和童寄姐两个角色，她们的人物意图正是如何和丈夫狄希陈不和，如何虐待对方，作者正是通过描写这样的"恶姻缘"和恶妇来展现家庭应该具有的三纲五常伦理。

如果主要人物的意图是作为反面描写，其结局却是成功的，那么"合格"化的说教便是表层的而非本质的。《金瓶梅》这部小说则兼有上属"真"与"假"两种倾向。主要人物西门庆追求钱、权、色，似乎是作为反面人物来写的。但在作者的笔下，西门庆在钱与权的追求上是成功的，唯独"色"的追求过了头，而最后弄得精血耗尽，早年身亡，随之家庭败落，朋友女人树倒猢狲散。作者的意图在"戒色"。然又不尽然，一部小说中，淫妇之首内有潘金莲外有王六儿，潘金莲因色而亡，王六儿却得善终，最后竟然与偷奸的小叔子成为夫妻，还继承了嫖客家的一大笔财产。所以小说的戒色，更多侧重于不能过度的医理式的戒色。由此看来，一部《金瓶梅》的为求"合格"而所做"说教"既有真也有假。

在"二拍"之中，还有一种特殊情形，即作者意图表达的注意力不在意图力与反意图力之间的冲突，而在于使主要人物的意图遭受天理之谴——获得应得的悲惨下场，表达所谓"人在做，天在看"、"善恶有报"

的价值观念。于是小说中反意图力主要不是来自于文本中的人物行为，而是受叙述者意图的支配。主要人物的恶意图力愈强，愈是在实践过程中顺畅，其所得到的报应便愈有力愈彻底。在《青楼市探人踪　红花场假鬼闹》中，叙述者的意图正是要"单表一个作恶的官宦，做着没天理的勾当，后来遇着清正严明的宪司做对头，方得明正其罪"[①]。虽然文中用了一大半笔墨在描写讨账的张禀生父子，而主要人物却是"家富心贪，凶狠残暴"的杨金宪，他正符合叙述者限定的"作恶"——想要谋害侄子并霸占侄子家产，杀死讨账的张贡生。杨金宪的人性之恶与贪暴也构成了读者阅读的动力，通过他的主要意图的不断表现与叙述者产生对立，最终通过主意图力的失败而完成叙述者对读者的导向。如果主要人物的意图是正面的，最终却以悲剧收场（如贾宝玉），那么其"合格"式的说教便不过是骗过检查官眼睛的烟雾而已。

2. 人格意味形式

所谓人格意味形式，是指作品的感染力的主要来源不是矛盾冲突，而更多地却是主要人物的人格魅力。人格魅力来自于主意图力与反意图力的冲突，但与一般的冲突意味形式所不同的是，在处理矛盾冲突过程中，主意图力往往有其出乎人们意料的表现。这些表现往往能改变情节发展的转向，甚或使此类转向呈现为连续性。这种转向与读者的接受期待偏离距离愈大，转向的连续性愈强，人格意味的诱人力便愈浓。如果用公式表示即是：$W=R \times S$（W 即人格值，R 为偏离距，S 代表连续值）偏向距 R 如果走向读者意料的相反方向——恶的方向，那么则用"-"号表示，其得出的数值 W 也自然是"$-W$"。其公式便成为：$-R \times S=-W$。可分别举《三国演义》[②] 中的两个例子。第二十五回"屯土山关公约三事"，写关羽丢失下邳城，失陷二嫂，被困小土山。虽敌我兵力众寡悬殊，但宁死不降。旧友张辽劝降，关羽不从。张辽说出关羽若死"其罪有三"，为读者所不料。

---

① （明）凌濛初：《二刻拍案惊奇》，时代文艺出版社 2001 年版，第 63 页。

② 文中引文参见罗贯中《三国志通俗演义》明嘉靖元年刻本。

特别是"誓同生死"的"桃园结义"与"二夫人无所依赖，负却使君依托之重"二罪，反使关羽陷于不义。即若死便辜负"桃园结义"之义，若降岂非背叛兄弟之情义，也当不义。而关羽提出"三约"："降汉不降曹"；赡养、礼待二嫂；"但知刘皇叔去向，不管千里万里，便当辞去。"或出于天下之大义或出于兄弟情义的匡世义举，却超乎读者想象。此后（第二十六、二十七、二十八回），曹操接而连三地恩待关羽，以收其心，皆不能动其兄弟之情义。经济上，上马一封金，下马一封银，封存于库，分文不动；曹赠赤兔马，他却说"若知兄长下落，可一日而见面矣"。赠新绣袍却掩于旧袍之下，说见旧袍若见兄长矣；曹令其与二嫂一室同居，他却持刀站立门外，日夜守护。送众多美女，却令皆去侍奉二嫂。真真是富贵不能淫，威武不能屈，财色不入心。一日知刘备下落，挂印、封金、归美女。千里单骑，护送二嫂，迎刀枪，冒生死，过五关，斩六将，处处出人意料之外，使情节一折再折。不只其与常理偏向巨大，而且出现次数频率也出奇地多，人格值也自然高大，为千古所少见。关羽故事所以动人且脍炙人口，皆来自于关羽人格的力量。

又譬如《聊斋志异》中的《席方平》写他与谋害自己父亲的羊某之间的冲突，说得更具体些是写他与贪贿成风的黑暗势力之间的冲突。席父因得罪了有钱有势的富商羊某而遭到地狱各级官吏的迫害。席方平从城隍，至郡守，直至阎王，一级级为父鸣冤，却一次次变本加厉地遭受酷刑。面对强大残暴的反意图力，席方平宁死不屈，乃至投胎为婴儿也愤啼不食而死，定要为父鸣冤。叙述意在凸显席方平复仇意图。而在这一意图实践过程中，席方平身上表现出了一种百折不挠、宁死而不屈的精神。该小说动人之处正是来自于主人公身上的这一精神品格。

就《二拍》的叙事而言，属于人格意味形式的篇目，有《初刻》中的卷之八、卷之十三、之二十、之三十七、之三十九，《二刻》卷之二、之四、之七、之二十二、之二十六、之三十一、之三十二、之三十四、之三十九。

如在《李公佐巧解梦中言 谢小娥智擒船上盗》中，开篇叙述者便点明该篇的叙述意图：赞叹"一个遭遇大难、女扮男身、用尽心机、受尽苦楚、又能报仇、又能守志、一个绝奇的女人，真个是千古罕闻"[①]。随后又用"只手能翻两姓冤"的诗再次概括，说明在叙述者安排的架构中，这个女子的主要意图力正是报仇。"报仇"行为贯穿了整篇小说，不仅主要人物的意图与反意图之间构成了尖锐的对立，形成了滋生仇恨与报仇的两大对立情节线索，而且叙述的着力点在于主人公谢小娥复仇过程中所展现出的沉着、机智、多变的智慧：借助作为辅助的"他意图力"的梦中指示和自己在完成了隐姓埋名、潜入仇家、交好邻居、灌醉仇人、带领众人擒贼等一系列举动之后，在公堂上得到了伸张正义的李公佐的支持从而实现自己的意图。谢小娥不只是超乎寻常的智能，更具有其超越物欲财利的高尚人格——拒绝慕名而来的求婚者——，突出人品的贞洁。这种贞洁的人格在读者心中留下的印痕远超出故事本身。与之相类似的例子如《神偷寄兴一枝梅　侠盗惯行三昧戏》，突出主要人物手段高超的侠盗一枝梅的行侠仗义的精神品格；《李克让竟达空函　刘元普双生贵子》以刘元普全人子嗣的高尚品行感动读者。这类小说在叙述中有着一个突出的特点：人格构成小说内结构的核心、高峰，成为贯穿小说外结构的灵魂。

3. 幻想意味形式

指小说诱人或动人的艺术效果是通过叙述幻想的非现实的故事情节实现的。而非现实的叙述形成其自身特有的叙述形式和结构状态，正是这一形式状态引发出特有的书写意味。非现实的幻想故事内容主要指仙、佛、妖、魅与世间凡人的往来以及巫师、佛、道、圣除妖灭怪的故事。非现实的幻想世界是人间现实世界借助虚幻想象力的外延、放大的现实世界。而勾通、联结两世界的唯一的桥梁不过"情理"二字。正是"情理"这一万世不变的桥梁、纽带，使得这两个世界既有着鲜明的差异性（人仙两域、人鬼两途），又有着同情同理的同一性，从而构成了故事叙述的五大特点：一是对于现实生活中的人来说具有怪异性，可补充人未知信息的空缺，引

---

① （明）凌濛初：《初刻拍案惊奇》，中华书局 2009 年版，第 194 页。

发人求知的好奇心。二是因它产生于人的性情与心理，故而异类往往具有人的天性、情感、心理，是人性化的异类，故而易引发人的情感共鸣。三是，正因其是人的世界的外延，又具有非现实性，故而不受人间规范和制约，具有非现实世界所特有的更多自由。其四，因其有着非人力所及的佛力、神力、巫力，比之现实的人来说更富于突破类界限、穿越时空的能力和不受时空约束的速变性、多变性。植物、动物、人类可以相互转化，人与其外的世界万物也可以相互转化，花可以为仙，鸟兽也可以变化成人。而且变化迅疾，极少时间的束缚，忽人忽鬼，忽狐忽人，可男可女，可老可少。这种变化性会带来人物、情节变化的迅捷与突兀。五是巫仙佛圣的预见性使人物命运和情节发展呈现出特有的预设特征。正因非现实的主人拥有比人类更广的空间和更久远的时间，故而他的认知视域远大于人类，可知人的过去与未来，具有未卜先知的本领，从而在一定程度上可以预示、展现或改变人物的命运，使小说叙述增添了灵动性和神秘感。

4. 巧合意味形式

所谓巧合意味是指小说诱人的原因，来自于叙述者采用了误会、错认、巧合、弄假成真等手法组织情节。换言之，主要人物意图从生成、实践到结果都带有很大的偶然性。本来，故事间关系的排列组织需依照两种原则，一是时间原则，按照自然时间与思维时间。二是逻辑原则，依照与思维时间相联系的因果关系加以叙述。而作为艺术品而言，思维时间（又称心理时间）比自然时间重要，而逻辑时间又比思维时间重要。兹维坦·托多罗夫在讨论到叙述的逻辑与事件布局时这样认为："在读者眼中，逻辑序列是比时间序列强得多的一种关系，虽然二者一起出现，读者所见的却只有第一种关系。"① 而他又指出因果关系并不应该是情节间的简单联系，而应该还如罗兰·巴尔特所言，有一种叫做"迹象"的单位和"功能"单位共同作用，如"人物的性格特征、有关人物身份的信息以及背景

---

① 张寅德编：《叙述学研究》，中国社会科学出版社 1989 年版，第 75 页。

‘气氛’的表现等等”①。而所谓的“巧合”之所以与日常生活的“偶然性”有如此多的相似之处，正在于它是背离了逻辑序列的一种表现，直接以时间序列来替代逻辑序列，虽然它能够实现“功能”的作用，却也因它事先并没有展现所谓的“迹象”而显得不那么合情合理，突破了读者在阅读过程中进行合理想象的界限，因而迫使读者不得不将注意力集中在对于情节的猜测上，由之而形成了小说诱人的意味。正是这些偶性事件超出了读者的阅读预期，造成意想不到的惊喜、快乐，且这种惊喜是连续性的从而引发读者连续持久的阅读兴趣。

巧合意味形式是汉民族的叙事传统手法，有“无巧不成书”之说。巧合意味形式通常具有四种类型、四种功能。其一，巧合的偶然事件促成主要人物某种意图的生成，即具有意图生成的功能。如《金瓶梅》写西门庆偶然被潘金莲失手掉下的竹竿砸了头，抬头见到一位美丽的少妇，便不禁萌生与其偷情的念头；张飞、关羽因打架而巧遇刘备，且志投意和，便萌生结拜为兄弟的念头；李甲一见十娘便放弃学业而转意于十娘身上，做恩爱情侣……

其二，巧合的偶然事件具有改变人物意图实践的方向，使情节发生转折的功能。细究其转折的原因，则多是因偶然插入人物意图的作用，而改变了主要人物的原意图所造成的。如《杜十娘怒沉百宝箱》中，李甲船与一位商人孙富船相傍，孙富因偶听到临船传来的歌声，而生出新的意图——得到这位美丽的歌者，且这一意图改变了李甲原来的愿望，情节发生突转，由爱惜而舍弃，由喜而悲。又如《蒋兴哥重会珍珠衫》，急于回家与离别许久的妻子王三巧重逢的蒋兴哥，因在途中巧遇与王三巧偷情的陈大郎，陈向蒋说出偷情真相，遂使蒋兴哥改变了原来的意图，由回家与妻团聚而改为回家休掉妻子的意图，故事发生了一百八十度大转折。

其三，巧接功能，巧妙地引出新的人物或情节。即通过读者意想不到的巧合，连接处于不同空间场景的人物、事件，故事由这个人物转向新出场的人物。如《水浒传》先写高俅寻找发达之路的投机行为，一直写到成

---

① 张寅德编：《叙述学研究》，中国社会科学出版社 1989 年版，第 77 页。

功地做到了殿前太尉之职，上任第一天点卯，而唯独一人未到，便将此人捉来，那人便是八十万禁军枪棒教头王进。于是故事转向王进为求活命而逃亡的故事。王进逃亡途中，夜宿史家庄，结识了史老汉与他的儿子九纹龙史进，于是转向写史进的故事。史进烧了庄园，去找师傅王进，在茶馆与鲁达巧遇，接下来写鲁达故事……另一种是通过巧合相遇，而插入某人故事，然被插入的人物并非转换，只是增加的一股力量或一条线索。如《西游记》唐僧收用孙行者、猪八戒、沙僧、小白龙即是。

其四，巧合的意味形式因人物巧合相遇，使实现意图中的矛盾得以解决，从而推进了意图实现的进程。如《初刻拍案惊奇》卷二《姚滴珠避羞惹羞　郑月娥将错就错》写姚家丢失了女儿姚滴珠，便四下查访，有人发现在外地妓院，姚太公便让儿子姚乙前往瞿州寻找他姐姐。却没想到那个妓女虽相貌极像，而说话与性格却不是。当妓女郑月娥晓得姚乙行踪的原委后，便萌生将错就错——充当姚滴珠的意图。而这一意图与姚乙、姚公、知县的意图更趋一致。即姚乙找到妹妹，既可以了却姚公思女之苦，了却扯了两年的案子，也可令县令早些结案，还可以满足郑月娥从良的愿望，一举四得，从而解决了主人公姚公实现找到女儿意图所面临的困境，进而满足心中的意图。当姚滴珠的丈夫将假姚滴珠领回家中，一夜后发现并非自己的妻子而告到县衙，萌生了新的矛盾，姚公的愿望又一次被打破，直到县令找到了真的姚滴珠，郑月娥的问题便成了整个案情解决的一大难题。在关键时刻，郑月娥愿嫁给姚乙，同样成为矛盾解决的意外力量，促进了姚公愿望的真正实现。

这样运用巧合的形式以吸引读者的方式存在于《二拍》中的许多篇章之中，而其中单单以巧合意味形式为主的篇目主要有《初刻》卷之一、之二、之五、之十二、之二十二、之二十七、之三十五，《二刻》的卷之一、之三、之九、之十七、之二十五、之二十八、之三十八。如《二拍》开篇的《转运汉巧遇洞庭红　波斯胡指破鼍龙壳》[1]便是其中最为明显的例子。

---

① 参见（明）凌濛初：《初刻拍案惊奇》，中华书局 2009 年版。

主人公文若虚开始的意图是"晓得家业有限，看见别人经商图利的时常获利几倍"，而此时他虽然已经有了经商发财的意图，却还没有明确的正经之途，于是"见人说北京扇子好卖"，"置办扇子起来"，这一意图很快受到了天气的影响，扇墨粘在了一起。文中的第一个巧合起了阻抑的作用，文若虚也因此成了"倒运汉"，他的意图在此表现得并不明显。然而从他下文面对机遇时的消极心态，可以看出他原先的意图已经不甚明显了，如果按照这一形势发展下去，读者很难猜出文若虚接下来会有怎样的转机，也不知道他的意图还是否有形成的可能性。而接下来走海贩运的邀请和出行，使得文若虚生成了出海看风光的新意图，而这一意图最终得以实现却有赖巧合的出现，"恰巧张大踱过来"，文中的第二个巧合在这里起了转向作用，而巧合正展现为他意图力——张大——的出现，张大使得文若虚的意图转向了出海，而接下来的他意图力的作用便在于洞庭红的出现，文若虚的意图又一次发生了转变，"在船可以解渴，又可分送一二"，然而直至到达吉零国，文若虚的意图都没有发生根本变化，只将海上旅行看成一次游玩和散心。直到下一个巧合中，文若虚正好将洞庭红堆出来，被往来的行人发现，最终使得文若虚的意图从橘子自家吃转换为货卖，中国人不识银钱的巧合也促使文若虚第一阶段通过洞庭红大赚一笔的意图最终得以实现。随即又是一个巧合——偶得鼍龙壳——，使得文若虚生成新的意图——带回鼍龙壳作为置办的货物，而这一意图最终又受到波斯胡偶尔发现了鼍龙壳的巧合的转变，转变为卖掉鼍龙壳获得钱财和店铺留在闽中做一个富翁。通篇看来，主人公文若虚的主意图力表现得并不明显，反而是时时受到他意图力的作用就转向了，生成新的主意图力，而反意图力在其中除了第一次巧合的破坏作用以外，其他的也同样几乎没有出场，所以这篇小说通篇是依靠作为他意图力和巧合构筑起来的。读者在阅读之中不会关心文若虚究竟有怎样的意图，因为他的意图力并不足以左右情节，反而是因为其中一个接一个的巧合而获得兴趣，不断推进阅读进程，操纵读者的情感走向。

其他一些篇目之中，虽然"他意图力"出现的次数并不多，但是却形成了具有决定性的力量，规定着主意图力的走向，并使之一直保持下去。这样的篇目主要有《权学士权人远乡姑　白孺人白嫁亲生女》、《徐茶酒乘闹劫新人　郑蕊珠鸣冤完旧案》、《甄监生浪吞秘药　春花婢误泄风情》、《同窗友认假作真　女秀才移花接木》、《感神媒张德容遇虎　凑吉日裴越客乘龙》等。如在《权学士权人远乡姑　白孺人白嫁亲生女》中，权学士偶然之间在集市上购得半个钿盒，由此生成了意图——想要凑齐这个钿盒，当他发现钿盒之后居然还隐藏着一桩姻缘，并且姻缘的另一半都已作古时，他的意图依然没有发生改变。真正促使他的主意图力转向求取姻缘的是突然出现的徐丹桂。月下偶遇徐丹桂的巧合使得他开始算计这件事。在叙事之中，叙述者还插入了对于白氏家庭状况和钿盒姻缘的描写，这就弱化了读者对于钿盒来源进行寻幽探奇的兴趣，转而将注意力集中在了两人如何通过巧合相遇而成为恋人的故事上，最终权学士实现了自己与徐丹桂结成姻缘的意图。

5. 怪奇意味形式

所谓怪奇意味形式是指引起读者对小说浓厚兴趣的是日常生活中少见的奇闻异事和叙述者制造怪异离奇的叙述效果的叙述方法。这些故事所表现的奇趣异味，正因日常生活中少见，正因其奇特和怪异方可引发读者普遍的好奇、求知心理，用那些出奇之想、异域、荒诞的世界填补人生经验的狭隘和不足。由于好奇和求知欲是人的天性，具有普遍性，故而，作者叙事的意图在于如何以怪异故事引发读者的好奇心，达到诱人的艺术效果。由于叙述者所掌握的故事信息量，特别是主要人物的信息量远大于读者，故而叙述者在信息的控制节奏和故弄玄虚上动心思。

故弄玄虚的手法表现在五个方面，一是矛盾的双方拥有怪异的技能、本领，并以此名闻天下。譬如《雷峰塔》中青蛇白蛇的故事所以动人，首先在于二蛇皆有千百年修行，可以变化为美女，且一身道法和武功，皆为常人所无。二是她们都有非同寻常的出人意料的意图，譬如，蛇要与人结婚，而且是女子主动寻找男子。类似的故事是狐精与人的恋爱，仙女下嫁农民等。三是意图实现的过程总离不开斗怪、争奇，令读者眼花缭乱。如

《西游记》孙悟空与二郎神的斗法，《封神演义》两教间的斗兵器，《雷峰塔》中和尚法海与白蛇斗法力。特别是矛盾难以解决时，总会逼出双方的某一怪异的绝技，或请来具有制服某一方绝技的高人，即通过怪中之怪，以显奇中之奇。四是变化怪奇，这类小说的故事叙述往往以善于写出变化见长，以变化的怪异——出人意料——取胜。如《西游记》孙悟空的七十二般变化，牛魔王、二郎神的三十六般变化以及西天取经途中妖魔们五花八门的变化等，令观者目不暇接。五是与变化怪奇相联系，情节的叙述、矛盾的解决、故事的转折往往给人突兀迅捷的意外之感。如天上无敌手的孙悟空转瞬间便被压在五行山下；《聊斋志异》中的狐仙瞬间不见，就连昨夜住的豪华府第，一觉醒来竟成为荒野、坟地。这种迅捷、突兀在非怪异趣味小说中是很少看到的（即使看到也多是有了超人力的怪异叙述）。信息节制与滋生怪异奇趣，便成为这类小说的主要意味形式。就《二拍》来说，这样的篇目主要有《初刻》卷之三、之七、之九、之十四、之十六、之十八、之二十三、之二十四，《二刻》卷之二十、之二十一、之二十三、之三十、之三十三、之三十五、之三十七。

6. 神秘意味形式

指小说动人的力量来自于故事神秘叙述和叙述所产生的神秘性。神秘性与怪异性的差别有两个方面：其一，怪异性侧重于人物与故事超乎日常生活的司空见惯，而叙述者通过求异寻怪的叙述意图，使其怪异故事变为怪异叙述和怪异的接受，从而增加怪异的非寻常性。而神秘性的范围大于怪异性范围，即神秘意味的小说，其故事本身或是怪异的，或是非怪异的。非怪异故事也可产生神秘的阅读感和阅读效应。譬如《红楼梦》中便有许多神秘性的叙述，如秦可卿之死。秦可卿因何而死？书中的叙述似乎是因病而逝，但同时叙述者又透露出一些神秘的迹象，如秦可卿的公公贾珍的悲伤超过儿子贾蓉，"哭得像泪人似的"，并"尽我所有"，大办丧事儿；秦可卿的两个丫鬟，一个撞柱而死，一个为主子守灵，再也不回来了；焦大骂街：扒灰的扒灰，等等。这就使读者对其死因不得不产生种种疑问。而这些疑问正是来自于神秘的叙述意味——叙述的矛盾性与不可解释性。这种神秘性在这部小说中普遍存在，如宝玉与秦可卿关系之谜，宝钗的"金玉良缘"之谜，宝玉与蒋玉函换带泄密之谜，妙玉身世之谜，造成宝玉与黛玉婚姻关系悲剧的直接原因之谜……《红楼梦》因采用以"假语村言"将"真事隐去"的叙述方法，故而在"假语"、"村言"故事背后，隐藏着许多读者不明白的神秘事件。

其二，怪异性多停留于故事层面和叙述层面，而神秘性则隐藏于故事与叙述之后，比故事及其叙述更深藏，不分析难以发现。怪奇性一读就明白，而神秘性非经分析才能明白。譬如《西游记》普提祖师教孙悟空"筋斗云"、"七十二般变化"，那么菩提祖师非一般人，是怪异的神人，其怪异性一读就明白。然而，因何他的徒弟孙悟空有那么大本领，天上的神将竟无一个是他的对手。人们不禁要问：他的师父到底是什么人，为何会有如此超人超神之术？普提祖师的身份却是一个大的谜，他不是道教而是佛教中的一个神秘人物，只有分析才能晓得。正因上述这两点差异性，怪奇意味并不等于神秘意味。

神秘意味形式是更高一级的叙述形式。这一形式主要是通过两种方式构成的。一是叙途的层次性。神秘叙述与非神秘叙述最大的不同在于，后者追求叙述的长度，前者则追求叙述的层次感（深度）。其层次一般说来由故事层次、故事生成层次构成；叙事层次与表意层次两种层次结构，而神秘意味的叙述更注重于第二层次：生成层次与表意层次。以诗喻之，怪奇叙事犹如诗中的直抒胸臆的抒情诗，而神秘意味则似追求言外之意、韵外之旨之神韵的抒情诗，有着"画境"与"化境"之别。二是以虚笔写意的叙事。怪异叙事多实笔史笔，虚笔较少。即使有虚笔，实笔与虚笔之间也常处在同一表意层面。而神秘叙事很注重实写与虚写的呼应配合，其用意往往在虚笔，在似写而非写之处，即虚笔与实笔的用意并不在一个层面。譬如《金瓶梅》中李瓶儿的出身，作者并未明写，只说她先前是梁中书的妾，后来花太监将她娶为侄儿的正妻。梁中书是宰相蔡京的乘龙快婿，蔡京的女儿是个醋罐子，其所寻爱妾当非一般女子。而花太监是皇帝身边的大太监（"御前班值"，"广南镇守"），他怎肯将从梁中书家跑出来的小妾做自己侄儿的正妻呢？那岂不丢了他大太监脸面吗？这其间隐藏着李瓶儿身份的秘密：他一定是花太监很熟悉的官宦家的女儿，而花太监很熟悉的最大可能当是李瓶儿的父亲常到皇帝身边。再者，李瓶儿随身总带着两件宝贝："百颗西洋大珠"、"二两重一对鸦青宝石"。李瓶儿死后，这两件东西成了西门府的传家宝。问题是这两大宝贝很可能来自李瓶儿家，本是李家的传家宝。而有关李瓶儿的身世信息皆在侧笔、虚笔中带出。三是制造非常理的矛盾现象，令人生疑，神秘性就是从那些非常理的矛盾现象中生发出来的。譬如《金瓶梅》中李瓶儿与花子虚的关系，一方面写李瓶儿美貌如仙，如神仙下凡，大家闺秀，年纪轻轻，且"温可性儿"，本应得到花子虚的宠爱。然而，花子虚却整天不着家，在妓院包占着两个妓女，使瓶儿受到格外的冷遇。这一矛盾现象使读者不得不怀疑夫妻二人的关系为何这样。李瓶儿与西门庆一起说些枕头儿话，诸如李瓶儿送与西门庆观赏玩用的二十四幅春图、性工具、性药之类稀罕玩意儿都来自宫中，是老公公花太监送给她的珍爱物。公公与儿媳本是个敏感的话题，作为公公为何送给侄媳妇做爱的玩意儿呢？李瓶儿还讲，老公公到广南做镇守，是带着花子虚和李瓶儿一同去任上的。而且花太监跟李瓶儿住在一处，花子虚若要与瓶儿亲近，李瓶儿一旦告知公公，便将那花子虚打得不敢放一个屁。即李瓶儿跟花太监一处睡，花子虚若敢背地里抱怨，还要遭到一阵毒打。这一出格的矛盾现象进一步说明李瓶儿与花太监有着极特殊关系。而这种极特殊关系为人们寻找李瓶儿被丈夫花子虚嫌弃的原因提供了有价值的信息。似乎，花太监与李瓶儿过着真正的夫妻生活，而花子虚仅是个摆设。由这些矛盾的不正常现象，人们会发现许多隐藏在故事背后的秘密。即叙述的神秘性来自于矛盾的非常理的现象，而且这种种现象往往是采用侧笔、虚写的方式。

7. 诗思意味形式

　　所谓诗思意味形式，是指小说叙述者在组织情节、表现意图、实践意图的过程中，有意无意地将诗的思维方式运用到了故事的叙述中，造成言有尽而意无穷的艺术效果。所谓诗的思维方式就是诗人通过意象及其组合抒情言志的思维方式及其体现这一方式的时空结构。就空间的共时性思维而言，善于通过设置空间感、层次性，造成想象的隐性空间、意境空间。如与汉字意象思维相联系的阴阳对应观念以及这些观念运用中所表现的处理实与虚、表与里、明与暗、景与情、物与我、有与无的艺术方法，以及对照、对映、对比、比喻、象征等一类修辞手法。明清小说中的人物设置、场景设置、空间设置都具有明显的诗性表意思维，造成事中寓意（叙事写意）的特色。就时间的历时性思维而言，叙述者不仅善于设置曲折多变的叙事长度，而且善于通过节略、跳跃、阴阳五行的相生相克等手法表现故事寓意层面，如以日记事、以月记事与以年记事的相互间隔法，略写、侧写、虚写法，藏头露尾、露头藏尾、隔云断雾、穿插、草蛇灰线法等，以及叙事总框架的冷与热、明与暗、盛与衰的双层结构和首尾映照法等。

诗思意味形式集中表现于叙事的四个环节：一是人物设置环节，二元三元组合、双影三影设置。前者如历史小说总不离忠臣、奸臣与中立者；神魔小说也是神与魔、仙与佛对出；情爱小说则是一男二女，或二男一女并写。公案小说不外做案者、破案者、帮助破案者等等。与二元三元的实相组合所不同的是实虚、主次、主体与影子式的人物设置，如有西门庆，便有陈经济、张二官人；有潘金莲便有宋金莲（宋蕙莲）；有李瓶儿，便有奶子如意儿；有李娇儿，便有李桂姐、吴银儿；有贾宝玉，遂有甄宝玉；有薛宝钗便有薛宝琴、花袭人；有林黛玉遂有晴雯；有范进即有周进；有严监生即有严贡生等。

二是意图实践的行为环节中，形成对应的或相似的行为场景，如西门庆迎请蔡状元与西门庆迎请宋巡按，乃一因一果，寓意颇深，暗示出西门庆大笔地花人情钱的用意，且得到回报；也透露出叙述者对官场的讽喻之意。又如前有黛玉、宝玉葬花，后又有《芙蓉诔》，继而有凹晶馆夜吟诗；一僧一道时常出现于贾府；刘姥姥三进荣国府等，一步步展示叙述者的特有用意。这些是纵向思维结构。横向结构如，先有林冲被逼上梁山，继而写杨志被逼上梁山，以揭环境不容英雄之黑暗。至于《水浒传》先有武松杀嫂，继写石秀杀嫂；前有武松打虎，又有李逵杀虎，显示出叙述者独特的表现意图。

三是以隐笔写意，包括名称寓意法，即通过人名、物名、地名、事名及其谐音表现叙事者的用意。人名最典型的如《红楼梦》中贾宝玉姐妹的名字：元春、迎春、探春、惜春，用谐音的修辞手法寓意为"原应叹惜"。贾雨村、甄士隐，用谐音法寓"假语村言"、"真事隐去"等。这一手法一般研究者认为借鉴了《金瓶梅》中的人物命名法，如应伯爵、常时节、花子虚、蒋竹山、安枕，分别寓有"应白嚼"、"常时借"、"镜中花"、"子虚乌有"、"将逐散"、"安枕无忧"等意。物名如茶名"千红一窟"，酒名"万艳同杯"，寓"千红一哭"、"万艳同悲"。地名如"落凤坡"、"玩花楼"、"方寸山"、"七星洞"、"天香楼"、"警幻仙境"等。其二借用象征手法以求达到以物寓意的效果，而此种寓意单靠阅读很难发现，需反复品味。如《金瓶梅》中潘金莲所住玩花楼第一层住人，第二层成为药库；李瓶儿所住玩花楼第二层为存放当物的仓库。这在生活中都有些怪异，两个玩花楼是住人的场所，怎好作为仓库？作者的真正用意只不过是借用象征手法说明潘金莲不过一副毒"药"而已，武大因喝其下的砒霜而亡；西门庆因吃他过量的春药而死。李瓶儿不过是一个值钱的"当物"。她有祖传的宝贝百颗西洋大珠，走到哪里带到哪里，得之者而富，失之者而穷。又如《红楼梦》中的谜语，元春的"炮竹"，寓虽能惊天动地，却瞬间即逝，寿命不长。薛宝钗所写谜语则是一个"竹夫人"，内空，寓守空房等等。其三，以局部环境寓居住者内在心理或性格趣好，即以境寓人。典型者如《金瓶梅》中永福寺，为人死之归所，寓冷；道观乃盛事必请醮之地，寓热。《红楼梦》大观园内众主人所住房舍，暗寓房主人的性格趣好。如萧湘馆之萧湘竹、鹦鹉、书房，寓示屋子主人黛玉萧湘妃子的悲情、真人快语和博识敏才。蘅芜院水边草浓香、阴冷而终年不开花，屋内布置空荡粉白无一装饰，分别寓示房子主人冷美人的特性与守空房的命运等。其四，以梦寓意，如"宁国府红楼一梦"，"黄粱一梦"，"南柯一梦"，"牡丹亭花丛一梦"，"夜梦衔鼠双熊"等。其五，以对应情节寓示深意，作者叙事的用意不明说，而隐藏于相对应的故事之中。《金瓶梅》叙述西门庆一战林太太，先写林太太卧室大堂王昭宣像，威风凛凛，旁挂两副讲道德家风的对联，不禁令人肃然起敬。而卧塌内林太太却正干着与西门庆偷奸的龌龊勾当。韩道国正当着街坊们的面，夸夸其谈，说自家道德如何好，妻子如何守妇道，突然一位小厮慌慌张张跑来，结结巴巴地说：不好了，家里出大事了，拉着韩道国就往家跑。人未到门，便围了黑鸦鸦一群人，他挤进人群一看，原来是自己老婆王六儿与小叔子韩二偷奸，被邻居一群小伙子捉了奸，将一男一女赤条条地捆在一起。《儒林外史》借用了《金瓶梅》的叙事手法，总爱将真假两件事放在一起，对照着写，使得不着一字褒贬而"形神毕现"。如严监生正在别人面前吹嘘自己如何不占人一丝半点便宜，突然小厮来报，昨天圈着的猪，人家来索要了。而严监生却说是自家的，不能放回等等。其六，明暗双线结构，明写兴，暗写衰；明写喜，暗写悲；明写热，暗写冷等。譬如《金瓶梅》写西门庆生子喜加官，连着三天摆庆喜宴席，席间却丢了银壶，家中乱成一团。李瓶儿过生日热闹非凡，却丢了一锭金子，搞得家翻宅乱等。其七，以梦境之虚笔暗示生活的某种真实。如贾宝玉在宁国府秦可卿绣房睡了午觉，而梦中由秦可卿带着到了太虚幻境，夜里与一位兼有宝钗、黛玉之美的仙女"可卿"睡了一觉，寄寓着宝玉与秦可卿在那天中午的暧昧关系。其八，对照式结构。借故事首尾、前后的对照、映衬，表达叙述的意图。如《儒林外史》开篇写鄙视功名富贵，追求"文行出处"的奇人王冕，结尾写琴、棋、书、画四位自食其力的高人，中间前半部写丑，后半部写美，呈美丑对照结构，通过扬善揭丑来表达自己的人生价值观与叙事意图。

以上所言"对抗意味"、"人格意味"、"幻想意味"、"巧合意味"、"惊奇意味"、"神秘意味"和"诗思意味"，意在探讨中国小说形成"诱人"、"动人"和"移人"之意味形式的主要叙述途径及其艺术方法，同时也揭示小说意味形式生成的民族性特征。

总之，所谓作品的意味形式，正是"情绪、情感、审美在内的文学性"生成的形式，是叙事中如何将意图表现得诱人、动人、移人的方法途径。"文学的职能与目的既不是陈述事实也不是讲明道理，而是激发人的情感，使人在喜怒哀乐的情绪震动中获得美感与精神的满足、升华。所以文学研究应不断地采用文学研究的特有手段对作品本文因何吸引人、感动人不停地发问并经过严密分析作出令人信服的阐释。"① 而本书的目的也正在于此，对于不同意味形式的分析可以使得我们对于中国古典小说的叙事艺术有着更加接近其情感本质的系统认识。

① 许建平：《中国古代文学研究路径与方法的新思考》，《复旦学报》（哲学社会科学版）2002年第 5 期。

第十三章 陌生化生成与意图的矛盾逻辑

  陌生化的概念早已不陌生，然而用叙事哲学——意图叙事理论——说明小说陌生化何以生成，却是一个新话题。本章首先用意图叙事理论分析情节的本质，发现情节是一个最基本的意图叙事序列。意图及其实践过程规定着情节的类式。读者、外叙述者对内叙述者——核心人物——意图实践过程复杂、曲折、多变、新奇的企求是小说陌生化生成的根源与动力。然而这却与其简洁、顺畅、明了性企求构成矛盾逻辑，并在叙事中表现为延宕与压缩的两大手段。插入、阻折、分解、逗疑等延宕叙事产生的陌生化效果与浓缩、节略、虚笔等压缩性叙事所达到的空灵性、神秘化效果，一起构成了小说情节引诱人的巨大张力。

  小说的意义在于通过一系列陌生化手法表现人的内在情欲，使人们在情感层面对生活产生新鲜奇异的感觉，从而获得美感。故而陌生化便成为小说产生巨大引诱力的主要手段。若要从叙事学的角度研究小说，就要研究何种力量催生着小说的陌生化，即小说的陌生化是如何生成的，这是一个涉及范围颇广的问题。本章只想从叙事意图的理论入手，研究叙事意图与情节的关系，叙事意图与小说陌生化生成的关系。

一、行为意图视野下的情节概念

  什么是情节，情节与意图有无关系？又应是怎样的关系？这是意图叙事理论必须解决的一个问题。

1. 目的与行为功能

西方叙事理论在阐释情节这一概念时往往将其与行为目的相联系，这种方法甚或被称之为目的论。这是因为西方学者爱从功能视角分析情节，而功能因与某一行为的更上一层的行为相联系，与人物行为的整体相联系，进而寻找其在这个联系中的地位与作用，故而，其视野必然注意行为的结局和目的，即由行为、目的与结局的联系而确定情节的功能。巴尔特说："每种功能的实质，可以比喻为它的一粒种子，日后，这个成分将会成熟。"[①] 即种子必然会发芽、成长、结果。种子是否优良，要由其成熟的果子来确定。美国乔纳森·卡勒在《结构主义诗学》中更明确地指出：

> 情节必须受制于目的决定论：某些事情的发生，只是为使叙述沿其轨道发展，热奈特把这种目的决定论称为"虚构的矛盾逻辑，它要求按其功能属性，也就是说，按它与其他单位的对应关系，去界定故事的每个成分、每个语言单位，并用前者说明后者（按照叙述的时间顺序）等等"。另一种办法，只好不对功能进行分析，而对行为进行分析，设想具体指出任何一个行为可能产生的具体结果。[②]

在卡勒看来，功能是以结果和目的作为重要参照依据的。然而，无论是从行为更大系统的整体，还是从行为的目的或结果来确定行为的功能，一个重要的事实是无不涉及行为者的目的与意图。行为整体也好，行为目的也罢，都不过是行为者意图的表现。故而行为的功能与其以行为整体或行为目的作为参照依据来确定，毋宁以其行为者的意图来确定，即考察分析行为者的行为在其意图实践过程中的地位与作用。这样情节的功能概念便与意图直接建立起内在的联系，即将功能纳入意图分析的框架内，行为

---

① ［法］罗兰·巴尔特：《叙述结构的分析的语言》，引自乔纳森·卡勒《结构主义诗学》，盛宁译，中国社会科学出版社 1991 年版，第 312 页。

② ［美］乔纳森·卡勒：《结构主义诗学》，盛宁译，中国社会科学出版社 1991 年版，第 312 页。

的功能由其行为的意图过程规定。

情节是由功能界定的，如是，情节同样是由意图规定着的。当功能与意图的联系建立之后，我们将进一步分析情节的性质。

2. 情节的本质：完整的意图活动序列

情节是一个最基本的意图序列，包含行为者意图的萌生、落实意图的过程、意图实践的状态的结构序列，完成了叙事整体——过程——的一个功能。它是一个怎样的单位又具有怎样的功能呢？对于叙事者和人物（核心人物）来说，它体现着叙事者或人物的某一最短小的意图，使该意图从产生到有一个结果。对于读者来说，是解决读者心中的一种愿望，一种疑惑或疑问：

> 罗兰·巴尔特认为："陈述阐释的各项内容就是对各种不同的形式条件加以区别，因为正是通过这些形式条件，一个疑团才得以确定、提出、具体地陈述、拖延、以致最终地解决。"① 虽然巴尔特基本上只着重讨论疑案的问题，读者却可以把整个文本中发现的任何一个看上去没有得到充分解释的疑点都纳入其中，可以提出各种问题，唤起了解真相的欲望。这种欲望便形成一种架构结构的力量，引导读者去寻找一种可以组织起来、多少能够回答他所提出的问题的那些特点。……因为我们在讨论故事的结构时，完全应该能区别什么是读故事的愿望，什么是从所谓的悬念（即存在着一个具体的问题）中了解故事的结局的愿望。②

前者是叙事者或人物行动下去的力量；后者则是读者兴趣生成的从而产生阅读兴趣而急于读下去的力量。至于其功能，还不只是叙述和阅读的力量，同时包括一个更重要的功能，即这一个单位长度在整个文本长度中所占的地位、所起的作用。说得具体点是外叙述者或内叙述者的叙述意图、行为意图在其上一层的大意图中所处的关系：位置、结构；也是读者

---

① ［法］罗兰·巴尔特：《S/Z》，理查德·米勒译，1970年，第26页。

② ［美］乔纳森·卡勒：《结构主义诗学》，盛宁译，中国社会科学出版社1991年版，第313—314页。

的阅读欲在整个小说阅读欲中所处的位置、结构——这个阅读欲与上一更大阅读欲及下一阅读欲的关系。

以《三国志通俗演义》中"草船借箭"为例。人们一般习惯上认定，"草船借箭"是一个情节，因为它是一个最基本而相对完整的长度单位。对于孔明来说，他完成了从答应帮周瑜借箭到借箭结束这样一个完整的故事。对于周瑜来说，也同样完成了由杀害孔明的意图到这一意图失败的过程。叙述者也完成了借此事表现孔明超越周瑜和鲁肃的非凡智慧的叙述意图。对于读者来说，当周瑜设计陷害孔明，这一计谋能否得逞，便成为悬在读者心中的一大疑团，读者为孔明捏着一把汗，急着读下去，想弄个究竟。直到孔明借回了十万支箭，读者悬着的心方才放下。这正是一部书最基本而相对完整的一个长度单位。砍去一块不完整，多一块又多余。更为有趣的是，它恰恰是人物内叙事——人物行为的一个意图序列，又是外叙事者行为意图的一个序列，同时也是读者生疑和释疑的一个阅读意图序列，是叙事者、人物、读者三个意图序列的重合。由此可见，情节是叙事者、人物和读者最小行为意图序列的重合。

3. 意图规定情节的类型

既然情节表现一个最基本而完整的意图序列，那么情节的分类必然与意图本身有着不可分离的关系。意图分类一般需着眼于三个方向，其一为意图指向的类型：诸如功名意图、情爱意图、财富意图、复仇意图等等。而意图指向类型规定了情节的内容，譬如《草船借箭》中孔明为周瑜借得曹操十万支箭属于建功立业的功名类意图，故而情节也理应划入建功立业的情节类型之中。其二是意图在故事发展中所具有的功能类型：可分为推进式意图、阻抗式意图、打破平衡意图、重建平衡意图等。情节也自然与其相一致而称之为推进式情节、阻抗式情节、打破平衡式情节、重建平衡式情节。[①] 其三为意图的实现状况类型：意图成功型、意图失败型、意

---

① 参见 [美] 乔纳森·卡勒：《结构主义诗学》，盛宁译，中国社会科学出版社 1991 年版，第 310 页。

图部分成功而总体失败型、意图部分失败而总体成功型等。① 相对应的情节也可称之为成功型情节、失败型情节、转换型情节、小胜而终败型情节、小败终胜型情节等。成功型情节往往见之于理想化的喜剧类小说或戏剧。如《西游记》的西天取经途中经过八十一难，最终取回真经。《西厢记》中张生与莺莺经过百折千回，终成眷属。失败情节多见于叙述现实人生苦难的悲情小说或戏剧。如《三国演义》蜀国的败亡；《忠义水浒传》中宋江等梁山泊好汉的悲惨结局；《红楼梦》中"万艳同杯（悲）"、"千红一窟（哭）"、飞鸟各投林的无可奈何的人生悲剧等。但中国的叙事文本更多的不是前两类，而是后三类（转换型、小胜终败型、小败终胜型）。如《杜十娘怒沉百宝箱》本来通过斗争，冲破一层层阻力，走向胜利，却在胜利途中意外地遇到了一位孙富，意图转换（由婚姻之欲转向反面的死亡之念），使情节突转，由成功走向失败，由喜而走向悲。这类属于转换型。又如《三国演义》中的"温酒斩华雄"情节，侧面描写了华雄的先胜而败，小胜终亡，则属于小胜终败型。《水浒传》中的"三打祝家庄"情节，叙述梁山泊好汉因不熟悉地理而中埋伏，连吃败仗，后因打破其联盟且里应外合，终于打败了祝家庄，则属于小败终胜型。总之，情节的类型由意图的类型所规定，情节的分类须根据意图及其实践过程和结果分类。

二、行为意图的矛盾逻辑

一部小说由叙述者的意图构架而成，而叙述者的意图又是通过对文本中主要人物意图的设计布置体现的，并最终通过接受者接受意图而得以完

---

① 此为美国乔纳森·卡勒《结构主义诗学》的理论。乔纳森·卡勒提出四种类型说："普罗普研究了一百个童话，从中归纳出三十一种功能，形成一个体系，而这些功能在具体童话中存在与否成为童话情节分类的基础。这样立即'产生了四种类型'：通过斗争并取得胜利而发展；通过完成一项艰巨的使命而发展；通过上述两种情况都实现而发展；以及通过上述两种情况都不能实现而发展。"

成。这期间不仅存在着叙述者、主要人物、接受者自身意图的内涵，而且还存在三种意图间的多重关系，正是这些内涵与多重关系成为叙事艺术的孳生场。

1. 内叙述者行为意图的矛盾逻辑

文本中主要人物的意图具有单一性和直指性趋向——直接奔向目标，具有顺畅简短的心理趋向。人物总是希望自己的意欲、计划、目的在实现过程中越顺利越好，时间越短越快越好。人物的这一意图会造成情节的单一、平顺和简短，简短到类似说明事件基本信息的报道，故而也很难产生出伟大的艺术。譬如《西游记》中，唐僧的意图是到西天取回真经。如果按照唐僧的愿望，一路很顺利就取回那大乘佛经，不要遇到什么麻烦和灾难，那么就不会写出八十一难，也就不会写出孙悟空上天入地、无所不能的本领，也就不会有一部千古奇书《西游记》。然而事实上，人物对自己意欲的实现并非抱有天真的幻想，他们会感到一种压力，一种从不会轻松乃至担心会发生意想不到的灾难的忧虑。那是因为他们所处的现实环境（自然环境和社会环境）太恶劣，他们要实现自己的欲求，须同来自于社会或自然界的阻遏力量进行艰苦的斗争。于是文本中人物的意图便构成两类：顺利实现意图；担忧意图失败而尽心尽力——阻止意图的失败。虽然后者并非意图，而是原意图实现的一种条件，即这种条件并非出于自己的本欲，而是无可奈何的选择。它比起意图来，虽然不过是从属者，但请注意它却是生成坚苦卓绝斗争的基础，也是故事曲折动人的基础要素。唐僧西天取经之所以度过一次次一层层磨难，造成一个个压倒、战胜邪恶势力的动人故事，也是基于唐僧及其徒弟们的百折不挠意志和拼命实现愿望的意志力。由此我们发现，文本中人物的两个一主一从的意欲，既具有内在逻辑性（阻止意图失败的可能是为了实现原意图），同时又具有矛盾性（想平安顺利实现，又不得不与困难殊死斗争）。然而正是这种矛盾逻辑，成为使人物故事动人、感人的生发源。

2. 外叙述者行为意图的矛盾逻辑

外叙述者的意图却比内叙述者（文本人物）的意图多了一个思考的对

象——接受者，因而便多了一层内涵——满足接受者的需求。叙述者的叙述意图一般具有两大内容：表达自己、感染别人。表达自己是叙述的第一欲求，小说"本质上都是内在生活的外部显现"①，表现这种表达的性质是通过假借材料和虚构的方式来实现自己在现实生活中难以实现的人生欲求（直接或间接的），抒发心中被压抑的情绪。然而，这一欲求的实现却离不开两种东西，一是叙述文本，二是文本的读者。不仅要求读者人数众多，而且要求能引起他们感觉上的共鸣从而产生极高的兴致，留下经久不去的印象。对于中国古代的小说而言，感染别人欲求在叙事者欲求中所占比重尤其凸显。这与中国小说的母体——俗讲与讲唱——密切关联。中国的通俗小说诞生于说经中的俗讲和后来艺人的谋生职业——市场讲唱。两种形式不仅直接面对听众，而且以满足听众需求为第一目的。听众就是他的上帝，满足听众（接受者）的需求成为贯穿讲唱始终的主线。而表达自己的第一需求，不得不让位于感染别人的目的。后来文人创作的小说虽说表达自己是创作下去的动力，但因文人创作一方面摹仿史传，另一方面则模仿讲唱艺术的形式。模仿史传重在表达自己，追求故事的可信度。而模仿讲唱的话本形式，则处处想到听众的趣味，捕捉听众的心理好恶。戏曲编写者不仅为演员写戏，更要为观众写戏。讲唱艺术、戏曲艺术从多方面影响着小说的叙事，这可从文人小说的写作形式以及序跋特别是评点话语中找到足够的证据。表达自己的意图遵循着越明白、越清晰、越突出越好的法则。而感染别人的意图，却与之相反，它遵循越曲折、越陌生、越激烈、越隐曲越好的法则。可见叙述者感染读者的意图造成了小说陌生化的艺术效果。换言之，叙述者的两大欲求：表达自己、感染别人，既有其内在的逻辑性（只有表达自己才能感染别人，而感染别人又是有效表达自己的必然要求）又存在着自身的矛盾对立（表达自己须简单明了，感染别人须冲突激烈、曲折多变、复杂隐曲）。正是这种矛盾逻辑构成了表达自己的简洁原则与感染别人的复杂原则的

---

① ［美］苏姗·朗格：《艺术问题》，中国社会科学出版社 1983 年版，第 8 页。

对立矛盾（这一矛盾往往是通过叙事意图和总体框架的简洁、叙事意图实践过程的复杂多变的形式予以中和的）。在这一矛盾中，后一原则在叙事过程中起主导作用，从而造成内在生活的陌生化表达——叙述过程的隐曲多变和情节引人入胜的艺术张力。

3. 接受者与内、外叙述者行为意图的矛盾逻辑

既然满足接受者需求是外叙述者叙述意图的重要组成部分，那么接受者的需求（接受意图）与外叙述者、内叙述者的意图有何种关系呢？它在小说情节的感染力中发挥着怎样的功能？这个问题的回答同样也不那么简单。这是因为读者的意图也具有双重性：丰富人生；娱乐心神。前者指通过阅读小说中的人物故事，扩大、丰富读者自身的阅历缺失。如和平环境下的读者喜看战争题材、武打题材，那是因为他们没有那样的人生经历，通过艺术作品所显现的人生以求补充自身的缺失，同时也可给和平环境缺少刺激生活的人们得到虚幻的补偿。愈是读者生活中缺失且需求补偿的内容，愈是读者所知范围之外的生活内容，愈具有阅历的补偿价值，它所遵循的是认知距离与缺失率法则(时间愈长，空间愈遥远，心中缺失率愈高，便愈具有补偿价值，愈能满足读者丰富人生的欲望)。后者指满足读者的求知欲和好奇心，获得满足知识缺失的快感。与人的阅历所限相联系，人的经验和认知的范围极小，就像人的脑细胞被开发的极少一样，而人充足的脑细胞使人有获取最多知识和感知的强烈欲求，即人们常说的求知欲。于是对于未曾知晓的领域，人人都会有新奇的感觉和无尽体验的欲望——好奇感。这种本能使读者喜欢了解到更多以往不知道的陌生故事，现实中极少看到的神秘故事，心中总想弄明白却始终难以明白的模糊故事。愈是陌生化的故事、陌生化的情节、陌生化的感觉，愈容易引起读者对新奇的渴望，生发阅读的冲动。另一方面，读者不希望故事的人物多、头绪繁杂，而期望简洁明了，读后有印象，能引起清晰的回忆。如果依从读者的后一种需求，那么故事写得越简单、越清楚、越明了越好。那样，同样产生不出艺术的魅力。而若满足读者第一方面的本能欲求，那就需将故事叙述得愈曲折、愈能节外生枝、愈受间阻、愈有障碍、愈有意外、愈神

秘、愈模糊愈好。前一需求形成了小说的入话和尾声结构，也包括开场诗和结尾诗之类。后一需求构成了小说的主体结构。于是有了《西游记》的八十一难，有了宋江的几次死里逃生，有了鲁达的东游西荡，有了杜十娘与李甲情爱的折折弯弯，有了《红楼梦》的扑朔迷离。由此看来，读者也存在着两种既有逻辑上的关联又对立矛盾的阅读意图（简洁明了的接纳需求和喜欢陌生、神秘、曲折多变的好奇心）。正是接受者意图的这一矛盾逻辑促成了故事叙述引诱人的外张力。

综上所述，外叙述者、内叙述者、接受者心理需求的结构都存在着简洁明了性需求与复杂多变性需求的矛盾逻辑。尽管简洁明了性的内涵在他们内心里有明显区别。外叙述者意在表意明确，内叙述者意在实现意图的过程顺利圆满；接受者则企盼读得明白易记。但区别并不大，共同性大于差异性。对于复杂多变性的需求，读者与外叙述者更相一致，换言之，外叙述者意在求得与读者需求的同一性。正是这种一致性，直接导致小说故事叙述的复杂多变。这种多变对于内叙述者来说是一种灾难，故而是极想避免的，却不得不忍耐。所以若再具体细分，在上述三者心理需求的矛盾逻辑结构中，主要矛盾则是内叙述者——人物——需求意图实践过程顺利简洁性与读者、外叙述者期望意图实践过程曲折多变性之间的矛盾，这种矛盾是诱发艺术感染力的主要根源。更重要的事实是这种矛盾性合乎主体世界与客体世界关系的矛盾性，合乎主体欲求与客观现实间的矛盾法则。唐僧愈想取经任务快些完成，愈想路途顺利，作者偏要生出一个个意想不到的妖魔，偏要使他的生命遭受一次比一次凶险的磨难。宝玉、黛玉都盼望二人能顺利地成为夫妻，却偏偏插入宝钗、湘云，偏偏有地位最高的元妃加以干预，管家的王熙凤也玩起调包计谋。任凭宝玉、黛玉几次为此闹得一府不宁乃至死去活来，最终还是愿望成空。欲想得到的往往欲得不到，这正是人生的普遍矛盾法则。外叙述者意图与内叙述者意图的上述矛盾正是人类普遍矛盾法则在叙事艺术中的表现。

三、意图行为与压缩、延宕及其陌生化

且莫以为故事诱人的力量只来自于上述矛盾的主要方面——外叙述者、接受者所需要的复杂曲折、隐曲多变性的一面。事实上矛盾逻辑结构的双方在情节的叙述中各自发挥着不同的作用，具有独自的功能。

1. 简洁明了性需求与压缩叙述

简洁明了性的需求，会使故事的叙述走向压缩（包括删减、省略、侧写、虚笔、隐蔽）；曲折复杂、隐曲多变性需求，将导致故事的叙述走向延宕（包括时间放大、空间的细化、节奏放缓、阻抑的增加、语言频率高、内向化叙事比例加大等）。压缩、节略、虚写（控制信息、减少信息、弱化信息）是故事简化的直接手段，也是中国叙事常用的方法。因为"信息延宕或压制所产生的断点提供了观察的窗口"[①]，特别是压制所产生的断点、缺口应是叙述意图分析的入口、着眼处。在中国小说中叙述者意图的表达多采用通过浓缩后的小故事——入话——加以预示的方法，或者是概括式的结尾诗、"看官听说"式的警示语等。然而，大量的压缩手段则见于小说叙事中间。如时间叙述常用的词语"转眼十几年过去了"，当年还是胎里的婴儿，现已长大成人；或壮年的当事者已成为白发驼背的老人之类。不仅时间压缩会形成时间的大距离跳跃。故事空间被压缩，会造成空间跳跃——居住地的频繁转移……这些使故事简短化的手法正是叙事简易明了意图驱使下的结果。

有趣的是这种压缩叙事也可造成陌生化的效果，因为压缩叙事包含两类情况：一类使叙事变得消息化、符号化或具有象征性。故事长度被浓缩为三言两语，即故事的时间远远大于叙述时间。《三国演义》常用此法，

---

① 　爱玛·卡法勒诺斯：《似知未知：叙事里的信息延宕和压制的认识论效果》，见戴卫·赫尔曼主编《新叙事学》，北京大学出版社 2002 年版，第 4 页。

"如皇甫嵩破黄巾，只在朱隽一边打听得来；袁绍杀公孙瓒，只在曹操一边打听得来；赵云袭南郡，关、张袭两郡，只在周郎眼中、耳中听来……诸如此类，又指不胜屈，只一句两句，正不知包却几许事情，省却几许笔墨"①。或叙述者跳出故事之外概括故事的内容，大故事被浓缩为小故事。如《金瓶梅》用刘邦、项羽因女色败亡事入话，总括全篇。《石头记》被浓缩为一块石头的来去。《儒林外史》用王冕故事警示等。或用一首诗、一首歌点明叙述者的叙述思想和意图。如《三国演义》开篇"滚滚长江东逝水"的开篇词（《临江仙》）；《红楼梦》开篇的《好了歌》；《金瓶梅》"闲阅遗书思罔然"的结尾诗等。这种压缩实现了压缩叙事简化明了的目的。

另一类却走向了因缺失而造成的神秘、空灵、含蓄的效果。压缩、节略的部分由于信息量的减少而形成叙述的缺失，有生成理解黑洞的可能性，从而造成想知而不可知的神秘，应说而未说的空灵、含蓄，引发读者的无限暇想。譬如《红楼梦》中的"金玉良缘"，叙述者并未像"木石前盟"那样有专门的文字交代。只是宝玉拿着金锁当着宝钗面与自己的配玉比看，宝钗说儿时和尚告知将来与玉相配合。和尚因何要说这样的话？是否也有一段什么神话？便成为一个理解的黑洞，也成为读者心中想知却未知的疑惑。又如《金瓶梅》中有关西门庆故事，作者采取了截头去尾的手法。西门庆先头娘子去世了。包占了一段时间的张惜春娶到家不久得细病死了。名妓李娇儿嫁给西门庆做了老二。他与这几位女子的情爱生活如何，被叙述者压缩掉了。西门庆死后，一位叫张二官人的花钱得了他的理刑千户之职，还想将他的妻妾也一个个弄到手，这位张二官人的生活如何，作者也压缩掉了。这些都留给读者理解的黑洞，也引发了读者通过想象推理去填补的欲望。事实上，压缩叙事所造成的后一种情形，与延宕手法有异曲同工之妙，同样产生激发读者好奇心的神秘力量。

---

① （清）毛宗岗：《读三国志法》，见朱一玄等《三国演义资料汇编》，百花文艺出版社 1983 年版，第 306 页。

2. 复杂多变欲求与延宕叙述

叙述者为了实现感染别人的愿望，就要满足接受者求知欲和好奇心，使故事叙述得曲折、复杂、多变，创造陌生化的感觉效果。"艺术的手法是事物的'反常化'（ocrpaHeHHe）手法，是复杂化形式的手法，它增加了感受的难度和时延，既然艺术中的领悟过程是以自身为目的的，它就理应延长。"[①] 延宕叙述是创造陌生化效果最基本而常用的方法。延宕就是增加意图实践的阻抑系数和困难程度，使包括行为意图在内的人物的历史变得跌宕曲折，推迟矛盾暴发和人物意图实现的时间，拉长意图实践过程的长度。达到延宕的方法就其大者而言有四类。

一类是插入法。在主要人物意图实现过程的叙述中，不断地插入人物和故事情节，使叙事的序列数无限地增加。明清小说评点家们称之为"入笋法"、"笙箫夹鼓"、"夹叙法"等。插入法一般需遵循两条法则：一是移动法则，使读者的视点、兴奋点随插入人物故事而发生横向转移。如《西游记》正写悟空、八戒设法救唐僧，情势紧急，令人心焦虑不安，忽然插入唐僧与树仙吟酒赋诗、谈笑风生的故事场面。西门庆夜宿李瓶儿家，床上欢爱，兴致正浓，忽插入玳安敲门甚急，引出京中杨戬株连祸案。《三国演义》也如是，"正叙董卓纵横，忽有貂蝉凤仪亭一段文字；正叙催、汜猖狂，忽有杨彪夫人与郭汜之妻来往一段文字；正叙下邳交战，忽有吕布送女，严氏恋夫一段文字"[②]。令读者眼花缭乱，目不暇接，兴致盎然。

二是逻辑法则，即插入人物故事与前后故事有着因果之逻辑关系，或者阻抑情节的发展，或者成为情节发展的推动力量。对于明清小说特别是长篇小说而言，人物的插入似乎只是故事层面的一种偶然性巧合，缺乏内在的因果关系。譬如《水浒传》前四十回人物传记的连缀。正叙王进故事突然插入史进故事，二人的接头是因为投宿。讲史进故事而插入鲁达故

---

① ［俄］维克托·什克罗夫斯基：《作为手法的艺术》，见什克罗夫斯基等编《俄国形式主义文论选》，三联书店 1989 年版，第 6 页。

② （清）毛宗岗：《读三国志法》，见朱一玄等《三国演义资料汇编》，百花文艺出版社 1983 年版，第 304 页。

事是在茶馆偶然碰上。写鲁达事而插入林冲，因林冲偶见花和尚舞禅仗。《儒林外史》中的人物插入也与之类似。如果把插入人物由史进改为鲁达，或由鲁达改为武松，调换他们的原先的位置，也并非不可。足见其缺乏内在的必然性、逻辑性。然而这种将短篇个人传记连缀起来而成为长篇小说的插入方式并非中国小说插入类型中的唯一方式，对于明清两代的大部分小说来说，人物与故事的插入在故事层面的偶然性下包含着内在的必然性，情节的发展合乎逻辑性法则。只不过其表现形式依然是偶然性的，包括自然地合乎情理的插入，或是由某种误会、巧合、错认牵引而插入等。先举一个自然地合乎情理插入的例子。《红楼梦》刚叙述黛玉进荣国府，随后便插入了薛宝钗的故事（薛姨妈和薛蟠一家迁入贾家来住）。这一插入是合乎情理逻辑和叙述逻辑的。作为薛姨妈来说来到京城自应是投亲靠友，方显得亲近。对于一向和善喜欢热闹的贾母而言，盼望着亲戚间多来往，人多和和气气、热热闹闹的，自是欣然接纳。且薛姨妈故事的插入，客观上不仅造成情节的延宕，阻碍了宝黛爱情的进度，以至于闹成悲剧。表面巧合而内里却有必然性与逻辑性的插入例子，如《杜十娘怒沉百宝箱》中商人孙富故事的插入。两只船因遇大风而停泊在一个港湾，这是一种巧合。但是李甲愈是离家近，他惧父（害怕父亲见到杜十娘）的心理便愈强烈，内心便愈痛苦，愈想解脱痛苦，却苦无办法。孙富的出现正是李甲摆脱痛苦的一种需要，有其内在的必然性，即使不遇孙富也可能会遇到与孙富具有同样功能的人物（张富或李富）。如若遇不到解除李甲内心痛苦的人，那么他回到家也同样会遭到父亲的遗弃，他最终会选择父亲和家庭而不会选择杜十娘。杜十娘的悲剧是李甲性格懦弱和惧父心理的必然结果，故而在这一偶然性中有其必然性。至于插入故事推动情节发展的例子如《西游记》中美猴王海外求仙访道故事的插入，便成为推动后来情节（大闹龙宫、地府和天宫）的重要动力。

第二类是阻折法。主要人物在意图实践过程中，受到反意图元（一系列同意图的人群为实现共同意愿而采取行动便称为一个意图元）力量的冲击，而使意图实践的过程遇到意外阻抑，发生方向的转折。"一部小说不仅需要作用，而且需要反作用。"①说得更准确些，没有反作用就没有小说。既然有反作用力，故事的发展就会有转折，没有转折就没有小说。而对于明清小说而言，其转折却是颇为怪异的，即叙事的转折常常不是小转，而是从一个极端一百八十度地转向另一极端。清人毛宗岗对《三国演义》这一转折法感触颇深，称之为"星移斗转、雨覆风翻"。且举出一大串实例：

> 本是何进谋宦官，却弄出宦官杀何进，则一变；本是吕布助丁原，却弄出吕布杀丁原，则一变；本是董卓结吕布，却弄出吕布杀董卓，则一变；本是陈宫释曹操，却弄陈宫欲杀曹，则一变；陈宫未杀曹操，反弄出曹操杀陈宫，则一变……论其变化无方，则读前文更不料后文，于其可知，见《三国》之文之精于不可料。②

所以出现叙事方向总爱反向大转的原因，细细追究起来，来自于两个方面。一是叙述者所遵循的新奇（出乎读者意料之外）而令读者感到陌生的陌生化法则，于是行文不依循一般的思维习惯，却沿着反常的逆向思维组织故事。人物的行为总是突破应该有的框架，使不应该转变成艺术的应该。不过这种故事的组织是合乎上文所说的内在逻辑的，或合乎人物性格的逻辑。如吕布本助丁原，却杀丁原，本结董卓却杀董卓，是他的见利忘义的性质品格被人利用而导致的必然结果。或符合人们认识事物的逻辑（发现与突转），发现了以往认识的错误（被蒙骗等）造成印象或观念的突转。如本是陈宫释曹却欲杀曹，陈宫释曹是为曹操的大义（舍命杀奸雄董卓）所感动，后遇曹操误杀吕伯奢全家再错杀吕伯奢，方发现曹操原来是位宁负天下人不许天下人负他的道德小人。曹操在陈宫心中的形象发生了一百八十度大转变，不仅与他分道扬镳，且欲杀之而后快。于是主要人物的意图本来是 A，因受到相反力量的阻抑却走向了原意愿的反面，即走向

---

① ［俄］维克托·什克罗夫斯基：《故事和小说的结构》，见什克罗夫斯基等编《俄国形式主义文论选》，三联书店 1989 年版，第 13 页。

② （清）毛宗岗：《读三国志法》，见朱一玄等：《三国演义资料汇编》，百花文艺出版社 1983 年版，第 302 页。

了-A。

二是受中国传统哲学中的"福兮祸所倚"即事物都会走向它的反面的事物发展规律影响。写盛不忘衰，叙喜忧悲，这种发展变化的观念或者表现于故事演变的纵向结构中，如《金瓶梅》写西门府的兴家与败家。《醒世姻缘传》叙狄家男女的得势受宠与失势遭难的因果轮回。《红楼梦》叙荣宁二府的由盛而衰等。或表现于故事演变的横向结构（层次结构）内。表层叙述兴极、盛极、热极，而深层结构则暗示冷意、败象、衰根。《金瓶梅》写西门府极热情节，总寓冷意，生子喜加官做三天大宴以庆贺，却写失金，弄得一家上下人人不安，以伏后半部书种种不安的败象。正月十五，李瓶儿过生日犹如《红楼梦》元妃省亲，热闹非常，却偏写丢银（壶），埋下后来西门庆死后丢银败家的线索。这是一边写热一边写冷。而在《儒林外史》中，一热一冷、一假一真的思维结构更多用之于讽刺的目的。

第三类是分解法。"事物借自身的反照而一分为二或一分为三"①。本来是一个简单的组合，为了陌生化表现的需要，而将其分解为若干个简单结构的对称式的组合，起到延宕意图实现过程的动人效果。包括将一个人物分解为两个或若干个人物的人物分解；将人物间直线的联系分解为三角或多角联系的关系分解；将一个故事分解为两个以上故事的故事分解等。而分解的方法或遵循对立原则（如一刚一柔，一粗一细等），或遵循相似性原则（如一主一从，一实一虚等），一般说来两种原则贯穿着对称的思维、表现出对称之美。人物分解如《红楼梦》，宝玉分解为四，前有神瑛侍者，中有甄士隐，后有甄、贾两宝玉。黛玉分解为三，绛珠仙草、黛玉、晴雯；宝钗分解为三：宝钗、宝琴、袭人。人物关系分解也可以《红楼梦》为例，本意在写宝黛还泪之情缘，却插入了薛宝钗，由宝玉与黛玉两点一线的直线关系，分解为宝玉—宝钗—黛玉的三角形关系，后又有史

---

① ［俄］维克托·什克罗夫斯基：《故事和小说的结构》，见什克罗夫斯基等编《俄国形式主义文论选》，三联书店1989年版，第20页。

湘云插进（与黛玉不止一次发生冲突），形成宝玉—湘云—黛玉的又一三角形关系即背靠着的两个三角形（菱形）结构。而人物分解与关系分解构成大观园内的宝、黛、钗的大三角关系与怡红院的宝玉与晴雯、袭人的小三角关系的大环套小环的结构。故事分解类，如《三国演义》将结义故事分解为黄巾三兄弟与桃园三兄弟两事；刘备求贤故事先后分解为司马徽、徐庶、诸葛亮、庞统四事。关于人与事合在一起分解者，清人毛宗岗指点甚细："写权臣，则董卓之后又写李傕、郭汜，傕、汜之后又写曹操，曹操之后又写曹丕，曹丕之后又写一司马懿，司马懿之后又并写一师、昭兄弟，师、昭之后又写一司马炎，又旁写一吴之孙綝。"①《水浒传》、《儒林外史》、《西游记》此种分解法虽各有其长，却较常见。

　　第四类为逗疑法。所谓逗疑法是指文本中主要人物的意图是明确的，但意图实践的过程和最终结果具有不明确性，对于不明确部分采用设疑、解疑方法造成读者感觉的陌生化。具体方法步骤分设疑、探疑、解疑三部分。设疑时间一般在主要人物行为意欲明确后、行动之前。如《三国演义》写刘备夫人去世，周瑜设美人计，以孙权妹为诱饵，引刘备招赘东吴，然后扣下刘备，让诸葛亮以荆州来换。孙权、周瑜的意图（以刘备换取荆州）很明确。然而读者担心刘备是否会来东吴招亲，周瑜的计谋能否得逞。周瑜美人计一敲定，读者的疑问也随之生发。而刘备内心也让矛盾纠缠着，他一方面想得到孙权妹妹，既满足自己的婚姻愿望，又可与东吴成秦晋之好，形成政治联盟；但另一方面又害怕周瑜设下圈套，自己一去难回，故而踌躇不决（意图尚未明朗）。诸葛亮则力主入东吴成就孙刘联姻，他解除刘备恐惧心理的药方是预设好的三个锦囊妙计，保刘备娶亲成功无虞。诸葛亮的三个锦囊妙计一出，读者便对其可靠性萌生疑问。事实上锦囊妙计就是设疑，其时间在刘备意图已明朗却未曾行动之前。叙述者为读者设计的疑点越合理（接连不断，却一个比一个揪心），其艺术的引

---

① （清）毛宗岗：《毛宗岗评三国演义》，见朱一玄等《三国演义资料汇编》，百花文艺出版社1983年版，第301页。

诱力就越强。

　　只有当问题一直是个问题时，它才是重要的架构结构的力量。才能使读者按照文本与他的关系把文本组织起来。并按照他所试图回答的问题去阅读文本的语序。①

探疑是读者对心中疑问的一步步追寻。对于叙述者而言，则是一步步将疑问的答案释放出来。用乔纳森·卡勒的话说，叫做"回答允诺"。譬如诸葛亮的第一个锦囊妙计是什么，赵云何时打开，是否应验有效？第二个、第三个锦囊妙计是什么……而且这种追问有可能是一个不断追加的动态过程。探疑最忌讳的是只用减法，探清了 A，便不复再有 A。而是要在不断地探索疑点过程中，随机留下令人生疑的接受黑洞。如《转运汉巧遇洞庭红　波斯胡指破鼍龙壳》写文若虚与众商界朋友贸易归来，若直写货船驶入大陆，便索然无味。于是叙述者令海面上生起大风，将那扯起大帆的船刮到一个荒岛边上。叙述者写那荒岛做什么？众人因风浪颠簸一个个睡眼蒙眬，哈欠不断，况大家都来过，故无人肯下船到那荒岛上去。文若虚要看风景，独自爬了上去，没想到却意外发现一个大鼍龙壳，引得众人嘲笑。就是这个鼍龙壳，最后又将众人惊得目瞪口呆。而那个偌大的鼍龙壳究竟有何用处？有什么价值？是祸是福？起初读者便生疑，并随着波斯商人船上搜寻、意外惊喜、求购、询价、立契约的叙述，而疑心一层层叠加，直到波斯商人说明那张巨壳的价值所在后，众人方如梦初醒。解疑就是读者心中的疑问最终获得答案。其实，探疑的过程同时也正是解疑的过程。所以单独提出解疑，是指意图序列内的疑问的最终解决。就像三个锦囊妙计是什么，是否有效等，随着刘备最终娶回了孙夫人而令读者了然于胸，最初的疑点皆不复存在一样。

　　解疑有两种，一种是彻底揭空疑底，像前所叙鼍龙壳之疑。一种是只解其半，令读者半信半疑，终未能尽解。如《红楼梦》贾母同意让张道师

---

① 〔美〕乔纳森·卡勒：《结构主义诗学》，盛宁译，中国社会科学出版社 1991 年版，第315—316 页。

为宝玉寻姻亲。贾母真要别人为宝玉找对象吗？难道贾母不知道自己的孙子宝玉与外甥女黛玉二人的心事？难道不知道贵妃意在那位薛宝钗。还是贾母对这两个身边的女孩儿都不满意呢？若说贾母不过是为了给那位张道师一个人情面子，不过是随便应应景儿、逢场作戏，那又为什么当着一家人的面，一本正经地大谈为宝玉选婚的标准。这些疑点读者并不清楚，正因不清楚，才生好奇心，才不断地关注这件事。乔纳森·卡勒称之为"模棱两可"。"即某个含混的回答，把疑点弄得更加扑朔迷离，使它变得更加有趣。"①

　　插入法、阻折法、分解法和逗疑法都是使故事叙述延宕的主要手法，而延宕源自于接受者和外叙事者使人物意图实现过程逆折多变的需求。逆折多变的需求源自于外叙事者感染别人的叙事意图与读者娱乐心神的接受意图的共同性。压缩性叙事受内叙述者希冀意图实现顺利简洁需求的驱使，并与外叙事者希冀叙事意图简洁明了和接受者希冀故事明了易记三者需求相一致。延宕叙事产生的陌生化效果与压缩性叙事所达到的空灵性神秘化效果，一起构成了小说情节引诱人的巨大张力。

---

① ［美］乔纳森·卡勒：《结构主义诗学》，盛宁译，中国社会科学出版社1991年版，第315—316页。

第十四章　汉语叙事的神秘意味

　　中华民族经历巫文化和宗教文化的历史阶段长于西方，文化的神秘性更有普适、丰湛特征，再与意象思维的诗情画意相融通，别具独情异调和天然神韵。中国小说叙事的神秘性表现于故事、结构、气韵三个层面，呈现为时空、梦境、法力、星相谶语、万物通变、感应果报、神秘数字、避讳避祸八种形态。它来自于人的有限感知力的无限比拟、联想、推延；来自于对天地、神兽的崇拜和巫觋、术士、僧、道以及普遍人的个体神秘性体验；来自于诸种体验的结果：巫文化，万物有灵、天人合一观念，仙道、僧佛文化等；来自于神秘体验已沉淀成的民族无意识和思维定式。叙事的神秘性产生于叙事意图实践的需求，出现于主要人物意图行为的紧要处和叙述者急需的关键时刻，成为关键叙事、核心叙事。神秘性叙事无论以何种形式出现，总呈现出结构性和审美性功能。

　　中国文化的发展与西方文化有相似的阶段性：从巫文化始，中经宗教文化，终至科学文化。然也有别，即中国文化进入科学阶段时间比西方短，不过百余年历史。而巫文化和宗教文化的历史阶段要比西方漫长得多，少说有三千多个春秋。巫文化的历史尤其长，直至浸润、依附于宗教文化，使佛道二教带有巫的味色。巫文化与宗教文化又是神秘主义文化孳生的温床，故而中国的神秘文化也比西方得天独厚。体现于中国文学特别是小说中，神秘主义的韵味格外浓厚。而这种充斥于故事中的神秘主义色彩与朦胧飘渺的诗情画意相汇通，便别有一种民族的独情异调和天然神韵。正因如此，研究中国小说不能不研究它独特的神秘性。本章意在考察中国小说叙事的神秘性究竟有哪些表现形态，这些表现形态产生的文化渊源，具有何种叙事功能。

一、汉语叙事神秘性的表现形态

1. 何谓神秘性？神秘叙事表现的三层次

何为神秘性？这是在探讨小说叙事神秘性之前需弄清楚的基本概念。"神"字，甲骨文中未见。[①]《尔雅》释"神"为"重"。言神在人心中地位的重大。《说文》中，"神"与"秘"字同义。"秘，神也，从示，必声。"又说："神，天神，引出万物者也。从示，申声。"而"示"字，《说文》释曰："天垂象，见吉凶，所以示人也。三垂，日月星。观乎天文，以察时变，示神事也。"[②] 由文字可知，神在天上，为引出万物之源，地上万物与人类皆神所引生。除万物之母的先祖性外，还有至高无上，具有引领万物的无所不能的功能。而且神的意志表现于天文（日月星辰位置的运动变化）、时变（大地和人类因时而变）之中。人通过观天文，察时变，可了解揣测神的意志。不过由于能了解天文、时变的人毕竟太少，故而对于绝大多数人来说，神具有不可知的神秘性。可见，"神秘"是人之外的一个难以到达的世界，不仅人体难以到达，认识也难以达到，只有具有特殊身份的人（巫、方士、术士等）方能传达或通达。那是一个可描述可想象却不可到达的世界。西方神秘主义（mystic, mysticism）。来源于希腊动词（myein），即"闭上"，最直接的解释是闭上眼睛。表示睁开眼睛是没有意

---

① 据徐中舒先生主编的《甲骨文字典》（四川辞书出版社 1988 年版）和刘兴隆先生的《新编甲骨文字典》（国际文化出版公司 1991 年版）皆未载"神"字，两本字典之外的甲骨卜辞中是否有"神"字，尚且未知。

② （清）段玉裁：《说文解字注》"神""示"字，上海古籍出版社 1981 年版，第 3 页（上）第 2 页（下）。

义的，它不能用眼睛去认识，要闭上眼睛用心去体会。

综合中西"神秘"一词的意义内涵，具有六个规定性：其一，它是有边界的，这个边界则是读者可以接受的，即在读者可以接受的范围。其二，读者不仅可以接受，而且极为需要，故而具有吸引力，令人神往。其三，由于身份或认识能力所限，人总与它保持距离，不能破解它，不能到达那个心知的彼岸，可望而不可及。其四，神秘具有预见和导示性（预见未来、启发、导示人生）。其五，具有引领万物和人力所不及的无所不能的功能。其六，相对的短暂性（不能像现实生活中的人一样长时间地持续）。那是一个独特的艺术世界，也是艺术的魅力之源。

这种神秘性在中国小说的叙事文本中有着普遍而丰富的表现。所谓普遍是指中国古代小说或明或暗不同层次地表现出故事的神秘性气韵。这种神秘气韵存在于三个层面。一是神秘的故事层面。叙述者以神秘性人物和故事作为叙述对象。故事就是神秘，神秘就是故事。如志怪小说、神魔小说之类。二是小说采用神头佛尾（或神佛头尾），中间用占卜、谶语、梦境等暗示人物命运的神秘结构。《红楼梦》可为代表，女娲补天神话、警幻仙境神话、神瑛侍者与绛珠仙草神话。宝玉自青埂峰来，出家后又回到青埂峰下。加以簿命司中金陵十二钗的画图，一僧一道的来来往往，构成了结构的神秘性和神秘性的结构。

三是冥冥中掌控人物命运的无处不在且无形无影、挥之不去的神秘幽灵，构成贯通小说的神秘气韵。倒运汉的文若虚，如何随人海外远行一趟，便突然变富，成为一方大户？诬告席方平父亲的羊某家的财产，在席方平打赢了冥府的官司后，因何就于一步步衰败中转换到席家，贫富翻了个儿？人间事千变万化，纷繁复杂，却因何总不出善恶因果的循环报应和趋善导义的心理趋势？一时富贵不知因何却贫贱下来，官场红得发紫不几年竟一败涂地，抄家乃至灭门。福兮祸所依，物极必反，成为一种说不清道不明的神秘平衡力。神秘性如气如魂，附着、充斥于中国小说故事体系内，普遍得无法统计。

2. 神秘性表现的八种形态

说神秘性表现的丰富，主要指其内涵所借助的表现途径与方式的丰富多样。

其一，时空神秘形态——具体表现为太阳时间变为情感时间和心理时间。即高兴快乐时只觉时间过得太快，几年间的事竟似一瞬之间；而孤独、困苦、悲伤时，就感觉时间过得特别慢，几个小时犹似几天乃至几年。又因天上神仙最快乐，总觉时间太短。地狱鬼魂最苦，总恨时间太长。据此，中国叙事的时间便出现了长短不一的三种心理时间。天上一日，地上一年；地上一日，地下一年。甚至"仙界一日内，人间千岁穷"。王质伐木山中，见两人弈棋而旁观之，一局未完，他的斧头与筐绳皆腐烂了，回到家里，已无相识之人。[1] 刘伶采药遇仙，待回到家乡，"乡邑零落，已十世矣"[2]。至于空间的变幻，更令人眼花缭乱而颇费解。空间本来是物质的立体存在，具有大或小可度量性和不变的稳定性，而在中国小说的叙述中，空间却偏偏形成了相反的特性：怪意的无可度量的伸缩性与多变性。其伸缩是无规律的随心所欲地伸缩。一个盛鹅的小笼子，可以装进大男子汉，且在里面读书自若。那男子口中可以吐出一桌丰盛的酒宴，可以吐出一位美丽的情人。美丽情人口中再吐出一位美男。[3] 一位老者，晚上跳进一个小口的酒葫芦里睡觉，那个酒葫芦里别有洞天。[4] 一位读书人随主人游寺院，被壁画里的一位美女所吸引，遂与画中人一起走进一个偌大的花园和红楼玉宇……主人在画外呼唤他的名字，他从壁画上飘了下来。[5] 更怪异的是一座庙宇、一个庄园、一个村落，本是百千年不变的实体，在中国小说的叙述中却突兀而来，瞬间飞去，令人萌生出难以置信的似乎受了极大欺骗的幻灭感和空虚感。

---

① 参见（南北朝）任昉：《述异记》卷上，明汉魏丛书本，第 7 页。

② 参见（南北朝）吴均：《续齐谐记》，明顾氏文房小说本。

③ 参见（晋）干宝：《搜神记》，明津逮秘书本。

④ 参见（晋）葛洪：《神仙传》卷九，清文渊阁四库全书本，第 37 页。

⑤ （清）蒲松龄：《聊斋志异·画壁》（清铸雪斋钞本），上海古籍出版社 2010 年版，第 4—5 页。

其二，梦境神秘形态——做梦本来就是一个神秘现象，科学的发展对梦做出了很多生理与心理的解释，然而，所能解释的不过是冰山一角，大部分的梦还深埋在不可视见的层面里。中国小说中的梦的叙写的神秘性表现在以下三个方面：一是人所不知的事，鬼神以梦的形式暗示给人（最常见者为托梦）。这种暗示又分为梦中直接说出的明示与梦中通过意象象征性地间接暗示两种。直接明示者如《警世通言》卷三十一"赵春儿重旺曹家庄"。写曹可成家境败落下来，一夜"梦见得了官职，在广东潮州府。我身坐府堂之上，众书吏参谒"[1]。此梦暗示他将来还可做府官，后来，他果然做了潮州府知府。间接暗示者如《警世通言》卷十三"三现身包龙图治案"。新上任的知县包拯，夜间得一梦，"梦见自己坐堂，堂上贴一联对子：要知三更事，掇开火下水"[2]。包公与众人都不得解，后经查访得知，此副对联暗示大孙押司三更被人害死，死尸就在火灶下的井里。包公借此梦中暗示而破了疑案。二是通过梦的形式，预示人物命运或某种事态的结局。《红楼梦》第十三回，秦可卿死后向王熙凤托梦，告知她两个重要信息：贾家将来必败，劝她"于荣时筹画下衰时的世业，亦可以长远保全了"，"不日将有一件非常的喜事"[3]，即元春被册封贵妃事。这个预示加劝谏的梦对于王熙凤后来的人生产生了重要影响。又如《金瓶梅》第一百回，吴月娘带着儿子孝哥儿和百颗西洋胡珠要到济南府与云参将（云离守）的女儿完婚。夜宿永福寺，做一梦。梦见云参将要逼月娘求欢，月娘不答应。云参将便先杀死了与她同行的吴大舅和玳安，又挥剑杀了她的儿子孝哥儿。月娘不禁大叫而惊醒。该梦警示她到云参将处完婚是一大凶事，她也随即打消了为儿子完婚的念头。三是梦中寓深意，往往成为一部（篇）小说的意眼文心，成为读者打开一部小说神秘大门的钥匙。如沈既济《枕中记》，写卢生梦入枕中50年，"年逾

---

① （明）冯梦龙：《警世通言》卷三十一，马冰点校，中华书局2002年版，第344页。

② （明）冯梦龙：《警世通言》卷十三，马冰点校，中华书局2002年版，第128页。

③ （清）曹雪芹：《红楼梦》程乙本，人民文学出版社1974年版，第146页。

八十，位极三公"①，荣耀之至，醒来却是一梦，黄粱米饭未熟。寓意：人生不过一梦耳，功名富贵如梦般虚幻。《红楼梦》梦境中的"太虚幻境"既警情幻，又导意淫，乃一部书的文心，深意寓焉。

其三，佛道异物神秘形态——佛仙法力与怪异物件所表现出的神秘性。以佛道故事为叙述内容的小说借此构成重要的故事情节。《西游记》中托塔李天王手中的宝塔、三太子那吒的金火圈、铁扇公主手中的芭蕉扇、孙悟空手中的金箍棒等等，都有一段精彩的故事，不仅写来好看，且让人难解其奥妙。又如《聂小倩》中燕赤霞的剑盒。房外有异物，便从盒中飞出小剑，击毙来者。一只空剑囊，遇鬼魅，竟伸出半个身体，将那夜叉捉入囊中化成水。席方平在阎王前受锯刑，身体被一锯为二后，小鬼送一红绳系在腰间，便顿健。即使非神怪的人情小说，也常出现些神秘的物件，如宝玉身系的通灵宝玉，竟被和尚用它救了命。《枕中记》中一只磁枕可以让人做美梦。一枚枣，竟使人红颜永驻。到了后来的武侠小说，物件的神秘性更屡见不鲜了。比怪异对象更具有神秘色彩的是佛仙的法力。可容乾坤的如来佛手掌；可复活万物生命的观世音玉瓶内的圣水；菩提法师的七十二般变化术；劳山道士剪纸为灯、投箸招嫦娥歌舞、移席入月中饮宴的仙术；昆仑奴背两人飞越重重城垣的飞跃术；普静禅师招见群鬼令其转生投胎的佛法；轩辕翁能在庵中见人背后跟随的鬼神的神眼等等。这些无边道术、不可意测的神怪灵器如仙光佛影，构成闪烁的神秘符号，跳跃于小说字里行间，为中国小说蒙上了一层层神秘色彩。

其四，巫术神秘形态——占卜、相面、谶语所表达的神秘性。本来人对于未来未曾发生和未做完的事是不能知晓的，而作为超人的神魅却可预知未来。他们不时来到人间，或警示，或点化，或暗示，给小说带来扑朔迷离、令人费解的神秘感。《金瓶梅》中西门庆"旬日内必定加官"，"今岁间必生贵子"，"不出六六之年，主有呕血流浓之灾"，"临岁有二子送

---

① （唐）沈既济：《枕中记》，参见《唐宋传奇集全译》（修订版），贵州人民出版社 2009 年版，第 26 页。

老"①，这些人生未来的大事，都被道士吴神仙占卜了出来。另一类较常见的例子是以谶语预示人所不能知的大事，有三种类型：一种是儿童谶语，多言朝代与帝王的兴亡更替，或预示朝中重要人物死前的不祥之兆。《三国演义》写东吴诸葛恪临死前，有童谣曰："诸葛恪，芦苇单衣蒾钩落，于河相救成子阁（石子冈）。"②诸葛恪死时，果然是用芦席裹身、篾束腰，投于石冈子上。一种是人一生的谶语，预言人一生的兴、盛、败。《水浒传》中写五台山智真长老曾送鲁智深偈语（佛家谶语）："遇林而起。遇山而富。遇水而兴。遇江而止。逢夏而擒。遇腊而执。听潮而圆。见信而寂。"③句句都得应验。故而当鲁智深听到钱塘江潮信后，想起了师父的偈语的后两句，便坐化了。第三种是人死后的谶语，暗示自己的死因，为判案提供线索。《警世通言》卷十三"三现身包龙图治案"，述说被人谋害的大押司，死后转变为东岳庙廊上速报司内的一个判官，将一幅纸条递于来上香的家中丫鬟——迎儿手中。那幅纸条儿上写着几句谶语："大女子，小女子，前人耕来后人饵。要知三更事，拨开火下水。来年二三月，句已当解此。"后来做县令的包公（"句已"）参透此谶语④，为大押司平了冤。

其五，人与异类转化的神秘形态——"万物有灵"观念下人与非人发生形体转化所表现的神秘性。多集中见于神怪小说和传奇小说，也散见于写世俗人情、男女情爱和公案类小说中。其变化类型择其大者有四：一类

---

① （明）兰陵笑笑生：《金瓶梅词话》卷六，明万历刻本，第218—219页。

② （元明）罗贯中：《三国志通俗演义》，明嘉靖元年刻本，第705页。

③ 《水浒传》第五回《小霸王醉入销金帐 花和尚大闹桃花村》，写五台山智真长老临别送鲁智深四句偈语，即引文的前四句。而在小说第九十九回《鲁智深浙江坐化 宋公明衣锦还乡》中，鲁智深听得钱塘江潮信后，"拍掌笑道：'俺师父智真长老曾嘱咐洒家四句偈言，道是：逢夏而擒'，云云，即说的是后四句。想前四句写智深前半生逐渐兴起，似并不全，而后四句写智深后半部分——建功立业与圆寂，故推断当为八句。

④ "包爷将速报司一篇言悟解说出来：'大女子，小女子'，女之子，乃外孙，是说外郎姓孙，分明是大孙押司，小孙押司。'前人耕来后人饵'，饵者食也，是说你白得他的老婆，享用他的家业。'要知三更事，拨开火下水'。大孙押司，死于三更时分，要知死的根由，拨开火下之水。……水在火下，你家灶必砌在井上。死者之尸，必在井中。'来年二三月'，正是今日。'句已当解此'，'句已'两字，合来乃是个包字，是说我包某今日到此为官，解其语意，与他雪冤。"

是人作为使者，沟通人与异类的信息。如《搜神记》"胡母班"条，记述胡母班无意间竟成了人间女子与龙君的传信使者。[1]唐人传奇《柳毅传书》中的柳毅和《张生煮海》中的张生，也都扮演了人和神的使者。《搜神记》卷二"夏侯弘"条，记载夏侯弘成为人和鬼的使者，能与鬼交往，从而知晓人间怪事发生的原因。[2]《搜神记》卷三"夏侯藻"条，记载一位名叫智的人（占卜的巫师）能知狐狸心意，救了夏侯藻一家人的性命。[3]

第二类，人变为动物、植物或动、植物通达人情。人变为动物、植物者如《搜神记》中的韩凭夫妇。韩凭之妻被宋康王侵夺，以致夫妻双双殉情，死后坟生二木，"根交于下，枝错于上。又有鸳鸯，雌雄各一，恒栖树上，晨夕不去，交颈悲鸣，声音感人；宋人哀之，遂号其木曰：'相思树'"[4]。比这更早的当是汉代的乐府诗《古诗为焦仲卿妻作》，写焦仲卿与妻子双双殉情后，"枝枝相覆盖，叶叶相交通。中有双飞鸟，自名为鸳鸯。仰头相向鸣，夜夜达五更"。后来的梁山伯与祝英台故事，则演变为一双并肩齐飞的蝴蝶。动物也有情感，能通人意，与人交流，乃至幻想与人婚配。《搜神记》"太古蚕马"篇，写一匹马爱恋一女子，却遭女子欺骗并杀害，马皮将女子卷入深山，化为蚕，做了永久的夫妻。[5]

第三类，动物、植物年久成精而化为人，融入人类的生活。《搜神记》"张华"篇，记载燕昭王墓前有千年的斑狐化为美少年，与晋惠帝时的司空张华比才华，被张华识破，终遭杀身之祸。[6]《雷峰塔》叙述千年蛇精变为美女与许仙过夫妻生活，终遭法海和尚镇压。狐狸、青蛙、鱼、树精、花精变为美女与世间男性恋爱的故事在蒲松龄《聊斋志异》中更为多见。如《青凤》、《娇娜》、《婴宁》、《恒娘》、《葛巾》、《黄英》、《青蛙神》、《白

---

[1] 参见（晋）干宝：《搜神记》，明津逮秘书本，第15页。

[2] 参见（晋）干宝：《搜神记》，明津逮秘书本，第9页。

[3] 参见（晋）干宝：《搜神记》，明津逮秘书本，第12页。

[4] 参见（晋）干宝：《搜神记》，明津逮秘书本，第44页。

[5] 参见（晋）干宝：《搜神记》，明津逮秘书本，第53页。

[6] 参见（晋）干宝：《搜神记》，明津逮秘书本，第70页。

秋练》等。

第四类，人与仙互化、人与鬼互化。神仙入世度人，使有仙骨道气的人转变为仙，八仙故事是其中的典型。贪恋人间的爱情，变为美女与男子结为夫妻的情鬼；资助穷人救人危难的善鬼；在人间做恶，迷恋男子而害人性命的恶鬼等，在以《聊斋志异》为代表的志怪类小说中常常成为故事的主要人物。人通过地狱或转为富人、或继续投胎于贫苦人家，或投胎后成为动物、植物，多见于受佛教三世轮回思想影响的小说。万物有灵，以灵相通，以情相通，遂生种种变化。朦胧神秘，引发人无限遐想。

其六，感应果报神秘形态——天人感应场景与因果报应故事所显示的神秘性。按照天人感应的观念，天地也有意志、情感和是非观，并造出种种自然怪象表达自身的感受。无论帝王、臣子乃至庶民，做了坏事，天地便有与之大小相应或祥或不祥的反映——征兆。这种征兆常常以暗示未来的形式出现在小说里。如山崩、流星陨落、大旱、地震等预示朝代即将更替；流星陨落、大树拔起、旗杆折断等，预示小说中的重要人物将要面临大难等。如《三国演义》庞统死于落凤坡前。先是彭羕告知：罡星在西方，太白临于雒城，有不吉之事。继而孔明来书，再言之星相不好，"将帅身上多凶少吉"[1]。玄德夜间又做怪梦，"梦见一神人手持铁棒，击吾右臂，觉来犹自臂疼"[2]。军队开拔前庞统"坐下马眼生前失，将庞统掀在马下"[3]。刘璋、周瑜、孔明、诸葛恪等死前都有种种不祥征兆。《水浒传》中的晁盖，《金瓶梅》中的西门庆、《红楼梦》中的秦可卿死前也都曾现征兆。天地感应仅是自然力量对人一生某种行为的一种态度、预示。因果报应的观念几乎贯穿写人生命运的小说之中，成为决定人物命运的因果逻辑。种瓜得瓜，种豆得豆，种什么因必得什么果，似乎是一条天经地义的天理。《古今小说》卷三十一"闹阴司司马貌断狱"的作者借阎君之口，

---

① （元明）罗贯中：《三国志通俗演义》，明嘉靖元年刻本，第404页。

② （元明）罗贯中：《三国志通俗演义》，明嘉靖元年刻本，第405页。

③ （元明）罗贯中：《三国志通俗演义》，明嘉靖元年刻本，第405页。

将这一天理讲得明白而具体：

> 阎君笑道：天道报应或迟或早，若明若暗，或食报于前生，或留报于后代。假如富人悭吝，其富乃前生行苦所致。今生悭吝，不种福田，来生必受饿鬼之报矣。贫人亦由前生作业，或横用非财受享太过，以致今生穷苦，若随缘作善，来生依然丰衣足食。由此而推，刻薄者虽今生富贵，难免堕落。忠厚者虽暂时亏辱，定注显达。此乃一定之理，又何疑焉！

人们报怨天地不公，或未能写出因果报应，或作者未明此理，或人们眼光近浅。"人见目前，天见久远。人每不能测天，致汝纷纭议论，皆由浅见薄识之故也。"[①] 说明善恶报应是天意、天理，谁也改变不了的，只是报应时间的早与晚罢了。正因"天见久远"、"人每不能测天"，故而更觉报应的神秘。

其七，数字神秘形态——中国小说中的数字远远超过了它的计算功能，带有原始思维的痕迹和寓意的神秘色彩。概括起来说，中国古代小说中的数字的核心是一二三，所有神秘数字都是一二三的组合和变形。

"一"这个数字有着有形与无形的双重意义。就有形而言，它是世界万物之源。世间一切现象都源于一。所谓"道生一，一生二，二生三，三生万物"。"一"处于"无"和"有"之间。它来于无，生成有，为"无"之末，"有"之始。也是造成所有数字神秘性的根源。就其无形而言，它并不以数字的形式出现，却显示出数字的功能。即它是中国人思维的整体性的显现，如同中国甲骨文的结构一样，无论有多少笔画，无论是上下、左右、内外、上中下、左中右那种结构都最终统一于一个方形的框架之内，显示出整体性。中国古代的小说有头必有尾，有始必有终，有因必有果。且从头至尾、自始至终，由因而果总呈现出一个自然衔接的循环，极少一条直线式地走向无尽头，或一条直线被拦腰斩断，造成震撼性的断裂和遗憾等。

---

① （明）冯梦龙：《古今小说》卷三十一，明天许斋刻本，第289页。

"二"在中国小说叙事中呈现为生发变化的动力结构，它以横向形式为主，体现于纵向的结构流变之中，具有常态性和不稳定性。它的存在形式是二元对立与变化，具体表现为阴与阳及其通变。小说中人物的组合总是一正一反，一阳一阴。有曹操之奸，就有刘备之仁；有吕布之非义，就有关羽之义；有水浒之忠士，就有高、蔡之奸佞；有金莲之淫，就有月娘之节；有黛玉的西施之美，就有宝钗的贵妃之美。小说故事情节的叙述也总是有阳必有阴，有顺必有逆，有行必有止，有断必有续，有热必有冷，有兴必有衰，有直必有曲，有显必有隐。无论是故事演进的动力，还是故事的离奇曲折无不生于阴阳的对立与通变。

"三"的数字在小说叙事结构中，处于外围与核心之间，即处于整体性"一"和核心结构"二"之间。表现于共时性的三元鼎立、历时性的三段式以及故事的回折重复叙述之中，具有稳定性的特质。前者如魏、蜀、吴三国鼎立，情爱故事中的三角恋爱，政治斗争中加入观望派的三阵营，思想观念中加入中庸的三种理念等。后者如开始、高潮、结局；头、腰、尾的故事谋篇布局等，还有诸如"三英战吕布"，"三顾茅庐"，"三打祝家庄"、"三调芭蕉扇"、"三打白骨精"、"三战林太太"、"三进荣国府"等回折重复性叙述情节。"三"是中国人思维中最常用的数字，也最易记忆的数字，少一则瘦，多一则肥，而三似乎不多不少。又因其具有稳定性，合乎中国人求稳的心理，故而不仅使用多，而且有着神秘的寓意。

其他数字也远超越数学的意义，而赋予"多"、"吉祥"、"尊贵"、"暗示"等意义。小说中最常见的表示多和尊贵的数字为：三、五、七、九。如"过五关"，"斩六将"，"七擒孟获"，"九伐中原"，极言多。"九九归一"，"九九八十一难"，寓佛教完满之意。"六十大寿"、"八抬大轿"、"九五之尊"寓示少而尊贵等。三、六、八、九，表示吉祥。再者，中国小说中有些天干地支的记载也具有寓意性和神秘性。人名称号排行也藏有玄机。

其八，避讳避祸神秘形态——中国古代叙事中的神秘性还来自于避祸、避嫌、避讳等不敢、不便、不能说明的种种原因。正因不能说明，只

能采用隐曲遮蔽的叙述方式。如《西游记》中菩提祖师属于哪宗哪派？道
教？佛教？抑或超越二教的新门派？这菩提法师如何拥有观世音般的变
化，神仙般的寿命，十万八千里的筋斗云？这菩提祖师后来因何未现身？
大闹天宫时，诸路神仙都露面，因何不见菩提祖师？佛界诸法身中也未曾
见菩提祖师的身影，从而造成了孙悟空学缘之谜。《金瓶梅》中的中心人
物李瓶儿究竟出身于何种家庭？小说未言及她的父亲、母亲和兄妹。娶蔡
京千金的梁中书，却将瓶儿娶为小妾，足见其并非一般人家的女儿。更有
趣的是，深居内宫的花太监因何将梁中书家的小妾娶来做自己侄儿的正
妻？只可说明李瓶儿的父亲是花公公的熟人，熟到对李某的女儿都一一知
晓的地步。后来的李瓶儿因何与花公公打得火热？处处映现出李瓶儿的身
世之谜。又如《红楼梦》里的妙玉的出身，也非同小可。单就品茶一事，
薛宝钗、林妹妹竟喝不出妙玉所赐何茶，所用何水。就连贾母在她眼里都
是俗物。其家庭的地位当在贾家公爵之上，妙玉因何出家，令人疑窦丛
生。

中国小说神秘性表现于故事、结构、气韵三个层面。呈现为时空、梦
境、法力、星相谶语、万物通变、感应果报、神秘数字、避讳避祸八种形
态。那么这样普遍而丰赡的神秘性是从何而来的呢？

二、神秘意味从何而来

神秘来自于人类童年的有限认知，来自于人的认知的有限性与世界及
其变化的无限性间的矛盾，来自于面对这种矛盾无法解决的解决方法——
感觉力的无限比拟、联想、推延。

1. 图腾崇拜与动物神文化

在人类童年的感知和想象中，人并非现代意义的人，而是尚未从动物
中分离出来的半兽半人、半禽半人。如《楚辞》、《山海经》里所描绘的人
面蛇身（女娲、共工），或兽面人身（王母、伏羲），以及人面鸟身（句芒）、

人面鱼身等。现存中国神话中开天地的盘古与补天造人的女娲，也都是动物与人的结合体（兽神）（龙首蛇身、人面蛇身）。说明中国的人兽体神话比西方现代人（上帝、夏娃、亚当、宙斯）神话要古老得多。这些零星记载的古老神话向后人传递着一个重要信息，即人由动物转变而来，神最初可能产生于动物，即中国最早的神是动物神。人最早的畏惧者不是天地，而是动物。也许这些神话产生于人对于动物神的图腾式崇拜（以动物为图腾）时期。如果说图腾式的崇拜是中国巫文化的开始，那么，人与动物的亲密关系便成为巫文化滋生的土壤。

特别需要指出的是，作为沟通人与神的第三者最初不是巫而是兽与禽。如果开辟天地、化育万物的盘古确是由马变化而来，或如后人所画的是龙头蛇身，那么天地便是由兽人创造并变化而成的。动物便成为人沟通天地的桥梁，即人只有通过动物神才能与天地万神发生联系。这种动物神就是最早的巫觋的前身。

2. 巫觋文化

巫觋出现的时间是中国的传说时代。据说黄帝与蚩尤的那场大战，先是蚩尤作法使天降大雨。而后，黄帝策动旱神天女止雨，最后黄帝取胜。这场大战就是一场巫术大战。在传说的帝王中，巫术法力深厚的帝王，往往是最受人拥戴的帝王。如大禹治水，能降妖捉怪，将兴风作浪、制造水患的妖怪都一个个降服，靠的就是他的巫术。而在早期的巫术中，最常见的便是求神的巫术。如求雨、求社稷之神，祈祷来年五谷丰登，或祭祖先、鬼神，以求得到他们的庇护。而祈求形式多是祭祀和舞蹈。祭祀的神总与图腾崇拜有关，如掌管雨雪的龙王是龙图腾演化的神，山神是虎豹演化的神等。至于舞蹈式的祭祀，多戴各种动物的假面具（或虎、或熊、或蛇）等。之所以戴动物的面具，是因为人对于动物的敬畏和恐惧，即动物因具有能通神的功能而令人敬畏。正因为动物能通神，所以对于鬼等邪魔有着恐吓的作用，遂用之恐吓并驱逐邪魔鬼怪。巫觋的主要职能就是沟通人与神间的联系。通过神暗示未来；通过神的帮助，驱除邪魔灵怪，保护人的安全，解除人的病痛；通过神的帮助能满足人求雨丰收的愿望，使人得以生存和幸福。总之，在人无力满足的领域，人们可以借助巫觋这个人神的使者唤起神的帮助，从而满足并实现人的种种欲求（主要是生存繁衍的基本欲求）。而巫与神的沟通，在很大程度上是通过动物来实现的（占卜也多是通过龟、兽骨来完成的）。即动物与天地神的关系最为亲近，其次才是特殊的人——巫觋，再其次才是一般人。形成神—兽—巫—人的四种关系。而神兽巫都具有普通人所未知的神秘性，都是个体宗教性神秘体验的主要对象。

巫觋的地位在人类进入了人主宰世界的新时期，便受到了人的智慧排斥而衰落了下去。具体说受到来自两个方面力量的冲击，一是社会的分工愈来愈细，靠自身的（富国强兵）能力治理国家的帝王，不得不将神力放在次要位置，分派给巫觋负责占卜和主祭一类的事。巫仅是众多大臣中的一员。二是文化的兴起，特别是诸子百家的兴盛，使得道德治国的王道和力量治国的霸道成为春秋战国时期的主要治国理念。而当时流行的法家、纵横家、兵家以及流传较广的儒家都不喜欢巫觋，故而至少在战国时期，巫觋的地位逐渐走下坡路。

3. 方士文化

人借助于动物与天地自然界各种神灵沟通的情形，在万物有灵观念和天人感应观念兴起后而逐渐淡出了人的主观世界。因为万物有灵，因为天人感应，而使得人与天地和万物通过体验可以在很大程度上直接沟通，致于未能沟通和虽沟通却不能解其原意的部分则通过方士来完成。方士成为沟通人和天地神灵的使者（战国中期至两汉时期）。汉初董仲舒创造的天人感应理念正是远古天人合一思维的必然结果。所谓天人感应的基础则是将天拟人化，将人拟天拟地化。即盘古开天地神话的记载中所言"神于天，圣于地"。人的身体与天地一一相对应。

> 人有三百六十节，偶天之数也；形体骨肉，偶地之厚也；上有耳目聪明，日月之象也；体有空窍理脉，川谷之象也；心有哀乐喜怒，神气之类也……
>
> 是故，人之身首坌员，象天容也；髮象星辰也；耳目庚庚象日月

也；鼻口呼吸象风气也；胸中达知象神明也；腹胞实虚象百物也。

这与盘古的"垂死化身"的记载如出一辙①，可以看出是受盘古"垂死化身"启示的结果。不过董仲舒还是有他的创建之处，那就是将天地情感化、意志化、精神化。人的权力是天赋予的，"惟天子受命于天，天下受命于天子"②，即所谓"君权神授"，皇权具有自然性、神圣性和神秘性。"民之从主也，如草木之应四时也"③，人的品德也是上天转化的，所谓人德天授，"夫孝天之经地之义"。就连人的情感——喜怒哀乐愁也是天之所授。"喜怒之发，寒暑之比也"④，"喜怒当寒暑，威德当冬夏"⑤。因此权力与人德都要受到天地的监视，并受到天地的惩罚。"王者，人之始也。王正，则元气和，顺风时，景星见，黄龙下。王不正，则上变天，贼气并见。"⑥天有不祥，必为官吏不正。依此为据对当地官吏或罢黜或提举。董仲舒将天地的神秘性通过感应说带到了政治、道德体系，进而进入人的日常生活之中，使人们的生活都纳入了天地的监督体系，也纳入了体验的神秘体系。

4.万物有灵与通变的观念

董仲舒的天人感应说，只是增加人的宗教体验的神秘性，不过此种体验在理论上不超出建立于直感经验基础之上的比附思维和简单的推理。以自然现象比附社会现象和人生道理，以起到使政权、伦理神圣化的目的。在这种比附中，人只不过是遵从于自然，服从于权威而已，人总是处于被动的地位。在理论上真正推动人与神交往的当属"万物有灵"的观念。

---

① "首生盘古，垂死化身。气成风云，声为雷霆。左眼为日，右眼为月。四肢五体为四极五岳。血液为江河，筋脉为地里，肌肉为田土。发髭为星辰，皮毛为草木。齿骨为金石，精髓为珠玉，汗流为雨泽。"(宋张君房：《云笈七签》卷之五十六，四部丛刊景明正统道藏本，第509页)

② （汉）董仲舒：《春秋繁露》卷十一，清武英殿聚珍版丛书本，第54页。

③ （汉）董仲舒：《春秋繁露》卷十一，清武英殿聚珍版丛书本，第76—77页。

④ （汉）董仲舒：《春秋繁露》卷十一，清武英殿聚珍版丛书本，第76—77页。

⑤ （汉）董仲舒：《春秋繁露》卷十一，清武英殿聚珍版丛书本，第76—77页。

⑥ （汉）董仲舒：《春秋繁露》卷十一，清武英殿聚珍版丛书本，第15页。

"万物有灵"的观念，是建立在"有形必有神"、形神并存、"形灭神不灭"观念基础上的。如是，凡是有形的物（包括植物）皆有灵。而灵与灵之间具有相通性，"天下有形必有神，而有血气者最验。有血气之中，毛羽鳞介并在五虫，而人为最验。人之骨肉、筋血、毛发一体也，而心为最验。人心之神与毛羽鳞介之神，推之天地之神，昭明胸臆微分巨合，充塞乎无闲。是以日月之明，山岳之成，江湖之盈，其积形之神，与有血气者常往来"①。灵不仅可以直接附着于物形之内，而且还可以借助于气，据其时，依其数，便可相互转化形体，从而达到形与灵同步变化。

> 天有五气（木火金水土），万物化成。……苟禀此气，必有此形；苟有此形，必有此性。……本乎天者亲上，本乎地者亲下，本乎时者亲旁：各从其类也。千岁之雉，入海为蜃；百年之雀，入海为蛤；千岁龟鼋，能与人语；千岁之狐，起为美女；千岁之蛇，断而复续；百年之鼠，而能相卜；数之至也。春分之日，鹰变为鸠；秋分之日，鸠变为鹰；时之化也。……应变而动，是为顺常；苟错其方，则为妖眚。故下体生于上，上体生于下，气之反者也；人生兽，兽生人，气之乱者也；男化为女，女化为男，气之贸者也。鲁牛哀得疾，七日化而为虎，形体变易，爪牙施张，其兄启户而入，搏而食之。方其为人，不知其将为虎也；方其为虎，不知其常为人也。②

干宝所言"万物之变，皆有由也"，其逻辑为由气而形，由形而性，由性而命。变化是有条件的，一是"数"，一是"时"。合其数，得其时，便可应变而动。苟错其方，就会出现种种怪异。这种万物有灵的观念及其相互变化的理论，使中国的巫文化由人与自然神的上下纵向的线性延伸关系，演变为以纵横关系为主体的四通八达的网状关系。具体说，就对象而言不再仅是人与类型化的自然神——如日神、月神、山神、河神、社稷社、雷神、雨神、灶王神、药王神、门神、海洋神——间的关系。这些神

---

① （清）王先谦：《续古文辞类纂》卷十八，清光绪虚受堂刻本，第236页。

② （晋）干宝：《搜神记》，明津逮秘书本，第46页。

各自代表着某一种类型（能满足人某方面需要）的神。按照"万物有灵"理论，物物有灵，物物可为神，故而神不再是类型，而是个体。不再是有数的神，而是万物皆可能成为神。按照早期巫文化的理论，人之能求之于神的帮助，而不能变为神。而依照万物有灵的理论，人可以变为神，神也可以变为人。即由单向的关系变为双向互动的关系。第三，人与物、物与物发生着横向的互变关系。在早期只着眼于人神关系的巫觋文化中，人与物、物与物的关系不在其视野之内。而万物有灵观念使得人与物、物与物在相通性上建立起一种互通互化的关系。随之，神秘性具有了无孔不入、无时不在的普遍性。第四，万物有灵观念拓展了神秘的想象空间。巫觋文化中的人间世界相对比较贫乏，他们只是神的被奴役者和祈求者，在天地万物中显得甚为渺小。万物有灵观念中的世界则是整个天地间的万物，而且是可以互相转化的万物，从而使神秘空间得以无限地扩展。

5. 仙佛文化

真正将中国人的神秘文化推向第五台阶而达到极致的是中国式的宗教文化——道教、佛教。随着人类智力的发展，日渐发现原来人们心中极为敬畏的动物，事实上并非那么无所不能，于是人们相信人可以利用巫术来实现自身种种愿望。如驱病魔、防止灾害、祈获风调雨顺、五谷丰登等，于是巫文化信仰取代了动物神信仰。以至于有一天，智能人发现巫只是神的意志的传达者，他们的种种技能与天地之神的力量比较起来不过是些雕虫小技。只有天地之神才是掌握人类命运的主宰，于是取代一切巫术的宗教便产生了。然而，特别需要指出的是，中国神秘文化发展与西方有所区别，即由巫术时代并未直接发展为宗教时代，在这二者间还有一个过渡期，一个理论上与心理上的过渡期，那便是"万物有灵"与"天人感应"的生发期（约有几百年的历史）。中国土生土长的道教正是在这种万物有灵和天地感应理论孕育中受到佛教刺激而发育起来的。道教的本质在于通过创造神世界而扩大人的原能，通过人对神的崇拜和信仰以获得神的力量，从而实现驱灾避邪和长生不老的生命意欲。然而，无论其所创造的神的世界，还是引诱人实现长生不老的愿望，无不具有神秘性。就人成仙而言，道教为人们呈现出两条道路：一条是循序渐进的路——通过采药与炼丹（包括内丹与外丹）等神秘的形式。另一条则是仙对凡人的点化、或因偶然原因赐予人仙食、灵丹，而使人在不知不觉中成为神仙。这颇有点像禅宗中的北宗与南宗、渐悟与顿悟的区别（炼丹成仙似渐悟，偶然成仙似顿悟）。然而无论哪一种形式，神仙因何使人变得长生不老永远年轻，是一个至今谁也未曾见过、谁也说不清楚其原理的秘密。不过道士占据了天上的无垠空间，使天空人间化，使上帝及其神秘性体系化。需要指出的是道教在驱祸禳灾、祈福的世俗层面，直接继承了巫文化的咒语、符箓等形式，在学理层面继承了道家思想中的道法自然的思想（万物有灵的观念也是来自于万物皆有自己天性的观念的启发的结果）和气生万物的观念。这种思想观念自身带有超经验的感悟性和无限推衍的想象能力，特别是气生万物的想象本身就具有神秘性色彩。佛教的本质也是通过创造法力无边的佛界，使人类敬畏、信仰并借助佛的力量而实现解脱生老病死痛苦，进入理想的人生极乐世界。佛教创造了三个极其神秘的空间。一是令人恐惧的地狱界。二是三世（前世、现世、来世）及其转换的轮回界。三是西方的极乐（佛）界。佛教抓住了人害怕死亡和向往快乐的心理共性，不仅以死的恐惧恫吓人，以快乐世界引诱人，更为人提供了由恐惧到快乐的转换之途，并将转换的可能性交由人与佛共同掌握，以此来操纵人的精神世界进而操纵人生，使人人弃恶向善。由于佛教创造的神秘空间给人真实的错觉，故而对于人生和叙述人生的小说的影响便尤其广泛而有力。

6. 梦文化

叙事文化神秘性的更重要来源是人自身的神秘性特别是生理的神秘性。就像人是一个说不完的话题一样，人的生理也具有永久的神秘性的成分。单就人的感觉功能而言，人人都知道除了眼、耳、鼻、舌、身五大感觉器官所产生的视觉、听觉、嗅觉、味觉、触觉五大感觉外，还有看不见的无感觉区域的第六感觉。第六感觉又分为内觉与外觉。内觉是人身体内脏器官的感觉，如饥饿感、口渴感、困乏感、快乐感等，虽没有固定的感觉器官，却不具有神秘性。而外感，指对人身体之外世界的远距离的超时空感，如具有穿透力的视觉，闭上眼睛的感觉波，亲人遭遇意外的感应，对未来事的预感，第一次到某地却有似曾相识感等。这种对外事物的第六感觉充满神秘性。做梦就是人的一种神秘感觉。除日有所思、夜有所梦外，更多却是朦胧、怪异的梦境。对于梦，科学所能解释的尚且极为有限。所以，梦至今仍具有普遍的神秘色彩。

叙事文化中更多的神秘性来自于多元神秘源的同融共振。动物神文化、巫文化、万物有灵、天人合一观念、仙佛文化、梦文化融为一种混沌状，特别是在预示未来的梦中，这种混沌状态尤为多见。那么神秘的本质到底是什么，叙事神秘性与叙事意图有无关系，应是怎样的关系，须做进一步的分析。

三、神秘叙事与意欲的张扬、转移

神秘是人的欲求本能的超自然力量显现，即人的本能通过超自然力——神秘力——的形式表现出来，换言之，在超自然力的表现中寄寓着人的情欲本能。因此，研究神秘文化的本质需从人的本质入手。

1. 神秘的本质

人总是不断地追求自身发展着的欲望的实现。但是一般说来，人的有限的力量很难满足心里的欲望，特别在生存条件恶劣的社会环境中，个人的力量尤其显得力不从心，于是心中的意欲便想借助于超自然力得以实现。神秘主义正是人的心理欲求与想象中的超自然力主体相遇和拥抱的产物。心理学家柳巴在对性欲受阻后的梦分析后，得出这样一种结论：

> 从快乐本能的原理出发，认为神秘主义是把性欲受挫加以转移，使之升华，因此神秘主义是一种不能抑制的本能冲动，是一种激情。[1]

说得再具体些，应是人的不能抑止的本能冲动想借助人之外的超人的

---

[1] 柳巴:《宗教神秘主义心理学》，现代文化出版社 1995 年版，第 127 页。

神圣力量来实现本能的冲动。或者说是人将自身能力的有限范围，通过神秘性的想象使能力无限地放大化，而这种放大化由于超越自身能力的有限范围，故而出现以有限模式解决无限欲求的矛盾，并祈求超自然的神力来解决这种矛盾。如果我们可以确定神秘主义是人的欲望本能超自然力的幻化性表现，是人的本能冲动受到现实压抑后想象扩张的表现形式，那么，叙事文本因何有普遍而丰富的神秘文化的表现就可以从根本上（人的本质上）得以解释。

2. 神秘性与叙事意图的关系

如果说叙事活动是人的叙事意图指导下的行为过程，而人的叙事意图又是人的人生意图的叙事表现，神秘主义是人的本质的超现实力的幻化表现，那么，从人的本质入手分析神秘性与叙事意图之间的关系也就有了可能性。事实上，神秘性故事（叙事文化的载体）既是叙事的重要素材，又是意图产生、改变和实现过程及其变化的重要力量，是意图指引下的叙事需求的结果和实现叙事意图不可或缺的重要手段。因为叙事意图包括作者的写作意图、叙述者意图和主要人物意图三种类型，三者间的关系较为复杂。为了叙述的清晰，我们只以主要人物的人生意图作为分析的主要对象（偶尔也涉及其他意图）。由此入手分析，发现超自然力量的神秘性与主要人物的人生意图的产生、改变、实践乃至结果有着直接关系，成为叙事者实现叙事意图的重要手段。

首先，神秘性事件诱发主要人物的行为意图，起着以神秘形像曲折地再现人物心理欲求的作用。《警世通言》卷三十一"赵春儿重旺曹家庄"，写曹可成因肆意挥霍，从温柔富贵乡坠入贫苦窝，到了难以存活下去的地步。一日夜里做了一个梦："梦见得了官职，在广东潮州府。我身坐府堂之上，众书吏参谒。"[①] 因这一梦，曹可成顿生做官的愿望。妻子赵春儿从地下掘出金银，助曹可成捐了广东潮州府的官。甄士隐接连遭受丢女、大火等种种灾难，后因听得一僧一道哼着神秘的《好了歌》，便突然顿悟，

---

① （明）冯梦龙：《警世通言》卷三十一，明天启四年刻本，第308页。

起了出家的念头，随那一僧一道飘然而去。

其次，由于神秘事件（场景）的出现，而使主要人物的原行为意图发生改变，采取与原来意图完全相反的举措，结果命运也发生了意外的转变。如《醒世恒言》卷九，"陈多寿生死夫妻"。讲陈小官因患毒疮，想将病治好与新娶的贤惠妻子过快活恩爱的日子。不料那病百医难治，陈小官对旧愿望产生怀疑，便求之于神卜（算命的瞎子）。瞎子卜卦大凶（"夭折之命"）。这一卦改变了陈多寿的意愿，由求生转为求死（"萌了个自尽之念"），"赎了些砒礵"①。喝下后倒下，因被及时抢救，不但活了命，连毒疮也好了。

再其次，神秘事件、场景使主要人物原意图得以强化，从而起到推助意图完成实践环节的功能。有两种情形，或原意图模糊、态度摇摆未定，神秘事件出现后，打破了原状态，意图由模糊变得清晰，目标更加明确，强化了意图的实现力。或神秘性事件使原来缺乏冲力、难以持久的意图，变成了定要达到目标的持久意图力。前者如《今古奇观》卷三十，"念亲恩孝女藏儿"的"入话"。讲一位总管年过半百无一儿女，不知这辈子有无子女的命，心中疑惑，请算命先生为他占一卦。那先生起卦说他15年前已有一子。他一口否认，两人争吵起来。后细心回想，40岁那年，家中丫鬟有孕。自己外出上任，回来后，丫鬟已被夫人打发出去了。所谓有子，当是那位丫鬟所生的孩子。由于算命而使意图变得具体清楚，所以最终找到了这个儿子和他的母亲。②后者如《金玉奴棒打薄情郎》入话部分，写朱买臣以砍柴为生，虽有志向，喜爱读书，但后半生命运如何，心中没底儿。一日遇算命先生，请求神灵指点。那先生说他50岁（7年后）可以富贵。他深信不疑。于是边砍柴边看书，虽遭到包括妻子在内的众人的不理解、嘲笑，却不改初衷。7年后果因遇皇上，而做了会稽太守。③

第四，神秘性的事件、场景阻抑主要人物意图的实现。这种情形多见

---

① （明）冯梦龙：《醒世恒言》卷九，明天启叶敬池刊本，第151页。

② 参见（明）抱瓮老人：《今古奇观》卷三十，清初刊本，第390—391页。

③ 参见（明）抱瓮老人：《今古奇观》卷三十，清初刊本，第408页。

于主要人物意图的不道德或不合情理，而叙述者有以之警示的目的。如《聊斋志异·瞳人语》讲一书生方栋，见车中丽人，神荡心摇，随车追逐数里。车上丽人下车，将生怒目训斥一番，飞奔远去。方栋归家，双目疼痛、失明，痛悔不已。车中丽人能使观者失明，有此非凡功能，当为一神秘超人。书生方栋因丽人的神秘功能而使愿望化为泡影。《金瓶梅》中李瓶儿与西门庆敲定下结婚的日期，后西门庆家因受杨戬案牵连而闭门不出。李瓶儿夜间常常做怪梦，狐狸化做人形，夜夜来与瓶儿鬼混，致使她茶饭不进，身体虚弱，奄奄待毙。她与西门庆成婚的愿望受到阻抑，使故事转向西门庆之外的另一男性——蒋竹山。梦境、狐魅鬼混都是神秘性事件，其结果一方面阻抑了李瓶儿原来的愿望，另一方面将故事转向原来意图的反面。

第五，神秘的超自然力成为实现人物意图的重要推助力。包括两类情形，一是处于绝望境地，意图难以实现，因得到神巫的启示、指引，而找到了实现意图的方法途径。如《聊斋志异·促织》篇中，成名因抓不到供奉给县令的善斗促织，生活绝望而欲自尽。后得知"一驼背巫能以神卜"，他的妻子求之于巫师，获得一张图，"中绘殿阁，类兰若。后小山下，怪石乱卧，针针丛棘，青麻头伏焉。旁一蟆若将跳舞"[1]。成名依图寻骥，果然抓到了促织，使破灭的愿望终得以实现。又如《大唐秦王词话》卷一，写王世充夜间得梦，梦见金甲神人劝他以借粮为名，可打败李密。王世充依梦中神人指引，派人城中借粮，果然取胜。[2] 二是直接借用占卜、相面等巫术，用错误信息误导对方，实现预先设计好的意图。如《水浒传》中梁山泊军师吴用等，为了达到将河北玉麒麟卢俊义骗来山寨做个头领的意图。吴军师使用的手段正是算命、暗示、谶语等巫术。正是这种巫术令卢俊义上当受骗、家破人亡，最终被梁山所救。又如《滕大伊鬼断家私》，写新上任的滕大伊因茶水溅到纸上发现了那张图上的全部秘密：财产主人

---

[1]　参见（清）蒲松龄：《聊斋志异》，清铸雪斋钞本，第141页。

[2]　参见《大唐秦王词话》卷一，明刊本，第49页。

将一万两白银、五百两黄金埋于地下，便萌发了从中弄他一笔财产的想法。于是用鬼判家产的神秘形式，将人家五百两黄金，据为己有，实现了贪财的愿望。

以上分析使我们有四点发现。一是神秘性产生于人的有限的体验性认知与宇宙无限丰富性、多变性之间的矛盾，以及用无限比附、想象、自慰手法解决矛盾的虚幻性，并产生于人无力满足于自身需求而造成的本能冲动的超人力和超现实性的表达。只要人类存在着上述矛盾和解决的途径，就不能避免神秘性的伴随。特别是在巫文化与宗教信仰漫延数千年的中国，它已不仅成为这个民族的认知生活不可或缺的组成部分，而且，伴随人类心理和精神的成长，已沉淀为民族集体无意识和民族思维的内涵定式，故而造成汉民族叙事特别是小说叙事神秘色彩的普遍性与丰富性。二是神秘性的本质是人的本能欲望冲动的间接的、虚幻的短暂表现，它与人的本质同根共源。神秘性事件也是人的欲望的非理性显现，它与人的理性的意图具有重合性。正因如此，叙事的神秘性产生于叙事意图实践的需求，具体说是为了使人物内心欲求本能得以自由、生动、丰富的表现，又为了巧妙地解决人生欲望受阻、遭受困厄的矛盾痛苦等。三是神秘性叙事往往出现于主要人物意图行为的紧要处和叙述者急需要的时候。或用它来救难，或用它来暗示或启迪，或用它直接表现叙述者的用意，成为关键叙事、核心叙事。四是神秘性叙事无论以何种形式出现，其总呈现出结构性功能——使叙述发生出乎意外却又合乎逻辑的转折——走向逻辑方向的反面。正因如此，神秘性叙事与意图叙事常常相伴而行，相互依存：意图呼唤神秘，神秘满足意图，且因常使情节发生意外转换而达到新奇、怪异、曲折多变、出人意料的审美情趣和扩延性的叙事效果。

形成诱人、动人、移人的艺术效果是所有叙述行为的追求，贯穿于叙述活动的全过程，从理论上讲，也是叙事学理论有机体的血脉细胞，我们所以将其分出来专门加以论述，意在强调其中的中国元素，譬如中国的神秘文化、中国讲唱形式中的嵌入需求与中国人追求意味的独特习惯与方法等等。如同叙述学的研究是一个说不完的话题一样，意味形式也是一座难以穷尽的神秘宝藏。

主要参考文献

1. [保] 茨维坦·托多罗夫编:《俄苏形式主义文论选》,中国社会科学出版社 1989 年版
2. [俄] 维克托·什克洛夫斯基等:《俄国形式主义文论选》,三联书店 1989 年版
3. [法] 克劳德·列维 – 斯特劳斯:《野性的思维》,商务印书馆 1987 年版
4. [法] 克劳德·列维 – 斯特劳斯:《结构人类学》,上海译文出版社 1999 年版
5. [法] 罗兰·巴尔特:《符号学美学》,辽宁人民出版社 1987 年版
6. [法] J.D. 格雷马斯:《结构语义学方法研究》,三联书店 2000 年版
7. [法] 热拉尔·热奈特:《叙事话语·新叙事话语》,中国社会科学出版社 1990 年版
8. [法] 热拉尔·热奈特:《热奈特论文集》,百花文艺出版社 2001 年版
9. [以] 里蒙 – 凯南:《叙事虚构作品》,三联书店 1989 年版
10. [荷] 米克·巴尔:《叙述学:叙事理论导论》,中国社会科学出版社 2003 年第 2 版
11. [英] 马克·柯里:《后现代历史叙事学》,北京大学出版社 2003 年版
12. [美] 詹姆斯·费伦:《作为修辞的叙事》,北京大学出版社 2002 年版
13. [美] 戴卫·赫尔曼主编:《新叙事学》,北京大学出版社 2002 年版
14. [法] 约瑟夫·祁雅理:《20 世纪法国思潮》,商务印书馆 1989 年版
15. [瑞] 让·皮亚杰:《结构主义》,商务印书馆 1984 年版
16. [比] J.M. 布洛克曼:《结构主义》,莫斯科—布拉格—巴黎,商务印书馆 1986 年版
17. [英] 特伦斯·霍克斯:《结构主义和符号学》,上海译文出版社 1987 年版
18. [美] 乔纳森·卡勒:《结构主义诗学》,中国社会科学出版社 1991 年版
19. [美] 罗伯特·史柯尔斯:《文学结构主义》,三联书店 1988 年版
20. [俄] 鲍·安·乌斯宾斯基:《结构诗学》,中国青年出版社 2004 年版
21. [英] 约翰·斯特罗克编:《结构主义以来:从列维 – 斯特劳斯到德里达》,辽宁教育出版社 1998 年版
22. [英] 特雷·伊格尔顿:《20 世纪西方文学理论》,陕西师范大学出版社 1986 年版
23. [美] 乔纳森·卡勒:《文学理论》,辽宁教育出版社 1998 年版
24. [美] 杰姆逊:《后现代主义与文化理论》,北京大学出版社 1997 年版
25. [法] 保罗·利科尔:《解释学与人文科学》,河北人民出版社 1987 年版

26.[美] 厄尔迈纳：《比较诗学》，中央编译出版社 1996 年版

27.[美] 伯杰：《通俗文化、传媒和日常生活中的叙事》，南京大学出版社 2000 年版

28.[美] 万·梅特尔·阿米斯：《小说美学》，燕山出版社 1987 年版

29.[美] 亨利·詹姆斯：《小说的艺术》，见《西方文论选》，上海译文出版社 1979 年版

30.[美] 利昂·塞米利安：《现代小说美学》，陕西人民出版社 1987 年版

31.[英] 乔纳森·雷班：《现代小说写作技巧》，陕西人民出版社 1984 年版

32.[美] W.布斯：《小说修辞学》，北京大学出版社 1987 年版

33.[苏] 米哈伊尔·巴赫金：《陀思妥耶夫斯基诗学问题》，三联书店 1988 年版

34.[美] 约瑟夫·弗兰克等：《现代小说中的空间形式》，北京大学出版社 1991 年版

35.[英] 弗兰克·克默德：《结尾的意义：虚构理论研究》，辽宁教育出版社 2000 年版

36.[法] 贝尔纳·瓦特莱：《小说——文学分析的现代方法与技巧》，天津人民出版社 2003 年版

37.[德] 马克思、恩格斯：《神圣家族》，人民出版社 1982 年版

38.[德] 奥瑟·叔本华：《作为意志和表象的世界》，商务印书馆 1995 年版

39.[美] 西美尔：《金钱、性别、现代生活风格》，上海学林出版社 2002 年版

40.[美] 诺曼·N.霍兰德：《文学反应动力学》，上海人民出版社 1991 年版

41.[英] 克莱夫·贝尔：《艺术》，江苏教育出版社 2005 年版

42.[美] 华莱士·丁马：《当代叙事学》，北京大学出版社 2005 年版

43.[美] 亚伯拉罕·马斯洛：《动机与人格》，中国人民大学出版社 2007 年第 3 版

44.[德] 奥瑟·叔本华：《人性的得失与智慧》，华文出版社 2004 年版

45.[美] J.希利斯·米勒：《解读叙事》，北京大学出版社 2002 年版

46.[法] 达维德·方丹：《诗学——文学形式通论》，天津人民出版社 2003 年版

47.[美] 韩南：《中国白话小说史》，浙江古籍出版社 1989 年版

48.[美] 浦安迪：《中国叙事学》，北京大学出版社 1996 年版

49. 王逢振等编：《最新西方文论选》，漓江出版社 1991 年版

50. 张寅德编：《叙述学研究》，中国社会科学出版社 1989 年版

51. 王泰来等编译：《叙事美学》，重庆出版社 1990 年版

52. 张京媛编：《新历史主义与文学批评》，北京大学出版社 1993 年版

53. 鲁迅：《中国小说史略》，上海古籍出版社 1998 年版

54. 罗竹风主编：《汉语大词典》，汉语大词典出版社 1991 年版

55. （周）老子：《道德经》，[魏] 王弼注，见《诸子集成》，上海书店 1986 年版

56. （战国）庄周：《庄子》，见《诸子集成》，上海书店 1979 年版

57. （汉）董仲舒：《春秋繁露》卷十一，清武英殿聚珍版丛书本

58. （汉）司马迁：《史记》，中华书局 1959 年版

59. （汉）许慎：《说文解字》，九州岛出版社 2001 年版

60. （晋）干宝：《搜神记》，明津逮秘书本

61. （晋）王弼：《周易略例·明象》，嘉靖四年范氏天一阁刊本

62. （晋）葛洪：《神仙传》，清文渊阁四库全书本

63. （南北朝）刘勰：《文心雕龙》，见周振甫《文心雕龙译注》（修订本），江苏教育出版社 2006 年版

64. （南北朝）任昉：《述异记》，明汉魏丛书本

65. （南北朝）吴均：《续齐谐记》，明顾氏文房小说本

66. （唐）慧能：《六祖坛经》，中州古籍出版社 2008 年版

67. （唐）严羽：《沧浪诗话》，郭绍虞校释，人民文学出版社 1961 年版

68. （宋）程颐、程灏：《河南程氏遗书》，中华书局 1981 年版

69. （宋）陆九渊：《陆九渊集》，中华书局 1980 年版

70. （宋）张君房：《云笈七签》，四部丛刊景明正统道藏本

71. （宋）卫湜：《礼记集说》，新定郡斋刻本，中国书店 1984 年版

72. （元）《全相平话五种》，文学古籍刊行社 1956 年版

73. （明）洪楩编：《清平山堂话本》，韩秋白点校，中华书局 2001 年版

74. （明）施耐庵著、李卓吾评点：《出像评点忠义水浒传全书》影印本，台湾天一出版社 1985 年版

75. （明）抱瓮老人：《今古奇观》卷三十，清初刊本

76. （明）《京本通俗小说》，文学古籍刊行社 1987 年版

77. （元明）罗贯中：《三国演义》，山东文艺出版社 1991 年版

78. （元明）施耐庵：《水浒传》，山东文艺出版社 1995 年版

79. （明）吴承恩：《西游记》，上海辞书出版社 2005 年版

80. （明）兰陵笑笑生：《金瓶梅词话》，梅节校订，香港里仁书局 2012 年版

81. （明）冯梦龙编：《喻世明言》，何草点校，中华书局 2002 年版

82. （明）冯梦龙编：《警世通言》，马冰点校，中华书局 2002 年版

83. （明）冯梦龙编：《醒世恒言》，张耕点校，中华书局 2002 年版

84. （明）陆人龙：《型世言》，覃君点校，中华书局 2002 年版

85. （明）西周生：《醒世姻缘传》，武彰点校，中华书局 2002 年版

86. （明）凌濛初编：《初刻拍案惊奇》，冉休丹点校，中华书局 2002 年版

87. （明）凌濛初编：《二刻拍案惊奇》，孙通海点校，中华书局 2002 年版

88. （明）天然痴叟：《石点头》，上海古籍出版社 1985 年版

89. （明）汤显祖：《牡丹亭》，徐朔方、杨笑杨校注，人民文学出版社 2005 年版

90. （明）谢肇淛：《五杂俎》，上海书店 2001 年版

91. （明）王世贞：《觚不觚录》，见《四库全书》第 1041 册

92. （明）李贽：《焚书》，见《李贽文集》，燕山出版社 1998 年版

93. （清）段玉裁：《说文解字注》，上海古籍出版社 1981 年版

94. （清）焦循：《孟子正义》，中华书局 1987 年版

95. （清）毛宗岗：《毛宗岗评三国演义》，见朱一玄等编《三国演义资料汇编》，百花文艺出版社 1983 年版

96.（清）金圣叹：《贯华堂第五才子书〈水浒传〉》，见《金圣叹全集·第一集》，江苏古籍出版社 1985 年版

97.（清）张竹坡：《批评第一奇书金瓶梅读法》，见《金瓶梅会评会校本》，中华书局 1998 年版（内部发行）

98.（清）吴敬梓：《儒林外史》，人民文学出版社 1997 年版

99.（清）蒲松龄：《聊斋志异》，齐鲁书社 1981 年版

100.（清）金圣叹：《第六才子书西厢记》，傅开沛、袁玉琪校点，中州古籍出版社 1987 年版

101.（清）孔尚任：《桃花扇》，王季思、苏寰中评注，人民文学出版社 2005 年版

102.（清）洪升：《长生殿》，见《中国古典戏曲名著》，金盾出版社 2010 年版

103.（清）天花藏主人：《四才子书·叙》，见《才子佳人小说集成》(1)，辽宁古籍出版社 1997 年版

104.（清）李渔：《闲情偶记》，见《李渔全集》第 3 卷，浙江古籍出版社 1998 年版

105.（清）李渔：《无声戏》，李忠良点校，中华书局 2004 年版

106.（清）李渔：《十二楼》，李聪慧点校，中华书局 2004 年版

107.（清）曹雪芹：《红楼梦》，人民文学出版社 1984 年版

108.（清）李绿园：《歧路灯》，栾星校注，中州书画社 1980 年版

109.（明）许仲琳：《封神演义》，人民文学出版社 2008 年版

110.（清）李百川：《绿野仙踪》，候忠义整理，北京大学出版社 1986 年版

111.（清）李道平：《周易集解纂疏》，中华书局 2004 年版

112.（清）王先谦：《续古文辞类纂》卷十八，清光绪虚受堂刻本

113.（清）李渔：《李渔全集》，浙江古籍出版社 1988 年版

114. 鲁迅：《唐宋传奇集》，齐鲁书社 1997 年版

115. 周振甫：《文心雕龙译注》（修订本），江苏教育出版社 2006 年版

116. 王重民等编：《敦煌变文集》，人民文学出版社 1957 年版

117. 叶朗：《中国小说美学》，北京大学出版社 1982 年版

118. 吴功正：《小说美学》，江苏人民出版社 1985 年版

119. 刘世剑：《小说叙事艺术》，吉林大学出版社 1998 年版

120. 徐岱：《小说叙事学》，中国社会科学出版社 1992 年版

121. 罗钢：《叙事学导论》，云南人民出版社 1994 年版

122. 胡亚敏：《叙事学》，华中师范大学出版社 1994 年版

123. 赵毅衡：《苦恼的叙述者》，十月文艺出版社 1994 年版

124. 赵毅衡：《当说者被说的时候——比较叙述学导论》，中国人民大学出版社 1998 年版

125. 杨义：《中国叙事学》，人民出版社 1997 年版

126. 陈平原：《中国小说叙事模式的转变》，上海人民出版社 1988 年版

127. 王平：《中国古代小说叙事研究》，河北人民出版社 2001 年版

128.[捷] 米列娜：《从传统到现代——世纪转折时期的中国小说》，北京大学出版社

1991 年版

129. 申丹：《小说叙述学与文体学研究》，北京大学出版社 2000 年版

130. 高小康：《人与故事》，东方出版社 1995 年版

131. 南帆：《文学的维度》，三联书店 1998 年版

132. 乐黛云：《比较文学与中国现代文学》，北京大学出版社 1987 年版

133. 周英雄：《比较文学与小说诠释》，北京大学出版社 1990 年版

134. 高小康：《中国古代叙事观念与意识形态》，北京大学出版社 2005 年版

135. 李显杰：《电影叙事学：理论和实例》，中国电影出版社 2000 年版

136. 杨鹏：《卡通叙事学》，湖北少年儿童出版社 2003 年版

137. 李建军：《小说修辞研究》，中国人民大学出版社 2003 年版

138. 耿占春：《叙事美学》，郑州大学出版社 2002 年版

139. 李纪祥：《时间　历史　叙事》，兰州大学出版社 2004 年版

140. 丁乃通：《中西叙事文学比较研究》，华中师范大学出版社 1994 年版

141. 黄药眠、童庆炳主编：《中西比较诗学体系》，人民文学出版社 1991 年版

142. 石昌渝：《中国小说源流论》，三联书店 1994 年版

143. 董乃斌：《中国古典小说的文体独立》，中国社会科学出版社 1994 年版

144. 周振甫：《诗品译注》，中华书局 1998 年版

145. 徐中舒主编：《甲骨文字典》，四川辞书出版社 1988 年版

146. 刘兴隆主编：《新编甲骨文字典》，国际文化出版公司 1991 年版

147. 马叙伦：《马叙伦学术论文集》，科学出版社 1958 年版

148. 蒋瑞藻：《小说考证·拾遗》，古典文学出版社 1957 年版

149. 李汉秋辑校：《汇校汇评儒林外史》，上海古籍出版社 2010 年版

150. 朱一玄等编：《金瓶梅资料汇编》，南开大学出版社 1985 年版

151. 刘辉、吴敢：《会校会评金瓶梅》，香港天地图书出版公司 1998 年版

后　记

　　天亮了，叙述的梦因窗外欢快的鸟鸣而惊醒。伸伸赖腰，似乎还带着奔跑于中西叙事山峦的几丝困意。摸摸腰间，曾经采撷的五颜六色、香气扑鼻的鲜花倏然不见，变成了盖在身上的棉被的花色图案，而那袅袅的余香尚未散去……

　　从人的心理需求入手研究人类的叙述活动似乎是一个常做常新、永说不尽的话题，就像人类先贤近哲不停地追问人是什么、人生的价值与意义何在而永不满足、永不停止一样。回顾这一本因时间而不得不结束的小书，也只是发现了一道门，迈了进去，刚刚穿游廊，观园林风景，兴致乍起，不知不觉天却黑了下来。许多问题尚待追究，譬如中国叙事传统是否有些潜在的人们意识到却尚待描述出来的规律？沉淀于中华民族潜意识中的那些沉淀物是如何表现于叙述中的，它们之间的关系又将是怎样的？这些东西又是如何操纵文学的表现个性或被个性所操纵……我但愿这扇门打开后，会引来愈来愈多的探秘者。

　　从人的心理需求角度研究文学，说起来也有一阵子时间了。那是1989年秋天，来到复旦，随章培恒先生学习。先生开了两门课，一门为"中国哲学与文学"，另一门为"中西文学比较"。两门课的讲授所用的是同一种方法：从人的哲学入手研究文学。而人的哲学成为打开一切人文学科之门及其界限的钥匙，将我引进了一个从未迈入的知识丛林。沿着这条穿越丛林的路，我曾询问文学发展的动力是什么？探求文学史是否应是心态文学史？李贽思想的精神脉络是什么？什么是史料考证与文本阐释的中间环节? 经济生活与文学的关系如何在人的心理需求上寻求解答? 而本书提出意图叙事概念正是上述问题思考的继续。

这几年来,跟我学习的几位研究生也对此问题产生了兴趣,并在一次次讨论和修改中形成了三篇文字:意图力,小说叙事的内驱动力(郑方晓);意图元类式:明清小说叙事结构的新阐释(丁玉娜);"三言""二拍"的意味形式研究(吕蒙);以及陈栋关于"三言""二拍"叙事结构的研究。经尽心修改以求上下统一后,分别放入本书的第八、六、十二章之内,这是需要特别说明的,并在此向他(她)们致以谢意。

本书内容有的已在国内杂志上发表,有的已投稿尚待发表,已发表的5篇有4篇已被《新华文摘》和《人大报刊复印资料》全文转载,表明开始得到读者的认可,这使我忐忑不安的心稍得安慰。然而,此本小书当有思虑未及或意到力不及的毛病,期待读者的批评和谅解。我这些年出版的几本小书《李卓吾传》、《李贽思想演变史》、《许建平解说金瓶梅》,若说受到读者欢迎,要感谢人民出版社二级编审陈来胜君。他的一双慧眼,不仅看得远,看得准,更改得细,书稿一经他手便越发光亮鲜美,此书也如此。人生遇此挚友,岂非幸哉!

许建平

2014 年春,草于浦江北岸夏朵园